Lisa Desrochers
A little too much

Lisa Desrochers lebt mit ihrem Mann und ihren zwei Töchtern in Kalifornien. Nach einer Fantasy-Trilogie ist *A little too much* ihr zweiter realistischer Roman für junge Erwachsene, mit dem sie es auf die Bestsellerliste von ›USA Today‹ schaffte.
Mehr über die Autorin unter
www.lisadwrites.com

Ilse Rothfuss hat Sprachen studiert und in verschiedenen Verlagen gearbeitet, bevor sie sich als Übersetzerin selbstständig gemacht hat. Sie lebt in München.

Lisa Desrochers

A little too much

Aus dem Englischen
von Ilse Rothfuss

Deutscher Taschenbuch Verlag

Das gesamte lieferbare Programm von dtv junior
und viele andere Informationen finden sich unter
www.dtvjunior.de

MIX
Papier aus verantwortungsvollen Quellen
FSC® C019821

Deutsche Erstausgabe
2015 Deutscher Taschenbuch Verlag GmbH & Co. KG, München

Titel der amerikanischen Originalausgabe: ›A little too much‹,
2013 erschienen bei William Morrow, New York
Dieses Werk wurde vermittelt durch die Literarische Agentur
Thomas Schlück GmbH, 30827 Garbsen

Umschlagkonzept: Balk & Brumshagen
Umschlaggestaltung: Katharina Netolitzky unter Verwendung
eines Fotos von gettyimages/Pando Hall
Gesetzt aus der Janson 10,5/14·
Gesamtherstellung: Druckerei C.H.Beck, Nördlingen
Gedruckt auf säurefreiem, chlorfrei gebleichtem Papier
Printed in Germany · ISBN 978-3-423-71608-6

Für Amanda,
die einzigartige Lektorin

1.

Die falsche Blonde mit den aufgespritzten Lippen und den riesigen Silikontitten (mindestens D) funkelt mich an. Und ehrlich gesagt würde ich mich auch anfunkeln, wenn ich könnte. Ich hab's total versaut.

So wie immer.

Die einzigen Casting-Termine, die ich ohne Agent kriegen kann, sind drittklassige Off-Broadway-Musicals, was einfach daran liegt, dass ich bisher nichts anderes als »American Idol« vorzuweisen habe – damit hatte ich es vor drei Jahren in die »Hollywood Week« geschafft. Außerdem kann ich nicht wirklich tanzen, und das ist ein echtes Problem, wenn man keine Querschnittsgelähmte spielt oder so. Mit anderen Worten, ich kann es im Prinzip vergessen.

Aber das hier war noch schlimmer als sonst. Ich weiß

nicht, was in mich gefahren ist, aber ich habe dieses Mädchen buchstäblich umgenietet.

Zu meiner Verteidigung muss ich allerdings hinzufügen, dass sie es genauso versaut hat wie ich. Wäre sie da gewesen, wo sie hingehörte, hätte ich sie auch nicht umgerannt. Aber … oh, Mist!

Ich reiße meine Augen vom Todesblick der Blonden los und schaue zu der Casting-Tussi, die vorne herumrennt und sich total wichtigmacht. Dabei hat sie keine einzige Rolle am Broadway gespielt, und jetzt darf sie hier über meine Fähigkeiten urteilen.

Brett hat schon mal mit ihr gearbeitet und findet sie »ziemlich cool«. Er hat mir versprochen, dass er mit ihr redet und ein gutes Wort für mich einlegt. Aber was macht der Blödmann stattdessen? Platzt mitten in meine Szene hinein, pflanzt sich irgendwo in die hinterste Reihe und rührt keinen Finger. Wahrscheinlich hätte ich ihn gar nicht bemerkt ohne den extremen Hormonschub, den er da vorne ausgelöst hat. Plötzlich zupften die Mädchen auf der Bühne alle an ihrem Ausschnitt herum und bauschten sich die Haare auf. Dabei würdigte er uns keines Blickes, soweit ich sehen konnte, und bemühte sich kein einziges Mal nach vorne.

Jetzt blicke ich zu ihm hoch und zwinge mich zu atmen. Brett tippt auf seinem Handy herum. Er sieht nicht so aus, als hätte er die Absicht, auch nur einen Finger für mich zu krümmen.

Ich will schon wütend werden, aber im selben Moment kommt die Casting-Tussi an den Bühnenrand und ich kriege Herzrasen. Sie schaut zu uns hoch und klatscht zweimal in die Hände, um sich Gehör zu verschaffen.

»Okay …«, sagt sie laut, zieht ihr iPad unter dem Arm hervor und wirft einen Blick darauf. »Nummer eins, zwei … sieben, zehn, zwölf … fünfzehn, sechzehn, siebzehn, achtzehn, zwanzig und einundzwanzig – ihr bleibt bitte da. Allen anderen danke ich, dass sie gekommen sind. Hat leider nicht geklappt.«

Verdammt.

Die meisten Schauspieler, die nicht bei Idol landen können, versuchen ihr Glück bei Musiklabels wie Indies Records oder was auch immer, aber das ist nicht mein Ding. Ich wollte immer auf der Bühne stehen, davon habe ich geträumt, seit mein Opa mich zu »Annie« am Broadway mitgenommen hat. Ich war gerade mal sechs und mein Opa ist kurz darauf gestorben. Aber ohne Beziehungen geht gar nichts und die Konkurrenz ist gnadenlos, sodass ich in den letzten drei Jahren kaum zum Zug gekommen bin. Herzlichen Dank auch, echt.

Meine Nackenmuskeln sind so angespannt, dass ich kaum den Kopf senken kann, um auf die Nummer an meinem Ärmel hinunterzustarren.

Dreizehn.

Na klar doch – mit dieser Nummer konnte es ja nichts werden. Die Glückszahl Sieben hat es geschafft. Die Unglückszahl Dreizehn nicht.

»So ein Mist, Hilary. Tut mir echt leid.«

Jessicas mitfühlende Stimme reißt mich aus meiner Selbstmitleidsorgie und ich schenke ihr ein schiefes Lächeln. Jess hat ellenlange Beine und große braune Augen, die mich tieftraurig anschauen, als hätte ich ihr gerade erzählt, dass mein Hund überfahren wurde. Ihr langes honigblondes Haar ist zu einem Pferdeschwanz hochgebunden und ihre helle Haut ist superschön und rosig, selbst ohne Make-up, was ihr so einen unwiderstehlichen Unschulds-Touch gibt, als hätte sie keine Ahnung, wie heiß sie ist.

»Das war nur schlechtes Karma. Nummer dreizehn«, sagt sie und stupst meine Schulter an. »Die könnten sich mal ein Beispiel an den Hotels nehmen und diese Zahl einfach überspringen.«

»Was?«

Jessica stemmt eine schmale weiße Hand in die Hüfte und legt los: »Na, überleg doch mal: Hast du je ein Zimmer Nummer dreizehn in einem Hotel gesehen?«

»Hab nie drauf geachtet.« Wie denn auch? Ich war noch nie in einem Hotel mit mehr als zwei Stockwerken und einer funktionierenden Eismaschine.

»Also, was ist? Wir feiern aber trotzdem nächste Woche – meinen Geburtstag, okay?«

Meine Laune bessert sich sofort. Mit Jess kann man jede Menge Spaß haben, trotz ihrer Unschuldsmiene, und das kann ich jetzt dringend gebrauchen. »Na klar doch. Nächsten Donnerstag, ja?«

Jessica nickt. »Wir können mal den neuen Club an der Lower East Side ausprobieren … Club 69 oder so ähnlich.«

»Klingt gut.«

Jess hüpft ein bisschen auf den Zehen auf und ab und ihr

Pferdeschwanz schwingt hin und her. »Das wird super, Mann!«

»Hals- und Beinbruch, Jess«, sage ich und boxe sie gegen die Schulter – direkt auf ihre Glückszahl Sieben. Bei jedem anderen hätte ich das wörtlich gemeint. Es gibt nichts Mörderischeres auf diesem Planeten als den Broadway. Aber Jessica ist wirklich nett. Sie ist erst neunzehn, kommt vom Arsch der Welt (Biloxi) und der Broadway hat sie noch nicht verdorben. In meinen Augen ist sie ein wandelndes No-Go: eine hinreißende Südstaaten-Schönheit, eine »Southern Belle«, wie sie im Buch steht, die an Karma glaubt? Ich meine, geht's noch?

Ich versuche mich zu erinnern, wie ich in ihrem Alter war, also drei Jahre jünger. Ich glaube, damals war ich noch nicht so abgebrüht wie jetzt, aber auch nicht so naiv und unschuldig wie Jessica. Das war ich nie. Drei Tage vor meinem vierzehnten Geburtstag verpasste mir die Welt den ersten brutalen Tritt. Meine Alkoholiker-Mutter landete im Knast und ich musste für mich selber sorgen.

Aber das war nur der Anfang.

»Danke«, sagt Jess mit einem unsicheren Lächeln. Wahrscheinlich würde sie vor Freude am liebsten auf- und abhüpfen, traut sich aber nicht, weil sie mich nicht verletzen will.

Ich umarme sie kurz. »Wir reden später, okay?«

Jessica nickt. »Ich ruf dich an.«

Dann geht sie zu der Gruppe, die in die nähere Auswahl gekommen ist, und mein Blick fällt auf Blondie – Nummer drei. Ihre Augen sind die reinsten Flammenwerfer. Ich funkle zurück, atme tief durch und gehe zum Bühnenaufgang, bevor sie mich noch abfackelt mit ihrem Hass.

Tödlicher Abgang: die Story meines Lebens.

Ich schnappe mir meinen Rucksack von dem Haufen an der Treppe unten, streife ihn über die Schulter und gehe zu Brett, der ganz außen in der hintersten Reihe sitzt. Er trägt eine schwarze Jogginghose und einen offenen grauen Hoodie über einem Muskelshirt und lümmelt auf seinem Sitz herum, die Füße auf die Rückenlehne vor ihm gestützt. Er ist noch verschwitzt von der Probe, ein Look, der ihm blendend steht. Beim Näherkommen höre ich ihn leise über etwas auf seinem Handy-Display lachen. Er grinst, wischt mit beiden Daumen wild auf dem Display herum und schreibt offenbar zurück.

»Hast du mit ihr gesprochen?«

Es dauert eine Sekunde, bis meine Frage zu ihm durchdringt. Verwirrt schaut er zu mir auf. Dann kneift er mitfühlend seine strahlenden meerblauen Augen zusammen. »Tut mir leid, dass ich zu spät gekommen bin, Süße. Aber ich glaube, es hätte sowieso nichts genützt.«

Das ist jetzt nicht sein Ernst, oder?

»Fick dich, Brett. Aber so was von!« Ich wirble herum, will zum Seiteneingang stürmen, aber dann sehe ich, wie ein paar Mädchen vorne erst mich anschauen, dann Brett. Und plötzlich erwacht mein Instinkt. Ich glaube, ich muss zurück und meinen Besitz verteidigen.

Ja, Brett sieht toll aus und alle stehen auf ihn. Ein großer blonder Traumtyp, der ein Apartment in Manhattan hat, blendend weiße Zähne und süße Grübchen in den Wangen.

Sex am Stiel. Ich ziehe ihn immer damit auf, dass er garantiert als Ken besetzt wird, falls jemals eins von diesen unsäglichen Barbie-Filmchen für den Broadway adaptiert wird.

Aber er hat was Besseres gekriegt.

Brett Collins ist nicht gerade ein Weltstar, aber jede Schauspielerin, die an den Broadway will, kennt ihn. Er hat eine tragende Nebenrolle in dem neuen Stück »Kalkulus, mein Schwanz und andere harte Dinger« bekommen, das in zwei Wochen am Brooks Atkinson Theatre herauskommt und dann durch ganz America touren wird. Ein Stück über fünf College-Typen und den üblichen Selbstfindungsscheiß. Brett hat einen Super-Body und seine Nacktauftritte (oder so gut wie nackt) machen natürlich Furore. Diese Woche haben die Preview-Vorstellungen angefangen und die Kritiken sind unerwartet gut. Brett wird immer extra darin hervorgehoben.

Aber selbst er gibt zu, dass er mir als Schauspieler nicht das Wasser reichen kann.

Nach »American Idol« hatte ich etwa ein Jahr lang eine Agentin. Wahrscheinlich dachte sie, bei meinem speziellen Look würde ich dank meines Fünfzehn-Minuten-Ruhms in Idol sofort eine große Rolle ergattern. Aber das lief nicht und sie vermittelte mir immer weniger Vorsprechtermine und ließ mich schließlich ganz fallen. Ich habe ein paar neue Agenten auf meiner Wunschliste, aber bevor ich einen kriege, brauche ich einen Insider, der mir Casting-Termine besorgt. Brett ist meine Eintrittskarte zum Broadway, und wenn eine dieser Killer-Bitchen ihre Krallen nach ihm ausstreckt, schneide ich ihr die Finger ab, das schwöre ich.

Ich wirble herum und funkle Brett an. Er hievt sich aus seinem Sitz und schenkt mir sein schiefes Lächeln, das so verdammt sexy ist, dass ich ihn am liebsten gleich durchnudeln würde. Und das weiß er auch. Übrigens enden fast alle unsere Kräche im Bett.

Aber diesmal nicht.

Brett hat versprochen, dass er mit der Besetzungsleiterin reden würde.

Doch dann kommt er zu mir und legt eine Hand auf meine Hüfte und mich durchrieselt es von Kopf bis Fuß. »Tut mir echt leid«, sagt er mir leise ins Ohr – mit so einer leicht rauchigen Stimme – und das Kribbeln in meinem Bauch nimmt gefährlich zu.

Verdammter Mistkerl.

Ich funkle ihn weiter an, bin entschlossen, mich nicht so leicht herumkriegen zu lassen, aber jetzt lässt er seine Fingerspitze an meinem Busen heruntergleiten und ich schmelze nur so dahin.

Er beugt sich über mich und seine Lippen streifen mein Ohr. »Beim nächsten Mal klappt's, du wirst schon sehen«, flüstert er mir zu.

Dann presst er seine Lippen auf meine und mir bleibt die Luft weg. Das macht er immer so, und nicht nur mit mir. Ich meine, welche Frau kann einem Typ widerstehen, der so heiß aussieht? Ich bin ihm total verfallen, seit er mich vor einem Jahr bei einem Casting-Termin für ein Off-Broadway-Stück zum ersten Mal berührt hat.

Obwohl er nicht meine große Liebe ist. In diesem Punkt mache ich mir keine Illusionen. Brett liebt mich nicht, genauso wenig wie ich ihn. Wir machen nie was zusammen, außer miteinander in die Kiste zu steigen, und wir haben auch keine gemeinsamen Freunde. Unsere Beziehung ist rein körperlich und für mich ist das okay. Ich bin nicht auf Liebe aus.

Endlich lässt Brett mich los. Ich blicke auf und sehe Blondie mit ein paar anderen Durchgerasselten in der Tür stehen. Mit offenem Mund starrt sie mich an.

Cool lächelnd schlüpfe ich in meine Jacke und schalte meine Abwehrvibrations ein, aber Blondie lässt sich davon nicht beirren und kommt einen Schritt näher.

»Hey, Brett«, sagt sie, streicht mit den Fingern über seinen Arm und quetscht ihm ihre Silikonlippen ins Gesicht. »Lange nicht gesehen. Herzlichen Glückwunsch zu deiner Rolle.«

Brett wirft ihr dasselbe sexy Lächeln zu wie mir gerade. »Danke. Du hast super ausgesehen da vorne«, fügt er hinzu und nickt zur Bühne hinüber.

Ich packe seine Hand und ziehe ihn zur Tür.

»Also bis dann!«, ruft er zurück, bevor die Tür hinter uns zufällt.

Im nächsten Moment stehen wir draußen auf dem Gehweg und ich ziehe meine Jacke enger um mich. Ein kalter Oktober-Nieselregen fällt, aber wenigstens schneit es noch nicht, das ist immerhin etwas. »Woher kennst du sie?«

Brett zuckt mit den Schultern. »Wir hatten ein paarmal was miteinander.«

Ich funkle ihn an.

Er lächelt, schlingt einen Ellbogen um meinen Hals und

zieht mich an sich. »Aber das war lange vor dir, Baby, keine Angst«, sagt er in mein Haar, während wir uns durch die Fußgängerhorden auf dem Gehweg schlängeln.

»Ich hab keine Angst. Es kotzt mich nur an. Musst du unbedingt mit jeder rummachen? Sogar mit dieser Bitch?« In Wahrheit bin ich mir ziemlich sicher, dass Brett mir treu war, seit wir zusammen sind – also ungefähr ein Jahr –, und dass er die Finger von anderen Mädchen gelassen hat, obwohl alle total auf ihn fliegen. Ich habe also keinen Grund, auf ihm herumzuhacken.

New Yorker sind bekanntlich abgebrüht und drehen sich nicht so leicht nach anderen um. Aber Brett und ich ziehen trotzdem ein paar Blicke auf uns und hin und wieder starrt ein Tourist uns unverhohlen an. Brett ist ein Traumtyp und ich bin ... ähm ... interessant.

Im Gegensatz zu meiner Schwester Mallory, die Moms irisches Aussehen geerbt hat – welliges rotes Haar, helle Haut und Sommersprossen –, habe ich grünbraune Augen und eine schulterlange schwarze Lockenmähne mit einem Touch von Rot, das erst im Sommer richtig rauskommt. Meine Haut ist milchkaffeebraun und wird fast schwarz, so wie die von Dad, wenn ich auch nur ein paar Minuten in der Sonne herumliege. Die Sommersprossen auf meiner Nase und meinen Wangen gehen dann völlig darin unter.

Mom war ein paar Jahre mit Mallorys Dad verheiratet – bis Mallory ungefähr drei war. Danach kamen nur noch wechselnde Lover und einer davon war mein Dad. Aber er verschwand so schnell wieder vom Bildschirm, dass ich mich nicht an ihn erinnern kann. Wenn ich Mom manchmal gefragt habe, warum Mallorys Dad immer herkommt und mit ihr Eis essen geht und meiner nicht, erzählte sie mir, er sei nach Jamaika zurückgegangen, als ich noch ein Baby war. Ich habe mir lange den Kopf zerbrochen, ob er meinetwegen abgehauen ist, bis ich begriffen habe, dass er nicht gerade der treu sorgende Vater gewesen sein kann. Ich glaube, er wurde abgeschoben, nachdem er wegen Drogen oder was auch immer im Knast gelandet war. Ich kenne ihn nur von Fotos – und deshalb weiß ich, dass ich eine bizarre Mischung von ihm und meiner Mom bin.

Als wir endlich aus der Subway kommen und zu unserem Apartment gehen, merke ich, dass ich zu spät dran bin. Ich werde es nicht mehr reichtzeitig zu Mallory schaffen. Unsere Wohnung liegt in einem guten Upper-West-Side-Viertel im vierten Stock. Es ist nichts Großartiges – Schlafzimmer, Bad und großes Wohnzimmer, im Prinzip kaum mehr als eine weiße Schachtel.

Solange Brett hier allein gehaust hat, war es die typische versiffte Junggesellenbude. Ich bin auch nicht gerade die Ordentlichste, es ist jetzt nicht viel weniger chaotisch als vorher, aber im Gegensatz zu Brett habe ich eine Schmerzgrenze. Wenn ich es nicht mehr aushalte, wasche ich das Geschirr ab oder schrubbe das Badezimmer. Ich habe auch eine persönliche Note hereingebracht. Nicht dass ich auf kitschigen Krimskrams stehe, aber ich habe ein paar Bilder aufgehängt und rote Kissen auf Bretts brauner Ledercouch drapiert. Außerdem habe ich ein paar Küchenutensilien gekauft, obwohl ich nicht oft zum Kochen komme. Das ist nicht viel, aber es gibt mir das Gefühl, ein Zuhause zu haben. Ich besitze etwas. Ich existiere in diesem Raum. Ich gehöre hierher.

Ich gehe ins Bad, stelle die Dusche an, ziehe meine Yogahose und meinen String aus, löse den Clip aus meinem Haar und fahre mit der Hand durch, sodass es mir um die Schultern fällt.

Ich schaue auf den ersten schwarz-orangen Schmetterling hinunter, den ich mir vorne auf die Hüfte tätowieren lassen habe. Dann drehe ich mich um und folge der farbenfrohen Spirale aus winzigen flatternden Flügeln, die sich von meiner rechten Pohälfte den Rücken hinaufzieht, dann unter meinem linken Schulterblatt vorbei über der Schulter verschwindet und vorne an meinem Schlüsselbein endet. Keiner der Schmetterlinge hat eine Flügelspannweite von mehr als 1,25 Zentimetern und die meisten sind noch kleiner, aber es sind genau 209, einer für jeden Tag, den ich in der Wohngruppe verbracht habe. Zwei Jahre hat es gedauert, bis das Tattoo fertig war, und das Geld, das ich dafür ausgegeben habe, hätte ich eigentlich in Tanzstunden investieren müssen. Aber die Schmetterlinge stehen für Freiheit – und meinen Entschluss, mich nie wieder einfangen zu lassen.

Ich steige in die Dusche und lasse das warme Wasser über meine Haut rieseln. Fünf Minuten später, als ich gerade meinen Conditioner ausspüle, geht der Duschvorhang auf und Brett kommt herein. Er umfasst meinen Hintern mit beiden Händen. »Hilary McIntyre, du hast einen super Knackarsch.«

Ich drehe mich um und starre auf seinen riesigen Ständer. »Tut mir leid, aber ich muss zu meiner Schwester und bin sowieso schon zu spät dran.«

Er legt eine Hand auf seinen Schwanz und streichelt ihn, ein freches Grinsen im Gesicht. »Na, dann sorge ich dafür, dass du noch später hinkommst.«

»Ich muss gehen. Ich bin zu Jeffs Geburtstagsessen eingeladen.«

Brett zuckt die Schultern und lässt seinen Schwanz los, aber das Grinsen ist immer noch da. »Na, dann eben später.«

Ich bin nicht so dumm, Brett mit zu Mallory zu nehmen. Er würde wahrscheinlich mitkommen, aber es würde ihm nicht gefallen. Er kann mit Kindern nicht viel anfangen. Und ehrlich gesagt will ich ihn auch nicht dabeihaben. Ich halte die drei Bereiche streng getrennt: Familie = Mallory. Freunde = Jessica. Ficken = Brett. Keine Überschneidungen. Ist einfacher so.

Ich dusche fertig, lasse Brett im kalten Wasser stehen und schlinge mir ein Handtuch um die Hüften, ohne mich groß abzutrocknen. Dann tappe ich durch den Flur ins Schlafzimmer und wühle den Schrank durch – am Ende entscheide ich mich für einen kurzen Lagenrock und einen scharfen schwarzen Pulli. Das Outfit sieht echt geil aus zu meinen neuen Stiefeln. Ich lasse mein Handtuch aufs Bett fallen und gehe zum Spiegel über der Anziehkommode. Ich quetsche ein bisschen Frizz-Ease in meine Handfläche, bändige meine Krause zu einer weichen Lockenmähne und zwirble ein paar Strähnen zu engen Korkenzieherkringeln. Dann beuge ich mich zum Spiegel vor, um die Wimperntusche aufzutragen, und im selben Moment kommt Brett herein, ein Handtuch tief über die Hüften geschlungen.

Seine Finger gleiten an der Innenseite meines Schenkels hoch. »Bist du sicher, dass du keine Lust auf ’nen kleinen Quickie hast?«

Nein, da bin ich mir ganz und gar nicht sicher. Aber ich darf Jeffs Geburtstagsessen nicht verpassen, sonst kriege ich es noch jahrelang aufs Butterbrot geschmiert. »Lass mich, ich komme zu spät.« Ich packe sein bestes Stück und drücke es. »Aber heb’s mir für später auf.«

2.

Die Besuche bei meiner Schwester sind immer total aufwühlend, weil mir dort meine ganzen Macken voll vor Augen geführt werden. Mallory ist typisches Mittelklasse-Amerika: ein Mann, 2,4 Kinder, ein weißer Lattenzaun und ein Hund. (Okay, das mit dem Lattenzaun und dem 0,4 Kind stimmt nicht ganz, könnte aber durchaus sein.) Sie ist alles, was ich nicht bin und nie sein könnte, selbst wenn ich wollte. Was nicht der Fall ist.

Nichts gegen Mallory – ich habe ihr und Jeff unendlich viel zu verdanken. Sie sind meine Familie, alles, was ich an Verwandtschaft habe. Trotzdem ist es manchmal schwer, »Zaungast« in ihrem Leben zu sein, auch wenn ich dieses Leben gar nicht will. Ehe und Kinder, dafür bin ich nicht geschaffen, und erst recht nicht für die ganzen Verpflichtungen, die das mit sich bringt.

Echt nicht.

Aber trotzdem …

An meinem vierzehnten Geburtstag wurde ich in eine betreute Wohngruppe gesteckt, nachdem unsere Mom ihr Ding gedreht hatte und im Gefängnis gelandet war. Das Gesetz kennt keine Gnade, wenn sich jemand mit 2,1 Promille ans Steuer setzt und einen unschuldigen Passanten überfährt. In Wahrheit wurde ich allerdings schon lange vorher verlassen. Nachdem Mallory ans College gegangen war – ich war damals gerade zehn –, hing Mom nur noch an der Flasche und an ihren wechselnden Männern (selbst an denen, die sie grün und blau schlugen), sodass sie nicht mehr ansprechbar war. Ich war ihr meistens nur eine Last, sonst nichts. Dad war fort. Und von Mallory hörten wir nichts. Ich war allein. Mutterseelenallein. Ich riss mir die Haare aus oder kaute mir die Nägel blutig, weil ich mit körperlichen Schmerzen besser zurechtkam. Die waren wenigstens real. Und längst nicht so schlimm wie die Einsamkeit.

Dann wanderte Mom in den Knast und Mallory wollte mich zu sich nehmen. Aber sie war nicht volljährig und noch in der Ausbildung und deshalb bekam sie nicht das Sorgerecht für mich. Mit dem Ergebnis, dass ich sieben Monate in staatlicher Obhut landete.

Seither weiß ich, warum Kinder, die in Heimen aufwachsen, fast immer auf die schiefe Bahn geraten. Mallory machte gerade ihren College-Abschluss in Florida, als ich in die Wohngruppe kam, und danach suchte sie sich einen Job, damit sie mich zu sich nehmen konnte. Die Zeit dazwischen waren die längsten sieben Monate meines Lebens.

Bis ich endlich zu Mallory durfte, war ich schon ziemlich verkorkst. Einfach war es nicht mit mir. Und dabei waren Mallory und Jeff erst acht Monate zusammen. Die meisten Typen hätten an Jeffs Stelle das Weite gesucht, um sich nicht mit mir und meinen Macken herumschlagen zu müssen, aber Jeff nicht. Jeff behandelte mich wie eine Prinzessin – als ob ich wirklich zur Familie gehörte. Er regelte alles für mich, sorgte dafür, dass ich wieder in die Schule gehen und mein Sophomore-Jahr abschließen konnte. Er war für mich der Vater, den ich nie gehabt hatte.

Mallory und Jeff heirateten vier Monate nach meinem Einzug und genau achtzehn Tage, bevor Henri auf die Welt kam. Von diesem Moment an drehte sich alles nur noch um das Baby – nachts füttern und Bäuerchen machen, das ewige Spucken, Arzttermine und verkackte Windeln. Tonnenweise verkackte Windeln. Aber Jeff war sich für nichts zu schade. Er stand buchstäblich bis zu den Ellbogen in Kacke und Kotze, ohne sich je zu beklagen.

Und die beiden lieben sich immer noch. Sind glücklich miteinander. Ein richtiges Vorzeigepaar.

Ich nehme den PATH nach Jersey City, aber mein Busanschluss klappt nicht, sodass ich noch später zu Mallory kommen werde, als ich befürchtet hatte. Endlich steige ich ihre Haustreppe hinauf und drücke auf die Klingel, und sofort fängt Rufus im Hinterhof zu bellen an, der große goldfarbene Labrador der Familie. Eine Sekunde später fliegt die Tür auf und ich schaue auf den schwarzen Haarschopf von Henri hinunter.

»He, Kumpel. Wie geht's?«, sage ich und wuschle seine zerzausten Haare durch.

»Hi, Tante Hilary! Komm schnell gucken, was ich für Dad gemacht habe!« Er packt mich mit seiner klebrigen kleinen Hand und zerrt mich zur Tür hinein, dann wartet er, bis ich mir die Schuhe von den Füßen geschleudert habe.

»Hey, Hil! Ich bin in der Küche«, ruft Mallory, als wir ins Wohnzimmer kommen.

»Brauchst du Hilfe?«, brülle ich zurück, aber Henri schleppt mich ins Zimmer zu seinem kleinen Bruder, der auf dem Bauch am Boden liegt, auf die Ellbogen aufgestützt, und etwas in den Laptop eintippt, der vor ihm steht.

»Hier, guck mal!«, ruft Henri und kniet sich neben ein Lego-Piratenschiff, das auf dem Couchtisch vor der abgewetzten grünen Couch steht. Am Hauptsegel prangt eine große rote Schleife.

»Wow, das ist aber toll, Süßer. Dein Dad wird begeistert sein.« Und das sind nicht nur leere Worte. Jeff und Henri sind die absoluten Lego-Cracks. Bevor der Abend vorbei ist, haben sie das hier auseinandergenommen und wieder zusammengebaut, so viel steht fest. Ich wuschle noch mal Henris Haarschopf durch, gehe zu seinem kleinen Bruder und setze mich im Schneidersitz neben ihn. »Hey, Max. Was machst du denn da?«

»Psst!«, zischt Max, ohne die Augen vom Bildschirm zu nehmen.

»Minecraft«, sagt Henri, der von hinten ankommt und mir die Arme um die Schultern schlingt.

Max hackt wild auf den Tasten herum und starrt auf den

Bildschirm, als wären wir gar nicht da. Er war immer viel ernster als Henri. Max ist seinem Dad wie aus dem Gesicht geschnitten, aber sonst kommt er mehr nach seiner Mutter – hoch konzentriert und autark. Dieses Kerlchen ist nicht sechs, sondern sechzig, sagt Mallory immer. Und sie hat recht – mit elf Monaten hat Max sich praktisch schon alleine angezogen und mit zwei Jahren war er ohne Windeln. Wenn man ihn knuddeln will, reißt er sich sofort los, und wenn man ihn festhält, schlägt er einen. Die Ärzte reden von High-Functioning-Autismus, aber ich gebe nichts auf solche Diagnosen.

Mir wurden ja selber genug Etiketten angeklebt, die der totale Bullshit waren.

Henri ist im Gegensatz zu Max ein richtiger Schmusebär. Er ist das glücklichste Kind, das ich kenne, und selbst mit sieben schmust er noch gern. »Meine kleine Liebeskugel« nennt Mallory ihn. Früher, als Henri noch klein war und ich noch in der Familie gelebt habe, saß er immer auf meinem Schoß, den Kopf an meine Schulter geschmiegt, und nuckelte an einer Locke von mir, die er zusammen mit seinem Daumen in den Mund steckte. Es war wunderschön, diesen kleinen Körper an meinem zu spüren – das beste Gefühl der Welt.

Aber trotzdem, Kinder sind nicht mein Ding. Ich bin nicht dafür gebaut. Manche Leute sollten einfach keine Kinder kriegen, was ich zum Glück rechtzeitig erkannt habe.

Mallory lehnt sich in den Türrahmen zwischen der Küche und dem Wohnzimmer. »Ich habe so weit alles im Griff, aber vielleicht kannst du mit den beiden Jungs Luftschlangen im Esszimmer aufhängen. Das wäre mir eine große Hilfe. Jeff kommt in ungefähr fünfzehn Minuten und ich hatte bis jetzt einfach nicht die Zeit dafür.«

Natürlich kein Wort davon, dass ich zu spät gekommen bin. Warum sagt sie nicht: »Du hast versprochen, dass du mir hilfst. Wo warst du?«, aber ihr verkniffener Mund und die Fältchen um ihre Augen sprechen Bände.

»Ich wurde beim Casting aufgehalten und dann hatte auch noch der Bus Verspätung«, sage ich, als Antwort auf die Frage, die sie gar nicht gestellt hat.

Mallory wirbelt herum und geht in die Küche zurück. »Und? Wie ist es gelaufen?«, sagt sie über die Schulter.

»Schei…«, fange ich an und bremse mich gerade noch, aber Henri kichert hinter mir. Diesem Knirps entgeht einfach nichts. Er ist der schärfste Beobachter, den ich kenne, obwohl er erst sieben ist. Sieben ist auch das Alter, in dem Kinder ganz wild auf Schimpfwörter sind, glaube ich. Ich werfe ihm einen Blick zu und lege warnend einen Finger an meine Lippen. Ich habe keine Lust, mich von Mallory zur Schnecke machen zu lassen. »Ähm, ziemlich schlecht«, sage ich.

»Mist«, ruft sie aus der Küche herüber.

Das kannst du laut sagen.

Ich stehe auf und ziehe Henri an der Hand hoch. »Komm schon, Kumpel, Zimmer schmücken für Daddy.«

Henri grinst mich an und stürmt ins Esszimmer.

Mallory ist superordentlich und hält ihr Haus blitzsauber, trotz ihrer zwei Rabauken. Ich war gern hier. Es war ein Zuhause, in dem meine Seele heilen konnte. Aber ein Jahr nach meinem Highschool-Abschluss bin ich in die City gezogen. Mallory war am Boden zerstört, dass ich nicht ans College gegangen bin, aber ich wollte nicht. War mir irgendwie too much. Und außerdem wusste ich ja schon, dass ich Schauspielerin werden wollte. Die Auditions für »American Idol« fingen gerade an und ich wollte meinen Erfolg dort zu einer Broadway-Karriere ausweiten. Wenn ich denke, wie optimistisch ich damals war. Und jetzt, dreieinhalb Jahre später, stehe ich immer noch hinter dem Bar-Tresen.

»Willst du auch mithelfen?«, fragte ich und beuge mich zu Max hinunter.

»Gleich.« Er schaut immer noch nicht von seinem Computerspiel auf.

Ich wuschle seine rotblonden Haare durch, aber er schüttelt sofort meine Hand ab, also stehe ich auf und gehe ins Esszimmer zu Henri, der schon die Luftschlangen aufgerissen und fast die ganze Rolle abgewickelt hat. Ein riesiger Haufen türmt sich um seine Füße. Ich blicke mich im Zimmer um, betrachte die schweren Esszimmermöbel und den Kronleuchter. »Und wie willst du das jetzt machen?«, frage ich.

Henri grinst und sein Gesicht leuchtet auf. »Ich will Dad schmücken.«

Ich lache. »Gute Idee.«

Henri sammelt den Luftschlangenhaufen auf. »Damit binde ich ihn an seinem Stuhl fest.«

»Ähm … frag lieber erst deine Mom«, sage ich. Henris Plan klingt lustig, aber ich weiß nicht, was Mallory davon hält.

»Mom?«, brüllt Henri und läuft in die Küche und im selben Moment bellt Rufus wieder los. Eine Sekunde später geht die Haustür auf und Jeff kommt herein. Henri macht auf dem Absatz kehrt und wirft sich auf ihn. »Dad!«

Jeff zieht seine Schuhe aus und beugt sich hinunter, um Henri zu umarmen. »Hey, Kumpel. Alles gut?«

Bevor Jeff sich wieder aufrichten kann, klettert Henri affenflink auf seinen Rücken. »Ich binde dich jetzt am Stuhl fest!«, kräht er.

»Wirklich?«, grinst Jeff. Er nimmt seinen Sohn huckepack und winkt mir zu, als er an mir vorbei in die Küche geht. »Hey, Hilary.«

»Herzlichen Glückwunsch zum Geburtstag«, rufe ich ihm nach. Im selben Moment zerrt etwas an meinen Jeans. Ich schaue hinunter und sehe, dass Max sich endlich vom Computer losgerissen hat. Ich nehme ihn an der Hand und wir folgen Jeff und Henri in die Küche.

»Herzlichen Glückwunsch, Daddy«, sagt Max leise.

Jeff setzt Henri auf die Theke, wo er fröhlich mit den Beinen schlackert und seine Fersen gegen den Unterschrank knallt. Dann beugt Jeff sich hinunter und wartet auf seinen jüngeren Sohn. Max geht langsam die paar Schritte zu ihm und Jeff nimmt ihn in den Arm und drückt ihn fest an sich. Max windet sich sofort wieder heraus und Jeff lässt ihn. Bestimmt tut es ihm weh, dass er seinen Sohn nicht richtig in die Arme nehmen kann, aber Max verträgt nur wenig Körperkontakt. Und Jeff nimmt ihn, wie er ist, und freut sich über jeden kleinen Liebesbeweis, ohne seinen Sohn zu bedrängen.

Hätte ich doch auch einen Vater wie Jeff gehabt!

Ich beobachte die beiden einen Augenblick. Jeff ist klein und stämmig. Er hat dunkelbraune Augen und kräftige Gesichtszüge. Max sieht ihm total ähnlich, nur hat er rotblonde Locken, während Jeffs Haare dunkelblond und ganz glatt sind.

»Herzlichen Glückwunsch, Mr LaForte«, sagt Mallory, die in einem brodelnden gusseisernen Topf rührt und auf ihn hinunterlächelt.

»Oh, vielen Dank, Mrs LaForte«, antwortet Jeff grinsend. Er steht auf, geht zu Mallory an den Herd und küsst sie auf den Mund, so zärtlich, dass ich wegschauen muss. »Und?«, sagt er, nachdem er sich von ihr gelöst hat. »Ich dachte, ich soll am Stuhl festgebunden werden?«

Mallory wirft ihm einen Blick zu.

»Ich binde Daddy fest!«, verkündet Henri und knallt zur Bekräftigung seine beiden Fersen voll gegen den Unterschrank.

Jeff schaut erst ihn an, dann mich.

»Mit den Luftschlangen«, erkläre ich. »Er will dich schmücken.«

Mallory rollt die Augen, dreht sich zum Herd um und rührt weiter in ihrem Topf. »Du bist früh dran«, sagt sie zu Jeff. »Das Essen braucht noch fünfzehn Minuten.«

Jeff zerrt an seinem Hemdkragen. »Gut. Dann kann ich mich ja noch umziehen«, sagt er und hebt Henri im Vorbeigehen von der Küchentheke herunter. Henri trottet hinter ihm her zum Schlafzimmer, während Max wieder an seinen Computer geht.

Ich lehne mich an die Theke. »Wenn du mit der Fesselaktion einverstanden bist, brauche ich die Luftschlangen ja nicht aufzuhängen.«

Mallory wirft mir einen Blick über die Schulter zu. »Dann mach dich gleich mal nützlich – du kannst den Topf hier mit Wasser füllen und aufsetzen«, sagt sie und nickt zum Herd hinüber.

Ich trage den Topf zum Spülbecken und lasse Wasser einlaufen.

»Was macht Brett heute Abend? Ich dachte, er kommt vielleicht mit.«

»Proben«, lüge ich. Ich habe ihr immer wieder erklärt, was der Deal zwischen uns beiden ist, aber sie kann sich nicht damit abfinden. Irgendwie hofft sie immer noch, dass wir uns plötzlich total ineinander verlieben, in ein Eigenheim in Jersey ziehen (natürlich mit Lattenzaun) und 2,4 Kinder in die Welt setzen. Fehlt nur noch der Hund.

Aber da kann sie lange warten.

Ich setze den Topf auf und schalte die Platte ein, und im selben Moment kommt Jeff in einem grünen Heineken-T-Shirt und einer labbrigen schwarzen Jogginghose herein.

»Ein tolles Outfit für ein Geburtstagsessen«, sagt Mallory und verdreht die Augen.

Jeff tritt hinter sie und zieht sie an sich. »Heißt das, du hättest mich lieber in meinem wahren Geburtstagsdress – nackt, wie Gott mich geschaffen hat?«, murmelt er an ihrem Ohr.

Mallory wird rot und wirft mir einen verstohlenen Blick zu. Was denkt sie sich eigentlich? Ich bin doch keine vierzehn mehr. »Jeff«, sagt sie und schlägt seine Hand von ihrem Hintern weg.

Aber sie lächelt dabei.

Jeff und Mallory haben immer noch jede Menge Sex, da bin ich mir sicher. Als Teenager musste ich es mir oft genug mit anhören – das quietschende Bett und ihr unterdrücktes Stöhnen.

Ich hatte damals auch schon Sex gehabt, aber nicht so. Jedenfalls hat es sich nicht so angehört. Ich habe nie den Namen meines Lovers gestöhnt und »Oh Gott« gesagt und ich habe auch nie dabei gekichert. Eines Nachts, als es wieder losging, schlich ich durch den Flur zu ihrem Zimmer und drückte die Tür einen Spaltbreit auf. Henri war damals noch ein Baby, vielleicht drei Monate alt, und schlief in einem Körbchen an Mallorys Bettseite. Die Laken lagen am Boden auf Jeffs Seite und die beiden wälzten sich nackt auf der Matratze. Jeff bewegte sich so langsam zwischen Mallorys Beinen, dass es wie ein Tanz aussah. Mallory stöhnte leise, so winzige Laute, die tief aus ihrer Kehle kamen, und irgendwann schlang sie ihre Beine um ihn, überkreuzte die Knöchel und zog ihn enger an sich.

Jeff drang stöhnend noch tiefer in sie ein und wisperte: »Ich liebe dich so, mein Schatz.«

Im nächsten Moment hörte ich Mallory schniefen und ich sah, wie Jeff ihre Wangen mit den Fingerspitzen abwischte. Erst da merkte ich, dass sie weinte. Aber Jeff hatte ihr doch nicht wehgetan? Er war so sanft zu ihr.

Betreten schlich ich in mein Zimmer zurück. Mit mir

stimmt was nicht, sagte ich mir, denn so war es bei mir nie gewesen, wenn ich Sex hatte.

Und jetzt weiß ich, dass ich recht hatte.

Jeff lässt Mallory grinsend los. »Ich schenke schon mal den Wein ein. Willst du eine Coke oder so, Hilary?«, fragt er und dreht sich zu mir um. Prompt fühle ich mich ertappt, als die Voyeurin, die ich in all den Jahren war.

»Ähm … ja, klar. Coke ist super.« Ich bin einundzwanzig, aber sie bieten mir keinen Wein an … was echt absurd ist, wenn man bedenkt, dass ich in einer Bar arbeite. Wir haben nie darüber gesprochen, aber ich glaube, es ist wegen der Reha. Mallory hat Angst, dass ich »rückfällig« werde. Sie kann ja nicht wissen, dass ich nie süchtig war … sondern nur totalen Mist gebaut habe. Ich darf es ihr nicht sagen, weil ich ihr sonst die Wahrheit erzählen müsste, und die ist viel, viel schlimmer.

Nach dem Essen bleibe ich noch eine Weile da, um Henri und Max ins Bett zu bringen, dann fahre ich in die City zurück. Als ich aus der U-Bahn komme, sitzt ein traurig blickender Typ mit langem, strähnigem Haar unten an der Rolltreppe. Er spielt auf seinem Saxofon – einen langsamen, traurigen Song, den ich nicht kenne.

Einen wunderschönen Song.

Ich stehe lange Zeit nur da, in die Musik eingehüllt wie in eine warme Decke, und das Saxofon jagt mir Schauer über den Rücken.

Der Typ ist so gut, dass mir ganz mulmig wird. Ich meine, warum sitzt er mit seinem verbeulten Saxofon in einem

U-Bahn-Schacht auf dem nackten Betonboden, statt im Lincoln Center mit den Philharmonikern aufzutreten? Jemand, der so spielt, dass einem die Tränen in die Augen schießen? Und was ist, wenn es mir genauso geht? Wenn ich einfach nie gut genug sein werde?

Ich wühle in meiner Tasche nach einem Fünfer und werfe ihn in den offenen Instrumentenkasten mit dem zerfetzten roten Samtfutter. Dann rutsche ich an der gelb gefliesten Wand herunter und setze mich neben ihn. Er blickt nicht auf, spielt einfach weiter. Ich ziehe meine Jacke enger um mich und schließe die Augen. Die Musik macht mich frei, so wie meine Schmetterlinge. Ich stelle mir vor, dass die Noten in die Luft flattern wie Schmetterlingsflügel und dann mit dem Wind davonwehen.

Aber das macht mich noch trauriger.

Endlich, nach fünf oder sechs Stücken, rapple ich mich auf und krame ganz unten in meiner Tasche drei verkrumpelte Dollarscheine hervor, mein letztes Bargeld. Ich werfe die Scheine in den Instrumentenkasten, dann gehe ich die Treppe hoch und in den kalten Nieselregen hinaus.

Auf dem Heimweg schaue ich in der Bar vorbei, um meinen Gehaltsscheck abzuholen. Ich reiße die Tür auf und mir schlägt eine Welle von warmer, stickiger Luft entgegen, die nach abgestandenem Bier und vergammeltem Essen riecht. Ich hatte mich vor zweieinhalb Jahren für diesen Job beworben, als mein »American-Idol«-Ruhm noch relativ frisch war. Abgesehen von meinem scharfen Body war das der einzige Grund, warum ich genommen wurde. Ich hatte noch nie hinter einem Bar-Tresen gestanden, aber Jerry checkte mich kurz ab und war der Meinung, dass ich »Potenzial« hätte. Er gab mir eine Handvoll winziger weißer Tops mit dem Bar-Logo vorne drauf – einem lockigen Filthy McDermott quer über dem Busen – und fragte mich, ob ich Ass-Shorts hätte. »Die Typen brauchen was Scharfes zum Anschauen, damit sie länger bleiben und mehr trinken«, sagte er. Außerdem wollte er, dass ich meinen BH wegließ, und an diesem Punkt reichte es mir. »Fick dich ins Knie«, sagte ich ihm. Was in aller Welt dachte der Kerl sich eigentlich? So wie man in dieser Schrottkneipe angegraben wurde, hielt ich meine Titties lieber unter Verschluss.

Jerry hält seine Bar total schummrig, falls mal irgendwo eine Kakerlake auftaucht. Es ist die reinste Neandertaler-Höhle: Schummerlicht, dunkle Holztäfelung, riesiges Mahagoni-Ungetüm von Tresen ganz hinten im Raum, durchdringender Gestank nach altem Schweiß und vergammeltem Essen …

Ein paar Stammgäste schwanken auf ihren Hockern am Ende des Tresens, und ein Trupp angeglühter College-Typen grölt in einer Nische an der Wand herum. Nicht schlecht für Donnerstagabend. Im Radio spielt Jerrys Lieblings-80s-Rock-Sender, aus dem Fernseher über der Bar dröhnt eine Sportreportage, und das Ganze verschmilzt zu einem ohrenbetäubenden Radau, sodass man sein eigenes Wort nicht versteht.

»Hilary! Baby!«, brüllt Jerry, als die Türklingel losklimpert, und ich fühle mich wie Norm, so ein Typ aus einer alten Cheers-Show. »How's it hanging?« Das fragt er mich jedes Mal, obwohl er doch weiß, dass ich ein Mädchen bin.

»Tief unten, Jerry. Verdammt weit unten, wenn du's genau wissen willst.« Ich gehe nach hinten durch und ein penetranter Geruch nach verbranntem Käse dringt mir in die Nase. Jerry hat wieder mal eine Ladung Nachos unter dem Grill vergessen.

»Das tut mir leid für dich, Süße. Bist du hier, um deinen Kummer runterzuspülen?« Er will mich immer zum Trinken animieren, damit mein bisschen Lohn sofort wieder in seine Kasse wandert.

Ich lehne mich an den Tresen. »Nö. Heute ist der Fünfzehnte. Ich will bloß meinen Scheck abholen.«

Er verzieht in gespieltem Bedauern sein Gesicht. »Hab ihn noch nicht parat«, sagt er und ich weiß, dass es ihm überhaupt nicht leidtut. »Wenn du 'nen Augenblick wartest, mach ich ihn fertig. Kannst ja so lange was trinken.«

»Aufs Haus?«, frage ich, obwohl ich die Antwort schon kenne.

Er lacht schnaubend und versprüht so viel Spucke über den Tresen, dass er mit seinem schmutzigen Lappen drüberwischen muss. Das ist alles, was ihm dazu einfällt.

Jerry hat mich noch nie angefasst, aber er wäre nicht abgeneigt, wenn ich ihm eine Chance dazu geben würde.

Im Großen und Ganzen ist er ein anständiger Kerl, aber er muss ja auch aufpassen, dass er nicht mit dem Gesetz in Konflikt kommt – wegen sexueller Belästigung von Lohnabhängigen und so. Wenn er nach der Schicht abends noch da ist, sondert er jedes Mal irgendeinen lockeren Spruch ab und will mich überreden, was zu trinken oder »ein paar neue Rumrezepte« zu testen. Wahrscheinlich denkt er, er muss mich betrunken machen, damit er mir an die Wäsche gehen kann. Funktioniert vielleicht normalerweise ganz gut.

Jerry ist um die vierzig, aber trotzdem noch ganz knackig – dunkler Bürstenschnitt, kantiges Gesicht und strahlend blaue Augen. Er war mal beim Militär und achtet auf sein Äußeres – so einigermaßen jedenfalls. Trotz der Unmengen Bier, die er in sich hineinkippt (alles aufs Haus natürlich), hat er noch keinen Bierbauch. Er sahnt ganz schön ab bei der Kundschaft und er hat ein paar Stammkundinnen, die nur zum Flirten herkommen. Aber leider kapiert er einfach nicht, dass ich nicht dazugehöre.

Ich gehe um die Bar herum und schenke mir ein Glas Wasser ein, dann setze ich mich auf einen Barhocker. »Ich warte.«

Jerry wirft mir einen sexy Blick zu und verschwindet in seinem Büro hinten. »Na, dann halt mal die Stellung.«

»Hilary!«, ruft einer von den Typen am anderen Ende des Tresens zu mir herüber, als wären wir gute alte Freunde. Er ist mindestens sechzig, hat graue Haare und eine schlecht kaschierte kahle Stelle. Seit ich hier arbeite, kommt er jeden Dienstag- und Freitagabend in die Bar – seine Frau ist in dieser Zeit in ihrem Literaturclub oder beim Bunco oder was auch immer –, aber ich kann mir nie merken, ob er Bob oder Bill heißt. »Kann ich noch eins haben?«, fragt er und hält sein leeres Glas hoch.

Ich bin nicht im Dienst und denke nicht daran, »die Stellung zu halten«. Ich nicke zum Zapfhahn hinüber. »Bedienen Sie sich.«

Der Typ grinst noch breiter und hievt seinen fetten Arsch

vom Hocker herunter. »Geht das auf meinen Bierdeckel?«, brummt er, als er an mir vorbeiwatschelt.

»Nicht, wenn Sie Ihre Hufe schwingen«, sage ich mit einem vielsagenden Blick zur Bürotür.

Der Typ stürzt um den Tresen herum und zapft sich ein Bier, dann tätschelt er mir den Arsch und blinzelt mir zu, bevor er zu seinem Hocker zurückgeht. »Danke, ich wusste doch, dass Sie okay sind.«

Ein paar Minuten später kommt Jerry zurück, wedelt mit dem Scheck in der Luft herum und grinst mich wieder an. »Ich hab deine letzte Schicht voll angerechnet, obwohl du fünfzehn Minuten früher abgehauen bist«, verkündet er selbstgefällig.

Ich reiße ihm den Scheck aus der Hand und stopfe ihn in meine Handtasche. »Danke, Jerry. Du hast was gut bei mir.«

Er wackelt mit den Augenbrauen und zwinkert mir zu. »Gut zu wissen – ich werde darauf zurückkommen.«

Ich verdrehe die Augen und rutsche von meinem Hocker. »Dann bis morgen.«

»Du schließt den Laden, vergiss das nicht.«

»Ja, klar«, sage ich. »Also bis fünf.«

Ich gehe an der ATM vorbei und reiche meinen Scheck ein, dann fahre ich nach Hause. Der Nieselregen ist stärker geworden und ich bin total durchgeweicht, aber das macht nichts. Ich gehe gern im Regen, weil ich dabei so gut runterkomme. Die Gehwege sind voller Pfützen und ich wate mittendurch, verspritze so viel Wasser wie nur möglich, ohne gleich voll reinzuplatschen wie eine Vierjährige. Ich strahle geradezu, als ich zu unserer Haustür komme.

Aber dann vergeht mir das Lachen.

Im Eingang steht jemand. Ein schlanker, hochgewachsener Mann in schwarzen Cargohosen, Armeestiefeln und einem dunkelblauen Hoodie. Ein süßer Typ – richtig gut aussehend. Und er starrt mich mit großen Augen an.

»Hilary?«, fragt er mit einem leichten Akzent, den ich nach diesem einen Wort noch nicht wirklich einordnen kann. Vielleicht was Europäisches?

»Kommt drauf an«, sage ich und weiche einen Schritt zurück. Irgendwie kommt er mir vertraut vor, aber auch ein bisschen gefährlich. Er wirkt total angespannt, seine Hände zucken an den Seiten und er hat so was Dunkles im Blick.

Wahrscheinlich müsste ich ihn kennen, aber woher? Er hat kurzes, welliges schwarzes Haar, das aus der Stirn zurückgekämmt ist, und dunkle Augen. Und er ist der schönste Mann, den ich je gesehen habe. Olivbrauner Teint, nicht dunkler als meiner, aber ein ganz anderer Hautton. Wahrscheinlich Schauspieler oder so. Vielleicht kenne ich ihn vom Casting? »Sag erst mal, wer du bist?«

»Ich bin's, Hilary – Alessandro.«

Alessandro.

Sein Gesicht verschwimmt vor meinen Augen und die Straßenlampen über meinem Kopf drehen sich um mich. Mir sacken die Beine weg und ich stütze mich schnell an der Wand ab, bis ich mich wieder gefangen habe. »Alessandro?« Ich kenne nur einen, der so heißt.

Mit gerunzelter Stirn schaut er mich an. »Alessandro Moretti – aus der Wohngruppe?«

Und platsch!, liege ich mit dem Hintern in einer Pfütze,

weil meine Beine sich unter mir in Pudding verwandelt haben, und Alessandro hält mich im Arm. Plötzlich sind die letzten acht Jahre wie weggeblasen. Ich bin wieder mit ihm im Aufenthaltsraum und eine unsichtbare Faust drückt mir das Herz ab.

Wir gehen fort.

Es dauert eine Sekunde, bis ich wieder Luft bekomme und in sein gehetztes Gesicht aufblicke. »Was machst du hier?«

Alessandro hilft mir auf die Beine und hält dann plötzlich inne. »Ich …« Er schüttelt den Kopf. »Ich habe gerade erst deine Adresse gefunden. Ich wollte nur wissen, wie's dir geht.«

Mir sackt der Magen in die Füße. Vielleicht wäre es besser gewesen, einfach liegen zu bleiben. Weiß er Bescheid? Und wie hat er es herausgefunden?

Ich lehne mich an die Wand. »Wo ist Lorenzo?« Plötzlich durchzuckt mich die Angst, dass er auch hinter mir her ist.

Alessandro presst die Lippen zusammen und seine rauchgrauen Augen verdüstern sich. Er schließt sie und atmet tief ein, dann schaut er mich wieder an. »Lorenzo ist vor zwei Jahren gestorben.«

3.

Lorenzo ist tot. Und ich fühle nichts, bin wie gelähmt.

Ich habe die Moretti-Brüder so lange aus meinem Kopf verbannt, und ich hätte nicht gedacht, dass ich sie je wiedersehen würde. Und jetzt steht Alessandro vor mir. Er legt seine Hand auf meinen Arm, um mich zu stützen, und ich weiß nicht, was ich denken soll – ob es mir lieber wäre, wenn er sich in Luft auflösen würde, oder nicht.

Ich war erst vierzehn, als ich Alessandro und seinen großen Bruder zum letzten Mal gesehen habe. Ich war nur drei Monate in unserer Wohngruppe mit ihnen zusammen, aber diese drei Monate haben mein ganzes Leben überschattet. Ich erinnere mich nur bruchstückhaft – so vieles habe ich verdrängt, während andere Dinge unauslöschlich in mein Gedächtnis eingegraben sind, als wären sie in Stein gemeißelt. Dinge, die ich nie vergessen werde, so sehr ich mich auch anstrenge.

Lorenzo war mein erstes Mal, so wie ich Alessandros erstes Mal war. Im Nachhinein weiß ich, dass es nichts zu bedeuten hatte. Lorenzo hat sich gelangweilt und ich war ein guter Zeitvertreib für ihn. Aber damals lebte ich in einer emotionalen Wüste. Alle hatten mich verlassen, meine Mom, meine Schwester, die Menschen, die mich doch hätten lieben müssen. Ich hatte den Schmerz tief in mir vergraben, in den hintersten Winkel meiner Seele gestopft, wo ich ihn nicht spüren konnte. Aber ohne diesen Schmerz war ich nichts. Ich war taub, total gefühllos. Und ich sehnte mich so verzweifelt danach, wieder etwas zu fühlen, egal was, dass ich mich Lorenzo praktisch auf dem Silbertablett angeboten habe.

Lorenzo erschien mir so lebendig – so ganz anders als die Leere, die ich in mir spürte. Er kam mir vor wie ein Komet, der durch den schwarzen Nachthimmel zischt – so groß und strahlend, wie ein Bewohner von einem fremden Stern. Er hatte ständig Ärger mit unserer Betreuerin, gab aber nie klein bei. Wenn sie ihn anschrie, brüllte er zurück, schrie ihr seine Wut mitten ins Gesicht. Und eines Tages schlug er sie. Ich habe es mit eigenen Augen gesehen. Habe gesehen, wie er die Faust hochriss und gegen ihren Kiefer knallte. Blut und Speichel schossen in hohem Bogen aus ihrem Mund und hinterließen einen Fleck auf dem Teppich. Ich werde nie den Ausdruck in ihrem Gesicht vergessen … in ihren Augen. Plötzlich war sie total lebendig.

Ich wollte auch lebendig sein.

Anfangs warf ich ihm dumme Sprüche an den Kopf, damit er mich überhaupt wahrnahm, aber später habe ich ihn bewusst provoziert. Ich glaube, ich wollte, dass er mich auch schlug.

Stattdessen schlief er mit mir.

Der Sex mit Lorenzo war kein bisschen romantisch. Keine Zärtlichkeiten, kein Liebesgeflüster, kein Vorspiel. Und sobald es vorbei war, war er fertig mit mir.

Ich war wieder allein, und deshalb ging ich zu Alessandro, der ganz anders war als sein Bruder. Alessandro wollte reden – über meine Eltern und seine Familie … über Gott und die Welt und unseren Platz darin. Aber ich wollte etwas anderes von ihm … Ich pfiff auf den Sinn des Lebens; ich wollte mich lebendig fühlen, sonst nichts. Also erzählte ich ihm von Lorenzo – was wir gemacht hatten – und dann zog ich den Reißverschluss meiner Jeans auf. Er wollte zuerst nicht, aber ich blieb hartnäckig.

Als er sich endlich herumkriegen ließ, war ich enttäuscht. Es war nicht so, wie ich gedacht hatte.

Meine einzige Vergleichsmöglichkeit war Lorenzo, der vor Selbstbewusstsein strotzte und sich nahm, was er brauchte. Der Rest war ihm egal. Er war nicht sanft gewesen, aber körperlicher Schmerz machte mir nichts aus, das war etwas, woran ich mich festhalten konnte.

Alessandro war das genaue Gegenteil. Voller Skrupel und weich und unerfahren. Er war nervtötend sanft, und hinterher hielt er mich im Arm und wollte wissen, ob es okay für mich war.

Ich verstand die Frage nicht.

Erst später, als er Gefühle in mir weckte, die ich bis dahin nicht kannte, begriff ich, dass Sex für Alessandro nicht nur körperlich war. Ihm konnte ich mich öffnen, ihm meine schwarze, gebrochene Seele zeigen, ohne dass er vor mir zurückschreckte. Er gab mir das Vertrauen, dass alles gut werden konnte. Bei Alessandro lernte ich, was Liebe ist.

Und einen Monat später ging er fort. So wie alle anderen.

Aber jetzt ist er hier.

»Es ist wahnsinnig spät«, sage ich und überlege verzweifelt, was ich tun soll. Ich habe so viele Fragen – so vieles, das ich wissen möchte. Aber erst muss ich ein paar Dinge klären. Und dazu bin ich noch nicht bereit. »Bist du eine Weile in der Stadt? Können wir uns vielleicht morgen treffen?«

Alessandro nickt. »Es tut mir leid, Hilary. Ich wollte dich nicht überfallen.«

Tust du aber. »Im Argo Tea am Columbus Circle? Um elf? Gibt notfalls auch Kaffee dort …«

»Argo Tea«, wiederholt er mit einem Nicken.

Ich gehe rückwärts zu meiner Haustür. »Okay … also dann bis morgen, ja?«

Er schaut mir voll in die Augen und weicht einen Schritt zurück. Sein Blick geht mir durch und durch und ich schaue schnell weg, aus Angst, dass ich vielleicht mehr sehe, als mir lieb ist. Ich schließe die Tür auf und schlüpfe hinein, ohne zurückzuschauen, dann knalle ich meine Faust auf den Liftknopf, weil ich sofort reinmuss, bevor mir wieder die Knie wegsacken. Endlich kommt der Aufzug, ich steige ein, drücke auf die Vier, lehne mich an die Wand und lasse mich auf den Boden gleiten. Ich schlinge die Arme um meine Knie und lege meinen schmerzenden Kopf darauf. Auf meiner Etage kracht die Tür auf, aber ich rühre mich nicht. Nach einer Sekunde geht sie wieder zu und ich sitze immer noch reglos da.

Lorenzo ist tot, aber Alessandro ist hier. In meinem Leben ist so viel passiert seit der Zeit in der Wohngruppe. Nachdem die beiden fort waren, blieb ich mit meinem Schmerz und meiner Wut allein zurück. Ich habe überlebt, weil ich gelernt habe, den Schmerz zu ignorieren, ihn einfach in den hintersten Winkel zu stopfen. Aber die Begegnung mit Alessandro wühlt alles wieder auf. Und das geht nicht. Ich darf nicht zulassen, dass er mir je wieder so wehtut. Der Schmerz macht mich schwach.

Aber die Wut beflügelt mich.

Also noch mal Knopf drücken. Der Lift setzt sich in Bewegung und ich rapple mich vom Boden auf, stopfe meinen Schmerz wieder in die dunkelsten Winkel meiner Seele zurück. In der ersten Etage geht die Tür auf und ein Paar steigt ein, das ich vom Sehen kenne – kichernd und Arm in Arm. Die beiden mustern mich misstrauisch und hören auf zu lachen.

Endlich hält der Lift im vierten Stock und ich steige aus, ohne die beiden anzusehen, gehe den Flur entlang zu meiner Tür. Ich knipse das Licht an, hole mir eine fast leere Zwei-Liter-Flasche Diät-Coke aus dem Kühlschrank und kippe den kläglichen Rest hinunter.

Auf dem Weg ins Schlafzimmer lege ich einen kurzen Zwischenstopp im Bad ein, um zu pinkeln und mir die Zähne zu putzen. Ich schaue in den Spiegel und zucke zurück, weil mir das verängstigte kleine Mädchen von damals entgegenstarrt. Ich lasse heißes Wasser laufen, spritze es mir ins Gesicht, atme den Dampf ein und dränge die Angst zurück. Als ich wieder aufblicke, ist das Mädchen weg. Nur ich bin da. Mein hartes, toughes, unverwüstliches Ich. Ich habe die Moretti-Jungs viel zu nahe an mich herangelassen, so nahe, dass es wehtat, und ich habe meine Lektion gelernt. Niemand wird je wieder meine Schutzwälle einreißen.

Das Bett ist leer, also ist Brett weggegangen. Ich ziehe mich aus und schlüpfe unter die Decke. Ich will nur noch eins: mich zu einer Kugel zusammenrollen und schlafen.

Aber ich kann nicht schlafen, kann einfach nicht abschalten und grüble die ganze Zeit darüber nach, was Alessandro mir wohl zu sagen hat. Eine Stunde später kommt Brett nach Hause, sturzbetrunken, und ich bin immer noch hellwach. Er wankt ins Schlafzimmer herein und ich setze mich im Bett auf. Dann knipst er das Licht an und zieht seine Jacke aus. Er ist klatschnass vom Regen, sein T-Shirt klebt ihm an den Schultern und am Rücken.

»Na endlich«, sage ich und sein Blick wandert über meine Kurven, als ich die Bettdecke wegreiße. Ich wälze mich auf Hände und Knie und krieche zum Bettrand. »Komm her.«

Grinsend kommt Brett auf mich zu, dann bleibt er dicht vor mir an der Bettkante stehen. »Und jetzt?«

Ich strecke die Hand aus, reiße seinen Jeansknopf auf und zerre den Reißverschluss herunter. Er springt sofort an, wie immer, und sein Ding steht bereits auf Halbmast. Ich beuge mich vor und helfe mit der Zunge nach. Eine Minute später, sobald er richtig steif ist, nehme ich ihn in den Mund.

»Oh, fuck«, keucht Brett und ich fange an zu saugen. Er stöhnt und zerrt mich vom Bett auf den Boden herunter, wälzt mich herum und besteigt mich. Im nächsten Moment dringt er mit harten Stößen in mich ein. Er grunzt wie ein Tier, rammt mich voll in den Parkettboden, und es tut weh, aber verdammt gut weh.

Nach ein paar Minuten ist alles vorbei. Ich komme nicht, aber das ist egal. Darum geht es nicht. Ich wollte nur fühlen, dass ich da bin, hier, an diesem Ort. Jetzt sofort. Das habe ich gebraucht.

Brett wälzt sich von mir herunter und ich hieve mich wieder aufs Bett hinauf – endlich werde ich schläfrig. Ich mache die Augen zu und da ist nichts. Genau, wie ich es haben will.

Am nächsten Morgen stelle ich fest, dass Brett es nicht ins Bett geschafft hat. Er liegt in seinen schmutzigen Klamotten am Boden, genau dort, wo ich ihn gestern Nacht zurückgelassen habe, und schläft wie ein Stein. Ich nehme mein Telefon vom Nachttisch und checke die Uhrzeit.

Zehn.

Ich steige über Brett und stürze in die Dusche, wasche mich in einem Affentempo und überlege die ganze Zeit, ob ich tatsächlich hingehen soll. Ich weiß doch gar nicht, was ich Alessandro sagen soll. Warum ist er überhaupt hier nach all den Jahren?

Mir bleibt keine Zeit, meine Haare zu entkrausen, sodass meine Frisur noch afromäßiger aussieht als sonst. Um elf Uhr fünfzehn rase ich zum Argo Tea hoch. Ich bin total hin- und hergerissen. Weiß nicht, ob ich ihn wirklich sehen will.

Aber er ist da.

Er sitzt allein an einem Tisch in der Ecke hinten und klammert sich mit beiden Händen an seine Kaffeetasse. Ich beobachte ihn, wie er die Tasse zum Mund führt und daran nippt. Er hat sich verändert, aber ich erkenne trotzdem den sechzehnjährigen Jungen in ihm wieder, der er damals war. Er hat dieselbe seidig-schwarze Haarmähne, nur sind die dunklen Wellen aus dem Gesicht gekämmt, statt in die Stirn zu hängen, so wie früher. Dieselben rauchgrauen Augen mit den schwarzen Ringen um die dunkle Iris. Aber seine Gesichtszüge sind kantiger geworden, männlicher. Ein dunkler Bartschatten liegt über seinen Wangen und in seinem Kinn zeichnet sich ein Grübchen ab. Er ist groß, über einsfünfundachtzig, aber nicht mehr so schlaksig. Ja, tatsächlich, er ist muskulöser geworden. Er trägt ein saphirblaues Hemd, das locker über seine schwarze Jeans fällt, und man sieht sofort, dass unter der dünnen Baumwolle ein supertoller Body steckt.

Schön ist er immer noch, Alessandro. Wirklich schön – es gibt kein anderes Wort dafür. Nur strahlt er jetzt eine gewisse Härte aus, die mich an Lorenzo erinnert.

Dabei war Lorenzos Gesicht in mancher Hinsicht jungenhafter als seines – runder und kindlicher. Trotzdem war Lorenzo tougher und aggressiver als Alessandro. Er hatte braune Haare, kohlschwarze, undurchdringliche Augen und seine Haut war nicht ganz so dunkel wie die von Alessandro. Lorenzo war damals siebzehneinhalb, und weil er sich selten rasierte, hatte er einen blonden Flaum auf der Oberlippe, der mich im Gesicht kratzte, wenn er auf mir lag. Er war kleiner als Alessandro, obwohl er eineinhalb Jahre älter war, und auch kräftiger – breiter in den Schultern –, was Alessandro inzwischen aufgeholt haben dürfte. Aber Lorenzo hatte immer etwas Gehetztes im Blick, als würde er jeden Moment um sich schlagen. Und das hat Alessandro jetzt auch ein bisschen.

Ich stehe in der Tür, beobachte ihn noch eine Weile und kämpfe mit mir, ob ich das wirklich durchziehen soll. Mir ist mulmig und das hasse ich. Ich lasse mich sonst nicht so leicht einschüchtern. Ich werde manchmal sauer, okay. Oder nervös. Aber Angst – nein. Nie. Und da muss ich jetzt durch. Ich will wissen, warum er hier ist – was er weiß. Ich hole tief Luft, drücke die Schultern durch und gehe zu ihm hinüber.

Alessandro erstarrt, als ich auf ihn zukomme, aber nur einen Moment, dann steht er auf. »Ich hätte nicht gedacht, dass du wirklich kommst«, sagt er.

»Wie auch immer«, murmle ich und schaue weg, weil sein Blick so intensiv ist.

»Ich hätte für dich mitbestellt, aber ich wusste nicht, was du nimmst.« Er zieht einen Stuhl auf der anderen Tischseite heraus und fügt hinzu: »Ich bringe dir was.«

Ich starre ihn schweigend an. Bin fassungslos, wie sehr er sich verändert hat.

»Das kann ich selber.« Ich wirble herum und flüchte zum Tresen, stelle mich dort in die Schlange. Ich warte, bis ich drankomme, ohne zu ihm zurückzuschauen. Ich brauche die Zeit, um mich zu sammeln. Was will ich eigentlich von ihm? Einen Abschluss, oder was? Auf jeden Fall habe ich massenhaft Fragen, auf die ich Antworten will. Ich muss nur kühlen Kopf bewahren, damit ich nicht vergesse, was genau ich ihn fragen wollte.

Alessandro steht wieder auf, als ich an den Tisch zurückkomme. Er hält meine Stuhllehne, wartet, bis ich mich gesetzt habe, und rückt mich näher an den Tisch. Endlich geht er an seinen Platz zurück und schaut mich quälend lange an. »Tut mir leid, dass ich dich gestern Abend so überrumpelt habe. Das wollte ich nicht. Ich wollte nicht bei dir klingeln. Ich hatte gerade erst deine Adresse herausgefunden, und ich …« Seine Augen werden schmal, er sieht aus, als fühlte er sich ertappt. Verlegen. Ja, er ist verlegen.

»Hast du mich gestalkt, oder was?«

Sein Gesicht verzerrt sich. »Aber ich …«, stottert er. »Ich wollte doch keinen Kontakt zu dir aufnehmen.«

»Und wie hast du mich gefunden?«

Er lehnt sich auf seinem Stuhl zurück und zögert einen Augenblick. »Mit viel Fantasie … und Google natürlich.«

Ich knalle meine Teetasse auf den Tisch. »Meine Adresse findest du nicht bei Google.«

»Dann hast du leider keine Ahnung, was man im Netz alles an persönlichen Infos findet.«

»Du hast mich also doch gestalkt.«

»Wenn du so willst, ja. Wahrscheinlich habe ich dich gestalkt, aber nicht in einem negativen Sinn.«

»Ach ja? Ich wusste gar nicht, dass Stalken auch positive Seiten hat«, fauche ich ihn an und wedle mit der Hand vor ihm herum. »Du tauchst hier in New York auf, acht Jahre nachdem du spurlos vom Erdboden verschwunden bist, und dann gibst du auch noch zu, dass du mich im Internet gestalkt hast. Nur zu meinem Besten natürlich.« Herausfordernd starre ich ihn an.

Alessandro holt tief Luft. »Wie gesagt, ich hatte nicht vor, mit dir …«

Ich schneide ihm grob das Wort ab. »Seit wann bist du wieder in New York?«, frage ich. Ich will seine lahmen Ausreden nicht hören. Ich will wissen, was zum Teufel er hier will – und warum er mich gesucht hat. Falls er das überhaupt selbst weiß.

»Ungefähr einen Monat«, antwortet er und ich schaue ihm voll in die Augen.

»Was? Du bist seit einem Monat hier?« Ich brauche einen Moment, um die Information zu verdauen. »Und warum? Hast du einen Job, oder was?«

»Im Augenblick nicht. Ich arbeite als freiwilliger Helfer beim West-Side-YMCA.«

»Wo warst du? Vorher, meine ich.«

Alessandro trinkt einen Schluck Kaffee und ich sehe, wie die Muskeln unter seinen hochgekrempelten Hemdsärmeln spielen, als er die Tasse absetzt und darin herumrührt. »Ach, überall und nirgends, aber hauptsächlich Korsika und Rom.«

»Rom.« Er war in Rom, während hier mein ganzes Leben in die Brüche ging. »Und warum bist du zurückgekommen?«

»Um ein paar alte Gespenster zu bannen.« Sein Blick verfinstert sich bei diesen Worten, wird noch bohrender, ja fast schon verzweifelt.

Aber ich gebe nicht nach. Ich halte seinen Blick. »Ach ja? Bin ich eins von diesen Gespenstern?«

»Ja.«

»Und jetzt willst du mich bannen?«, frage ich mit triefendem Sarkasmus.

»Ich wollte dich finden«, antwortet er und senkt endlich den Blick. »Wissen, wie's dir geht – so wie es damals zu Ende ging … Ich hatte nie ein gutes Gefühl dabei.«

»So wie es zu Ende ging«, wiederhole ich langsam. Das ist die Untertreibung des Jahres. Beschissen war es, dieses Ende. Für mich jedenfalls. Er hat keine Ahnung, *wie* beschissen.

Alessandro spreizt seine langen, schlanken Hände neben der Kaffeetasse, als wollte er ein Zittern unterdrücken, und rutscht tiefer in seinen Stuhl. »Mir fehlen die Worte, Hilary. Ich weiß nicht, wie ich mich angemessen dafür entschuldigen soll, was Lorenzo und ich dir angetan haben. Du warst so jung …« Er schüttelt den Kopf und verstummt. »Viel zu jung«, fügt er schließlich leise hinzu.

»Und jetzt? Was willst du daran noch ändern?«, frage

ich mit einer Bitterkeit, die mich selbst erschreckt. Der Schmerz spricht laut und vernehmlich aus meinen Worten.

»Nichts«, sagt Alessandro. Er senkt den Blick und starrt auf seine Fingerspitzen, die über den Rand der Kaffeetasse gleiten. »Das lässt sich nicht wiedergutmachen, weder mit Worten noch mit Taten. Ich kann dich nur um Verzeihung bitten. Und dir sagen, das ich jeden Tag für dich gebetet habe. Ich habe …«

Ich schieße von meinem Stuhl hoch und knalle meine Handflächen auf die Tischplatte, sodass mein ganzer Tee überschwappt. »Du hast für mich gebetet? Geht's noch? Was zum Teufel soll es nützen, wenn du für mich *betest*? Als würde dadurch irgendwas besser werden.«

Das ganze Lokal ist verstummt, wie ich dunkel wahrnehme.

Alessandros Gesicht fällt in sich zusammen, als hätte ich ihn geschlagen. Gut. Geschieht ihm recht. »Ich glaube, das hier war ein Fehler«, sagt er schließlich und steht auf. »Es war falsch von mir, alte Wunden aufzureißen, nur um mein schlechtes Gewissen zu erleichtern. Ich gehe jetzt besser.«

Er dreht sich um und verlässt das Lokal. Ich starre ihm fassungslos nach, bin so wütend, dass ich ihm am liebsten den Kopf abreißen würde. Was erlaubt sich dieser Mistkerl? *Wenn* hier jemand einfach rausspaziert, dann ich, und nicht er! Ohne zu überlegen, stürme ich hinter ihm her, und als ich durch die Tür auf den vollen Gehsteig hinausplatze, ist er schon an der Kreuzung.

»Du kannst mich doch nicht einfach so sitzen lassen,

verdammt noch mal!«, schreie ich los und stürze auf ihn zu. Alessandro dreht sich um und kommt langsam zurück. »Hast du mich verstanden? Du haust hier nicht einfach so ab, klar?«

Zitternd vor Wut halte ich an, baue mich direkt vor ihm auf. Ein paar hämmernde Herzschläge lang stehen wir einfach da und starren uns an. Und bevor ich mich bremsen kann, schießt meine Hand vor.

Und … na ja. Ich schlage ihn. Voll ins Gesicht. Und es tut verdammt gut.

Also schlage ich ihn gleich noch mal.

Er steht da, steckt es ein. Verzieht keine Miene, reibt sich nicht mal das Gesicht. Er weicht nicht zurück oder hebt die Hand, um mich abzuwehren oder zurückzuschlagen. Und er sagt auch nicht, dass ich aufhören soll.

Deshalb schlage ich ein drittes Mal zu.

Alessandro beißt die Zähne zusammen und schließt die Augen, aber nur eine Sekunde lang, fast als wäre er erleichtert. Dann trifft mich wieder sein tiefdunkler Blick. »Wenn es dir hilft, dann schlag mich, Hilary.«

Heißt das, er bettelt um mehr, weil er denkt, dass er es verdient hat? Egal. Das hier ist *meine* Show und nicht seine. Ich bestimme, was passiert – und ich bin fertig mit ihm.

Wortlos wirble ich herum und stolziere ins Argo Tea zurück, ohne ein einziges Mal zurückzuschauen. Unsere Tassen stehen noch auf dem Tisch. Ich lasse mich auf meinen Platz fallen und nehme meine in die Hand. Ich habe mich voll im Griff, wie ich zufrieden feststelle. Kein Nervenflattern. Kein Zittern. Meine Handfläche brennt, aber das ist auch alles. Plötzlich bin ich stolz auf mich. Wer keine Schwäche zeigt, ist nicht schwach – Überlebensregel Nummer eins. So gesehen bin ich die stärkste Sister im Viertel.

Das Filthy's hat montags geschlossen, deshalb gehe ich abends meistens in die Theatergruppe in der Bibliothek an der 115. Straße. In unserer Gruppe sind alle schwarz, außer zwei Typen aus Kolumbien. Der Gruppenleiter heißt Quinn, ein emeritierter Professor, der am City College Theaterwissenschaften gelehrt hat. Ich glaube, er ist ständig bekifft, aber ich finde ihn cool und er hält die Gruppe auf Trab.

»Irish!«, ruft er mir entgegen. Das ist sein Spitzname für mich, weil ihn die Kombination von schwarz-rötlicher Afrokrause und Sommersprossen so fasziniert. »Wie sieht's aus? Willst du heute Abend als Rosalind die Welt aus den Angeln heben? Oder doch lieber du, Katherine?«

Heute ist Shakespeare-Abend und jeder von uns muss einen Shakespeare-Monolog zum Besten geben.

»Du kennst mich einfach zu gut, Quinn«, sage ich und lasse mich auf einen Sitz in unserem Stuhlkreis fallen. Der Gemeindesaal ist eiskalt im Winter und ich behalte meine Jacke an. Wir sind meistens ungefähr fünfzehn und die Hälfte der Gruppe ist schon da und unterhält sich angeregt. Die beiden Kolumbianer, Nathan und Mike, reden über Mikes letzten Wochenend-Aufriss. Mir gegenüber im Stuhlkreis sitzen zwei Mädchen aus Harlem, zwei Schwestern, die immer zusammen kommen. Sie sind ein eingeschworenes Team, ziehen sich gegenseitig auf und bringen mich immer zum Lachen.

Ich war in den letzten beiden Jahren, seit ich meine Agentin verloren habe, ziemlich regelmäßig hier. Anfangs, weil ich auf Connections hoffte, aber ich habe bald gemerkt, dass hier nichts läuft. Abgesehen von Quinn bin ich wahrscheinlich die erfahrenste Schauspielerin hier. Trotzdem mache ich weiter mit, weil ich die Leute mag und weil es mich ablenkt. Eine Flucht vor mir selber, mehr oder weniger. Hier kann ich jemand anderer sein, wenn auch nur für kurze Zeit. Ich kann in eine Rolle schlüpfen und mich einfach vergessen.

»Also, was hast du heute Abend für uns?«, fragt Quinn. Er pflanzt seine gebrechlichen alten Knochen auf den Platz neben mir und stößt mich mit dem Ellbogen an.

Ich grinse ihn an. »Abwarten und Tee trinken, Quinn.«

Irgendwie erinnert er mich an meinen Opa, der mich auch immer aufgezogen hat, obwohl sie äußerlich keinerlei Ähnlichkeit miteinander haben. Grandpa war ein Rotschopf mit heller Haut. Und Quinn ist schwarz wie die Nacht, mit grauen Krisselhaaren und einer Stimme wie James Earl Jones.

Er lacht und boxt mich gegen die Schulter. »Warte nur, Irish, der Tag kommt, an dem ich sagen werde: Die habe ich schon gekannt, als sie …«

»… vom Broadway auf die schwarze Liste gesetzt wurde, weil sie bei einer Tanznummer den Regisseur umgenietet hat«, beende ich den Satz für ihn.

»Ich weiß, dass du singen kannst, Irish, aber müssen es ausgerechnet Musicals sein?«

»Was denn sonst? Ich hab doch außer *Idol* nichts vorzuweisen. Wenn es keine Musicalrolle ist, schaff ich's ja nicht mal zum Vorsprechen.«

»Ist 'n Scheiß-Business, was?«, brummt Quinn vor sich hin.

Inzwischen ist die Gruppe vollzählig versammelt, und Quinn steht auf und beginnt den Abend mit dem berühmten Theseus-Monolog aus dem fünften Akt des Mittsommernachtstraums. Dann geht einer nach dem anderen in den Kreis und trägt seinen Monolog vor. Die Harlem Sisters treten natürlich gemeinsam auf.

»Monologe sind langweilig«, sagt Kamara, die Fülligere der beiden.

»Deshalb spielen wir eine Szene aus ›Der Widerspenstigen Zähmung‹, in der Petruchio Katherine an die Wäsche gehen will«, fügt Vee, die Größere, hinzu.

Kamara tritt vor sie hin. »Ich bin Petruchio.«

»Und ich Katherine«, ergänzt Vee.

Quinn lässt ungeduldig seine Hand kreisen. »Fangt einfach an, okay?«

Kamara räuspert sich, richtet sich kerzengerade auf und streckt ihre Hand aus. »Guten Morgen, Kate, denn so nennt Ihr Euch, wie man hört.«

Vee zieht ein angewidertes Gesicht. »Gehört wollt Ihr das haben? Dann müsst Ihr ein harthöriger Esel sein. Katherine nennt mich, wer von mir spricht.«

»Ihr lügt, fürwahr, denn Kate nennt man euch, einfach nur Kate, oder süße Kate, und manchmal auch Kate die Garstige.«

Kamara bleibt am Ball, zieht alle Register, während sie

die lange Liste von Kates Tugenden herunterbetet. Das Geplänkel geht weiter und wir müssen uns alle das Lachen verkneifen. Endlich sind die beiden fertig, gehen mit einer schwungvollen Verbeugung an ihre Plätze zurück, und alle klatschen. Die nächsten drei Mädchen liefern total unlebendige Julia-Monologe, sodass die Stimmung im Raum auf den Nullpunkt sinkt. Die ganze Gruppe gähnt, bis ich endlich als Letzte an die Reihe komme.

»Na, Irish, was hast du Schönes für uns?«, fragt Quinn und stößt mich wieder an. »Wird Zeit, dass du die Karten auf den Tisch legst.«

»Lass gefälligst deine klapprigen Ellbogen bei dir, alter Mann«, kontere ich, stehe auf und gehe in die Mitte. »Also, ich spiele Rosalinde … oder vielmehr ihr männliches Alter Ego, Ganymed, der Phoebe dazu bringen will, dass sie sich in Silvius verliebt statt in ihn … oder sie … oder was auch immer. Der Monolog ist aus Akt drei, Szene fünf von ›Wie es euch gefällt‹.«

Ich schließe die Augen, hole tief Luft und spüre, wie ich mich in Rosalinde verwandle.

»Und warum ich, die Eure Mutter sein könnte, die Ihr beleidigt, vergöttert, und nun auf einmal – über den grünen Klee?« Ich atme tief, um mich Rosalinde zu öffnen, damit sie ganz von mir Besitz ergreifen kann.

»Doch was …«, frage ich mit erhobener Stimme und presse meine Hand an meine Brust, während Rosalinde meinen Körper in Beschlag nimmt.

»Ich sehe nicht mehr in euch …«

Ich öffne die Augen und gehe im Kreis herum. Quinn

schüttelt lächelnd den Kopf, als ich an ihm vorbeikomme.

»Sie will auch meine Augen wohl betören …«, sage ich und lasse eine Fingerspitze an Nathan heruntergleiten, »Euer Rabenhaar«, füge ich hinzu und wuschle seine Locken durch. Mike stößt mich mit dem Ellbogen an und ich sehe, dass er rot wird. »Eure Glaskugelaugen …«

Das genau liebe ich am Theaterspielen – wenn ich ganz und gar in eine Rolle flüchten kann, eine andere Person sein kann, die nicht ich ist. Ich lasse Rosalind von mir Besitz ergreifen, mich mit Haut und Haar verschlingen, lasse sie ihren Vortrag halten, wie töricht doch die Männer sind. Aber dann, am Ende des Monologs, fordert sie Phoebe auf, nicht länger um ihr männliches Alter Ego zu weinen, sondern zu nehmen, was sie vor der Nase hat, und prompt drängt sich mein wahres Leben in meine Gedanken zurück.

Auch bei mir geht es nie gut aus, genau wie bei Shakespeare, wo sich die Charaktere Hals über Kopf verlieben, ohne einander zu kennen. Die Liebe tötet Julia mit gerade mal dreizehn. Ich war immerhin schon vierzehn, als ich fast daran gestorben wäre.

4.

Jess kriegt die Rolle, das spüre ich. Vielleicht ist es Karma, oder was auch immer. Es ist nur ein winziges Off-Broadway-Stück mit superkurzer Laufzeit, aber falls es Erfolg hat, besteht die Aussicht, dass die Truppe damit auf Tournee geht. L. A. und vielleicht Las Vegas. Vegas – das könnte witzig sein. Für den Chor werden drei genommen, und Jess war bei Weitem die Beste. Ich weniger, aber das war eigentlich klar. Ich glänze eher beim Vorsprechen, und das gibt es bei dieser Rolle nicht. Aber diesmal bleibt mir wenigstens die Demütigung erspart, vor allen anderen abgelehnt zu werden. Wir werden morgen telefonisch benachrichtigt. Ich nehme meine Tasche an mich und plötzlich entdecke ich Brett hinten. Er redet mit dem Casting-Direktor.

»Was ist mit heute Abend? Gilt das noch?«, fragt Jess, während ich wie gebannt an den Lippen des Casting-Direktors hänge, obwohl ich aus dieser Entfernung kein Wort verstehen kann.

»Ja. Club 69. Ludlow. Um zehn?«

»Genau. Macht's dir was aus, wenn ich ein paar andere Leute mitbringe?«

Ich umarme sie, eine kurze, verschwitzte Umarmung, damit ich ihr über die Schulter blicken kann, ohne unhöflich zu sein. Ich will schließlich sehen, wie Brett sich für mich ins Zeug legt. »Ist doch deine Party. Du kannst mitbringen, wen du willst.«

Endlich kommt Brett zur Bühne und ich löse mich von ihr. »Also, dann – bis heute Abend«, rufe ich über die Schulter.

Brett wartet unten an der Treppe auf mich. »Und? Was hat er gesagt?«, murmle ich, sobald ich nahe genug bin.

Brett zuckt die Schultern. »Dass er vielleicht was für dich hat.«

Wow. Ich springe ihn regelrecht an vor Freude, schlinge meine Beine um seine Hüften und grinse wie ein Idiot. »Danke!«

Brett grinst zurück. »Mir musst du nicht danken, Baby. Ist aber trotzdem ganz nett, so viel echte Begeisterung.«

Er geht in Richtung Seitentür und ich hänge immer noch wie ein Klammeräffchen an ihm, bis ich sehe, dass der Direktor zu uns herschaut. Blitzschnell rutsche ich von Brett herunter, ich will ja nicht so ... so durchgeknallt rüberkommen.

»Man sieht sich, Tim!«, ruft Brett und winkt dem Direktor zu.

Der hebt die Hand: »Ich melde mich noch wegen dem Casting-Termin.«

»Was für ein Casting-Termin?«, frage ich, sobald wir auf dem Gehsteig draußen sind.

»Er hat was, das besser zu dir passt, meint er.«

Super. »Das heißt also, dass er mir die Rolle hier nicht geben will.«

Wir gehen auf dem überfüllten Gehsteig zur U-Bahn und Brett legt mir den Arm um die Hüften. »Das kannst du nicht wissen.«

»Und das andere – was ist das?«

»Neubesetzung für so 'ne Tussi, die sich mitten in ›When You Least Expect It‹ schwängern lassen hat. Er will dich auf die Casting-Liste setzen.«

Meine Augen weiten sich. »Im *Elektra*? Willst du mich verarschen oder was?«

Brett grinst und lotst mich an einem Trupp Highschool-Kids in orangen T-Shirts vorbei, die den ganzen Gehweg verstopfen. »Nein, keine Verarschung – jedenfalls nicht dass ich wüsste.«

»Aber das ist Off-Broadway. Unbegrenzte Laufzeit!«

»Du sagst es.« Brett kann seinen Triumph jetzt kaum noch verbergen.

Und mir sackt das Herz in die Hose. »Ich krieg's ja doch nicht«, murmle ich.

Brett zieht mich an seine Seite. »Tim meint, der Tanzteil ist in dem Stück nicht so stark auschoreografiert, und eigentlich suchen sie nur jemand mit 'nem heißen Body, weil die Rolle teilweise nackt gespielt wird … Und was den heißen Body angeht«, fügt er hinzu und quetscht mir den Hintern, »den hast du, und die richtige Stimme auch.«

»Wann ist das Casting?«

»Das weiß er auch noch nicht genau – hat gerade erst davon gehört. Vielleicht nach Thanksgiving. Er will mit dem Casting-Direktor von dem Stück reden, damit du auf die Liste kommst, und dann gibt er mir Bescheid.«

Ich glaube im Traum nicht daran, dass ich die Rolle wirklich kriege. Aber trotzdem – wow.

Wir steigen in die U-Bahn, aber am Columbus Circle stehe ich auf. »Ich brauch erst mal einen Tee und dann muss ich noch was erledigen. Ich komm später nach.«

»Hey, ich muss nachher zur Probe. Lass mich nicht zu lange warten, Baby«, sagt Brett mit einem sexy Lächeln und hochgezogenen Augenbrauen.

Ich stürme die Treppe zum Central Park West hinauf und gehe die 62. Straße entlang. An der Ecke bleibe ich stehen und starre auf das Gebäude. Der West-Side-YMCA ist in einem alten Backsteinhaus untergebracht, direkt vor dem Central Park. Ich bin garantiert schon tausendmal an dieser Kreuzung vorbeigekommen, aber bisher hatte ich keinen Grund, in die 62. einzubiegen. Jetzt natürlich auch nicht, oder jedenfalls keinen stichhaltigen, aber egal … da bin ich.

»Was mache ich hier?«, frage ich mich laut, doch das hindert meine Füße nicht daran, mich schnurstracks über die Türschwelle zu tragen. Und dann durch eine zweite Tür in den Empfangsbereich. Bevor ich es mir anders überlegen kann, gehe ich schnell zur Theke.

Dort sitzt ein junger Asiate und lacht in sein Handy. Ich warte ein paar Minuten, bis er auflegt. »Was kann ich für Sie tun?«, fragt er.

»Ähm … Ich suche jemanden, der als ehrenamtlicher Helfer hier arbeitet … Alessandro Moretti?«

Der Asiate schaut mich eine Sekunde lang an und wartet offenbar auf weitere Erklärungen. Ich starre nur zurück und schließlich sagt er: »Das hier ist eine große Einrichtung. Geht's vielleicht etwas genauer?«

Ich zucke die Schultern. »Nö, ich hab nichts Genaueres.«

»Versuchen Sie's mal im Fitnesscenter«, sagt der Typ und schaut auf sein Handy-Display. »Mit dem Lift in den dritten Stock.« Er zeigt zum Flur und hält sich schon wieder sein Telefon ans Ohr.

Ich drehe mich um, gehe in die angezeigte Richtung und lande tatsächlich beim Aufzug. Ich fahre hinauf, und als die Tür im dritten Stock aufgeht, liegt ein zweiter Empfangsbereich vor mir. Hinter der Theke sitzt wieder ein Asiate, der dem vorigen zum Verwechseln ähnlich sieht.

»Hi«, sage ich und der Typ nimmt sein Gesicht aus einem Buch, in dem er liest, und starrt mich mit leeren Augen an. »Ich suche Alessandro Moretti. Er arbeitet hier als ehrenamtlicher Helfer. Kennen Sie ihn zufällig?«

Endlich eine menschliche Regung in seinem Gesicht. Neugier vielleicht. »Ja.«

Das ist alles. Keine weiteren Erklärungen. »Und wissen Sie, ob er vielleicht hier ist? Jetzt, meine ich?«

Der Typ legt sein Buch mit der aufgeschlagenen Seite nach unten auf den Tisch. »Ja, er ist da.«

Wieder Stille. Ich lehne mich an den Tresen. »Und kann ich ihn vielleicht sehen?«

Der Typ zeigt auf die Treppe. »Eine Treppe hoch. Er ist auf dem Basketball-Court.«

Klingt einfach, ist es aber nicht, wie ich bald feststelle. Ich gehe die Treppe hinauf und lande als Erstes in einem Raum mit Muskelbänken und dann in einer Schwimmhalle. Vergeblich halte ich nach jemandem Ausschau, der so aussieht, als ob er hierhergehört. Endlich treffe ich auf einen älteren Mann, einen Latino, der vermutlich der Hausmeister oder Security oder was auch immer ist und gerade aus einem Schließfachraum kommt.

»Ähm … hi.«

Der Mann blickt auf und lächelt mich an. »Hallo.«

Warum bin ich so nervös? Ich zwinge mich, nicht herumzuzappeln, und frage: »Wo ist der Basketball-Court?«

»Geradeaus, durch die Frauenumkleide«, sagt er und zeigt auf eine Tür, die direkt vor uns am Gang liegt, »gleich dahinter ist es.«

»Danke.« Ich nage schon wieder an der Unterlippe – das muss ich mir abgewöhnen.

Der Mann lächelt wieder und geht zur Treppe.

Ich durchquere die Frauenumkleide und komme durch die Schwingtür am anderen Ende in eine Halle mit einer Laufbahn auf einem Zwischenstock darüber. Ein paar schwarze Jungs werfen Körbe am einen Ende und in der anderen Ecke steht ein Typ mit einem Muskelshirt, weiten schwarzen Sportshorts und Boxhandschuhen. Er schlägt wie ein Irrer auf einen Punchingball ein. Seine Haut ist von einem dünnen Schweißfilm überzogen und ich starre wie gebannt auf das Spiel seiner Armmuskeln, während er auf den Sandsack eindrischt, immer abwechselnd harte Linke und Rechte. Keine Ahnung, was ihm der Sandsack angetan hat, aber es sieht aus, als wollte er ihn umbringen.

Ich betrachte die Adern, die sich in seinem Unterarm abzeichnen, und plötzlich wird mir bewusst, dass ich die Luft anhalte. Es gibt nichts Schärferes als ein Paar muskulöse Männerarme, und das hier sind die schärfsten, die ich je gesehen habe.

Dummerweise gehören sie Alessandro.

Das Pfeifen der Jungs auf dem Basketball-Court reißt mich aus meiner Trance und ich kann nur hoffen, dass ich nicht vor Gier gesabbert habe. Auch Alessandro wird jetzt aufmerksam. Er dreht sich um, und sobald er mich entdeckt, versteift sich sein ganzer Körper. Nach einer halben Ewigkeit streift er seine Boxhandschuhe ab, wirft sie auf den Boden neben den Sandsack und kommt zu mir herüber. Als er endlich vor mir steht, bin ich so fertig, dass ich am liebsten Hals über Kopf davonstürzen – oder mit dem Finger über die Armvenen streichen möchte, die unter seiner glatten, schweißglänzenden Haut pulsieren.

Was in aller Welt habe ich mir dabei gedacht, einfach hier aufzukreuzen?

Er bleibt auf Abstand, was mir einen Stich versetzt, und presst die Lippen zu einer dünnen Linie zusammen.

»Keine Angst, ich schlag dich nicht …«, sage ich zu ihm. »Außer wenn du es verdient hast.«

»Dass ich es verdient habe, wissen wir beide.« Er schaut mich lange an und ich muss die Augen abwenden. Ich hatte ganz vergessen, wie sehr man sich in diesem tiefen Blick verlieren kann. »Wolltest du was Bestimmtes?«

Ich zucke die Schultern und lasse meine Hand über den hölzernen Türrahmen neben mir gleiten. »Ich war nur gerade in der Gegend.«

Das entlockt ihm ein halbes Lächeln. »Schön, dass du vorbeigekommen bist.«

»Ich wollte mich entschuldigen – tut mir leid, dass ich dich geschlagen habe«, stoße ich spontan hervor und weiß selbst nicht, woher das plötzlich kommt. Aber es stimmt, es tut mir wirklich leid.

»Und mir tut's leid, dass ich dir einen Grund dazu gegeben habe.« Er schaut mich mit zusammengekniffenen Augen an, als wollte er in meinen Kopf hineinsehen. »Willst du was zu trinken?«

»Ja, gern.«

Er nickt zu den Umkleideräumen hinüber. »Wir treffen uns dann unten am Hauptaufgang, okay?«

Ich nicke und gehe durch die Frauenumkleide in die Richtung zurück, aus der ich gekommen bin. Eine Minute später taucht Alessandro aus der Männerumkleide auf und seine knackigen Arme sind leider unter einem grauen Hoodie verschwunden.

Er schwenkt seine Hand in Richtung Treppe herum und wir gehen in den ersten Stock in eine kleine Cafeteria.

»Bedien dich«, sagt er und nickt zum Getränkefach.

Ich ziehe die Tür auf und nehme eine Flasche Diät-Coke vom Regal. Alessandro schnappt sich eine Packung Muscle Milk und wir setzen uns an einen Tisch beim Fenster.

Er überkreuzt die Beine und schaut mich so lange an, dass ich verlegen werde. »Wie war das mit deiner Schwester? Soviel ich weiß, hast du damals drauf gewartet, dass ihr das Sorgerecht für dich übertragen wird«, sagt er schließlich.

»Ja.« Ich erzähle ihm nicht, dass ich die halbe Zeit in einer Entzugsklinik war. Ich kann mich sowieso kaum daran erinnern, und selbst wenn, geht es ihn nichts an. »Ich bin fünf Monate später zu ihr gezogen – nachdem du fort warst, meine ich.«

Er nickt. »Warst du dort glücklich?«

»Mallory und Jeff waren super.« Und mehr erfährt er vorerst nicht. Erst muss er mir ein paar Fragen beantworten. »Wie ist Lorenzo gestorben?« Und das ist es, begreife ich plötzlich. Deshalb bin ich hier. Das wollte ich wissen.

Alessandro wirft mir einen Blick zu, seine Augen werden dunkel und misstrauisch und sein Körper versteift sich. Es dauert lange, bis er den Mund aufkriegt. »Wie viel weißt du noch von Lorenzo?«, fragt er widerstrebend.

Was ich von ihm weiß? Dass er mich verletzt hat. Mit Drogen gedealt. Und dass ihm andere Leute scheißegal waren. »Er war tough. Ein harter Typ. Ich weiß noch, wie er Ms Jenkins geschlagen hat.«

Alessandro nickt langsam. »Er war dreizehn, als unser Vater bei dem Attentat auf das World Trade Center ums Leben kam, und er war vorher schon in Schwierigkeiten. Dad hatte ihn noch einigermaßen im Griff, aber nach seinem Tod, als dann auch noch unsere Mutter … ähm … krank wurde, hat er sich gar nichts mehr sagen lassen. Wir sind schließlich im Jugendknast gelandet, weil Lorenzo einen Straßenhändler ausgeraubt hat. Und später hat er einfach weitergemacht. Vor zwei Jahren wurde er bei einem Ladeneinbruch in Toulon erschossen.«

»Warst du dabei?«

Alessandros Gesicht verzerrt sich und er schüttelt den Kopf. »Nein. Er ist bei unseren Großeltern ausgezogen, sobald er achtzehn war … wir waren erst ein paar Monate in Korsika. Danach haben wir nichts mehr von ihm gehört, bis die Todesnachricht kam.«

»Warum seid ihr nicht zu eurer Mutter zurückgegangen, als ihr aus dem Jugendknast gekommen seid? Warum wart ihr bei euren Großeltern in Korsika?«

Alessandro dreht zerstreut sein Glas in den Händen und ich kann den Blick nicht davon losreißen. Es sind kräftige, sichere Hände mit langen, schmalen Fingern. »Unsere Mutter hat versucht, sich umzubringen, solange wir im Jugendknast waren«, antwortet er. »Sie ist nie über den Tod meines Vaters hinweggekommen. Meine Großeltern haben sie nach Korsika geholt, um für sie zu sorgen.«

»Ein Selbstmordversuch?« Hat er mir das erzählt? Damals, in der Wohngruppe? Ich kann mich an so vieles nicht erinnern. Plötzlich wird mir kalt und ich schlinge meine

Arme um mich. Ich habe Angst, dass alles wieder hochkommt. Ich hole tief Luft und dränge die Erinnerungen zurück. »Aber jetzt ist sie wieder okay?«

Alessandro hebt wortlos eine Schulter. »Sie hat es überlebt«, sagt er schließlich. »Aber sie ist nicht mehr die Alte.«

Mein Magen krampft sich zusammen und ich bekomme keine Luft mehr. Das wird mir jetzt zu brenzlig. Ich rutsche auf meinem Stuhl herum und wechsle schnell das Thema. »Korsika … Rom. Klingt doch ziemlich cool. Warum bist du dann zurückgekommen?«

Er zögert eine Sekunde und schließlich sagt er: »Mein Leben hat in diesem Frühjahr eine unerwartete Wendung genommen. Nach meiner Priesterausbildung …«

»Hey, Moment mal. Hab ich das jetzt richtig gehört? Hast du Priester gesagt?«

Alessandro reibt sich die Stirn und nickt. »Ich habe letztes Jahr meinen Abschluss gemacht. Ich stand kurz vor der Priesterweihe, als ich es mir anders überlegt habe.«

»Im Ernst? Du wolltest Priester werden?«, frage ich mit unverhohlenem Sarkasmus. Ich kann mir den Jungen, den ich damals kannte, einfach nicht als Mann der Kirche vorstellen.

Alessandro schaut mich durchdringend an, als wollte er meine tiefsten Gedanken aufspüren. »Ich habe mich verändert seit damals, Hilary.«

»Damals hast du gedealt und mein Leben zerstört«, zische ich. Die Worte schießen aus meinem Mund, ohne dass ich mich bremsen kann. Aber ich habe ihn getroffen –

bis ins Mark –, und das tut gut. Sein Gesicht verfinstert sich und er weicht meinem Blick aus.

Er greift nach seinem Glas und trinkt einen Schluck. »Ich sagte ja schon, dass es mir leidtut. Ich wollte dir nicht wehtun. Ich habe es immer bereut.«

Bereut? Ach ja? Bereut, dass er mit mir zusammen war? Gut. Zum Glück trifft mich das nicht mehr.

»Und warum hast du's dir anders überlegt? Warum bist du nicht Priester geworden?«

»Weil ich mich verliebt habe.«

Das tut weh. Als hätte mir jemand ein Messer ins Herz gerammt. »Dann hast du also eine Freundin?«

Alessandro schüttelt langsam den Kopf und ein Schatten huscht über sein Gesicht. »Nein. Wir sind nicht zusammen.«

»Warum? Ich meine, wenn du doch deshalb dein Priesteramt hingeschmissen hast …«

»Sie war in einen anderen verliebt«, sagt er und streicht mit einem Finger über die Tischkante. »Aber ich bin ihr dankbar, weil sie mir klargemacht hat, dass mein Weg nicht der richtige war und dass ich nicht für das Priesteramt geeignet bin. Die Begegnung mit ihr hat mich gezwungen, meine Motive zu hinterfragen, und irgendwann hab ich begriffen, dass ich nicht die nötige Disziplin für dieses Leben aufbringen kann. Ich hatte mich in vieler Hinsicht nie wirklich im Griff«, fügt er hinzu und seine grauen Augen bohren sich in meine.

»Du liebst sie.« In meiner Stimme liegt so viel Bitterkeit, dass ich erschrecke. Eine Bitterkeit, die aus meinem tiefsten Inneren kommt.

»Ja«, sagt er. »Ich habe sie geliebt. Sie ist ein außergewöhnlicher Mensch.«

Plötzlich möchte ich ihn leiden sehen. Er soll genauso leiden wie ich, als er mich verlassen hat, und ich weiß auch, wie ich ihn treffen kann. Ich schenke ihm ein schmelzendes Lächeln und sage: »Meine Freundin Jess hat heute Geburtstag. Wir gehen heute Abend im Club 69 an der Lower East Side feiern. Willst du vielleicht mitkommen?«

Ich rechne fest damit, dass er kneift. Ich glaube kaum, dass Mr Möchtegern-Priester in einen Tanzclub geht. Und gerade deshalb frage ich ihn – ich will ihn unter *meinen* Bedingungen treffen, ein Heimspiel für mich sozusagen, und ihn dann voll auflaufen lassen. Er soll sich genauso gedemütigt fühlen wie ich jetzt. Ich will ihn zappeln sehen. Und Männer zappeln lassen, das kann ich.

»Um welche Uhrzeit?«, fragt er.

»Zehn.«

Er nickt langsam. »Und was soll ich anziehen?«

»Du gehst wohl nicht oft aus, was?«, ziehe ich ihn auf. »Heiß. Zieh dich heiß an. Das ist ein Tanzclub.«

Er schnaubt durch die Nase. »Nein, das stimmt – ich geh nicht oft aus. Aber ich finde schon was Passendes.«

Mir läuft ein wohliger Schauder über den Rücken. Na warte, denke ich. Verliebt sich in eine andere, und das mit mir bereut er? Er soll sehen, was er an mir hatte – und was ihm entgangen ist.

Diesmal werde ich ihm wehtun.

5.

Brett ist schon zu seiner Probe gegangen, als ich nach Hause komme. Und weil ich mich nicht an ihm abreagieren kann, lege ich eine Putzsession ein, die mich total ins Schwitzen bringt. Ich brauche was Geistloses, das mich ablenkt, bis endlich Showtime ist. Folglich schrubbe ich die Seifen- und Kalkablagerungen der letzten drei Monate in der Dusche weg, putze den Küchenboden, was so ungefähr einmal im Jahr vorkommt, wasche die schmutzigen Geschirrberge im Spülbecken ab und poliere alle Oberflächen in der ganzen Wohnung.

Kaum bin ich fertig, kommt Brett nach Hause. »Was gibt's zu essen?«, fragt er.

Ich werfe einen Blick in den Kühlschrank, den ich im Eifer des Gefechts zu putzen vergessen habe. »Ähm … Da ist noch ein Rest vom Chinesen – und … keine Ahnung«, sage ich, nehme eine Styroporbox heraus und öffne sie. Es riecht so ranzig, dass ich das Gesicht verziehe. »Igitt. Nein, das kannst du vergessen.« Angewidert werfe ich das vergammelte Essen (mexikanisch) in den Müll. »Aber wir haben noch Eier. Ich kann dir ein Käseomelett machen, wenn du willst.«

Ich koche gern, aber unser Kühlschrank ist immer ziemlich leer, weil ich abends in der Bar arbeite und Brett auf Mitnehmessen steht. Außerdem, Kochen ist super, und Essen auch, aber die Küche ist hinterher ein Schlachtfeld, und das hasse ich.

Brett tritt hinter mich und umfasst meinen Hintern mit beiden Händen. »Wenn du mir noch länger dieses geile Teil ins Gesicht streckst, kriegst du mich zum Abendessen!«

»Klingt verlockend, aber ich geh heute Abend feiern und da brauch ich ein bisschen mehr als Grundlage.«

Brett lässt eine Hand zwischen meine Beine gleiten. »Mit wem gehst du weg?«

Ich stoße seine Hand weg und greife nach der chinesischen Mitnehmbox. »Mit Jess. Ist ihr Geburtstag.« Ich wirble herum und trete die Kühlschranktür zu. »Willst du mitkommen?«

Ich frage nur, weil ich weiß, dass er Nein sagt.

»Nein, echt nicht, Baby. Ich bin heute Abend zum Pokern bei Rob. Wird wahrscheinlich spät.«

Was bedeutet, dass er überhaupt nicht nach Hause kommt. Wenn er seinen Pokerabend hat, torkelt er irgendwann im Morgengrauen herein und stinkt wie Hölle nach Whisky und Zigarren.

Ich zucke die Schultern. Das ist das Gute an unserer Beziehung. Ich muss nicht so tun, als ob es mir was ausmacht. Ich kann mir das ganze blöde Getue sparen: »Oh, das ist aber schade, Schatz, wir werden dich so vermissen.« Und bla, bla, bla. Brett weiß genau, dass es mir scheißegal ist, ob er mitkommt oder nicht.

Ich wärme das chinesische Essen – Mu Shu und Chow Mien – in der Mikrowelle auf und klatsche es auf zwei Teller.

»Ich hab noch von 'nem anderen Casting gehört, das vielleicht was für dich sein könnte«, verkündet Brett, den Mund voller Nudeln. »Kein Tanz, du musst nur heiß aussehen und deinen Text abliefern.«

Ich werfe ihm einen misstrauischen Blick zu. Warum ist er plötzlich so hilfsbereit? Brett blickt von seinem Essen auf und merkt, dass ich ihn anstarre.

»Ich sorge dafür, dass du den Casting-Termin kriegst«, sagt er leicht irritiert, als wäre ich die letzte Bitch, weil ich seine Motive infrage stelle.

Ich zwirble meine Gabel in den Nudeln herum, sodass ein paar über den Tellerrand auf meinen Schoß fallen. »Verdammter Mist.« Ich blicke mich nach einem freien Platz für meinen Teller um und stelle ihn schließlich neben mich auf die Couch. »Warum zum Teufel haben wir keinen Couchtisch?«

Brett zuckt mit den Schultern und pickt die Nudeln von meinem Schoß. »Weil ich nie einen gekauft habe, darum. Nimmt außerdem nur Platz weg.«

»Ich will aber einen.«

Er schenkt mir ein schiefes Lächeln. »Dann mach doch.«

Nach dem Essen gehe ich unter die Dusche und ich bin fast erleichtert, dass Brett mir nicht nachkommt. Ich bin erstaunlich ungeil. Zu sehr mit meinem Rachefeldzug beschäftigt, nehme ich an.

Ich werde ihn so heiß machen, dass er durchdreht, so viel steht fest. Er bereut es, dass er mit mir zusammen war, dieser Arsch. Warte nur, denke ich, du wirst noch den Tag verfluchen, an dem du mich verlassen hast, dafür sorge ich.

Ich schlüpfe in einen schwarzen String, dann wühle ich meinen Schrank durch. Ich weiß schon genau, was ich anziehen will: ein eng anliegendes silbernes Spaghetti-Top, das extrem durchsichtig ist, und einen winzigen schwarzen Rüschenrock, der mir kaum über den Hintern reicht. Dazu die heißen Schuhe mit den zehn Zentimeter hohen Plateau-Absätzen, in denen meine Beine total sexy aussehen – zum Anbeißen. Oder Ablecken.

Und Alessandro soll sabbern vor Gier.

Ich mache mich fertig, trage ein bisschen Rouge auf, dann Eyeliner und Wimperntusche. Alessandro hat keine Chance, mir zu widerstehen, so viel steht fest.

Jess und ich ignorieren die Schlange, die vor dem Club wartet, und gehen einfach nach vorne. Der Türsteher lässt uns anstandslos rein. Ich reiße meine Jacke herunter, hänge sie über einen Stuhl in der Nähe der Tür und halte nach Alessandro Ausschau. Wir sind eine halbe Stunde zu spät dran, Jess und ich, während Mr Superkorrekt garantiert überpünktlich war. Ich blicke mich nach ihm um und sehe ihn an der Bar lehnen, wo er sich mit zwei Frauen unterhält; eine davon sieht aus, als ob sie jeden Moment aus ihrem tief ausgeschnittenen Tanktop herausplatzen würde.

Und scheiße, er sieht verdammt heiß aus!

Er hat die Haare zurückgekämmt und den schärfsten Five-o'clock-Bartschatten aller Zeiten. Er trägt ein schwarzes Hemd mit aufgekrempelten Ärmeln, und der eine Hemdzipfel hängt ihm lose über seine verwaschene Jeans, die so knalleng sitzt, dass ich sie ihm am liebsten sofort herunterreißen würde.

Ich zerre Jess auf die Tanzfläche und hüpfe in dem pulsierenden Rhythmus herum. Wir winden uns umeinander und am Ende des Songs bin ich schweißüberströmt. Ich werfe einen Blick zu Alessandro. Die zwei Frauen sind weg und ich ertappe ihn dabei, wie er mich total fasziniert anstarrt. Mit seinen Blicken verschlingt.

Super. Köder geschluckt. Jetzt muss ich nur noch die Leine einholen.

Inzwischen läuft ein Lieblingssong von mir. Ich schließe die Augen und überlasse mich voll dem Rhythmus, während Dev von Händen singt, die sich überallhin verirren, und von Sex, Sex, Sex. Plötzlich spüre ich lange, starke Hände auf meinen Schultern und alle Muskeln in meinem Bauch ziehen sich zusammen. Showtime. Jetzt.

Ich werde ihn so scharfmachen, dass er nicht weiß, wie ihm geschieht, wenn ich ihn dann eiskalt abblitzen lasse.

Ich öffne die Augen und da ist Alessandro, und sein glühender Blick wandert über meinen Körper. Ich hebe langsam die Arme über den Kopf, bewege mich zur Musik und biete ihm dabei einen tiefen Einblick in mein Dekolleté. Mit diesem Top und ohne BH ist das echt ein spektakulärer Anblick.

Jess grinst und flattert davon, um mit einer Gruppe in unserer Nähe zu tanzen – wahrscheinlich die Leute, die sie mitgebracht hat. Ich erkenne ein paar von den Castings wieder.

Alessandro beugt sich vor und ich fange seinen Duft auf – ein herbes, sexy Eau de Toilette, das mir Schauer durch den Körper jagt. »Gute Show«, sagt er mit rauer Stimme.

Das war noch gar nichts, Mann. Wart's nur ab.

Ich setze mein Fick-mich-Lächeln auf und schwinge meine Hüften im Rhythmus der Musik. Und was macht er? Legt einfach seine Hände auf meine Taille und bewegt sich mit mir, sodass ich vor Schreck fast aus den Schuhen kippe. Ich wirble in seinen Armen herum, packe seine Handgelenke und spüre die Kraft in seinen Unterarmen. Gott, hat der Typ tolle Arme. Ich nehme seine Hände, lasse sie über meinen Hintern gleiten und dann an meinen Schenkeln hinunter, bis zum Saum meines winzigen Minirocks. Sicher und fest liegen seine Hände auf mir, und er denkt gar nicht dran, sich dagegen zu sträuben.

Mir schießt die Hitze durch den Körper, als ich die Augen schließe und meine Hüften kreisen lasse. Langsam führe ich seine Hände wieder über meinen Hintern hoch und streife dabei den Rock nach oben, bis seine Finger auf meiner nackten Haut liegen, dann drücke ich mich dagegen. Alessandro kommt keine Sekunde aus dem Takt, bewegt seine Hüften mit meinen im Rhythmus der Musik. Ich lasse meine Hüften an ihm kreisen, reibe mich an ihm, und er spielt einfach mit, ohne sich im Mindesten zu zieren. Ganz schön unverfroren, wenn man bedenkt, dass der Typ schon kurz vor der Priesterweihe stand. Ich drehe mich um, überkreuze meine Arme hinter mir, schlinge sie um seinen Hals und presse mich in ganzer Länge an ihn, und ich höre ein leises Grunzen, das tief aus seiner Brust kommt, als er seinen Kopf zurückwirft. Seine Hände gleiten an meinen Seiten herunter, ganz langsam, und halten direkt unterhalb von meinen Brüsten inne.

Ich will verdammt sein, wenn ich noch Herr der Lage bin. Ich giere danach, dass er weitermacht, und ich fürchte, mein Racheplan geht nach hinten los, denn wo immer er mich anfasst, steht mein Körper sofort in Flammen.

Ich wirble in seinen Armen herum und der Blick in seinen Augen, hungrig, gierig, lässt mein Herz schneller schlagen. Ich fahre mit den Fingern über seine sexy Unterarme, während seine Hände meine Hüften umfassen, mich enger an seinen Körper ziehen und plötzlich ein Knie zwischen meine Beine rutscht. Er wühlt sein Gesicht in mein Haar und sein heißer Atem jagt mir eine Gänsehaut über den Rücken. Mir wird heiß, so heiß, dass ich zu verglühen glaube. Wir tanzen weiter, eng zusammengeschweißt, seine Hände auf meinem Rücken, während er mit den Fingern über die nackte Haut an meinen Hüften streicht. Ich verliere mich total in ihm, nehme nichts mehr wahr außer dem Hämmern der Musik und der Hitze seines Körpers.

Das war ein verdammt schlechter Plan.

Ich wollte ihn scharfmachen. Ihn verletzen.

Ich frage mich schon, ob ich das hier wirklich durchziehen soll, aber dann versteift er sich plötzlich und ein tiefes, verzweifeltes Stöhnen dringt aus seiner Kehle. Ich höre es kaum bei der lauten Musik, aber im nächsten Moment stößt er mich weg, als hätte er sich an mir verbrannt. Seine Augen sind geschlossen, die Kiefer zusammengepresst, und ein paar Herzschläge lang steht er einfach nur da, stocksteif. Er atmet nicht mal.

»Ich muss gehen«, stößt er schließlich hervor.

»Was?«, frage ich fassungslos. »Warum?«

Er öffnet die Augen und atmet tief durch, bevor er antwortet: »Weil es ein Fehler war, überhaupt hierherzukommen.«

Ich bin wie versteinert, kann mich eine Sekunde lang nicht rühren, und er dreht sich einfach um und verlässt die Tanzfläche. Was erlaubt er sich? *Ich* wollte ihn doch abblitzen lassen, nachdem ich ihn nach Strich und Faden aufgegeilt habe. Wie konnte mein Plan nur so schiefgehen? Wie ist es möglich, dass er den Spieß einfach umgedreht hat und ich jetzt dastehe und nach seinen Berührungen lechze statt umgekehrt? Wie kann es sein, dass er mich einfach abblitzen lässt?

Jess ist nur wenige Schritte von mir entfernt, tanzt langsam mit einem süßen Rotschopf mit Schmollmund. Ich tippe ihr auf die Schulter. »Tut mir leid, Jess, aber ich muss gehen.«

Die Rothaarige lässt ihre Finger am Rückenausschnitt von Jess' Kleid heruntergleiten und schmiegt sich noch enger an sie. So wie die Dinge stehen, wäre Jess sowieso nicht mit mir nach Hause gegangen, da bin ich mir sicher. »Ist es okay, wenn ich dich allein nach Hause fahren lasse?«, fragt sie, nett, wie sie nun mal ist.

»Ja, klar. Kein Problem. Rufst du mich morgen an?«

»Okay«, sagt sie, während die Rothaarige an ihrem Hals knabbert.

Ich stürze von der Tanzfläche, schnappe mir meine Jacke und gehe zur Tür hinaus. Alessandro ist schon einen halben Block entfernt.

»Lauf nur weiter, Arschloch!«, brülle ich ihm nach.

Er dreht sich nicht um. Lässt in keiner Weise erkennen, ob er mich überhaupt gehört hat, außer dass er einen Augenblick innehält, ganz kurz nur, um dann genau das zu tun, was ich ihm gesagt habe – nämlich weiterlaufen.

Ich lehne mich an die Hauswand, werfe den Kopf in den Nacken, starre zum bewölkten Himmel hoch und warte, dass mein Herzschlag sich beruhigt und in ein erträgliches Tempo zurückfindet. Nach einer Weile stoße ich mich von der Wand ab und im selben Moment kommt Alessandro zurück, mit einem Gesicht, als hätte er noch eine wichtige Mission zu erfüllen. Bevor ich reagieren kann, steht er fast direkt vor mir.

»Was willst du von mir, Hilary?«

In seiner Stimme liegt ein Anflug von Wut, der mich noch mehr auf hundertachtzig bringt. Er hat kein Recht, sauer zu sein. »Was ich von dir will? Dass du abhaust, verdammt noch mal. Geh nach Rom oder Korsika zurück, oder wo immer du herkommst – und lass mich gefälligst in Ruhe.«

Alessandro presst die Lippen zusammen. Dann macht er den Mund auf, will etwas sagen, bremst sich aber gerade noch.

»Warum zum Teufel bist du überhaupt zurückgekommen?«, fauche ich ihn an.

Er wirft die Hände hoch, dreht sich auf dem Absatz um und geht davon, in die Richtung, aus der er gerade gekommen ist. Plötzlich bleibt er stehen, fährt herum und wirft mir einen tiefschwarzen Blick zu. »Ich weiß es nicht! Keine Ahnung, warum ich zurückgekommen bin. Ich weiß überhaupt nicht mehr, was ich mache, und warum. Ich weiß nicht, wie ich das je wiedergutmachen soll«, fügt er etwas ruhiger hinzu und schwenkt seine Arme zwischen uns beiden hin und her. »Ich weiß es wirklich nicht.«

Erschöpft lässt er sein Kinn auf die Brust sinken und reibt sich die Stirn, und in diesem Moment kapiere ich, dass seine Wut gar nicht mir gilt. Er ist nur wütend auf sich selbst. Verdammt wütend sogar. So unbeherrscht habe ich ihn noch nie erlebt.

Mir tut es jetzt fast leid, dass ich ihn angebrüllt habe, aber ich unterdrücke diese Anwandlung sofort. Ich denke gar nicht daran, vor Mitleid mit ihm zu zerfließen. Er hat kein Recht darauf, nach allem, was er mir angetan hat. »Geh einfach heim, Alessandro«, sage ich und drehe mich um, in Richtung Subway.

Ich tackere auf meinen Killerabsätzen zur Ludlow Street, so schnell ich nur kann … also ziemlich langsam. Ich könnte mich ohrfeigen, dass ich die Dinger angezogen habe. Und nicht nur die Schuhe, sondern das ganze Outfit. Ich blöde Kuh – was hab ich mir nur dabei gedacht? Das war der dümmste Plan aller Zeiten.

Ich habe mir geschworen, auf keinen Fall zurückzuschauen, kann mir aber einen kurzen Blick über die Schulter nicht verkneifen, als ich in die Broome einbiege, Richtung Grand Street Station. Und was sehe ich? Alessandro folgt mir, wenn auch auf Abstand, einen guten halben Block entfernt. Ich gehe schneller, aber kaum bin ich am Ende des ersten Gebäudes angelangt, sagt jemand »Hey« ganz dicht an meinem Ohr.

Ich drehe mich um. Zwei weiße Jungs, vielleicht achtzehn oder neunzehn, lungern in einer dunklen Einfahrt herum. Einer der beiden hat seine Kapuze hochgezogen, sodass sein Gesicht im Dunkeln liegt. Er hält eine Zigarette zwischen Daumen und Zeigefinger und wirkt finster und aggressiv. Der andere grinst dämlich, ein großer, blonder Idiot.

Der Blonde kommt ein paar Schritte aus der Einfahrt heraus. Er taxiert mich mit seinen Blicken und ich ziehe meine Jacke enger um mich. »Willste 'n bisschen Spaß haben?«

Geht's noch? Ich bin weiß Gott nicht in der Stimmung für das hier. »Hör mal, Kleiner, wir beide spielen nicht in derselben Liga. Du wüsstest doch gar nicht, was du mit mir anfangen sollst, okay?«

Der Typ mit der Zigarette funkelt mich an, aber der Blonde lacht. »Ach, keine Angst – mir würden da schon ein paar Sachen einfallen …«

»Träum weiter …« Ich drehe mich um und will weitergehen, aber der Zigarettentyp schießt blitzschnell aus der Einfahrt und hält mich fest. Ich schreie, will mich losreißen, aber ich knicke um und kippe aus meinen Killerschuhen, und im nächsten Moment hat mich der Typ an die Tür hinter der Einfahrt gepresst und nagelt mich mit seinem Körper fest. Er schlägt mir eine Hand auf den Mund und hält mir die glühende Zigarettenspitze ins Gesicht, nur millimeterweit von meinem Auge entfernt. »Wenn du noch mal schreist, brenn ich dir dein Auge aus, verdammte Hure!«, zischt er mir zu.

»Hey, Dude!«, protestiert der Blonde. »Chill mal. Die macht das schon.« Er schaut mich an, mit großen, flehenden Augen. »Wir haben Geld. Wie viel verlangst du?«

Die beiden halten mich allen Ernstes für eine Nutte. Na toll.

Ich kann nicht antworten, solange der andere Typ mir die Hand auf den Mund presst. Wütend funkle ich ihn an.

»Ihr lasst jetzt das Mädchen los, okay?«

Alessandro. Ich kann ihn nicht sehen, aber seine Stimme würde ich überall wiedererkennen. Der Zigarettentyp wirbelt zu seinem Kumpel herum, der mit aufgerissenen Augen in die Richtung starrt, in der Alessandro stehen muss, gleich um die Ecke, außerhalb meines Blickfelds.

»Dude«, sagt der Blonde wieder zu seinem Freund, ohne seine Augen von Alessandro zu nehmen. »Lass sie gehen.«

Aber der andere hört nicht auf ihn. Er hält seine Zigarette noch näher an mein Auge. »Halt's Maul und kümmere dich um deinen eigenen Scheiß, Mann.«

Alessandro taucht jetzt in meinem Blickfeld auf, nur

wenige Schritte von dem Blonden entfernt. Mit finsterem Gesicht starrt er den Kerl an, der mich immer noch festhält. Seine Hände zucken an den Seiten und er hat so was Irres im Blick, einen Ausdruck, den ich von Lorenzo kenne – wie eine zusammengedrückte Feder, die jeden Moment losschnellen kann.

Der Blonde schaut hektisch von Alessandro zu seinem Kumpel, dann rennt er weg. Der Zigarettentyp lockert seinen Griff, als er seinen Kumpel weglaufen sieht. Diese kurze Ablenkung genügt mir. Ich knalle ihm mit voller Wucht mein Knie in die Eier und der Typ schreit auf, fällt auf alle viere und presst sich die Hände auf den Schritt. Erstaunlich schnell rappelt er sich wieder hoch und torkelt davon.

Alessandro kommt auf mich zu und die irre Wut in seinem Gesicht ist wie weggeblasen. »Bist du okay?«, fragt er mich besorgt.

»Ja, klar«, fauche ich. »Ich hatte alles im Griff, verstehst du? Du hättest mich nicht retten müssen. Ich brauch das nicht – und schon gar nicht von dir.«

Er zuckt zusammen und ich schließe die Augen, um die ungebetene Erinnerung zurückzudrängen, die in mir hochkommt.

Alessandro, wie er mich festhält. Mir die Tränen abwischt. Der Alessandro von damals, vor acht Jahren.

»Ich habe dich nie gebraucht«, zische ich und hasse mich, weil mir die Tränen in die Augen schießen. Aber so weit kommt es noch, dass ich vor Alessandro weine – oder vor wem auch immer.

Er liest meine Schuhe auf und legt sie auf den Gehsteig

vor meine Füße. »Bitte, lass mich dich nach Hause bringen.«

Ich steige in die Schuhe und tackere los, ohne ihn auch nur eines Blickes zu würdigen. Aber ich jage ihn nicht weg, als er neben mir hergeht.

Ich habe ihm gesagt, dass ich ihn nicht brauche, aber das stimmt nicht. Diese Szene eben hat mich tief erschüttert – obwohl ich das nie vor ihm zugeben würde. Mein Herz rast und mein ganzer Körper ist noch total im Adrenalinrausch. Ich beherrsche mich, so gut ich kann, unterdrücke jedes Zittern oder Stöhnen oder sonstige Anzeichen von Schwäche, während wir die drei Blocks zur U-Bahn gehen. Wir warten schweigend auf die D-Linie, dann steige ich ein. Erst zwanzig Minuten später, als der Zug am Columbus Circle einfährt und ich aufstehe, weil ich hier umsteigen muss, komme ich auf die Idee, ihn zu fragen: »Wo wohnst du eigentlich?«

Er tritt hinter mir auf den Bahnsteig. »West Village.«

»Dann bist du falsch.«

Ein halbes Lächeln huscht über seinen Mund – ein schöner Mund. »Ich weiß.«

»Warum?«

»Ich will, dass du heil nach Hause kommst.«

Ich stehe auf dem Bahnsteig und starre ihn schweigend an, bis der Zug im Tunnel verschwindet.

»Warum?«

Alessandro blinzelt verwirrt. »Ich … also …«

»Nein, ich meine, warum das alles?«, sage ich und schwenke mein Handgelenk in seine Richtung. »Warum hast du mich gesucht? Warum bist du heute Abend gekommen? Warum gibst du dich überhaupt mit mir ab?«

Er beißt sich auf die Unterlippe, überlegt einen Augenblick. Schließlich stößt er die Luft aus und kratzt sich am Hinterkopf. »Du hast mir viel bedeutet, Hilary. Du warst mir wichtig. Ich wollte nur wissen, ob du okay bist. Ich wollte mich mit eigenen Augen davon überzeugen.« Er hält inne und schüttelt den Kopf. »Ich wollte keinen Kontakt zu dir aufnehmen. Ich dachte, du kriegst überhaupt nicht mit, dass ich hier bin.«

Wenn es doch nur so wäre! Ich würde alles dafür geben. Mit finsterer Miene starre ich ihn an und drehe mich abrupt zur Treppe um. Die ganze Wut schießt wieder in mir hoch, ich koche praktisch über. Was glaubt er eigentlich? Hat er gedacht, er braucht nur einen Blick auf mich zu werfen, um zu checken, wie kaputt ich bin? Acht Jahre lang habe ich alles getan, um meinen Schmerz zu verbergen, und er denkt, er kann in mir lesen wie in einem offenen Buch! »Und? Bin ich okay, deiner Meinung nach? Krieg ich den Unbedenklichkeitsstempel?«

Alessandro hält mich mit einer Hand am Arm fest. »So hab ich das nicht gemeint«, sagt er sanft. Ich fahre herum und sein Blick greift mir ans Herz – katapultiert mich in die Vergangenheit zurück, in die Zeit vor acht Jahren. Wieder schießen mir die Tränen in die Augen – verdammter Alessandro.

»Ich muss meinen Zug erwischen«, sage ich und nicke zu dem Querbahnsteig zu meiner Linie hinüber. »Du solltest jetzt umkehren.«

Sein Blick gleitet an mir herunter, bleibt an meinen Beinen hängen. »Ich möchte dich gern wiedersehen. Vielleicht können wir dann mal reden.« – »Reden – immer nur reden«, fauche ich, reiße meine Handtasche auf und wühle nach einem Kaugummi herum. Endlich finde ich einen und blicke auf. Sein Gesicht ist angespannt. Auf der Hut.

Er hebt die Hand und kratzt sich am Kopf … wieder mal. Eine alte Angewohnheit von ihm. Anscheinend ist doch nicht alles weg. »Es gibt so viel, was gesagt werden muss.«

»Wann?«

Er zögert, sein Blick streift wieder an mir herunter. »Ich würde dich gern zum Mittagessen einladen. Hast du ein Lieblingsrestaurant?«

Alessandro will mich ausführen? Das hat schon lange keiner mehr gemacht. »Das Luigi.«

Er nickt. »Gut. Dann treffen wir uns dort um eins, ja?«

Er bleibt neben mir, als ich zu meinem Bahnsteig gehe, und meine Wut flaut allmählich ab. Endlich sind wir da und ich schaue ihn an. »Danke.«

Er zuckt fast zusammen, so unerwartet kommt das für ihn. Kein Wunder, nachdem ich ihn die ganze Zeit nur angefaucht habe. »Wofür?«, fragt er leise.

Ich deute vage auf den Bahnsteig. »Das hier.«

Sein Gesicht verfinstert sich und er presst die Lippen zusammen. »Mir musst du nicht danken, Hilary.«

Der Zug kommt und ich steige ein. Die Türen gleiten zu, der Zug setzt sich in Bewegung und Alessandro verschwindet aus meinem Blickfeld. Ich setze mich auf einen Platz an der Tür und lehne meinen Kopf gegen das Fenster, schließe die Augen.

Ich denke an früher und wie mit Alessandro auf einen Schlag alles anders wurde. Er war der Einzige, der sich um mich kümmerte. Und er hat mir nie wehgetan. Er hat mich auf den Mund geküsst, mich ganz sanft berührt. Er war süß und zärtlich. Und ich habe Vertrauen zu ihm gefasst. Ich habe ihm vertraut, ihn gebraucht. Irgendwann konnte ich mir ein Leben ohne ihn nicht mehr vorstellen.

Und dann ging er.

Ich spüre, wie die Wunde in meiner Brust wieder aufbricht, als wäre es gestern gewesen. Obwohl ich doch die ganzen acht Jahre nichts anderes getan habe, als alles zu verdrängen und einfach weiterzuleben.

Und ich habe es geschafft. Ich habe überlebt und jetzt will ich nicht mehr zurück.

6.

Das Luigi hat nur acht Tische und ist immer gerammelt voll, aber wir haben Glück. Wir treffen auf eine Gesellschaft, die zwei Tische zusammengestellt hatte und gerade im Aufbrechen ist, sodass wir und ein anderes Paar, das vor uns wartet, Plätze am Fenster ergattern. Alessandro zieht einen Stuhl für mich heraus.

»Und worüber reden wir heute?«, frage ich, nachdem wir uns gesetzt haben und der Kellner unsere Getränkebestellung aufgenommen hat.

»Über dich.«

Ich lache verächtlich. »Dann wird es ein kurzes Gespräch.«

Alessandro reibt sich die Stirn, stützt die Ellbogen auf und schaut mich mit müden Augen an. »Du kannst dir nicht vorstellen, wie mich das verfolgt hat, Hilary. Die ganzen acht Jahre. Ich schwöre dir, dass kein Tag verging, an dem ich nicht an dich gedacht habe.«

Ich spüre, wie die Risse in meinem Panzer sich wieder schließen bei diesen Worten. Wütend funkle ich ihn an. Verfolgt hat es ihn? Ach ja? Er hat keine Ahnung, wovon er redet. »Wie oft soll ich dir noch sagen, dass ich okay bin.«

»Bitte, Hilary … Ich muss es einfach wissen …« Er mahlt mit den Kiefern, schaut aber nicht weg. »Hat Lorenzo dich vergewaltigt?«

Ich lache laut hinaus. »Also darum geht es? Du glaubst, du bist mir was schuldig wegen deinem missratenen Bruder?«

Alessandro schaut mich schweigend an, wartet auf eine Antwort.

»Nein, Alessandro. Er hat mich nicht vergewaltigt«, sage ich widerstrebend.

Über Alessandros Schulter hinweg sehe ich, wie die Frau, die hinter ihm sitzt, sich nach uns umdreht und mich anstarrt.

»Ich weiß, dass ich es nicht wiedergutmachen kann, falls er es getan hat, aber es gibt andere Möglichkeiten …«

»Er hat mich nicht vergewaltigt«, wiederhole ich, leiser diesmal, aber ganz langsam, damit es auch wirklich bei ihm ankommt. Lorenzo war nie das Problem. Er konnte mich nicht verletzen, dazu war er mir nicht wichtig genug. Nicht wie … Ich nehme die Speisekarte in die Hand und schlage sie auf, damit ich ihm nicht in die Augen sehen muss – dem einzigen Menschen, der das konnte. Mich verletzen. »Also, was essen wir? Pizza oder so?«

Alessandro stößt einen Seufzer aus und sein Gesicht entspannt sich langsam. »Was magst du denn?«, fragt er und der Raum fühlt sich sofort zehn Grad kälter an, sobald er seine Augen von mir genommen hat und auf die Speisekarte hinunterschaut.

»Eine Gemüsepizza. Mit viel Peperoni drauf.«

Der Kellner kommt mit unserem Eistee und stellt ihn vor uns hin, und ich kann meinen Blick nicht von Alessandros Armen losreißen. Es sind die sexysten Männerarme, die ich je gesehen habe, ich schwöre es. Ich folge den Adern in seinem Unterarm, bis sie unter den aufgekrempelten Hemdsärmeln verschwinden, und plötzlich stelle ich ihn mir im Boxring vor, im Muscleshirt, mit einem dünnen Schweißfilm bedeckt, so wie ich ihn in der Sporthalle des West-Side-YMCA gesehen habe.

»Darf ich jetzt die Bestellung aufnehmen?«, fragt der Kellner und reißt mich aus meinen schönen Träumen.

Alessandro reicht ihm unsere Speisekarten. »Wir nehmen eine große Gemüsepizza mit Peperoni.«

Der Kellner kritzelt etwas auf seinen Block und nimmt die Speisekarten an sich. »Salat?«

»Antipasti für zwei, denke ich«, sagt Alessandro mit einem fragenden Blick zu mir.

»Ja, gut«, stimme ich zu, während ich Zitrone in meinen Tee quetsche.

Ich schaue zu, wie der Kellner unsere Bestellung in den Computer eintippt, und spüre wieder Alessandros Augen auf mir. Aber ich bin noch nicht bereit, ihn anzusehen.

»Ich muss wissen, was mit dir passiert ist, nachdem wir weg waren«, murmelt er beschwörend.

Nein, musst du nicht. Ich schaue ihn abwehrend an. »Warum?«

Er schweigt lange. Endlos.

»Hör mal, Alessandro, ich weiß, dass du schreckliche Schuldgefühle hast«, sage ich und schwenke meine Hand in der Luft, »aber das ist nicht mein Problem, verstehst du? Ich bin okay, wirklich. Jeder muss mit irgendwelchem Scheiß in seinem Leben klarkommen, nicht nur ich. Und mein Leben ist okay. Super eigentlich. Das Einzige, was mir noch fehlt, ist eine gute Rolle am Broadway. Wenn ich die kriegen könnte, wäre ich wunschlos glücklich.«

Er zieht die Augenbrauen hoch. »Am Broadway?«

Ich zwirble den Strohhalm in meinem Eistee herum. »Ja. Ich geb die Hoffnung nicht auf, dass ich irgendwann in einem Musical auftreten kann. Ich hab eine tolle Stimme.«

Er lächelt und die Spannung, die immer da ist, weicht ein bisschen aus seinen Schultern. »Ja, ich erinnere mich.«

Ich starre ihn an, wortlos, weil alles wieder in mir aufbricht.

Es war ganz am Anfang, höchstens eine Woche, nachdem Lorenzo und Alessandro in unsere Wohngruppe gekommen waren. Wir hingen alle im Aufenthaltsraum herum, wo wir ein Radio und einen Fernseher mit einer kaputten Xbox hatten. Ich hatte mich in einem muffigen, viel zu prall gepolsterten Sessel zusammengerollt und Lorenzo und Eric fläzten auf der durchgesessenen Couch und kifften sich zu. Zwei von den Mädchen, Hannah und Trish, beide ungefähr sechzehn, hatten sich dick geschminkt, mit tonnenweise Lidschatten und Eyeliner, und veranstalteten eine Modenschau. Sie schalteten das Radio an und tanzten zu »Naughty Girl« von Beyoncé, dann fingen sie an zu strippen und zogen nach und nach alle Klamotten aus, die sie im Heilsarmee-Shop gekauft hatten, bis sie in winzigen Bikinis dastanden. Lorenzo und Eric schauten zu und johlten Beifall. Alessandro saß am Boden in einer Ecke und kritzelte etwas auf ein Blatt, aber er schaute auch zu.

Die Schwarze, Trish, glaube ich – oder vielleicht war es auch Hannah –, wollte mich dazu bringen, auch einen Bikini anzuziehen. Aber ich hatte keinen, also schüttelte ich den Kopf.

»Dumme Bitch«, zischte sie, drehte sich zu den Jungs um und ließ ihre Hüften kreisen.

»Kein Mumm, kein Ruhm«, lästerte die andere und rutschte auf Erics Schoß.

Mumm hatte ich jede Menge, aber leider keinen Bikini. Also stand ich auf und grölte aus vollem Hals »Naughty Girl« mit Beyoncé mit, als gäbe es kein Morgen.

Heute weiß ich, dass ich grottenschlecht gesungen habe, aber später, beim Abendessen, setzte Alessandro sich neben mich, was er vorher noch nie gemacht hatte. »Du hast eine gute Stimme«, murmelte er, ohne mich anzusehen.

Das waren die ersten Worte, die er je an mich gerichtet hat.

Ich schaue auf den Tisch hinunter, ziehe eine Serviette aus dem Spender, um meine Hände zu beschäftigen, und bin stocksauer, dass er mich mit diesem einen Satz derart in

Verlegenheit bringen kann. »Ja, klar … inzwischen bin ich besser.«

»Das glaub ich dir gern – also, ich meine, du warst damals schon super.«

Macht er sich lustig über mich, oder was? Allmählich tut es mir leid, dass ich überhaupt hergekommen bin. Die ganzen letzten zehn Tage habe ich mir eingeredet, dass mir sein plötzliches Auftauchen nichts ausmacht. Dass mich das alles nicht erschüttern kann. Aber jetzt würde ich am liebsten vergessen, dass er je zurückgekommen ist. Nur kann ich das leider nicht.

Unser Kellner kommt mit den Antipasti und zwei Tellern zurück, die er an unsere Tischkante stellt. »Das Gemüse kommt gleich.« Er nickt mit dem Kopf zu meinem Glas. »Noch Tee?«

»Ich bin froh, dass du weißt, was du willst, und dass du deinen Traum weiterverfolgst«, sagt Alessandro, als der Kellner sich wieder zurückzieht.

Ich lasse meinen Finger an einem Wassergerinnsel auf meinem beschlagenen Glas heruntergleiten. »Ja, schon, nur leider läuft er mir momentan davon, mein Traum.«

Ein paar Minuten später kommt der Kellner mit einem Drahtuntersatz und einem Pizzablech angelaufen, das er mitten auf den Tisch stellt. »Kann ich Ihnen sonst noch was bringen?«

Alessandro schaut mich an, zieht fragend eine Augenbraue hoch.

»Nein, danke«, antworte ich und der Kellner schlurft davon, um den Nebentisch abzuräumen.

»Aber du hast doch Casting-Termine«, sagt Alessandro und dreht das Blech so herum, dass der Pfannenheber in meine Richtung zeigt. »Und bei der ganzen Konkurrenz in der City ist das bestimmt nicht einfach.«

Ich zucke die Schultern. »Nur wegen ›American Idol‹. Damit bin ich in die Hollywood Week gekommen.«

Er zieht wieder eine Augenbraue hoch. »Ich weiß.«

Ich blinzle ihn an. »Du hast doch nicht etwa …?«

Er zuckt die Schultern. »Ich hab's nicht in Echtzeit gesehen, aber ich sagte dir ja, dass ich dich gegoogelt habe. Die ersten Suchergebnisse, auf die ich gestoßen bin, waren die YouTube-Clips von ›American Idol‹.«

Warum ist es mir peinlich, dass er das gesehen hat? Ich schaufle eine Pizzaschnitte auf meinen Teller und wechsle schnell das Thema. »Und? Wie lange bleibst du in New York?«, frage ich.

Alessandro nimmt sich auch ein Pizzastück. »Nicht lange«, sagt er.

Ich beiße ein Stück von meiner Pizza ab und kämpfe gegen die plötzliche Kälte an, die sich in mir ausbreitet. Ich will nicht, dass er bleibt. Es kann mir nur recht sein, wenn er bald wieder abreist. »Und was machst du die ganze Zeit? Beim YMCA arbeiten? Ich meine, wenn du mich nicht gerade stalkst?«

Er wirft mir einen Blick zu. »Nicht nur dich. Ich stalke auch andere Leute.«

»Ach, noch mehr Gespenster?«

Er zuckt zusammen und schaut auf seinen Teller. »Ich verbringe so viel Zeit wie möglich mit den Jungs vom Y.«

»Du arbeitest also mit Brennpunktkids.«

Er nickt.

»Jungs wie du und Lorenzo.«

Er schaut mich ernst an. »Ich hoffe, ich kann ein bisschen was dazu beitragen, dass sie gar nicht erst so werden wie Lorenzo und ich.«

Wir essen schweigend, aber ich werfe ihm immer wieder verstohlene Blicke zu. In manchen Dingen ist er ganz der Alte geblieben, auch wenn er noch so verändert wirkt. Und ich habe so viele Fragen an ihn. Hat er mich vermisst, als er fort war? Wollte er zurückkommen? Er hat mir gesagt, wie sehr ihn das alles belastet, aber hat er wirklich nur schlechte Erinnerungen an diese Zeit?

Bitte verlass mich nicht.

Ich kneife die Augen zu, um die Bilderflut, die in mir aufsteigt, zurückzudrängen.

»Alles okay mit dir, Hilary?«

Alessandros Stimme trifft mich mitten ins Herz, reißt die tiefe Wunde auf, die ich so lange im hintersten Winkel meiner Seele versteckt habe. Es genügt, dass er nach so vielen Jahren wieder hier ist, um alles an die Oberfläche zu bringen, den ganzen Schmerz, die ganze Verzweiflung.

»Wieso?«, fauche ich. »Mir geht's gut.«

Er legt den Kopf schief und schaut mich lange an, bis ich nervös werde. »Ja, natürlich.« Er weiß, dass ich lüge, das kann ich an seinem Tonfall ablesen. Aber er fragt nicht weiter nach. Er schiebt seinen Teller weg und nickt zu den letzten drei Pizzastücken hinüber. »Willst du noch was?«

»Danke, ich bin pappsatt.«

Er winkt den Kellner her, um zu bezahlen. Dann steht er auf, nimmt meine Jacke von meiner Stuhllehne und hält sie mir auf.

Ich reiße sie ihm aus den Händen. »Ich bin keine drei Jahre alt. Ich kann meine Jacke selber anziehen«, zische ich und stecke meine Arme hinein.

Alessandro senkt den Kopf und schlüpft in seine schwarze Wolljacke, dann führt er mich aus dem Restaurant, eine Hand auf meinem Rücken. Die Hand fühlt sich gut an, so gut, dass es schmerzt, und ich hasse mich dafür.

Draußen erwartet uns ein kalter, klarer Oktobertag, schon fast winterlich, aber noch nicht kalt genug für Schnee. Welke Blätter hängen an den Bäumen im Park auf der anderen Straßenseite, und der leichte Wind zerrt sie büschelweise herunter. Ich ziehe meine Jacke enger um mich und schaue zu, wie sie auf den Boden flattern, während wir schweigend in Richtung Subway gehen. Ich biege nicht zur U-Bahn-Treppe ab, aber Alessandro bleibt nicht stehen und fragt auch nicht, wo ich hinwill. Er kommt einfach mit und wir schlendern langsam am Park vorbei nach Hause. Mit der Subway brauche ich fünfzehn Minuten nach Hause … zu Fuß eine halbe Stunde. Ich schlängle mich an den vielen Straßenkünstlern, Hotdog-Verkäufern und Touristen vorbei, die die Gehwege verstopfen, sodass ich Alessandro zum Glück nicht anschauen muss. Aber irgendwie will ich ihn auch noch nicht loswerden.

»Ich wollte schon lange mal wieder ins Met«, sagt er schließlich, als wir am Museum of Natural History vorbeikommen. Die massive Steinfront des Gebäudes ist eingerüstet und das Ganze sieht hässlich und trostlos aus, was aber die Touristen nicht daran hindert, herumzuknipsen wie durchgeknallte Paparazzi.

»Ins Museum?« Ich schaue auf und folge seinem Blick. Von meiner Wohnung aus ist es nur ein kurzes Stück durch den Park zum Metropolitan Museum of Art – zwanzig Gehminuten –, und ich war noch nie dort.

Er nickt, schaut wieder auf den Gehsteig vor uns. »Warst du schon mal dort?«

»Nein.« Ich bin in dieser Stadt aufgewachsen, habe immer hier gelebt und fast nichts davon gesehen.

Er wirft mir einen Blick zu. »Hast du diese Woche mal Zeit? Oder vielleicht nächste?«

»Ähm … vielleicht. Donnerstag hab ich meistens frei.«

»Und hast du Lust, mit mir hinzugehen?«

»Ins Met?«

Alessandro nickt und ein Lächeln spielt um seine Lippen. »Ja, ins Met.«

»Ist das teuer?«

Er wirft mir einen kurzen Blick zu. »Ich lade dich ein. Und auch zum Essen, wenn du es so lange mit mir aushältst.«

Ich verziehe das Gesicht. »Und wie lange dauert das?«

»Das Museum ist riesig. Wir können uns so lange drin aufhalten, wie du willst – oder so kurz.«

Ich rümpfe die Nase. »Riesig … ich weiß nicht, ob ich das so cool finde …«

Alessandro lacht und dieses Lachen zieht mir den Boden unter den Füßen weg, weil es mich an etwas erinnert … An eine Szene, als er auch so gelacht hat. Es war gar nicht weit von hier, bei der Bethesda Fountain, und überall schwirrten Schmetterlinge herum.

»Ich verspreche dir, dass es nicht langweilig wird«, sagt er und holt mich in die Gegenwart zurück. »Wir machen nur die Highlights.«

»Und wie lange dauern die Highlights?«, frage ich misstrauisch.

Er schaut mich an, unterdrückt ein Grinsen. »Halt dir einfach den Nachmittag frei.«

Wir kehren dem Park jetzt den Rücken zu und biegen in die 82. Straße zu meiner Wohnung ein.

»Das ist ein schönes Wohnviertel«, sagt Alessandro. Ach ja? Wie will er das beurteilen, wo er doch die ganze Zeit auf den Gehweg gestarrt hat?

Ich zucke die Schultern, obwohl ich weiß, dass er nicht herschaut. »Mein Freund kann sich das leisten. Seine Familie hat Geld. Eigentlich ist es seine Wohnung.«

Alessandro erstarrt einen Augenblick. »Dein Freund. Dann bist du also mit jemandem zusammen.« Es ist keine Frage und in seiner Stimme liegt etwas, das ich nicht entziffern kann.

»Ja. Mit Brett. Er ist Schauspieler.«

Er schaut mich an, mit einem Blick, als wollte er mir das neueste Wundermittel gegen Krebs antragen. »Und macht er dich glücklich?«

Das bringt mich aus der Fassung. Glücklich? Ich bin jedenfalls nicht unglücklich. Ich kicke einen Stein aus dem Weg, und das Ding knallt auf die Straße und scheucht eine fette Taube auf, die an irgendwas herumpickt. »Glücklich, das ist relativ.«

»Du verdienst es, glücklich zu sein.« Er sagt es ganz leise, wie zu sich selbst. Dann schaut er zur Trinity Church auf der anderen Straßenseite auf und ein Schatten huscht über sein Gesicht. Na klar. Er wollte Priester werden und hat darauf verzichtet, weil er in ein Mädchen verliebt war, das einen anderen liebte. Gilt er ihr, dieser Blick, oder dem Verzicht auf sein Priesteramt?

Wir kommen zu meiner Haustür und ich drehe mich zu ihm um. »Und? Was ist jetzt mit dem Met? Treffen wir uns?«

Er nickt. »Donnerstag. Ich warte am Haupteingang auf dich. Gegen Mittag, okay?«

Ich müsste eigentlich Nein sagen.

Unbedingt.

Aber ich tu's nicht.

»Okay.« Ich schließe die Haustür auf und schlüpfe hinein. Der Aufzug ist unten. Ich drücke auf die Vier und winke ihm durch die Glastür zu.

Und frage mich, was zum Teufel ich da mache.

7.

»Welche Kunstrichtung magst du am liebsten?«, fragt Alessandro beim Salat.

Die Museums-Cafeteria war ihm anscheinend nicht gut genug, stattdessen hat er mich in dieses piekfeine Café mit dem vornehmen Maître und den edlen Mineralwässern geschleppt. Und jetzt diese Frage. Ich fühle mich irgendwie vorgeführt. Ist das eine verdammte Prüfung, oder was?

»Was soll das? Willst du mich verarschen?«, frage ich und spieße eine Kirschtomate auf, sodass die schleimigen Kerne aufs Tischtuch spritzen.

Seine Gabel erstarrt mitten in der Luft. »Du interessierst dich nicht für Kunst, stimmt's?«

Ich zucke die Schultern. »Nicht wirklich.«

»Dann war das eine dumme Idee von mir. Ich hätte dich nicht dazu überreden sollen.« Seine Stimme klingt neutral, aber die Enttäuschung in seinem Blick spricht Bände. Ich denke sofort an dieses andere Mädchen. Die, die er geliebt hat. Steht sie auf Kunst? Haben sie an verregneten Nachmittagen miteinander im Bett gelegen und lange Gespräche über Dinge geführt, von denen ich keine Ahnung habe? Ich weiß nichts über Kunst, nur was ich in diesem »Da Vinci Code«-Film mitgekriegt habe.

Und ehrlich gesagt, hätte ich sofort Nein gesagt, wenn mich jemand anderer gefragt hätte. Aber irgendwie habe ich einen Vorwand gebraucht, um Alessandro wiederzusehen. Vielleicht aus Neugier? Ich würde ihn so gern hassen, aber das konnte ich nie. In mir ist kein Hass, weder auf Alessandro noch auf seinen Bruder. Wut, ja. Das schon. Acht Jahre lang war ich stocksauer auf die beiden, und diese Wut hat mich beflügelt, hat mich stärker gemacht. Aber ich habe sie nie gehasst. »Und du? Was magst *du* für Kunst?«

»Ich bin für alles offen, ich mag nur die Impressionisten nicht besonders. Das war nie mein Ding.« Seit wir das Museumsareal betreten haben, ist er irgendwie lockerer. Fast, als wäre ihm eine schwere Last von den Schultern gefallen.

»Ich weiß noch, dass du immer auf deinem Block rumgekritzelt hast«, sage ich und schiebe meinen Salat mit der Gabel hin und her, um ihn mit dem Gourmet-Dressing zu vermischen. »Zeichnest du immer noch?« Ich schaue zu ihm auf, warte auf eine Antwort.

»Nein. Schon lange nicht mehr.« Er hält meinen Blick fest. Liest er meine Gedanken? Alessandro entgeht nichts so leicht, schon damals nicht, aber früher hatte ich auch nicht so viel zu verbergen. Ich senke die Augen, weil ich nicht will, dass er zu viel sieht.

Plötzlich schießt mir ein Bild durch den Kopf … Alessandro, wie er mit seinem Skizzenblock in seiner üblichen Ecke im Aufenthaltsraum sitzt, ganz still, und auf Lorenzo und Eric schaut, die sich am Boden herumbalgen. Und wie seine Augen immer wieder zu mir herüberhuschen, während ich auf dem durchgesessenen Sofa kauere und meine Zehennägel lackiere.

Das war an dem Tag, als Lorenzo und ich miteinander geschlafen hatten. Ich wollte nicht angeschaut werden, schon gar nicht von Alessandro, der immer alles registrierte, und deshalb drehte ich mich zur Seite, mit dem Rücken zu ihm.

Lorenzo ignorierte mich die meiste Zeit, aber Alessandro setzte sich beim Abendessen immer neben mich. Er redete nie mit mir, außer dem einen Mal, als er mir sagte, dass ich eine gute Stimme hätte. Aber das machte nichts. An diesem Abend legte er den Skizzenblock zwischen uns auf den Tisch und ich warf einen Blick darauf. Es war eine Zeichnung von einem Mädchen in einem schlabbrigen T-Shirt und aufgekrempelten Jeans, mit einer schwarzen Haarkrause, die ihr ins Gesicht fiel. Sie hockte auf einer durchgesessenen Couch und lackierte sich die Zehennägel. Ihr Gesicht war von den Haaren verschattet, sodass man ihre Züge gerade so erkennen konnte, und eine Träne lief ihr im Zickzack die Wange hinunter.

Es war mir total peinlich, dass er das bemerkt hatte.

Der Kellner taucht jetzt mit dem Essen auf und räumt

unsere Salate ab. Alessandro versichert ihm, dass wir alles haben, was wir brauchen, und er verschwindet wieder.

»Es gibt ein paar Dinge, die ich letztes Mal leider verpasst habe«, sagt er und trennt mit seiner Gabel ein Stück Quiche ab. »Wir könnten mit der europäischen Kunst des neunzehnten Jahrhunderts anfangen. Ist das okay für dich?«

»Ja, klar. Mir sagt das sowieso alles nichts. Ich hab doch keine Ahnung von dem ganzen Zeug.«

Alessandro hält einen Finger hoch, und nachdem er sein Essen hinuntergeschluckt hat, sagt er: »Ich erzähle dir alles, was ich weiß, und außerdem ist das alles sehr gut kommentiert.«

»Wenn du meinst.« Ich bin nervös. Weiß auch nicht, warum, aber ich will nicht wie der letzte Idiot vor ihm dastehen.

»Erzähl mir doch mal von deiner Schwester«, sagt er aus heiterem Himmel, und mein Magen schlägt einen Salto.

»Wieso? Was ist mit ihr?«

Meine Stimme klingt schneidend und Alessandro blickt überrascht von seinem Teller auf.

»Mallory geht's gut«, sage ich, um seiner nächsten Frage zuvorzukommen, die wahrscheinlich »Was hast du?« oder »Hab ich was Falsches gesagt?« oder so ähnlich lauten würde. »Sie hat einen tollen Mann und zwei hinreißende Kinder und sie selber ist auch super.«

»Jungen oder Mädchen?«

»Jungen.«

»Und du bist ihre Lieblingstante, was?«, sagt er mit einem amüsierten Lächeln.

Ich lächle zurück, trotz des Knotens in meinem Magen. »Ja, so ungefähr.«

»Magst du Kinder?«

»Wieso? Warum fragst du?«

Er legt seine Gabel auf seinem Teller ab. »Ich meine, kannst du gut mit Kindern umgehen? Und willst du selber auch mal Kinder?«

»Teufel, nein«, stoße ich hervor, aber dann verbessere ich mich: »Ich meine, Henri und Max sind total süß und ich bin gern bei ihnen, aber ich will keine eigenen Kinder.«

»Warum nicht?«, fragt Alessandro.

Ich zucke die Schultern. »Manche Leute sind einfach nicht dafür gemacht, Kinder in die Welt zu setzen, okay?«

Er nickt. »Ich weiß, was du meinst. Ich hab auch meine Zweifel, ob ich ein guter Vater wäre, aber andererseits muss ich zugeben, dass ich sehr gern eine Familie hätte – und eigene Kinder. Viele sogar.«

Ich schaue auf meinen Teller hinunter und stochere in meiner Pasta herum. »Dann musst du dir eine Frau suchen, die das auch will.«

»Das stimmt.« Er nimmt seine Gabel wieder auf und führt den nächsten Bissen zum Mund. »Warst du glücklich bei deiner Schwester und ihrer Familie?«

Ich entspanne mich ein bisschen. »Ja. Dort war ich wirklich glücklich.«

»Und wie lange warst du bei ihnen?«

»Ich bin vor ungefähr drei Jahren ausgezogen, mit neunzehn.«

»Bist du ans College gegangen?«

Ist das eine Quizshow hier? »Nein«, sage ich ein bisschen zu scharf.

Alessandro fängt meinen Blick auf. »Warum nicht?«

»Darum … weiß nicht. Ich wollte nicht gleich nach der Highschool ans College. Ich hab ein paar Abendkurse belegt, damit Mallory mich in Ruhe lässt, aber in Wahrheit wollte ich schon immer auf die Bühne. Und dann kam ›American Idol‹, und ich wurde zum Casting eingeladen und bin in die City gezogen und … Ich wollte einfach nie ans College.«

Er hält meinen Blick. »Du brauchst dich nicht zu rechtfertigen. Ich bin nur neugierig.«

Ich schaue auf meine Gabel, wickle die nächste Ladung Spaghetti auf.

Endlich sind wir fertig mit dem Essen, und nachdem Alessandro bezahlt hat, gehen wir in den zweiten Stock hinauf. Dort betreten wir eine lange Galerie mit Gemälden an den Wänden und Skulpturen, die auf Sockeln stehen. Bei jedem Bild und jeder Skulptur bleiben wir stehen und lesen den Kommentar dazu. Hin und wieder erzählt Alessandro mir Dinge, die nicht auf den Tafeln stehen – zum Beispiel wie der jeweilige Künstler gestorben ist oder wer sein Lehrer war. Er lebt hier richtig auf und mir wird klar, dass Kunst für ihn genauso wichtig ist wie für mich ein Spaziergang im Regen.

Nachdem wir halb durch sind, kommen wir zu einem Bild, das anders aussieht als die vorigen. Es ist ein Porträt von einer Frau in einem goldgelben Kleid mit lockigem schwarzem Haar, die dasitzt und uns von der Leinwand anschaut.

Sie ist schön, auf eine ungewöhnliche Art, und sie wirkt ziemlich tough – eine Frau, die sich nichts gefallen lässt.

»Die Salomé von Henri Regnault«, sagt Alessandro. »Eines der Meisterwerke der Romantik.«

»Das Bild gefällt mir. Die Frau sieht aus, als ob sie sich nichts scheißt.« Mein Blick wandert zu der Tafel neben dem Gemälde und ich fahre mit dem Finger den Namen des Künstlers nach. »Henri ... Der Name von meinem Neffen wird auch so geschrieben. Sie haben ihn nach Jeffs Dad benannt.«

»Das ist die französische Schreibweise und es wird En-Ri ausgesprochen. Mit Nasal.«

»Das klang jetzt aber sehr französisch.«

»Oui, Mademoiselle«, sagt er lächelnd.

»Das auch.«

»Ich habe in Frankreich gelebt, nachdem ich von hier weg bin«, sagt er und plötzlich wird mir bewusst, dass ich nicht mal weiß, wo Korsika überhaupt liegt.

»Dann sprichst du also Französisch?«

»Ja.«

»Aber du hast früher auch schon mit Akzent gesprochen, soviel ich weiß.« Obwohl es mir gerade erst wieder eingefallen ist. Aber es stimmt. Alessandro hatte einen leichten Akzent.

»Ja, kann sein«, sagt er und zuckt zusammen, als ob ihm das peinlich wäre. »Meine Muttersprache war Italienisch. Mein Vater war bei der Army und wir haben in Italien gelebt, bis ich sechs war. Zu Hause hat er nur Italienisch mit uns gesprochen, auch später in New York.«

»Was? Dann kannst du Französisch *und* Italienisch? Und was sonst noch?«

»Englisch«, sagt er und grinst mich an.

Ich verdrehe die Augen. »Ich meine, außer Englisch.«

Sein Grinsen wird noch breiter. »Reicht das nicht?«

Ich zucke die Schultern. »Doch, klar. Sag mal was auf Italienisch.«

»Come sei bella.« Sein Lächeln wird weich und ich kriege Gänsehaut.

»Was heißt das?«

»Du bist schön.«

Ich starre ihn an, viel zu lang, dann drehe ich mich wieder zu der Salomé um. »Warum hast du mit dem Zeichnen aufgehört?«

Ich höre ihn seufzen, drehe mich aber nicht zu ihm um.

»Ich weiß nicht – mein Leben hat sich verändert. Ich … ich hatte einfach keine Inspiration mehr. Ich habe die Leidenschaft verloren, denke ich …«

»Das ist schade. Du warst richtig gut.« Er hat Dinge gesehen, die anderen entgangen sind. Und er hat es geschafft, diese Dinge zu Papier zu bringen, wahrer und lebendiger als in dem ursprünglichen Moment. Zumindest erschien es mir so.

Die Erinnerung, die mir durch den Kopf blitzt, entlockt mir ein Lächeln.

»Was ist?«, fragt Alessandro neugierig.

»Erinnerst du dich an den Tag im Park? Das war direkt bevor du …« *Gegangen bist*, will ich sagen, bringe die beiden Worte aber nicht über die Lippen. »Du hast mich gezeichnet und ich hab dir den Block aus der Hand gerissen und bin damit weggerannt, und dabei bin ich voll mit diesem lahmen Pantomimen-Typ beim Springbrunnen zusammengerasselt, du weißt schon, der immer …«

»… den Trick mit der Kiste vorgeführt hat«, beendet Alessandro meinen Satz und schüttelt lächelnd den Kopf.

»Ja. Er war stocksauer und hat mich angeschnauzt, und plötzlich waren die Schmetterlinge da – so schwarz-orange – und sind überall um uns herumgeflattert.«

»Wir haben nie rausgefunden, was für Schmetterlinge das waren«, murmelt Alessandro mit einem fernen Blick in den Augen, aber er lächelt immer noch.

»Aber es war cool. Ich habe vorher und nachher nie mehr als einen oder zwei Schmetterlinge auf einmal im Park gesehen.« Ich sehe Alessandro vor mir, wie er mich lachend an sich zog, während sie um uns herumflatterten. Ich habe mich so frei gefühlt wie noch nie in meinem Leben, als wäre ich einer von ihnen und würde hoch über dem Boden flattern, leicht wie Luft. Ich wusste plötzlich, ich kann überall hingehen. Und alles werden, was ich will. Ein Gefühl, das mich schwindlig machte. Nein, Alessandro machte mich schwindlig. Ich glaube, in diesem Moment begriff ich, dass ich ihn liebte, denn nur in seinen Armen fühlte ich mich frei, nicht eingesperrt wie bei allen anderen.

Wir schlendern zwei Stunden lang durch die europäische Abteilung und betrachten die tollen alten Gemälde, hauptsächlich italienische und französische, und Alessandro beantwortet alle meine Fragen. Er kommt richtig in Fahrt, wenn ich ihn etwas frage, und gestikuliert wild mit den

Händen, sodass ich ihm immer mehr Fragen stelle. Ich sehe so gern seine Hände. Aber nicht nur deshalb. Seine Begeisterung ist irgendwie ansteckend, denn ich langweile mich kein bisschen, was ich mir nie hätte vorstellen können.

Endlich kommen wir zur Haupttreppe am Ende der weitläufigen Saalfluchten und ich spüre Alessandros Hand an meinem Rücken. »Für dich war das erst mal genug, denke ich.«

Ich werfe einen Blick über die Schulter. »Das war cool, echt.«

Er lächelt und führt mich zur Treppe, ohne die Hand von meinem Rücken zu nehmen. »Ich sehe schon, dass das nicht ganz dein Ding ist. Was würdest du sonst gern machen?«

Ich zucke die Schultern und wir gehen langsam die Treppe hinunter. »Ich weiß nicht. Nichts eigentlich.«

Er wirft mir einen Blick zu. »Du hast doch bestimmt einen Lieblingsplatz in der City … irgendwas, das eine besondere Bedeutung für dich hat.«

Wieder zucke ich die Schultern. »Ich mag den Central Park … und als kleines Mädchen war ich mal auf Coney Island.« Mallorys Dad hatte irgendwann Mitleid mit mir und hat mich mitgenommen.

»Coney Island«, wiederholt er. »Und was ist mit der Freiheitsstatue oder dem Empire State Building?«

»Da war ich nie«, antworte ich.

»Und das Museum of Natural History?«, sagt er und deutet zum Park hinüber, als wir unten im Erdgeschoss ankommen.

»Nö, auch nicht.«

Alessandro bleibt stehen und starrt mich an. »Dann wird es höchste Zeit.«

»Hey, ich bin kein Notfall oder so.«

Alessandro presst die Lippen zusammen. »Sag ich doch gar nicht. Du hast gesagt, dass du donnerstags freihast, stimmt's?«

»Ja, normalerweise schon.«

»Gut, dann können wir doch donnerstags die Stadt entdecken.«

»Die wurde schon entdeckt, soviel ich weiß – von den acht Millionen, die hier leben.«

»Okay, dann nehmen wir uns vor, jeden Donnerstag einen Ort zu entdecken, den die meisten von diesen acht Millionen noch nicht kennen.«

Ich schaue ihn mit hochgezogenen Augenbrauen an. »Das unbekannte New York?«

Er nickt. »Kostbarkeiten, die sonst niemand kennt.« Er dreht sich um und geht in Richtung Ausgang. »Und jetzt bist du dran.«

»Ich glaube nicht, dass man das hier als ›unentdeckt‹ durchgehen lassen kann«, sage ich und deute auf die Menschenscharen, die sich um die Exponate drängen.

Wir ziehen unsere Jacken an und ich nehme meine Handschuhe aus den Taschen, während Alessandro mir die Tür aufhält. Draußen schlägt mir die Kälte ins Gesicht. Und mmmhh … Alessandro duftet wieder nach dem herben, sexy Aftershave, das er im Club 69 drauf hatte.

»Ja, das stimmt, aber du bist trotzdem dran«, sagt er mir

ins Ohr. Und jetzt höre ich ihn wieder, diesen leichten Akzent, der so unglaublich sexy klingt …

Dann gehen wir zusammen durch den Park.

Ich betrachte die Atemwölkchen vor meinem Gesicht und überlege mir, wo ich hingehen will. »Und es ist egal, was ich aussuche? Ich kann alles nehmen?«

Er nickt. »Alles, was du noch nie gesehen hast.«

»Also fast alles – außer dem Theatre District und Coney Island.«

Er lächelt. »Da war ich schon.«

»Okay, dann eben der Rest.« Wir schlängeln uns jetzt durch eine Gruppe von kostümierten Kindern, die auf die Fifth Avenue zustreben. Und plötzlich fällt mir ein, dass heute Halloween ist. »Shit!« Ich reiße mein Telefon aus der Tasche und schaue auf die Uhr. Fünf.

»Was ist?«, fragt Alessandro erschrocken.

»Heute ist Halloween. Und ich hab Henri und Max versprochen, dass ich mit ihnen um die Häuser ziehe. Ich muss sofort los, tut mir leid!« Ich lasse ihn einfach stehen und stürze durch den Park zur nächsten U-Bahn-Haltestelle.

Ich habe versprochen, um sechs Uhr da zu sein, aber es ist schon nach sieben, als ich die Treppe zu Mallorys Haus hinaufstürme. Ich läute und Mallory kommt an die Tür, ein strahlendes Lächeln im Gesicht und eine Schüssel mit Süßigkeiten in den Händen. Ihre rote Haarmähne ist zu einem schlampigen Pferdeschwanz hochgebunden und sie trägt ein Stirnband mit Katzenohren. Krakelige Schnurrhaare sind mit Eyeliner in ihr Gesicht gemalt. Vermutlich Henris Werk.

»Seid ihr fertig?«, keuche ich.

Mallorys Lächeln erlischt, sobald sie mich sieht. »Sie waren schon seit einer Stunde fertig, Hilary. Sie haben die ganze Zeit auf dich gewartet. Jeff ist gerade von der Arbeit zurückgekommen und mit ihnen losgezogen.«

»Verdammt!« Ich habe mich einen ganzen Monat lang drauf gefreut und jetzt hab ich's vergeigt.

Mallory macht den Weg frei und ich gehe hinein. »Keine Sorge, das sind sie ja gewohnt«, sagt sie, stellt ihre Süßigkeitenschale auf dem Kleiderständer im Flur ab und geht ins Wohnzimmer. Dort lässt sie sich auf die Couch fallen und macht den Fernseher an.

»Was soll das denn jetzt wieder heißen?« Ich werde stocksauer, wenn sie solche Sachen sagt.

Mallory schaut mich an. »Du bist nicht gerade berühmt für deine Zuverlässigkeit, Hilary.«

»Ich war im Met und hab Halloween vergessen.«

Mallory zieht ihre Augenbrauen bis zum Haaransatz hoch. »Du? Im Met? Mit wem denn?«

Ich zucke die Schultern. »Ach, nur so ein Typ.«

Ein Lächeln breitet sich langsam in ihrem Gesicht aus. »Ein Typ, der mit dir ins Met geht? Den will ich kennenlernen.«

Nein, will sie nicht. Ich gehe in die Küche und nehme mir eine Diät-Cola aus dem Kühlschrank. »Willst du auch was?«, frage ich durch die Tür.

»Ja«, sagt sie und im selben Moment geht die Türklingel. »Gib mir auch eine.«

Sie drückt auf »Pause« und geht zur Tür, während ich ihr

die Cola ins Wohnzimmer bringe und mich hinsetze. Ich höre es kichern und reden und Mallory teilt vermutlich die Süßigkeiten aus. Kurz darauf kommt sie zurück und lässt sich auf die andere Seite der Couch fallen. »Also dieser Typ … ich meine, was ist dann mit dir und Brett?«

Verdammt. Ich hatte gehofft, dass wir das Thema wechseln würden. »Nichts. Zwischen Brett und mir ist alles wie immer. Das ist nur ein Typ, den ich kenne.«

»Und wer?«, drängt Mallory.

Ich stoße einen Seufzer aus. »Niemand, Mallory.«

Das Gesicht meiner Schwester verwandelt sich von amüsiert-neugierig in zutiefst misstrauisch.

»Was ist?«

»Wer ist der Typ?« Jetzt flachst sie nicht mehr herum. Sie war immer die totale Glucke, und daran hat sich nichts geändert, nur weil ich ausgezogen bin.

»Jemand von früher.«

»Von früher?«, wiederholt sie langsam.

Ich nehme einen Schluck Cola und greife nach der Fernbedienung, um den Fernseher wieder anzustellen. »Er ist von der betreuten Wohngruppe.«

Mallory schweigt lange. Ich schaue sie nicht an. Endlich räuspert sie sich und sagt: »Ich glaube nicht, dass du mit ihm zusammen sein solltest. Er ist nicht gut für dich.«

Ich schaue sie immer noch nicht an, aber mein Magen krampft sich zusammen. »Ich bin okay, Mallory. Mach doch kein Drama draus.«

Mallory zieht mich am Arm, zwingt mich, ihr ins Gesicht

zu sehen. Sie schaut mir lange in die Augen, bevor sie sagt: »Ist es derjenige welcher?«

»Das ist doch egal. Er hat sich verä…«

»Nein, das ist nicht egal!«, schreit sie los. »Du kannst nicht mit diesen Leuten herumhängen. Ich verbiete dir, ihn noch mal zu treffen.«

Ich stoße ein bitteres Lachen aus, springe von der Couch auf und verschütte meine Cola. »Das ist jetzt nicht dein Ernst, oder? Ich bin zweiundzwanzig, Mann. Du kannst mir nicht mehr vorschreiben, was ich zu tun und zu lassen habe.«

Ich gehe in die Küche, um eine Stück Küchenrolle abzureißen, und lasse Mallory auf der Couch schmoren. Als ich zurückkomme und die paar Colatropfen aufwische, die auf den Teppich gegangen sind, sagt sie: »Es tut mir leid, Hilary. Ich will nur nicht … hast du keine Angst, dass er sich wieder in dein Leben drängt?«

»Er hat wahnsinnige Schuldgefühle. Er wollte mich um Verzeihung bitten.«

Mallory schnaubt verächtlich. »Als ob er dazu fähig wäre.«

Ich setze mich wieder. »Ich glaube, er meint es ernst. Er hat sich verändert. Sehr sogar.«

Meine Schwester verzieht den Mund. »Mir gefällt das trotzdem nicht.«

Dann kracht die Tür auf und Henri stürzt in einem Transformers-Kostüm und mit einem vollgestopften Kissenbezug in der Hand herein. Max trödelt mit seinem Dad hinterher. Er trägt ein grünes Kostüm, das mir irgendwie vertraut vorkommt.

»Hey, Jungs.«

»Tante Hilary!«, quiekt Henri und stürzt sich auf mich. »Ich bin Maximus Prime!«

»Und? Irgendwelche Decepticons da draußen?«, frage ich und kitzle ihn an der Seite.

»Keine Angst, ich beschütze dich«, kichert er, reißt sich los und streckt seine Brust vor.

»Das will ich auch hoffen, Kumpel«, sage ich zu ihm. »Hi, Jeff«, begrüße ich seinen Vater, der im Vorbeigehen Henris schwarzen Haarschopf durchwuschelt.

»Tut mir leid, dass wir ohne dich gegangen sind«, sagt er, und im Gegensatz zu Mallory liegt kein Vorwurf in seiner Stimme. »Die Jungs waren nicht mehr zu halten.«

Henri lässt sich auf den Boden fallen und kippt den Inhalt seines Kissenbezugs auf den Teppich, während Max auf die Couch zwischen seine Eltern klettert und seinen aufmacht.

»Und? Ist was Gutes drin?«, frage ich, gehe hinüber und spähe hinein.

»Willst du ein Charleston Chew?«, fragt Max und zieht einen Charleston-Chew-Riegel heraus.

»Klar«, sage ich und nehme ihn aus seiner Hand. »Als was hast du dich verkleidet?«

»Als Creeper«, antwortet er und wühlt wieder in seinen Schätzen.

Dann klingelt es an der Tür und Mallory geht hinaus. Ich schaue Jeff fragend an.

»Das ist eine Figur aus Minecraft«, erklärt er mir. »Die Creeper sind die Monster im Spiel.«

»Die sind aus TNT gemacht! Sie zischen und explodieren«, verkündet Henri, den Mund voll mit etwas Blauem.

Max reicht Jeff ein Mini-Snickers, das er aufreißt, als Mallory ins Wohnzimmer zurückkommt. »Hilary ist zu spät gekommen, weil sie mit jemand aus war«, sagt sie zu Jeff. »Einem von früher.« So wie sie es sagt, kann es keinen Zweifel daran geben, auf welches »früher« sie anspielt. Ihre Lippen sind verkniffen und ihre Augen verengen sich ein bisschen, denn Jeff reagiert nicht, wie sie es gern hätte. Er schleppt mich nicht schnurstracks ins Schlafzimmer, um mir eine Gardinenpredigt zu halten. »Ich hab ihr gesagt, dass ich das für keine gute Idee halte«, fügt sie beschwörend hinzu.

Jeff wirft uns einen Blick zu. »Mallory, deine Schwester ist erwachsen. Ich glaube nicht, dass wir ihr vorschreiben können, mit wem sie sich trifft.«

Ich liebe Jeff, ehrlich. Wenn er nicht schon mit meiner Schwester verheiratet wäre, würde ich ihn allen Ernstes in Erwägung ziehen.

Henri hüpft herauf und klettert auf Mallorys Schoß, eine Halskette aus Fruchtgummis in der Hand. Er streift sie ihr über den Kopf, und so wie das Zeug in ihrem Haar klebt, hat er garantiert schon dran rumgelutscht. »Du siehst hübsch aus, Mommy«, sagt er zu ihr und bewundert die Halskette.

Mallory zieht ihn an sich und küsst ihn auf die Stirn. »Danke, Süßer.« Er windet sich, will sich losreißen, um zu seinem Schatz auf dem Teppich zurückzukommen, aber sie lässt ihn nicht gleich los. »Mir gefällt das nicht«, sagt sie, ihre Augen auf mich geheftet. Und ich weiß, dass das Thema noch längst nicht vom Tisch ist.

8.

Heute ist der Erste des Monats. Ich gehe eisern jeden Ersten zu ihr, pünktlich wie die Uhr, damit sie weiß, was sie erwartet. Überraschungen kann Mom nur schwer verkraften.

Ich steige im Bahnhof Grand Central in den 9.48-Zug, um die lange Fahrt nach Bedford Hills anzutreten, und ich denke immer noch darüber nach, was es in New York City Sehenswertes zu erkunden gibt. Als der Zug in der 97. an die Oberfläche kommt, lehne ich meinen Kopf ans Fenster und lasse die Stadt an mir vorbeigleiten, in der Hoffnung, dass mir etwas ins Auge fällt … vielleicht ein großes, flackerndes Neonschild mit der Aufschrift: »Achtung – hier! Das musst du gesehen haben und du bist die Erste hier. Es ist echt cool!«

Aber leider tauchen keine solchen Schilder auf, und dann sind wir auf dem Land, wogende Hügel und blattlose braune Bäume, so weit das Auge reicht. Ich lasse mich tiefer in meinen Sitz sinken und schließe die Augen. Ich muss immer sehr früh aufstehen für diese Fahrten. Es dauert ewig, hin und zurück. Und wenn ich mir schon die Mühe mache, zu ihr zu fahren, muss ich doch wenigstens eine Stunde dortbleiben, sodass ich meistens den ganzen Tag unterwegs bin. Und um fünf fängt meine Arbeit an. Bis dahin muss ich zurück sein.

Eine Stunde später stolpere ich in Bedford Hills aus dem Zug. Von der Haltestelle bis zur Vollzugsanstalt ist es ungefähr eine Meile und ich könnte ein Taxi nehmen, wenn ich eins finde, aber ich gehe meistens zu Fuß, außer bei richtig schlechtem Wetter. Ich brauche eine halbe Stunde dafür und das Gehen hilft mir, einen klaren Kopf zu bekommen, bevor Mom ihn mir wieder zukleistert.

Am Besuchereingang melde ich mich an: »Hilary McIntyre. Ich möchte Roseanne McIntyre besuchen.«

Ich nehme alle Hürden: verstaue meine Tasche in einem Schließfach, gehe durch den Metalldetektor, melde mich an, zeige meinen Ausweis, unterschreibe das Formular, mit dem ich bestätige, dass ich keine Schmuggelware bei mir habe und damit einverstanden bin, durchsucht zu werden, dann warte ich.

Mom muss erst ihr Einverständnis zu meinem Besuch geben.

Nach zehn Minuten erfahre ich, dass alles okay ist, und ich werde in den Besucherraum geführt. Ich nehme eine der Dollarmünzen, die ich extra für diesen Zweck aufgespart habe, und gehe damit zum Automaten, um ein *Oh*

Henry! zu kaufen. Dann suche ich mir einen Platz an einem leeren Tisch hinten im Raum.

Kurz darauf kommt sie in einem orangen Jogginganzug, der um sie herumschlabbert, durch die Tür und schlurft zu meinem Tisch herüber. Sie plumpst wie ein Stein in den Stuhl mir gegenüber, als sei selbst das Hinsetzen zu anstrengend für sie. Ihre Wangen sind hohl, ihre Haut ist trocken und fleckig, und ihr langes rotes Haar ist zu einem schlampigen, tiefen Pferdeschwanz zusammengefasst, mit einem strähnigen Pony, der ihr in die eingesunkenen stumpfgrünen Augen hängt. Ich könnte schwören, dass sie bei jedem Besuch fünf Jahre älter aussieht. Sie ist noch nicht mal fünfzig, könnte aber gut hundert sein.

Oder bilde ich mir das nur ein? Vielleicht spielt sich alles nur in meinem Kopf ab. Ich sehe sie immer noch, wie sie war, bevor sie diesen Typ umgebracht hat und im Knast gelandet ist.

Jetzt greift sie nach dem *Oh Henry*!, reißt die Hülle auf, beißt ein Stück ab und starrt vielsagend auf die vergitterte Uhr an der Wand. »Du hast es geschafft«, krächzt sie mit ihrer heiseren Raucherstimme.

Ihre übliche Begrüßung, als hätte ich sie warten lassen.

»Ja.«

Sie schluckt und beißt noch ein Stück von dem *Oh Henry*! ab. Ein kleiner Schokokrümel bleibt in ihrem Mundwinkel hängen und schmilzt dort. »Und? Wie läuft's bei McDermott?«

Diese Frage kommt immer als Nächstes. Vielleicht war sie früher mal dort.

»Gut. Jerry benimmt sich endlich.«

Sie stopft sich das letzte *Oh-Henry*-Stück in den Mund. »Trinkgeld gut?«

Die ewige dritte Frage.

Ich zucke die Schultern. »Mal so, mal so. Die Leute werden anscheinend geiziger. Am Wochenende ist es ganz ordentlich.«

»Und wie geht's deiner Schwester?«

Frage Nummer vier.

»Oh, gut.«

»Immer noch verheiratet?«

Ich rutsche tiefer in meinen Sitz. »Sie hat sich jedenfalls nicht scheiden lassen, seit ich am letzten Ersten bei dir war, falls du das meinst.«

»Und Harry und Max?«

Ich zucke zusammen.

Immer das Gleiche.

Jedes.

Verdammte.

Mal.

Kann sie sich nicht mal den Namen ihres Enkels merken? Noch dazu, wo *Oh Henry*! ihr Lieblingsriegel ist. »Henri, nicht Harry, und den beiden geht's auch gut. Du würdest staunen, wie groß sie schon sind. Gestern Abend war Halloween. Sie waren so süß.«

Mom runzelt die Stirn und sieht noch eine Idee mürrischer aus als sonst. »Was soll ich dazu sagen? Ich krieg sie ja nie zu sehen.«

»Also … na ja …« Immer diese Schuldgefühle-Nummer,

wenn ich hierherkomme. Was kann ich dafür, dass Mallory sie nie besucht? Ich sage Mallory nie, wenn ich zu Mom gehe, weil sie mir den Besuch in der Vollzugsanstalt verboten hat, als ich noch bei ihr gewohnt habe. Mallory gibt Mom an allem die Schuld, was mir in der betreuten Wohngruppe und danach passiert ist. Ich wahrscheinlich auch, aber was hilft es? Ändern lässt sich sowieso nichts mehr daran. Warum soll ich also mein Leben lang sauer auf sie sein?

Obwohl ich im Grunde genommen weiß, dass meine Besuche bei ihr die reine Zeitverschwendung sind. Ich könnte mir die Mühe sparen. Ich meine, Mom hat sich nie wirklich um mich gekümmert. Ich war ihr meistens nur eine Last. Keine Ahnung, ob sie mich wollte oder nicht, aber auf jeden Fall hat sie mich total vernachlässigt, sobald ich da war. Gleichgültigkeit tut weh, noch dazu von der eigenen Mutter, die einen doch bedingungslos lieben müsste.

Aber trotzdem, sie ist meine Mom – der einzige Elternteil, den ich je hatte. Und ich kann mir noch so oft sagen: *Vergiss sie endlich*, ich kann einfach nicht aufgeben. Vielleicht hoffe ich insgeheim, dass sie mich irgendwann doch noch liebt, wenn ich mich nur genügend anstrenge.

Mom beugt sich vor, stützt ihre Ellbogen auf den Tisch und hält ihren Kopf mit beiden Händen fest, als würde er mindestens eine Tonne wiegen. »Warum machst du es nicht wie deine Schwester und hältst dich von mir fern? Ich war nie gut für euch beide.«

Ich zucke leicht zusammen, denn so viel weise Selbsterkenntnis bin ich von Mom nicht gewohnt. Sonst jammert sie nur herum und schiebt allen anderen die Schuld an ihrem Elend zu. Ich ringe nach Worten, weiß nicht, wie ich darauf reagieren soll. »Du hast getan, was du konntest, Mom«, sage ich schließlich.

Sie hebt den Blick, aber nicht den Kopf, und schaut mich unter ihren Haarzotteln hervor an. »War aber nicht gut genug.«

Ich zucke die Schultern. »Aus uns ist doch was Anständiges geworden.« Im Großen und Ganzen jedenfalls.

Mom nimmt die Hände vom Gesicht und schaut mich lange an, als kapierte sie plötzlich, dass daran etwas Wahres ist. Ihr Gesicht sieht auf einmal jünger aus, weniger verhärmt, und sie streckt ihren Arm aus und streicht mit ihren knochigen Fingern über meinen Handrücken. »Ja, da hast du wohl recht. Du bist ein gutes Mädchen, was? Vielleicht hab ich doch nicht alles versaut.«

Wieder weiß ich nicht, was ich sagen soll. Und warum bekomme ich einen Kloß im Hals? Sie hat ja nicht gesagt, dass sie mich liebt, aber irgendwie fühlt es sich trotzdem so an.

Ein müdes Lächeln spielt um ihre Lippen und sie zieht ihre Hand zurück. »Okay, wenn das stimmt, was du sagst, wann suchst du dir dann endlich 'nen Mann?«

Damit ist der magische Moment vorbei und alles wieder beim Alten.

Ich atme tief durch und schlucke. »Ich bin immer noch mit Brett zusammen. Seit fast einem Jahr.«

»Mit dem Model?«, sagt sie und zieht die Augenbrauen hoch.

»Er ist Schauspieler, Mom. Am Broadway. Kein Model.«

»Aber du hast kein Bild von ihm«, sagt sie und kneift misstrauisch die Augen zusammen. Wahrscheinlich hält sie Brett für ein Fantasiegebilde. Ohne Foto als Beweis besitzt er keinerlei Realität für sie.

»Du weißt doch, dass sie mir mein Telefon abnehmen. Ich darf es nicht mit reinbringen.«

Mom zerknüllt das *Oh-Henry*!-Papier und schießt es in den Papierkorb in der Ecke. Aber es fällt voll daneben und blättert sich auf dem Zementboden wieder auf. »Was ist mit Zigaretten? Hast du mir welche mitgebracht?«

Na toll. Jetzt kommt die Quengelphase. Mom bombardiert mich mit Seitenhieben aller Art, um mir klarzumachen, was für eine beschissene Tochter ich bin.

»Du weißt genau, dass wir keine reinbringen dürfen.«

»Du hättest mir welche reinschmuggeln können, wenn du mich lieben würdest«, sagt sie und verzieht das Gesicht.

Wer sagt, dass ich dich liebe?

Der Gedanke schießt mir durch den Kopf wie ein durchgeknalltes Schachtelteufelchen. Eins von der gruseligen Sorte, das kleinen Kindern Albträume macht.

Zu Moms Verteidigung muss ich sagen, dass ich ihr nie erzählt habe, was mit mir passiert ist, nachdem sie im Knast gelandet war. Vielleicht macht es mir deshalb trotz allem nichts aus, hierherzukommen. Mom schaut mich nie so an wie Mallory – mit diesem mitleidigen, besorgten Blick, weil sie die ganze Scheiße kennt, die ich erlebt habe.

»Und? Halten sie dich auf Trab?«, frage ich, weil mir nichts Besseres einfällt.

»Oh ja.« Sie verdreht übertrieben die Augen. »Für morgen ist eine große Reise geplant. Erst darf ich in Paris auf dem Laufsteg auftreten und dann geht's zum Shoppen nach Monte Carlo.«

Ich rutsche in meinen Stuhl hinunter und verschränke die Arme vor der Brust. »Sorry.«

Die nächsten fünfzehn Minuten sitzen wir schweigend da und der Besucherraum füllt sich allmählich. Das Stimmengewirr wird immer lauter, nur unser Schweigen bohrt tiefe Löcher hinein.

»Willst du noch ein *Oh Henry*!?«, frage ich endlich.

Mom zuckt die Schultern.

Ich stehe auf, gehe zum Automaten und ziehe ihr zwei. Dann gehe ich zurück und lasse die *Oh Henrys*! auf den Tisch fallen. Danach sitzen wir noch mal fünfzehn Minuten schweigend da, während Mom die *Oh Henrys*! verspeist.

»Also, ich muss jetzt gehen, aber wir sehen uns dann nächsten Monat wieder«, sage ich zu ihr, als sie fertig ist.

Mom steht auf und wendet sich zur Tür. Ich stemme mich von meinem Sitz hoch und dann kommt die Wärterin und holt sie ab. Aber kurz bevor die Tür hinter ihr zugeht, wirft sie mir noch einen Blick über die Schulter zu und sagt: »Wiedersehn, Hilary.«

Wieder der Kloß in meiner Kehle. Ich kann mich nicht dran erinnern, wann sie mich das letzte Mal bei meinem Namen genannt hat. Und dann dieser Blick in ihren Augen – als wäre es das traurigste Wort der Welt.

Ich hole tief Luft, dann gehe ich durch die Kontrollen

zurück und hole meine Tasche aus dem Schließfach. Ich bin froh, dass ich den Weg zum Bahnhof zu Fuß gehen kann. Ich brauche dringend frische Luft.

»Wo warst du?«, fragt Brett, als ich zur Tür hereinkomme. Er sitzt auf der Couch und zieht sich die Schuhe an.

Ich streife meine Jacke ab. »Da, wo ich immer am Monatsersten bin.«

Er schaut mich einen Augenblick verständnislos an, dann dämmert es ihm. »Ah, deine Mom.«

Ich nicke.

»Verrückt wie immer?«, fragt er feixend.

»Sie ist nicht verrückt«, sage ich. Brett denkt, dass Mom in der Klapse sitzt oder so, egal wie oft ich ihn aufkläre. »Sie ist inhaftiert.«

Er zuckt die Schultern, dann schnappt er sich seine Sporttasche und hievt sie über die Schulter. »Ach übrigens, Tim hat mit mir über das Casting geredet.«

Ich hänge gerade meine Jacke an einen Haken neben der Tür. Überrascht blicke ich hoch. »Und?«

»Ab ersten Januar brauchen sie einen Ersatz für das schwangere Mädchen, und deshalb wird in der ersten Dezemberwoche ein neues Casting abgehalten.«

Ich komme ins Wohnzimmer und das Herz sackt mir in die Hose. »Das ist ja noch ein ganzer Monat bis dahin.«

»Chill mal, Hilary. Ich habe ein gutes Gefühl dabei.« Er quetscht mir den Hintern auf dem Weg zur Tür. »Schade, dass ich keine Zeit für ’nen Quickie habe.«

Ich krümme mich bei dem Gedanken und schlage seine Hand weg.

Grinsend zieht er die Tür auf. »Also dann bis nach der Show. Dein Ticket liegt auf der Theke.«

Shit! Ich hatte total vergessen, dass sein Stück heute Premiere hat. War wohl mit meinen Gedanken woanders in den letzten paar Wochen. »Super. Bis später dann. Hals- und Beinbruch.«

Er grinst mir über die Schulter zu und schließt die Tür hinter sich.

Ich gehe in die Küche, hole mein Telefon aus der Tasche und wähle die Bar an.

»Yo!«, brüllt Jerry in den Hörer.

»Hey, Jerry. Ich bin's, Hilary.«

»Komm ja nicht auf die Idee, dass du mich versetzen könntest«, sagt er drohend.

»Ich huste mir die Lunge aus dem Leib, Jerry«, lüge ich und huste demonstrativ. »So kann ich doch nicht in der Bar aufkreuzen.« Ich brauche das Geld, deshalb melde ich mich fast nie krank. Warum habe ich nicht rechtzeitig dran gedacht, mir den Abend freizunehmen, verdammt noch mal?

»Dann sieh zu, dass es dir morgen besser geht. Ich brauche dich am Wochenende.«

»Ich hol mir was in der Apotheke. Morgen bin ich wieder fit.«

Wortlos legt er auf.

Ich dusche und nehme Bretts Lieblingskleid aus dem Schrank, ein rückenfreies schwarzes Teil mit einem asymmetrischen Saum. Als ich es das letzte Mal getragen habe, hatten wir Sex in dem Taxi, das uns nach der Abschiedsvorstellung seines letzten Stücks nach Hause gebracht hat. Ich überlege einen Augenblick, ob ich die Unterwäsche weglassen soll, falls er wieder im Taxi über mich herfällt, aber mir wird fast schlecht bei dem Gedanken.

Ich weiß nicht, was mit mir los ist, verdammt noch mal.

Ich ziehe einen schwarzen Spitzenstring an und streife das Kleid über meinen Kopf, dann drehe ich mich um und betrachte mich im Spiegel. Dieses Kleid passt perfekt zu meinen Schmetterlingen. Wie ein Farbblitz schießen sie von der Hüfte unten rechts nach oben und verschwinden hinter dem Spaghettiträger oben links. Ich brauche nicht mal Schmuck. »Yeah, Baby«, sage ich zum Spiegel, während ich den Ausschnitt zurechtrücke, »du hast es noch drauf.«

Ich binde meine Locken zu einem lockeren Knoten hoch und lasse ein paar Kringel seitlich über mein Gesicht fallen. Dann trage ich etwas Rouge und Wimperntusche auf, und bevor ich in meine Schuhe schlüpfen kann, klingelt es an der Tür unten. Ich gehe zur Gegensprechanlage. »Ja?«

»Ich bin's, Alessandro.« Mhmmm … dieser Akzent. Aber was zum Teufel will er hier?

Ich drücke auf den Summer. »Warte hier. Ich komm runter.« Dann schnappe ich meine Tasche und meinen Mantel und stürze zum Lift.

Alessandro steht im Eingang, direkt hinter der Tür. »Ich dachte, du vermisst die hier vielleicht«, sagt er und hält meine Handschuhe hoch. »Du hast sie fallen lassen, als du gestern schreiend von mir davongestürzt bist.«

Ich nehme sie ihm aus der Hand. »Aber deshalb bist du hoffentlich nicht den ganzen Weg hierhergekommen?«

Er zuckt die Schultern und lächelt schief. »Ich war gerade in der Gegend.« Ich lächle zurück, weil er dieselbe Ausrede gebraucht wie ich neulich auf dem Weg vom Y zurück zu mir. Aber dann wandert sein Blick an meinem Kleid herunter und er schaut mich mit brennenden Augen an. »Ich hätte dich nicht stören dürfen. Du hast ja offenbar was vor.«

»Mein Freund hat heute Abend Premiere.«

Er presst den Kiefer zusammen und in seinen Augen blitzt etwas auf, aber dann streckt er die Hand aus. »Darf ich dir in den Mantel helfen?«

Ich zögere, reiche ihm dann den Mantel und drehe mich um. Eine kleine Pause entsteht, bevor er ihn mir umlegt, und ich spüre richtig, wie sein Blick an meinem nackten Rücken heruntergleitet. Mein Magen flattert, dort wo sich vorher der Knoten gebildet hat, als Brett mich berührte.

Alessandro räuspert sich und ich drehe mich zu ihm um und ziehe meine Handschuhe an. »Danke.«

»Ich bringe dich zur Subway, okay?« Er legt seine sexy Hände auf meinen Rücken, führt mich zur Tür und wieder spüre ich das Flattern im Magen.

Ich kämpfe dagegen an. Das geht nicht. Ich kann ihn doch nicht so wollen.

Ich ziehe meinen Mantel um mich und wir gehen die drei Blocks zur Subway.

»Hast du dir schon was für Donnerstag überlegt?«, fragt er.

»Ich habe darüber nachgedacht.«

Er schweigt, wartet auf mehr. »Und? Hast du dich für was entschieden?«, fragt er schließlich.

»Nein«, sage ich, ohne ihn anzusehen.

»Du bist heute Abend nicht sehr gesprächig.«

Ich behalte meine Augen auf dem Gehsteig. »War ich das je?«

Er antwortet nicht.

Wir schlängeln uns durch das Gewühl in den Untergrund hinunter und schaffen es gerade noch in den Zug, bevor die Türen zugehen. Ich halte mich am Geländer bei der Tür fest und Alessandro tritt hinter mich, greift nach der Stange über meinem Kopf. »Wenn es dir unangenehm ist, gehe ich weg, Hilary«, sagt er mir leise ins Ohr.

Ich drehe mich um und schaue ihn an. Schon wieder dieses Flattern … »Ehrlich, ich weiß es selber nicht, aber ich will nicht, dass du weggehst.«

Er beißt sich auf die Lippe und sein Blick verdüstert sich. »Ich glaube, es wäre wirklich besser, wenn ich dich in Ruhe lasse.«

Ich weiß nicht, was er von mir hören will. Er hat natürlich recht. Ich fühle mich wieder wie damals – schwach und verletzlich. Und so will ich nicht mehr sein. Ich hätte ihn wegschicken sollen, gleich beim ersten Mal. Ich drehe mich um und packe die Stange, mit dem Rücken zu ihm. »Ja, vielleicht.«

Alessandros Körper streift meinen in der schwankenden Bahn, und ich weiß nicht, wie es kommt, aber beim nächsten Halt in der 50. klebt er praktisch an mir. Habe ich mich an ihn gelehnt oder hat er sich zu mir vorgebeugt? Ich weiß nur eins: Wir halten beide den Atem an. Es knistert zwischen uns, und wann immer sein Körper leicht gegen meinen streift, durchfährt es mich wie ein Stromschlag. Dann gehen die Türen auf und wir halten einen Augenblick ganz still.

Schließlich bleibt mir keine Wahl.

Ich löse mich von ihm und trete auf den Bahnsteig. »Hilary«, sagt er und ich drehe mich um und sehe ihn an. Sein Blick ist beinahe flehend, als hätte er mir gerade seine geheimsten Wünsche offenbart und wartete auf Antwort. Aber bevor ich dahinterkomme, was er von mir hören will, geht die Tür wieder zu und im nächsten Moment ist der Zug im Tunnel verschwunden.

Ich stehe da und schaue ihm nach und mein Herz zieht sich zusammen vor Sehnsucht. Aber das geht nicht. Ich darf mich nicht nach ihm sehnen. Nicht so.

Das Theater ist gerammelt voll und die Luft knistert vor Spannung an diesem Premierenabend. Ich werde sofort davon angesteckt, obwohl ich doch gar nicht in dem Stück mitspiele.

Ich schaffe es an meinen Platz, kurz bevor die Lichter ausgehen, und ein paar Minuten später ertönen die ersten Akkorde der Eröffnungsnummer aus dem Orchestergraben. Dann kommt Brett auf die Bühne und alle Frauen im Zuschauerraum verschlingen ihn mit den Augen.

Er ist verdammt gut.

Ich lache mit den anderen bei den lustigen Stellen und

tupfe mir die Augen ab, als der eine Junge stirbt. Dann legt Brett einen Strip hin und die ältere Frau rechts von mir schnappt laut nach Luft.

Ich kann es ihr nicht übel nehmen. Er ist super.

Und er gehört mir.

Ich lächle, denn jetzt spüre ich wieder das vertraute Ziehen in meinem Bauch bei diesem Gedanken, und ich bin froh darüber, denn diesmal bin ich auf den richtigen Typ scharf. Ich kann es kaum erwarten, ihn nach Hause zu schleppen, um ihn mit meinen privaten Ovationen zu überfallen. Keine Ahnung, was das vorher bei Alessandro war, aber jetzt bin ich wieder auf dem richtigen Dampfer. Und zwar total.

9.

»Vergiss nicht, du hast gesagt, ich kann mir alles aussuchen«, erinnere ich Alessandro, bevor wir uns im Argo Tea auf unsere Plätze setzen.

Er schaut mich über den Tisch hinweg an. Bleibt auf der Hut. »Ich bin gespannt, was du dir ausgedacht hast.«

»Ähm ja … Ich hab gehört, dass es gerade wiedereröffnet wurde, und ich war war noch nie da und wollte schon immer mal hingehen, also …« Ich zucke die Schultern.

Er nickt. »Dann ist es genau richtig.«

»Wie lange bleibst du?« Die Frage bricht aus heiterem Himmel aus mir hervor, ohne dass ich genau weiß, was ich damit meine.

Alessandro blinzelt verwirrt. »In New York?«, fragt er nach kurzem Zögern.

Ja, genau. Das wollte ich wissen. »Ja«, sage ich laut.

»So lange, bis ich alles in Ordnung gebracht habe.«

»Du meinst, bis du alle deine Geister gebannt hast?«

Er schaut auf seine Kaffeetasse hinunter. »Ich hätte das nicht sagen dürfen, aber du musst das verstehen – meine Vergangenheit verfolgt mich schon so lange … was ich unschuldigen Menschen angetan habe …« Er hebt den Blick wieder zu mir, »zum Beispiel dir.«

»Und warum bist du dann zurückgekommen? Wäre es nicht leichter gewesen, einfach wegzubleiben?«

Alessandro atmet tief ein und rührt in seinem Kaffee. »Ich bin aus vielen verschiedenen Gründen nach New York gekommen. Ich wollte das World Trade Center Memorial besuchen und ich habe mich lange dort aufgehalten, konnte endlich um meinen Vater trauern. Sein Name steht im Nordturm-Becken.« Einen Augenblick schweift sein Blick in die Ferne ab, dann schaut er wieder mich an. »Aber ich wollte auch Ordnung in meinem Kopf schaffen – Fakten von Fantasien trennen. Ich bin in dieser Stadt herumgewandert – von unserem Haus zu dem Block, in dem Lorenzos Gang gehaust hat, und zu meiner Schule, wo ich Drogen an Kinder verkauft habe. Ich hatte irgendwie gehofft, dass sich alles ein bisschen relativiert, wenn ich es mit den Augen eines Erwachsenen wiedersehe, und dass ich ein paar von meinen Dämonen loswerden kann.«

»Und? War es so?«

Er fängt meinen Blick auf und ich kann die Verzweiflung in seinen Augen sehen. »Ein paar davon lassen sich nicht so leicht bannen, wie ich gehofft hatte.«

Meint er mich? Oder seine Familie?

»Du hast mir nie wirklich von deinem Vater erzählt. Nur dass er im World Trade Center gearbeitet hat.«

Alessandro nickt. »Er war Souschef im Windows on the World auf dem Nordturm oben.«

»Und hat er an dem Morgen gearbeitet?« Ich war damals erst neun, aber ich erinnere mich noch genau. Wir haben in Alphabet City gewohnt, also nicht direkt beim World Trade Center, aber nahe genug. Ich weiß noch, wie alles zum Stillstand kam, wie in einer Geisterstadt, nur das Militär war im Einsatz. Tagsüber liefen ein paar Leute auf der Straße herum, aber nachts war es still. Totenstill. Wie in einem Kriegsgebiet, und das war es ja in gewisser Weise auch. Mallory war damals sechzehn – in der Junior High. In der ersten Woche ließ sie mich nicht aus dem Haus und ehrlich gesagt wollte ich das auch gar nicht. Ich habe die ganze Woche bei ihr im Doppelbett geschlafen. Mom lag sturzbetrunken auf der Couch, schaute die Nachrichten an und brabbelte vor sich hin, dass die Dreckskerle zusammengebombt gehörten. Nach und nach kehrte der Alltag wieder ein, die Läden und Schulen machten auf und wir wagten uns wieder auf die Straße. Aber ich habe mir die Stelle nie angeschaut. Und ich war auch nie in der Gedenkstätte.

Alessandro holt tief Luft. Es fällt ihm immer noch schwer, darüber zu reden, das sehe ich. »Dad ist immer ganz früh hingegangen, um die Vorbereitungen im Restaurant zu überwachen. An dem Morgen hat er Lorenzo und mich zur Subway gebracht und da haben wir ihn zum letzten Mal gesehen.«

»Wow – ich weiß gar nicht, was ich sagen soll.«

»Es gibt auch nichts zu sagen.« Er schüttelt leicht den Kopf. »Er war einfach fort. Seine Leiche wurde nie gefunden.«

»Das muss verdammt schwer für euch gewesen sein.«

Alessandro rührt wieder in seinem Kaffee, wie immer wenn er mir nicht in die Augen sehen will. »Mein Vater war der Kitt, der unsere Familie zusammengehalten hat. Sein Tod hat unsere Mutter völlig aus der Bahn geworfen. Sie hat wochenlang Suchplakate aufgehängt und die ganze Stadt abgeklappert, in der Hoffnung, dass er vielleicht nur verletzt war und irgendwo hilflos herumirrte … oder dass ihn jemand ins Krankenhaus gebracht hatte …« Er verstummt und presst die Lippen zusammen. »Es hat lange gedauert, bis sie sich eingestehen konnte, dass er wirklich tot war, und dann hat sie sich einfach auf ihrem Bett zusammengerollt und aufgegeben.«

Er ist also auch in der Wohngruppe gelandet, weil seine Mutter einfach in ihrem Kummer verschwunden ist, so wie meine im Gefängnis. »Es tut mir so leid, Alessandro, wirklich.«

Er schaut zu mir hoch. »Den Rest kennst du ja. Lorenzo und ich sind auf die schiefe Bahn geraten und schließlich im Jugendknast gelandet, dann in der Wohngruppe.«

»Wo du noch mehr Gespenster angetroffen hast.«

Er zuckt leicht zusammen. »Bitte, Hilary, vergiss endlich, dass ich das gesagt habe. Du warst der einzige Sonnenstrahl in dem ganzen Albtraum.«

Mein Herz macht einen Satz. Sonnenstrahl hat mich noch niemand genannt. Ich trinke meinen restlichen Tee aus. Das wird mir langsam zu brenzlig. »Können wir?«, frage ich.

Alessandro nickt und schiebt seinen Stuhl zurück.

Wir springen in die F-Linie und steigen an der 6. in die L um, und die ganze Zeit wirft Alessandro mir verstohlene Blicke zu, in der Hoffnung, dass ich irgendwas preisgebe. Aber er fragt nicht, wo wir hingehen. Beim ersten Williamsburg-Halt stehe ich auf und er folgt mir aus dem Zug. Wir kommen aus dem Untergrund in die helle Wintersonne und ich drehe mich im Kreis, um mich zu orientieren. Dann gehe ich die Seventh Avenue entlang, Alessandro immer neben mir. Er blickt sich um, versucht zu erraten, wo wir hingehen, aber er fragt immer noch nicht. Vielleicht will er überrascht werden?

Und die Überraschung ist mir gelungen, das weiß ich.

Wir biegen ein paarmal nach links ab und kommen schließlich in die Metropolitan Street. Und dort, neben einer gelben Markise über einer Ladenfassade einen halben Block weiter, steht es: *Museum*.

Es ist ein roter Backsteinbau mit Schaufenstern rechts und links von einer weißen Tür. *City Reliquary* steht in weißer Schrift über der Markise. Ich bleibe vor dem Gebäude stehen und Alessandro schaut mich neugierig an. Er hat immer noch keine Ahnung, wo ich ihn hinführe.

Aber wir sind bereits da.

Ich nicke zu dem Schaufenster neben uns und er folgt meinem Blick. Dann dreht er sich um und betrachtet die Vintage-Lunchbox-Auslage dort.

Endlich geht ihm ein Licht auf und ein Lächeln huscht

über sein Gesicht – das erste echte, das bis zu den Augen reicht. »Genial«, sagt er.

Er greift nach der Klinke, öffnet Tür und hält sie mir auf. Irgendwie gefällt mir seine Ritterlichkeit, obwohl ich es nie zugeben würde. Außer Alessandro hat mir noch niemand in den Mantel geholfen oder die Tür aufgehalten.

Wir treten unter dem 50 Zentimeter großen Modell der Staten Island Ferry, das über der Tür angebracht ist, in den Geschenkshop im vorderen Museumsteil. Grinsend gehe ich an einem Regal mit Furzkissen, Murmeln und Spielzeugwagenheber vorbei. Ich liebe solche Vintage-Sachen.

Alessandro bleibt vor einem Berg von Gummikakerlaken stehen, nimmt eine in die Hand und lässt sie vor meinem Gesicht herumzappeln, und plötzlich sind die acht Jahre wie weggeblasen. Er strahlt übers ganze Gesicht und in diesem kindlichen Ausdruck erkenne ich den Jungen von damals wieder.

»Nimm sofort das Ding aus meinem Gesicht«, sage ich und schlage danach.

Lachend wirft er die Kakerlake auf den Haufen zurück und schlendert zu einem Gestell mit altmodischem Rock Candy weiter. »Der Ort hier ist eine Goldmine.«

Ich gehe zur Empfangstheke. »Zwei Tickets für das Museum«, sage ich zu der älteren Frau dahinter.

»Wir verlangen keinen Eintritt, aber Sie können eine Spende hier reintun«, sagt sie und legt ihre Hand auf ein Holzkästchen mit der Aufschrift: *Empfohlene Spende: 5 $.* Ich stecke einen Zehner in das Kästchen und die Frau reicht mir ein Faltblatt. »Erklärungen braucht es hier eigentlich nicht, aber da drin steht alles, was Sie wissen müssen«, sagt sie.

Ich nehme ihr das Blatt aus der Hand und falte es auf. »Danke.«

Dann fasse ich Alessandro am Arm und ziehe ihn zu dem Drehkreuz, das ins Museum führt, und er hakt mich unter, damit ich ihn nicht loslasse. Ich versuche es erst gar nicht. Zwischen uns hat sich etwas gelöst, vielleicht weil er mir beim Kaffee von seiner Vergangenheit erzählt hat. Der dunkle Vorhang ist nicht weg, aber dünner. Ich kann jetzt fast durchsehen.

Wir betreten das Museum und links von uns ragt ein ganzer Zeitungskiosk auf, so wie man ihn auf der Straße sieht.

»Wow, ist das cool«, sage ich und ziehe Alessandro hinüber, weil ich mir den Kiosk genauer ansehen will. Unterwegs werfe ich einen Blick auf das Faltblatt. »Dieser Zeitungsstand hat vor dreißig Jahren in Chinatown gestanden. Die Werbeplakate an den Holzwänden sind handgemalt«, erzähle ich ihm und zeige darauf. »Und der Typ, dem der Kiosk gehörte, nannte das hier den ›Ehrenplatz‹.« Ich deute auf den Stuhl in der Mitte. »Und weißt du, warum? Weil sich dort die Leute hinsetzen mussten, die er porträtierte.«

Alessandro beugt sich vor, um die Zeichnungen genauer zu betrachten. Vielleicht gibt es ihm einen Stich ins Herz, weil er doch selber so gern zeichnet?

Wir schauen uns alles an, dann gehen wir an der Wand entlang zur »Weltausstellungs«-Abteilung weiter. Hier kann man die Überbleibsel von zwei Weltausstellungen –

1939 und 1964 – bewundern. Ich ziehe eine Schublade in dem Display unter einer Jim-Beam-Flasche von der 64er-Messe heraus und finde ein paar Tickets unter Glas darin. »Wow, ist das cool«, sage ich, aber im selben Moment würde ich mir am liebsten auf die Zunge beißen, weil ich das schon mindestens zweimal gesagt habe. Ich schaue zu Alessandro auf, der mich amüsiert angrinst. »Stimmt doch, oder?«, verteidige ich mich.

»Ja, klar«, sagt er und zieht die nächste Schublade auf, in der ein altes Zulassungsschild zum Vorschein kommt.

Ich schaue auf mein Faltblatt. »Das stammt von einem alten Weltausstellungs-Feuerwehrauto.«

Langsam schlendern wir an einer Wand mit Brooklyn-Dodger-Trophäen vorbei zu einem alten Barber Shop.

»Wow, ist das cool«, sagt Alessandro und kann sich kaum das Lachen verbeißen.

Ich reiße mich von ihm los und schlage nach ihm. »Sei bloß still!«

Wir schlendern weiter in dem Raum herum, studieren jedes einzelne Exponat und kommen schließlich wieder im Geschenkshop heraus.

»Das hier ist ein Muss«, sagt Alessandro und nimmt eine Kakerlake von dem Haufen.

Ich nehme auch eine und betrachte sie. »Die kann ich vielleicht mal gut gebrauchen, wenn ich die Bar früher zumachen will.«

Wir gehen zu der Frau an der Kasse und Alessandro greift automatisch nach meiner Kakerlake.

Ich reiße sie ihm weg. »Kommt überhaupt nicht infrage.

Das hier ist mein Tag. Ich bezahle.« Ich schiebe ihn weg und sage »Zwei Kakerlaken, bitte« zu der Frau.

Lächelnd tippt sie den Betrag in die altmodische Registrierkasse ein. »Eigentlich sind es Küchenschaben«, klärt sie uns auf.

»Küchenschaben? Was ist das?«, frage ich und reiche ihr einen verkrumpelten Geldschein aus meiner Handtasche.

Die Frau blickt hoch und grinst mich an. »Kakerlaken.«

Sie gibt mir das Wechselgeld und im selben Moment kitzelt mich etwas im Nacken. Ich fasse hin und kreische los, weil meine Finger auf einen riesigen Käfer treffen.

Schaudernd schleudere ich ihn weg und Alessandros Gummikakerlake fliegt von mir herunter. Er lacht sich natürlich schlapp über mich.

»Du Mistkerl«, knurre ich und boxe ihn gegen die Schulter.

Grinsend hebt er die Kakerlake auf. »Wenn ich gewusst hätte, wie du hochgehst, hätte ich dir längst mal eine Kakerlake in den Tee getan.«

»Wage es ja nicht!«, zische ich. »Falls ich je was in meinem Tee finde, stopf ich es dir in die Nasenlöcher, verlass dich drauf.«

Alessandro grinst und lässt die Kakerlake in mein Haar fallen.

Ich wühle sie heraus und stolpere auf den Gehsteig hinaus. »Du bist ja schlimmer als meine Neffen. Und die hier kriegst du nicht zurück, wenn dir nichts Besseres einfällt, als mich damit zu piesacken.«

Er zuckt die Schultern. »Ist sowieso deine – du hast sie bezahlt.«

Ich stecke die Kakerlake ein und wirble zu ihm herum. »Ach ja? Ich darf dir also nie was schenken? Das ist ganz schön sexistisch, finde ich.«

»Im Gegenteil. Ich habe dich mein Ticket zu dieser exquisiten Einrichtung kaufen lassen«, sagt er mit einem schiefen Grinsen und schwenkt seine Hand vor dem Museum herum.

»Das war kein Ticket. Ich habe eine Spende in deinem Namen gegeben. Und jetzt lade ich dich zum Essen ein, damit das klar ist«, sage ich, kehre ihm den Rücken zu und studiere die Pizzeria in der nächsten Ladenfront.

»Ich würde lieber für dich kochen«, sagt Alessandro hinter mir.

»Was? Du kannst kochen?«

»Ja. Ich würde es dir gern zeigen.«

Das muss ich sehen. Hoffentlich versteht er unter Kochen nicht dasselbe wie Brett: Cheeseburger aus der Schachtel und Spaghetti mit einer Fertigsoße. Sein Dad war Souschef im Windows on the World, okay, aber damals war er doch erst elf oder zwölf. Von seinem Vater kann er es also nicht gelernt haben.

»Gut«, sage ich und gehe an ihm vorbei in Richtung Subway.

Kurz darauf sitzen wir im Zug nach Manhattan zurück und ich lasse ihm seine Kakerlake in den Hemdausschnitt fallen. Zum Dank erhasche ich einen Blick auf seinen spektakulären Sixpack, als er seine Jacke aufknöpft und die Kakerlake aus seinem Hemd herausschüttelt.

Wahnsinn, echt.

Brett hat einen super Body und er trainiert wie besessen. Wenn er keine Proben oder Vorstellungen hat, hängt er die ganze Zeit im Fitness-Center herum. Ob Alessandro auch so ein Workout-Freak ist?

Wir fahren mit der L zur Eighth Avenue und steigen die Treppe hinauf. Auf halber Höhe fällt mir plötzlich etwas über die Schulter in den Ausschnitt, mitten zwischen meine Brüste. Ich drücke die Hand drauf, damit es nicht noch weiter runter in mein T-Shirt fällt, und angle die Kakerlake aus meinem BH.

Alessandro bleibt stehen und grinst mich an. »Hey, das hat ja viel besser funktioniert, als ich gehofft hatte.«

»Wie alt bist du? Fünf oder fünfundzwanzig?« Ich nehme die Kakerlake zwischen Daumen und Zeigefinger und wedle sie ihm vor der Nase herum. »Das gibt Rache – irgendwann, wenn du überhaupt nicht dran denkst …« Ich stecke die Kakerlake in meine Handtasche und laufe die letzten paar Stufen hinauf. Aber dann weiß ich nicht, wie es weitergeht, und muss stehen bleiben.

Alessandro weiß das natürlich und taucht ein paar Sekunden später feixend aus dem Untergrund auf. »Nach dir, bitte«, sagt er und deutet mit einer schwungvollen Handbewegung auf die Eighth Avenue.

Ich funkle ihn an und drehe mich zum U-Bahn-Schacht um. »Weißt du was? Ich hab's mir anders überlegt.«

Doch bevor ich an der Treppe bin, hat er mich am Jackenärmel gepackt, dreht mich zu sich herum und hält mich an den Oberarmen fest.

Mein Herz hämmert wild unter seinem glühenden Blick. Ich spüre die Hitze seines Körpers durch sämtliche Schichten unserer dicken Winterkleidung hindurch, und ich stelle mir schaudernd vor, wie es wäre, Haut an Haut mit ihm, ohne die ganzen Klamotten. Er öffnet leicht die Lippen, wie unter einem Zwang, als hätte ich ihm signalisiert, dass ich ihn wiederküsse, sobald er den Anfang macht. Ich stelle mir vor, wie unsere Lippen sich berühren – wie sich seine auf meine pressen, wie sie schmecken. Mit hungrigen Augen beugt er sich vor, sein Mund verharrt ganz dicht vor meinem. Ich halte wieder die Luft an, weiß nicht, ob ich diesen winzigen Abstand überbrücken – oder die Beine in die Hand nehmen und abhauen soll.

Aber ich kann nicht abhauen.

10.

Ich lege den Kopf nach hinten und sehe ihm in die Augen, die im Dunkel der Nacht funkeln. Ein leises Stöhnen dringt aus meiner Kehle und im selben Moment weicht er zurück und der Bann ist gebrochen.

»Erzähl mir von deinem Freund«, sagt er. »Wie lange seid ihr schon zusammen?«

Ich brauche eine Ewigkeit, bis ich mich wieder gefangen habe. »Mein Freund …«, stoße ich atemlos hervor. »Ähm … ein Jahr ungefähr.«

Alessandro lässt meinen Arm los. »Liebst du ihn?«

Ich lache laut auf.

Er zieht die Augenbrauen hoch. »Was ist so witzig daran?«

Ich schüttle den Kopf. »Liebe, das gibt's bei mir nicht.«

Er legt den Kopf schief, wie immer, wenn er eine Frage an mich hat.

»Glaubst du, ich lüge?«

Er schaut mich lange an und in seinen Augen spiegeln sich widerstreitende Gefühle. »Das hab ich nicht gesagt«, antwortet er schließlich.

»Was dann? Was hast du dann gesagt?«

Er schiebt die Hände in die Hosentaschen und geht weiter. »Nichts.«

Wir folgen der Eighth Avenue bis zum Hudson River, dann biegen wir in die Perry ein, und die ganze Zeit halten wir Abstand, bleiben mindestens einen Meter auseinander. Alessandro wühlt in seiner Hosentasche, als wir um die Ecke biegen, und zieht einen Schlüssel hervor, den er in die erste Tür neben dem Eckrestaurant steckt. »Home sweet home«, sagt er und tritt beiseite, um mich vorbeizulassen.

Ich husche an ihm vorbei, ohne ihn zu berühren, und gehe zum Lift. Er lässt den Lift kommen, die Tür geht auf und im selben Moment kommt eine alte Frau mit lockigem weißem Haar zur Haustür herein.

Wir gehen hinein und Alessandro hält den Lift für sie auf. »Hallo, Mrs Burke. Wie geht's Ihnen heute Abend?«

Die alte Frau drückt auf Drei. »Ach, fantastisch, Alessandro. Und wer ist Ihre reizende junge Begleiterin?«, fügt sie mit einem Blick zu mir hinzu.

Alessandro lächelt und drückt auf fünf. »Das ist Hilary McIntyre. Hilary, das ist Mrs Burke.«

Mrs Burke beugt sich zu mir vor und wispert mir zu: »Er

ist ein guter Junge.« Die Tür geht in der dritten Etage auf und sie zwinkert mir zu und steigt aus.

Ich starre ihr mit großen Augen nach, bis der Lift wieder zugeht. Wie peinlich. Alessandro hat das doch garantiert auch gehört. Denkt sie, dass wir ein Date haben? Oder denkt er das? Oder ich?

Kurz darauf geht die Tür im fünften Stock auf. Wir treten auf einen quadratischen Flur hinaus, von dem drei Türen abgehen. Die Szene eben ist mir so peinlich, dass ich Alessandro kaum in die Augen sehen kann, als er die Wohnung Nummer 51 aufschließt, die zur Vorderseite des Gebäudes geht. Wir gehen hinein und ich bin völlig hingerissen.

Wow. Der Wahnsinn.

Die Wohnung ist klein, aber wunderschön, weil sie nicht so übertrieben modernisiert und luxussaniert wurde, wie es in vielen alten Häusern gemacht wird. Die altmodischen Heizkörper wurden belassen und an manchen Stellen liegen die Rohre frei. Der Parkettboden ist alt, hat Risse und Macken, ebenso wie die weiße Holztür und die weißen Fensterrahmen, die auch noch aus Holz sind. Stellenweise fehlen sogar die Deckenleisten an den hohen Decken.

Ich bin sprachlos vor Begeisterung.

Mitten im Zimmer, neben einem großen blauen Sessel, steht ein schwarzes Ledersofa, und rechts davon geht es in die Küche, die durch eine schwarzen Granittheke vom Wohnzimmer abgeteilt ist. Links ist die einzige Tür in der Wohnung, wahrscheinlich das Badezimmer, denn Alessandros Kingsize-Bett und eine wuchtige alte Kommode stehen in einem Alkoven direkt dahinter, vor dem Fenster.

»Wow, ist die Wohnung …«

»Cool«, beendet Alessandro mit einem vorsichtigen Lächeln meinen Satz. »Ich muss zugeben, ich mag sie auch.«

»Haha. Also dafür nehm ich es sofort zurück«, sage ich schmollend. Aber das stimmt nicht, die Wohnung gefällt mir immer noch. Ich gehe im Zimmer umher, betrachte die Bilder an den Wänden. Die meisten erinnern mich an die Gemälde, die wir letzte Woche im Met gesehen haben. Anscheinend steht er auf diese Art Malerei.

»Kann ich dir was zu trinken anbieten? Wasser? Wein?«

»Was hast du offen?« Ich drehe mich zu ihm um und schaue ihn an. Er steht jetzt hinter der Küchentheke, schiebt sein iPhone in einen kleinen runden CD-Player, und die Musik, die daraufhin einsetzt, ist anders, als ich gedacht hätte. Kein klassisches Klavierstück, keine Opernarien, sondern Rock. »With Arms Wide Open« von Creed.

Eine Erinnerung blitzt mir durch den Kopf – wie Alessandro im Aufenthaltsraum den Hiphop-Sender, den Trish angelassen hatte, auf etwas Rockiges umschaltete.

»Ich wollte einen Chardonnay aufmachen, weil ich den zum Kochen brauche«, antwortet er und nimmt eine Flasche aus dem Kühlschrank. »Aber ich bin für jeden Vorschlag offen.«

Ich schlendere in der Küche herum. »Das klingt gut.«

Er öffnet die Flasche, schwenkt den Hals vor seiner Nase herum und schnuppert mit einem zufriedenen Nicken daran.

»Ich habe ganz vergessen, dass du Creed magst«, sage ich und nicke zum Lautsprecher hinüber.

Er schaut in diese Richtung, während er zwei Gläser herunternimmt. »Schon immer.«

»Komisch. Ich dachte, du wärst aus so was Grungigem rausgewachsen«, sage ich lächelnd.

»Post-Grunge«, verbessert er mich mit hochgezogenen Augenbrauen und schenkt den Wein ein. »Mein Musikgeschmack ist ziemlich eklektisch.«

Ich lache. Kann nichts dagegen tun.

»Schön, dass du dich über mich amüsierst«, sagt er mit einem verstohlenen Lächeln und mein Herz macht einen Satz.

»Ja, das tu ich.« Ich schlendere zum Fenster, habe plötzlich das Bedürfnis, auf Abstand zu gehen. Unten auf der Straße steht Mrs Burke und nimmt die Kacke ihres Boxers mit einer Tüte über der Hand auf. Ein junges Paar mit einem Baby im Buggy bleibt stehen und wechselt ein paar Worte mit ihr. Die Leute hier sind alle so freundlich.

Ich kenne meine Nachbarn nicht mehr, seit ich dreizehn bin.

Plötzlich berührt mich etwas am Arm und ich zucke zusammen, schlage nach der Gummikakerlake, die ich dort vermute.

Aber es sind nur Alessandros Finger. »Sorry. Dein Wein«, sagt er und hält mir das Glas hin.

Ich nippe daran. Mhmm, schmeckt wirklich gut. »Schöne Gegend. Wohnst du gern hier?«

»Oh ja«, sagt er und tritt neben mich ans Fenster. »Wir

haben früher ganz in der Nähe gewohnt. Ich hatte gehofft, dass ich hier was finden würde.«

Ich drehe mich wieder zum Zimmer um. »Solche Apartments dürften hier schwer zu finden sein.«

Alessandro dreht sich mit mir und sein Ellbogen streift meinen. Ich ignoriere das Flattern in meinem Bauch, das allein diese Berührung in mir auslöst. »Ich hatte Glück. Ein anderer Bewerber war gerade abgelehnt worden, als ich gesucht habe.«

Ich nippe an meinem Wein und schaue aus dem Fenster.

Alessandro tritt einen Schritt zurück und schaut mich an. »Soll ich dir beibringen, wie man richtig zuschlägt?«

Die Frage überrascht mich. »Wieso? Meinst du, dass ich das in den nächsten paar Minuten brauchen werde?«

Ein amüsiertes Lächeln huscht über sein Gesicht, aber dann wird sein Ausdruck ernst. »Ich hab Angst um dich, wenn du allein da draußen bist«, sagt er und deutet zum Fenster.

Ich zucke die Schultern. »Ich beherrsche die beiden wichtigsten Verteidigungsarten – Knie in die Eier und Finger in die Augen. Ich denke, damit komm ich durch.«

»Der Himmel verhüte, dass das je wieder passiert, aber wenn du dich gegen solche Typen wie neulich verteidigen musst, ist das wahrscheinlich auch am wirkungsvollsten. Es kann aber trotzdem nichts schaden, wenn du weißt, wie man einen richtigen Schlag austeilt.«

Ich nicke. »Okay.«

Wir gehen in den kleinen offenen Bereich zwischen seiner Couch und der Küchentheke und er nimmt mir mein

Glas ab und stellt es beiseite. »Beim Boxen geht es in erster Linie um Balance und Schlagkraft. Du musst deinen Kraftpunkt finden und dann draufbleiben. Das gibt dir Beweglichkeit und Stärke.« Er legt seine kräftigen Hände auf meine Hüften. »Und jetzt wehr dich – lass dich keinen Millimeter von mir wegdrücken.«

Ich nehme die Beine leicht auseinander, und als er auf meine Hüfte drückt und mich wegzuschieben versucht, halte ich die Stellung.

»Gut«, sagt er.

Er verstärkt den Druck auf meine Hüfte und bewegt mich ganz leicht. Dann legt er die Hände auf meine Schultern und drückt mich schnell hintereinander in verschiedene Richtungen. Ich gebe keinen Millimeter nach.

»Wenn du einen festen Stand hast«, sagt er und schiebt seine hochgekrempelten Ärmel noch weiter hinauf, sodass ich völlig abgelenkt von seinen Muckis bin, »kannst du agieren – entweder dich bewegen oder angreifen.« Ich schaue ihm ins Gesicht und er zieht eine Augenbraue hoch, sodass ich mich irgendwie ertappt fühle. »Bewegen ist eindeutig die bessere Option. Wenn du wegrennen kannst, dann tu's. Auf jeden Fall. Aber wenn du in die Ecke gedrängt bist und einen Schlag austeilen musst, dann geh mit dem Oberkörper aus deinem Kraftpunkt.«

»Und was dann?«

Er tritt hinter mich, fasst sanft meine Unterarme direkt unter dem Ellbogen. »Dann«, sagt er und hebt meine Arme hoch, sodass meine geballten Fäuste direkt unter meinem Kinn liegen und meine angewinkelten Ellbogen an den

Rippen. »Dann bleibst du ganz gesammelt, bis du bereit zum Zuschlagen bist. Du bleibst in der Balance, hebelst dich aus deinem Kraftpunkt und schleuderst die Faust vor.«

Ich lasse meine rechte Faust vorschießen, so schnell ich kann, und reiße ihm dabei meinen Arm aus der Hand.

»Gut«, sagt er. Er zieht meinen Arm an meine Seite zurück und ich spüre, wie er sich an mich drückt, mich in ganzer Länge berührt, Vorderseite an Rückseite. Dann nimmt er seine Hände auf meine Hüften herunter, was mich einen Augenblick total aus dem Konzept bringt. »Und jetzt noch mal, aber lass deinen Arm schneller vorschießen und bring ihn sofort wieder in die Balance zurück.«

Ich mache, was er mir sagt.

»Hast du das gespürt?«, fragt er und legt seine andere Hand auf meinen Bauch. »Wenn du hier stark bist, in deinem Kern, hast du eine solide Angriffsbasis.«

Was ich spüre, sind seine Arme um mich und das unwiderstehliche Verlangen, meine Finger darübergleiten zu lassen, mir jeden einzelnen Muskel einzuprägen. Und vor allem spüre ich ein Kribbeln zwischen den Beinen, das mir bis in den Bauch hochzieht. Aber ich glaube nicht, dass er das gemeint hat. »Ja.«

Sein Atem streicht mir übers Haar, als er den Kopf senkt, und ich erschauere. Seine Hände verlagern sich auf meine Hüften und sein Griff wird fester. Ich halte es kaum noch aus, würde mich am liebsten in seinen Armen umdrehen und ihn ansehen. Ich kann kaum atmen, warte, dass er mich loslässt. Endlich, nach einer Ewigkeit, tritt er zurück, räuspert sich. Er greift über die Rückenlehne der Couch und zieht ein Wurfkissen hervor. Dann baut er sich vor mir auf, das zusammengeknüllte Kissen in der Hand. »Noch mal.«

Ich bringe mich in Balance und knalle meine Faust voll in das Kissen.

»Und jetzt mit der Linken. So wie eben.«

Ich versuche es mit der Linken, aber mein Schlag ist langsamer und schwerfälliger. »Ähm … da kann ich wohl nur hoffen, dass er mich nicht am rechten Arm festhält.«

»Du bist Rechtshänderin und brauchst also einige Übung, um die Linke einzusetzen, aber im Prinzip ist es genau dasselbe. Fester Stand, sammeln und dann zuschlagen.«

Ich versuche es noch mal mit der Linken und diesmal geht es schon besser.

»Und jetzt raus aus der Grundhaltung«, sagt Alessandro, tritt näher zu mir und zieht meinen linken Fuß vor, indem er seine Hand auf meinen Schenkel legt, direkt unterhalb meiner Hüfte. Mir schießt die Hitze durch den Körper und ich kann kaum meinen Atem gleichmäßig halten. »Wenn du zuschlägst, bleib in deinem Kraftpunkt, aber geh schnell von deinem hinteren Fuß auf den vorderen.« Seine Fingerspitzen streichen an meinem Bein hoch, als er mich loslässt, und ich ziehe die Luft ein. Er hält mir wieder das Kissen hin. »Dadurch kriegt dein Schlag mehr Schwung.«

Ich knalle meinen rechten Arm vor und verlagere dabei mein Gewicht auf den linken Fuß, und meine Faust trifft mit einem dumpfen Schlag auf das Kissen und wirft Alessandro einen halben Schritt zurück.

Er schaut mich an und seine Augen funkeln. »Du bist ein Naturtalent. Dich hätte ich gern bei mir im Ring.«

Ich sehe ihn vor mir, wie er schwitzend im Boxring agiert, und mein Herz fängt an zu rasen. »Pass auf, dass ich dich nicht irgendwann beim Wort nehme.«

Mit einem halb spöttischen, halb sexy Lächeln hält er das Kissen hoch. »Noch mal.«

Nach einer halben Stunde bin ich endlich so weit, dass ich mir nicht nur selber wehtue, wenn ich mit meiner Faust zuschlage.

»Du lernst schnell«, lobt Alessandro mich, reicht mir das Kissen und deutet auf die Couch. »Ruh dich aus. Ich fange schon mit dem Kochen an.«

Ich werfe das Kissen auf die Couch und folge ihm in die Küche, wo er im Kühlschrank kramt und zwei ausgelöste Hühnerbrüste herausholt. Dann nimmt er eines der beiden Schneidbretter, die an der Wand über dem Kühlschrank lehnen und klopft das Fleisch mit einem Hammer flach.

»Kann ich nicht irgendwas helfen?«

Alessandro öffnet wieder den Kühlschrank, nimmt ein Bündel grünen Spargel heraus und legt es auf die Theke. »Du kannst den Spargel waschen und putzen, wenn du unbedingt willst.«

Ich wasche den Spargel, schneide die Enden ab und staple ihn samt den beiden Kakerlaken auf einem Teller neben dem Herd, während Alessandro ein Stück Butter in eine gusseiserne Pfanne zischen lässt. Dann reibt er das Fleisch mit Salz und Pfeffer ein und wendet es in Mehl.

»Kann ich sonst noch was tun?«, frage ich und schaue zu, wie er die Hühnerbrüste in die Pfanne gibt und anbrät.

»Setz dich hin und trink deinen Wein«, sagt er und deutet mit der Hand zur Couch hinüber.

Ich nehme meinen Wein, gehe damit ins Wohnzimmer und sinke auf die Couch. Ich trinke einen großen Schluck. »Hey, sag mal – willst du mich betrunken machen?«

Er dreht sich um und wirft mir wieder dieses Lächeln zu. »Unterstellst du mir unlautere Motive?«

»Vielleicht.« Mein Herz hämmert. Warum flirte ich mit ihm?

Ich nippe wieder an meinem Wein, schaue zu, wie er den Teller mit dem Spargel hochnimmt und die Stangen in die Pfanne kippt. Plötzlich hält er inne, grinst mich über die Schulter an und klaubt die Kakerlaken heraus. »Touché«, sagt er.

Ich lächle unschuldig zurück.

Alessandro dreht sich zum Herd um und ich widme mich wieder meinem Wein, aber was er gerade in den Topf gekippt hat, riecht so köstlich, dass ich aufstehe und in die Küche gehe. »Was machst du da?«, frage ich und spähe in den Bräter.

»Das ist ein traditionelles italienisches Hühnergericht.«

»Und was ist da alles drin?«

»Bis jetzt nur Huhn, Artischockenherzen, Spargel, Sahne, Hühnerbrühe und Wein.« Er nimmt ein Gewürzglas von dem Regal über dem Herd und schüttet etwas davon in den Topf. Es riecht nach Oregano.

Wie ein Profi geht er in der Küche umher, bereitet die Pasta zu und gießt die Soße darüber.

»Ist Wein okay zum Essen oder willst du was anderes?«, fragt er, während er unsere Teller zu dem kleinen Fenstertisch auf der Küchenseite des Raums bringt.

»Wein ist gut, aber ich hab nichts mehr«, sage ich und halte mein leeres Glas hoch.

Er nimmt mir das Glas aus der Hand und geht in die Küche zurück. »Setz dich. Bin gleich wieder da.«

Ich setze mich auf einen der Stühle und nehme meine Gabel in die Hand. Natürlich bin ich nicht so unhöflich, ohne Alessandro anzufangen, aber ich tunke die Zinken meiner Gabel in die Soße und koste.

»Oh Mann, ist das gut.«

Alessandro kommt mit unseren beiden Gläsern an den Tisch zurück. »Freut mich, dass es dir schmeckt.« Er setzt sich mir gegenüber und nickt zu meinem Teller, um mir zu signalisieren, dass ich anfangen soll. Das lasse ich mir nicht zweimal sagen.

Ich schneide ein Stück Fleisch ab und stopfe es in den Mund. »Oh Gott«, stöhne ich. »Wer in aller Welt hat dir das beigebracht?«

»Meine Großmutter.«

»Die Frau hat einen Orden verdient.«

Ich falle wieder über mein Essen her, schneide eine Spargelstange durch, und plötzlich schnellt eine Antenne aus der Soße. »Shit!«, kreische ich und lasse meine Gabel auf den Tisch knallen.

Aber dann höre ich Alessandro lachen. Er starrt mich unter seinen langen dunklen Wimpern hervor an, und in diesem Blick erkenne ich den Jungen wieder, den ich vor langer Zeit mal gekannt habe.

»Du Mistkerl!«, schimpfe ich, lache aber dabei. Ich hätte es ja wissen müssen. »Okay – ich habe dich gewarnt.«

Ich schnappe die Kakerlake aus der Soße, ziele damit auf ihn und er springt lachend von seinem Stuhl auf. »Ja, aber nur, wenn ich dir eine Kakerlake in den Tee schmuggle. Und siehst du irgendwo eine Kakerlake im Tee?«

»So gut wie.«

Er verschanzt sich hinter der Couch, aber auf meinen Blitzangriff ist er nicht gefasst. Ich springe über die Couchlehne, reiße ihn herunter und nagle ihn auf dem Wurfkissen am Ende der Couch fest. Dann ramme ich ihm die Kakerlake ins Gesicht.

Erst in diesem Moment wird mir bewusst, was ich da mache: Ich liege auf Alessandro. Auf seiner Couch.

Wir gehen fort, Hilary.

Alles steht still. Ich. Er. Die Zeit.

Plötzlich finde ich mich in unserem Aufenthaltsraum wieder. »My Sacrifice« von Creed tönt aus dem Radio und wir beide sind ganz allein, sodass wir freie Bahn haben. Ich könnte ihn berühren. Er liegt in T-Shirt und Jeans auf der Couch und ich bin auf ihm. Er küsst mich, aber dann hält er inne.

»Wir gehen fort, Hilary.«

Ich schüttle die Erinnerung ab und mein Herz klopft zum Zerspringen.

Bitte. Nicht.

Ich klettere von ihm herunter und stehe einen Augenblick nur da, überlege mir, ob ich gehen soll.

Alessandro zieht sich hoch, schaut mich erschrocken an. Er ist total angespannt, versteift die Schultern und ballt die Fäuste an den Seiten.

Ich streiche mir die Haare zurück. »Ich … tut mir leid. Ich glaube, ich geh jetzt besser.«

Er reibt sich die Stirn und steht auf. »Du hast noch nichts gegessen. Komm wieder zum Tisch.«

Eine Weile stehen wir so da, schweigend, und starren einander an. Dann setzen wir uns wieder auf unsere Plätze.

»Tut mir leid«, sagt Alessandro und angelt die andere Kakerlake aus seinem Essen. »Das war dumm von mir.«

Er sieht so zerknirscht aus, wie er dasitzt und die Soße von der Kakerlake ablutscht, dass ich plötzlich lachen muss.

Alessandro lächelt, unsicher, aber so sanft und schön. »Sind wir wieder gut?«

»Ja, klar.« Und ich will es so, wird mir jetzt klar. Ich will mit ihm zusammen sein – ihn wieder neu kennenlernen. Ich will wissen, was mit ihm passiert ist, nachdem er New York verlassen hatte. Wie es ihm ging, was er fühlte – damals und jetzt.

Ich brauche das, um endlich damit abzuschließen.

Nicht etwa, weil ich mit dem Feuer spiele.

11.

Brett ist heute Morgen, bevor er zum Flughafen musste, auf mich draufgeklettert und ich hätte fast gekotzt. Schuldgefühle, klar. Weil ich die ganze Zeit nur an Alessandro denke, selbst wenn ich Sex mit Brett habe. Oder nein, erst recht, wenn ich mit Brett zugange bin. Ich weiß, das ist krank, aber ich kann nichts dagegen machen, so sehr ich mich auch anstrenge.

Brett ist die nächsten sechs Wochen auf Tournee. Sechs tolle, turbulente Wochen – ich beneide ihn wahnsinnig. Und ich habe Angst. Wenn er nicht da ist, wird es mir noch schwerer fallen, mich von Alessandro fernzuhalten.

Er sitzt an unserem Fenstertisch im Argo Tea, als ich hinkomme, und an meinem Platz steht schon eine Tasse für mich bereit. Ich ziehe meine Winterjacke aus und lasse mich auf den Stuhl sinken, schlinge meine steif gefrorenen

Finger um die dampfende Tasse. Hoffentlich denkt er, dass das Zittern in meinen Händen von der Kälte kommt.

»Das riecht heute nach Schnee«, sagt er zur Begrüßung und lässt seinen Kaffee in der Tasse herumwirbeln.

Verräterisch, diese Geste. Ich betrachte ihn genauer. Ist er auch nervös? Und warum? Ich habe ihm nicht gesagt, dass Brett fort ist.

»Kälter als Hexentitten«, sage ich, führe meine Tasse mit beiden Händen an den Mund und nippe daran. Der heiße Tee tut gut.

»Ich hab schon mal für dich bestellt«, sagt Alessandro überflüssigerweise und nickt zu meiner Tasse. »Hoffentlich ist das okay.«

»Ja, danke. Und? Wo gehen wir hin?«

Die Spannung weicht aus seinem Gesicht und er lächelt verschmitzt. »Warum so neugierig? Ich dachte, es soll eine Überraschung sein?«

Ich zucke die Schultern. »Wenn wir dort sind, werde ich's ja sowieso erfahren.«

Er nimmt seine Tasse hoch, trinkt einen Schluck und schaut mich über den Rand hinweg an. »Trotzdem«, sagt er schließlich und setzt die Tasse wieder ab. »Ich verrate nichts.«

Ich verdrehe die Augen und nippe an meiner Tasse. »Gut. Dann mache ich es nächste Woche genauso.«

Jetzt lächelt er wieder. »Nichts dagegen. Ich liebe Überraschungen.«

»Ich sag dir nur, dass wir uns am Samstag treffen müssen statt am Donnerstag.«

Er schaut mich mit hochgezogenen Augenbrauen an.

Ich starre herausfordernd zurück. »Wenn ich mehr sage, errätst du es vielleicht«, warne ich ihn.

Er hebt die Hand. »Okay, sag nichts. Dann treffen wir uns am Vormittag, weil du ja samstagabends arbeitest?«

»Ja.«

Er nickt. »Ich richte es ein.«

Ich zucke die Schultern, spiele die Coole, aber in Wahrheit bin ich schon ganz süchtig nach unseren Ausflügen. Ich habe gegoogelt, was New York an schrägen Events zu bieten hat, und ein paar Sachen gefunden, auf die ich echt stolz bin. »Gut.«

Er wartet, bis ich meinen Tee ausgetrunken habe, dann steht er auf. »Fertig?«

Ich schlinge mir den Schal um den Hals und schiebe meinen Stuhl zurück. »Ja, klar.«

Die Kälte draußen ist beißend nach dem heißen Tee. Ich schlüpfe in meine Handschuhe und ziehe meine Jacke enger um mich. Als wir zur Subway kommen, strecke ich die Hand nach dem Geländer aus und will die Treppe runtergehen, aber Alessandro marschiert einfach weiter.

»Wir gehen zu Fuß.«

»Wie weit?«, frage ich und ein warmer Luftschwall von dort unten hüllt mich ein.

Er bleibt stehen und dreht sich um. »Dir wird schon warm beim Gehen. Und es ist nicht weit.«

Ich stehe am U-Bahn-Schacht und starre ihn an, schlottere demonstrativ vor Kälte.

Alessandro lächelt, kommt zurück und legt mir den Arm um die Schultern.

Jetzt wird mir heiß wie Hölle.

Er zieht mich vom U-Bahn-Schacht weg und wir gehen die 58. Straße hinauf. »Ach ja, da fällt mir gerade ein: Hast du Höhenangst?«, fragt er unterwegs.

Ich werfe ihm einen Blick zu. »Wir gehen doch hoffentlich nicht aufs Empire State Building? Du hast gesagt, keine lahmen Touristenattraktionen!«

»›Lahme Touristenattraktionen‹ hab ich garantiert nicht gesagt, aber keine Angst, wir gehen nicht aufs Empire State Building.«

»Wohin dann?«

Er grinst mich nur an.

Zwanzig Minuten später sind wir immer noch in der 58., und ich denke schon, er schleppt mich zum East River hinunter, aber dann biegt er in der Second Avenue rechts ab. »Fast da«, sagt er und drückt mir die Schultern.

Mir ist jetzt warm vom Gehen, aber ich sage nichts, weil ich seinen Arm um mich behalten will.

Wir gehen noch zwei Blocks weit und halten vor einem komischen Betonbau an. Ich schaue an dem Gebäude hoch. »Ist das dieses Kabeldings, das zur Insel rüberfährt? Ich habe es von Queensboro aus gesehen.«

Er grinst mich an. »Das Kabeldings ist eine Luftseilbahn und sie fährt zur Roosevelt Island, ja.«

Er löst seinen Arm von meiner Schulter, nimmt meine Hand und zieht mich zu der Treppe an der Vorderseite des Gebäudes. Wir entwerten unsere Metrokarten, warten hinter den Toren, und dann quetschen wir uns mit der Menge in die große rote Bahn.

»Was Unentdecktes ist das aber nicht«, brumme ich, während wir nach hinten durchgehen.

Er lächelt und seine rauchgrauen Augen werden eine Schattierung dunkler. »Für uns schon. Und nur das zählt.«

Wir ergattern zwei Plätze und ich zucke leicht zusammen, als wir kurz darauf von der Station wegschwingen. Ich stehe auf, drehe mich zum Fenster und dann steigt unsere große rote Blechkiste über der Stadt auf. Die Second Avenue verschwindet in der Tiefe und hinter uns breitet sich Manhattan aus.

»Wow, das ist …«

»… so cool«, sagt Alessandro grinsend. Er ist auch aufgestanden und schaut aus dem Fenster.

»Hör bloß auf«, sage ich beleidigt.

»Du hast recht – ich will dir weiß Gott nicht deine Begeisterung nehmen«, murmelt er in weicherem Ton.

Ich sehe ihn an, aber sein Blick ist nicht aufs Fenster gerichtet, sondern auf mich. Ich wische mir mit dem Jackenärmel die Nase ab, für den Fall, dass dort was baumelt. Endlich schaut er wieder zum Fenster hinaus, auf die New Yorker Stadtlandschaft und das Empire State Building, das über den anderen Midtown-Gebäuden gerade noch zu erkennen ist. »Irgendwann müssen wir auch mal aufs Empire State Building rauf«, sagt er. »Meinst du nicht auch?«

Ich zucke die Schultern. »Ja, warum nicht. Wenn uns nichts anderes mehr einfällt.« Der Gedanke jagt mir einen leisen Schauer über den Rücken. Wie lange wird das dauern? Wie viele Donnerstage habe ich noch mit Alessandro, bis die Stadt nichts mehr hergibt und ich keinen Vorwand mehr habe, mich mit ihm zu treffen?

Er nickt langsam. »Das kann Jahre dauern«, sagt er nachdenklich.

Jahre. Ich erschauere schon wieder bei diesen Worten. Wie kommt es, dass er auf eine Frage antwortet, die ich gar nicht gestellt habe? Und dann dieser tiefe Blick ... Wirklich Jahre? Will er so lange bleiben? Oder geht er nach Korsika zurück und lässt mich wieder allein?

Ich schüttle die Verzweiflung ab, die sich bei dieser Vorstellung in mir breitmacht. Ist doch egal, ob er dableibt oder nicht. Er bedeutet mir ja nichts.

Aber wie soll ich daran glauben, solange ich mich in seinem Blick verliere?

»Die Roosevelt Island war während des ganzen Unabhängigkeitskrieges von den Engländern besetzt, bis 1782. Hier wurden die amerikanischen Kriegsgefangenen festgehalten, bis die Friedensverhandlungen in Gang kamen«, doziert er, entlässt mich endlich aus seinem Blick und dreht sich zu der Insel um, die langsam näher rückt.

Ich fange wieder an zu atmen. »Du kennst dich wohl in allem aus? Kunst *und* Geschichte, was? Ein echter Geek, würde ich sagen.«

Er schaut mich mit blitzenden Augen an. »Geek ist gar kein Ausdruck.«

Wir gleiten an der Queensboro Bridge entlang, dann auf den East River hinaus, und schließlich steigt die Bahn wieder ab, zur Roosevelt Island hinunter. Das Ganze hat höchstens vier Minuten gedauert, aber es war total atemberaubend.

»Da ist der Bus«, sagt Alessandro, nachdem wir aus der Seilbahn ausgestiegen sind. »Aber ich würde die Insel lieber zu Fuß erkunden, wenn es dir nicht zu anstrengend ist.«

Ich zucke die Schultern, wohlig schaudernd, weil ich hoffe, dass er dann wieder den Arm um mich legt. »Klar, kein Problem.«

Er führt mich aus der Station und über die Straße auf die Manhattan-Seite der Insel. Dann schlendern wir die Straße beim Fluss entlang, an der einzigen Subway-Haltestelle der Insel vorbei (laut Alessandro), bis wir zu einem Backsteinweg auf der linken Seite kommen. Wir gehen den Weg zum Wasser hinunter, zu einer großen Aussichtsplattform, die auf den East River in Richtung City hinausgeht.

Ich stütze mich mit den Ellbogen auf das Geländer und beobachte einen Schlepper, der den Fluss hinauftuckert. »Es ist schön hier. Ruhig.«

»Ja, das ist wahr. Von der Queens-Seite gibt es nur eine Brücke auf die Insel, deshalb ist der Verkehr nicht so stark.«

Ich drehe mich um und schaue auf die Straße hinter uns, die zwischen den Apartmentgebäuden und dem Wasser verläuft. Ich sehe ein paar geparkte Wagen, aber keinen Verkehrsstau. Keine Taxifahrer, die hupen wie die Blöden. »Das müssten sie in ganz Manhattan so machen«, sage ich und drehe mich wieder zur City um. »Weißt du, so wie man bei manchen Leuten die Schuhe an der Haustür ausziehen muss.« Zum Beispiel bei Mallory. »Willkommen in Manhattan. Lasst eure Autos vor der Tür stehen.«

Ich schaue zu Alessandro, der seinen Blick über die City schweifen lässt. »Das ist eine gute Idee.« Nach einer Weile schaut er mich an und schwenkt seinen Arm nach rechts. »Dort drüben, im Norden, sind eine alte Nervenheilanstalt und ein Leuchtturm, falls dich das interessiert.«

Ich grinse ihn an. »Eine Irrenanstalt? Na toll! Hast du mich deshalb hierhergeschleppt? Damit ich mich mit den ganzen anderen Irren vergnügen kann?«

Er lächelt zurück. »Sie ist schon seit Jahrzehnten geschlossen. Nur ein kleiner Teil davon ist noch übrig. Die Stadt hat Wohngebäude drum herum errichtet. Und ehrlich gesagt, interessiert mich auch mehr der Leuchtturm auf der Nordspitze der Insel. Er wurde aus den Steinen gebaut, die von der Insel stammen. Und auf der Südspitze sind noch die Überreste eines alten Pockenspitals, die ich gern sehen würde.«

»Woher weißt du das alles?«

»Internet natürlich«, sagt Alessandro lächelnd. »Das Netz hat seine Vorteile.«

Er fasst mich sanft am Ellbogen und lenkt mich nach rechts, und ich denke wieder an die Nacht, in der er mich gefunden hat. Das Netz hat tatsächlich auch Vorteile.

Wir folgen dem Fußweg am Wasser entlang, saugen die Stille und den Frieden und den Blick auf die City in uns ein. Selbst die kalte Novemberluft riecht hier frischer. Apartmentblocks und Wohnsiedlungen breiten sich hinter uns aus, aber die Häuser sind von einem breiten Streifen Grün umgeben. Und alles wirkt geräumig und offen. Wie Stadtleben auf dem Land.

Wir reden nicht, aber es ist ein vertrautes Schweigen, und ich spüre, wie ich beim Gehen ruhiger werde. Nach ungefähr fünfzehn Minuten bricht Alessandro das Schweigen. »Hier lang«, sagt er und führt mich vom Weg herunter und über die Straße zurück. Wir umrunden die Vorderseite eines grauen Betonwohnblocks mit vielen Fenstern, bis wir zum Vordereingang kommen. Er ist achteckig und aus übereinandergestapelten rauen grauen Granitblöcken erbaut, mit einem blauen Dach darüber.

»Das Oktagon«, sagt Alessandro. »Das war der Eingang zu der Heilanstalt. Der Rest wurde schon vor Jahrzehnten abgerissen.«

»Also«, sage ich und betrachte das Gebäude, »dann hat es hier eine Irrenanstalt und ein Pockenspital gegeben. War das so was wie Quarantine Island oder so?«

»Nicht direkt«, antwortet er, die Augen auf das Gebäude geheftet. »Auf der Insel gab es Krankenhäuser, und die gibt es auch heute noch. Das hier ist einer der wenigen Orte in Manhattan, wo noch offenes Bauland vorhanden ist.«

Er nimmt mich wieder am Ellbogen und dirigiert mich zu dem Weg, der am Fluss entlangführt. Nach zehn Minuten sind wir an der Spitze der Insel. Dort thront ein großer, gruseliger grauer Leuchtturm, der aus demselben rauen Granit gebaut ist wie das Oktagon. Außer uns schlendert noch ein anderes Paar herum und schießt Fotos – die einzigen Leute, die wir unterwegs gesehen haben. Vielleicht ist der Ort hier also doch noch unentdeckt.

Alessandro verschränkt seine Finger mit meinen und wir umrunden Hand in Hand den Leuchtturm. »Der Leuchtturm war von 1872 bis Mitte 1900 in Betrieb, als der meiste Handel noch zu Wasser abgewickelt wurde«, erklärt er mir, was ich seltsamerweise interessant finde. Allerdings nicht so interessant wie Alessandros Gesicht, der den Leuchtturm von allen Seiten begutachtet. Fasziniert studiere ich seine kantigen Wangenknochen und das Grübchen in seinem Kinn, und am liebsten würde ich jede einzelne Linie mit dem Finger nachfahren.

Er wirft mir einen Blick zu und die Luft knistert zwischen uns. Er drückt meine Hand fester, dann räuspert er sich, weicht einen Schritt zurück und lässt meine Hand los. Vielleicht weil ich mich unbewusst an ihn gelehnt habe? Verlegen reibt er sich den Nacken. »Was meinst du? Wollen wir auf der Queens-Seite der Insel hinuntergehen?«

Ich nicke und er legt eine Hand auf meinen Rücken, lenkt mich in diese Richtung. Einmal biegt er vom Weg ab, um mich an einem weißen Schindelhaus vorbeizuführen. »Das ist eines der ältesten noch erhaltenen Gebäude in Manhattan, das Blackwell House«, sagt er. »Den Blackwells gehörte die ganze Insel bis 1828. Danach haben sie alles an die Stadt New York verkauft.«

Endlich legt er wieder den Arm um meine Schulter, wir gehen zum Weg zurück, und mein Herz zieht sich zusammen, weil er mir plötzlich so nahe ist. So wie früher, und ich denke daran, wie sicher und geborgen ich mich damals bei ihm gefühlt habe – und wie verzweifelt und verängstigt ich nachher war.

Bitte verlass mich nicht.

Bei der bloßen Erinnerung schießen mir die Tränen in

die Augen, so wie damals. Ich dränge sie schnell zurück und schaue über das Wasser hinaus nach Queens.

»Das ist es«, sagt Alessandro. »Das alte Pockenspital.«

Ich folge seinem Blick und schaue auf die Überreste eines verfallenen dreistöckigen Gebäudes, das sich über die Südspitze der Insel ausbreitet. Ein gotischer Bau, mit kunstvollem Maßwerk über den Eingängen und Spitzbogenfenstern, aus demselben grauen Stein wie alles andere hier. Das Dach ist längst eingesackt und die Wände sind efeuüberwuchert. Ein gruseliger Anblick, wie ein altes Spukhaus. Fehlen nur noch die Fratzen der Wasserspeier, die man an manchen Kirchen sieht.

»Das ist unheimlich«, sage ich zu Alessandro. »Aber echt cool.«

»Ja, das stimmt.«

Er lächelt zu mir herunter und es geht mir durch und durch.

Wir umrunden das große Gebäude und gehen zu dem Weg auf der Manhattan-Seite der Insel hinüber. Dort lehnen wir uns ans Geländer. Alessandro blickt auf die Ruinen des alten Spitals zurück und ich zur City. Während wir so dastehen, spüre ich, wie ruhig ich geworden bin, seit wir die City verlassen haben. Hier ist alles langsamer, gemächlicher. Es ist still und friedlich, und obwohl die Insel technisch gesehen zu New York gehört, kommt man sich wie auf einem anderen Planeten vor. Ich kann einfach dastehen und die Stadt an mir vorbeirasen lassen, ohne Angst, dass ich was verpassen könnte. Ein Gefühl, das ich schon lange nicht mehr hatte.

»Was denkst du gerade?«, fragt Alessandro.

Ich blicke zu ihm auf und sage: »Wann hört es auf, so wehzutun?«

Keine Ahnung, woher das plötzlich kommt, aber Alessandro nickt und starrt auf die City hinaus, als wüsste er, was ich meine. »Ich will verdammt sein, wenn ich das weiß«, murmelt er.

Heute Abend spielen wir Märchenszenen und ich bin Dornröschen. Ich habe Quinn klarzumachen versucht, dass ich total ungeeignet für diese Rolle bin. Ich bin nicht der romantische Typ. Aber er meinte, ein guter Schauspieler muss alles spielen können, auch wenn es ihm nicht besonders liegt.

Und da stehe ich also und stürze mich in eine Rolle, die zu mir passt wie die Faust aufs Auge.

Nathan ist der Prinz. Zum Glück nicht Mike, dieser Blödmann.

Wir geben die Szene, in der Prinzessin Aurora (ich) Prinz Philipp im Wald begegnet (Nathan). Ich bin jung und unschuldig und habe natürlich keine Ahnung, dass ich in Wahrheit eine Prinzessin bin, also halte ich Prinz Philipp natürlich für den Größten und schmachte ihn an. Er verliebt sich auf den ersten Blick in mich, weil ich so hilflos bin und einen großen, starken Mann brauche, der mich beschützt.

Ich quäle mich mit Nathan durch die Szene und am Ende bin ich so fertig, dass ich eine Dusche brauche.

»Such dir nächste Woche was Besseres aus, Quinn«, knurre ich und setze mich neben ihn.

»Das war miserabel, Irish Girl«, sagt er kopfschüttelnd. »So schlecht hast du noch nie gespielt. Vollkommen uninspiriert.«

»Was soll auch an so einer Rolle inspirierend sein? Du hättest mich als böse Stiefmutter besetzen sollen. Das ist mehr mein Ding.«

»Ein guter Schauspieler muss sich da reinfinden können. Du brauchst eine Rolle, die dich fordert, und das hab ich dir gegeben. Aber du haust einfach alles kaputt, statt dich ein bisschen anzustrengen und mal deine weichere Seite zu zeigen, Irish.« Er wirft mir einen strengen Blick zu. »Und ich meine nicht nur beim Theaterspielen.«

Ich fummle an einem Loch in meiner Jeans herum, während die nächste Gruppe in den Kreis geht: Kamara, Vee und Mike spielen eine Szene aus Hänsel und Gretel.

Endlich ist Schluss und Quinn steht auf. »Nächste Woche machen wir Griechische Tragödien. Eure Texte liegen auf dem Tisch.«

Ich gehe zum Tisch und entdecke meinen Namen auf einem Skript für Antigone. Diesmal spiele ich mit Mike.

Ich überfliege meinen Text und Nathan tritt hinter mich. »Tut mir leid, dass das so lahm war.«

Ich schaue auf und zucke die Schultern. »Gab ja auch nicht viel, woran wir arbeiten konnten.« Ich nehme meinen Text für nächste Woche in die Hand. »Das hier klingt vielversprechender.«

»Gut.« Er kratzt sich am Hinterkopf. »Also … was ich noch sagen wollte …«

»Hey, Kumpel! Sag mir, dass ich was Besseres als Hänsel

bekomme.« Mike schneidet Nathan einfach das Wort ab und schlägt ihn auf den Rücken. Er nimmt seinen Text in die Hand, schaut auf die Namen und wirft mir ein strahlendes Zahnpastalächeln zu. »Wir beide sind zusammen, Irish, hast du schon gesehen?«

»Ja, hab ich«, brumme ich, falte mein Skript zusammen und stecke es in die Tasche. »Bis zum nächsten Mal dann, Jungs.«

Ich gehe durch den Park nach Hause und denke die ganze Zeit daran, was Quinn gesagt hat, weil mir plötzlich etwas klar geworden ist. Ich laufe tagein, tagaus mit einem Gesicht herum, das nicht meines ist. Ich verstecke meine weicheren, verletzlicheren Seiten hinter meiner toughen Fassade und spiele die Coole, Unabhängige, die immer alleine klarkommt. Nur Alessandro bringt die weichere Seite in mir hervor, wenn ich mit ihm zusammen bin, und dann wird mein Panzer rissig und mein früheres Ich schimmert hervor, das kleine Mädchen, das ich mit ihm zusammen war. Aber ich will nicht wieder dorthin zurück. Es hat mich so viel Kraft gekostet, die zu werden, die ich jetzt bin.

Quinn hat nicht immer recht.

12.

Ich habe Brett drei Nachrichten auf seiner Mailbox hinterlassen, seit er auf Tournee ist, und heute Morgen um zwei hat er mich endlich zurückgerufen. Er war in irgendeiner Menschenmenge, aber wo genau, kann ich nicht sagen, weil die Musik so laut war und Brett so betrunken, dass er gelallt hat. Außerdem hat im Hintergrund ständig eine Frau herumgequengelt, dass er auflegen und mit ihr tanzen soll. Ich weiß nicht mal, in welcher Stadt er gerade ist.

Komischerweise macht es mir nichts aus, dass sich ein anderes Mädchen (und wahrscheinlich nicht nur eine) an ihn ranschmeißt. Und das ist bedenklich. Ich wollte wütend werden, nachdem ich aufgelegt hatte, und ich bin sogar ins Wohnzimmer gegangen und habe voll gegen seine Couch getreten. Aber das Einzige, was ich dabei gespürt habe, war mein verdammter Fuß. Und der tut jetzt noch weh, als ich zum Argo Tea hinaufgehe.

Ich weiß genau, dass ich das mit Alessandro – was immer es sein mag – endlich stoppen muss, bevor ich nicht mehr dazu fähig bin. Aber jedes Mal, wenn ich den Mund aufmache, um ihm zu sagen: »Wir können uns nicht mehr treffen«, kommt was ganz anderes heraus. Zum Beispiel: »Erzähl mir von Rom.« Und diesmal ist es genauso. Wir springen in die A-Linie, wo man samstags um die Mittagszeit nur stehen kann, und ich habe immer noch nichts gesagt. Ich rede mir ein, dass ich ja kein unverantwortliches Risiko eingehe. Mein Geheimnis bleibt gewahrt und wir erkunden zusammen die Stadt, sonst nichts. Aber vor allem macht es Spaß, und das kann ich wahrhaftig gebrauchen.

Unglaublich, wie man sich in die Tasche lügen kann. Selbst wenn so viel auf dem Spiel steht.

Eine Haltestelle weiter steigen wir in der 42. aus und ich nehme den langen Weg an der Bushaltestelle vorbei, um Alessandro ein bisschen zu verwirren, bevor ich schließlich die Eighth zur 39. hinuntergehe. Als wir in der 39. rechts abbiegen, lächelt er mich an. »Der Flohmarkt.«

Ich werfe ihm einen Blick zu. »Hell's Kitchen soll der beste sein, hab ich mir sagen lassen. Coole Vintage-Sachen.«

Alessandros Grinsen wird breiter. »Gute Wahl. Dort war ich noch nie.«

Es ist warm für Ende November – fast zwanzig Grad. Nach dem Kälteeinbruch in den letzten Wochen sind die Straßen jetzt voller Leute, die die Sonne genießen und das letzte bisschen Wärme aufsaugen, bevor es endgültig Winter wird. Viele laufen im Pulli oder Sweatshirt herum, aber hin und wieder sieht man auch ein Tanktop oder T-Shirt. Ich habe meinen leichten Lieblingspulli angezogen, weiß mit Silberfäden drin und einem großzügigen Ausschnitt. Das Teil ist sexy, aber nicht knalleng. Alessandro trägt Kaki-Cargohosen, schwarze Army Boots und ein cooles schwarzes T-Shirt. Und seine Arme sind echt der Hammer – schlank und lang und muskulös und total heiß. Wenn ich die Muskeln unter seinen kurzen Ärmeln spielen sehe, juckt es mich in den Fingern, einmal kurz drüberzustreichen und zu checken, ob sie so fest sind, wie sie aussehen.

Wir überqueren die Ninth und der Markt liegt vor uns. Ein altes Email-Colaschild hängt an der Decke über einem Stand direkt vor uns, darunter steht ein hölzernes Schaukelpferd und in der Bude auf der anderen Seite hängen Vintage-Kleider an den Ständern. Ich bin wie berauscht, wie ein Kind im Süßigkeitenladen. Ich bin keine große Shopperin, aber das Vintage-Zeug verdreht mir irgendwie den Kopf.

Wir gehen ganz bis zum anderen Ende durch, um uns einen Überblick zu verschaffen, und überall ist es gerammelt voll. Die Leute schlängeln sich zwischen den Ständen durch, so wie wir auch.

»Von unentdeckt kann keine Rede sein, das muss ich zugeben«, sage ich, nehme eine schwarze Federboa von einem Hutstand und probiere sie an.

»Aber du entdeckst neue Sachen«, sagt Alessandro und zeigt auf den Hut.

»Alte Sachen, meinst du wohl«, kontere ich und betrachte mich in dem Spiegel auf dem Tisch neben dem Hutständer.

Alessandro tritt hinter mich und lächelte mir über meine Schulter im Spiegel zu. »Alte Sachen, die neu für dich sind.« Er schnippt die Hutkrempe hinten hoch, sodass sie mir über die Augen fällt.

Und darin erkenne ich ihn wieder – etwas Altes von früher, das ich die ganze Zeit neu entdecke. Ich ziehe den Hut von meinem Kopf und lasse ihn auf seinen fallen, nutze die Gelegenheit, um ihn mal richtig anzusehen. Ich verschlinge ihn mit meinen Blicken, die Grübchen in seinem Kinn, die vollen roten Lippen, die gerade Nase, die Wangenknochen, die tiefen rauchgrauen Augen, an denen ich schließlich hängen bleibe. Er ist dem Jungen von damals so ähnlich und doch total anders.

Plötzlich wird mir bewusst, dass wir einfach nur dastehen und einander anstarren, und ich räuspere mich. »Der Gangsta-Look steht dir.«

Ich schaue auf den Tisch und mein Blick fällt auf ein Paar weiße Seidenhandschuhe – die lange Sorte, die bis über die Ellbogen reicht. »Oh mein Gott. Die sind so cool …«

Alessandro nimmt den Hut ab und hängt ihn wieder an das Gestell. »Probier sie doch an.«

Ich streife einen Handschuh über und drehe meinen Arm zur Seite, bewundere den Kontrast zwischen der weißen Seide und meiner mokkafarbenen Haut. »Die muss ich haben.«

»Dann kauf sie doch«, sagt er lächelnd.

Ich bringe sie zu der Standfrau mit den Tattooärmeln. »Gutes Design«, sage ich zu ihr und bewundere das Muster aus Ranken und Schmetterlingen.

»Danke«, sagt sie. »Deins auch. Geht das ganz herum?« Sie nickt zu den Schmetterlingen auf meinem linken Schlüsselbein.

Ich lüfte meinen Pulli und lege die Schmetterlingspur auf meiner rechten Hüfte frei. »Bis hier«, sage ich und zeige weiter nach unten, auf meine Jeans. Aus dem Augenwinkel sehe ich, wie Alessandro mein Tattoo studiert. In seinem Blick blitzt etwas auf, als würde er am liebsten die Hand ausstrecken und die Schmetterlinge auf meinen Hüften berühren, und mich durchrieselt es wieder. Werde ich ihm je verraten, was sie bedeuten? Dass er mich dazu inspiriert hat? Wahrscheinlich nicht. Ich atme tief durch. »Und wie viel kosten die?«, frage ich die Standfrau und halte die Handschuhe hoch.

»Zwanzig«, sagt sie.

Ich greife in meine Tasche, wühle darin herum, ziehe eine Handvoll Scheine hervor und zähle sie ab. »Dreizehn. Mehr geb ich dir nicht.«

Sie zögert einen Augenblick, als wollte sie handeln, aber dann lächelt sie. »Ich mag dich, also gut.«

Ich reiche ihr das Geld und stopfe die Handschuhe in meine Tasche. »Danke.«

»Komm bald wieder. Wir sind jede Woche da«, sagt sie und steckt das Geld ein.

Ich lächle sie an. »Ja, klar.«

Alessandro fasst mich am Ellbogen und zieht mich zu einem Hotdog-Stand. »Magst du immer noch Hotdogs?«

»Klar«, sage ich zögernd. Habe ich je Hotdogs gegessen? Ich kann mich nicht wirklich erinnern.

Er kauft zwei Hotdogs und zwei Diät-Cokes und wir gehen zu der Gewürztheke, wo er einen davon mit Senf und Relish füllt und ihn dann mir reicht. Ich schaue zu, wie er Ketchup auf seinen quetscht, und plötzlich ist alles wieder da. Es war ein paar Wochen nachdem Alessandro und ich zum ersten Mal miteinander geschlafen hatten.

»Das ist einfach falsch, in jeder Hinsicht«, sagte ich und setzte mich an den Esstisch. Die Ketchupflasche machte Furzgeräusche, als Alessandro die letzten Reste auf seinen Hotdog quetschte.

Er blickte zu mir auf und lächelte schief. »Woher willst du das wissen? Probier's doch erst mal.«

Ich schnitt ihm eine Grimasse. »Nie und nimmer. Ketchup auf Hotdogs ist echt krass.«

»Nein, du bist krass«, sagte eine quengelige Stimme über den Tisch hinweg.

Ich schaute auf und das weiße Mädchen, Trisha oder Hannah, funkelte mich an. Sie hing an Lorenzo und ich konnte nicht sehen, was ihre Hand machte, nur dass sie sich in seinem Schoß bewegte. Lorenzo feixte und riss ein Stück Hotdog mit seinen Zähnen ab, den Rest warf er Alessandro zu. »Wenn du meine Überreste willst, Bruderherz, hier bitte.«

Die Scham schnürte mir die Kehle zu.

Aber dann verschränkte Alessandro seine Finger unter

dem Tisch mit meinen, so unauffällig, dass die anderen nichts mitkriegten. Und von da an war alles okay.

»Hilary?«, sagt er jetzt und reißt mich in die Gegenwart zurück. Er hat sich von der Theke abgewendet und steuert auf eine Bank zu. »Willst du dich setzen?«

Ich nicke und gehe mit ihm, lasse mich schnell auf die Bank sinken, bevor meine Knie unter mir nachgeben. »Danke … für den Hotdog.«

Er nickt langsam. »Alles okay?«

Ich schüttle die Erinnerung ab und versuche mir nicht anmerken zu lassen, dass mir der Appetit vergangen ist. »Ja. Das macht Spaß.«

Seine Augen wandern über den Markt. »Finde ich auch. Das müssen wir irgendwann noch mal machen. Wir setzen es auf die Re-do-Liste«

»Re-do-Liste?«

Er fängt meinen Blick auf und lächelt. »Natürlich erst, wenn wir alles andere gesehen haben.«

»Klingt gut«, sage ich und nicke. »Können wir machen.«

Seine Augen verirren sich in meinen Ausschnitt. »Erzähl mir von deinen Tattoos.«

Ich beiße ein Stück von meinem Hotdog ab. »Wieso? Was ist damit?«

»Na, weil du so viele von diesen Schmetterlingen hast. Ich habe sie natürlich gesehen, an dem Abend neulich. Hat das eine bestimmte Bedeutung?«

Bei der Erinnerung, wie er mir an Bretts Premierenabend meinen Mantel umgelegt hat, erschauere ich. »Ach, die sollen mich nur dran erinnern, dass ich frei bleiben will … meinem eigenen Weg folgen …«

Er wirft mir einen bohrenden Blick zu. »Ich habe im letzten Jahr auch viel über meinen Weg nachgedacht. Das ist nicht immer so klar, wie man denkt und wie man es gern hätte. Manchmal denke ich, dass ich mein Leben lang die falschen Wege eingeschlagen habe.«

Ich nicke. Niemand versteht das besser als ich.

Er starrt lange auf seinen Hotdog. »Als unsere Großeltern uns nach Korsika geholt haben, hatte ich nur noch Lorenzo. Wir hätten uns umeinander kümmern müssen, uns gegenseitig den Rücken stärken …« Er streicht sich mit der Hand durchs Haar und sein Blick schweift zu den Standbesitzern ab. »Ich habe ihn im Stich gelassen. Als er mich brauchte, war ich nicht für ihn da.«

»Du kannst dir doch nicht die Schuld dran geben, dass er ums Leben gekommen ist.«

Alessandro schaut mich verzweifelt an. »Doch. Natürlich bin ich schuld dran. Ich hätte ihn aufhalten können. Wenn ich an seiner Seite geblieben wäre … wenn ich zu ihm gestanden hätte …«

»Dann wärst du jetzt auch tot«, beende ich seinen Satz. »Du kannst nichts dafür. Lorenzo hätte nie auf dich gehört. Er hat immer getan, was er wollte, und alles andere hat ihn einen feuchten Dreck interessiert.«

Alessandro schüttelt den Kopf und schlägt die Hände vors Gesicht. »Aber ich bin genauso wie er. Ich dachte, die Kirche könnte mich retten. Wenn ich mein Leben dem Priesteramt weihe … das war mein Opfer … meine

Art, für vergangene Sünden zu büßen. Und dann ist mir Lexie begegnet und sie hat alles auf den Kopf gestellt. Sie hat mich aufgerüttelt, meine ganze Impulsivität wieder zum Vorschein gebracht – und meine Unbeherrschtheit. Ich konnte mir nichts mehr vormachen – Lexie hat mir gezeigt, wie leicht ich vom Weg abkomme. Ich war aus den falschen Gründen dabei. Ich dachte, ich hätte das Böse in mir im Priestergewand erstickt – dass ich es auf diese Weise vielleicht bändigen könnte. Aber das war falsch. Es ist immer noch da, tief in mir. Nichts hat sich geändert.«

»Du bist nicht böse, Alessandro.« Das weiß ich mit Sicherheit. Er ist vielleicht nicht immer den geraden Weg gegangen, aber er war sanft und freundlich und er hat sich um andere gekümmert. Vor allem um mich – er hat mir so viel gegeben wie sonst niemand. »Hast du dir wenigstens das mit mir verziehen?«

Er wirft mir einen wilden Blick zu. »Nein.«

Ich senke die Augen. »Warum nicht?«

Ich höre ihn tief einatmen. »Weil es keine Entschuldigung dafür gibt, was mein Bruder und ich dir angetan haben, egal was ich mir eingeredet habe. Du warst noch ein Kind.«

Ich schaue zu ihm auf. Er sitzt da, den Kopf in eine Hand gestützt, den Ellbogen auf seinem Knie. »Du auch, Alessandro. Du warst auch ein Kind. Und was soll das überhaupt? Du bist nicht für Lorenzos Taten verantwortlich. Du kannst nicht immer seine Schuld mit dir herumschleppen. Das ist zu viel für einen Menschen.«

Er reißt den Kopf hoch. »Doch, natürlich bin ich verantwortlich. Für alles. Ich habe mich nie gegen ihn gewehrt, habe ihm nie gesagt, dass es falsch ist, was er macht. Ich habe nie versucht, ihn von seinen Dummheiten abzubringen.«

»Weil er dich grün und blau geschlagen hätte, wenn du das versucht hättest. Lorenzo war kein guter Mensch. Du schon. Ich weiß, er ist tot, und das tut mir leid, aber nur weil er nicht mehr da ist und seine Fehler nicht wiedergutmachen kann, musst du nicht alles auf deine Schultern nehmen. Und eins steht fest – Lorenzo würde das alles keine schlaflosen Nächte bereiten, es sei denn, er hätte sich noch mehr verändert als du.«

Alessandros Züge verfinstern sich und er vergräbt wieder sein Gesicht in den Händen. »Ich bin kein guter Mensch, Hilary. Ich bin nicht so, wie du mich siehst. Ich wusste, was er dir angetan hat. Er hat vor Eric und mir damit herumgeprahlt. Ich habe dich weinen sehen. Und statt dir zu helfen, habe ich …« Er hebt sein Gesicht zu mir hoch und schaut mich verzweifelt an. »Ich bin nicht besser als er.«

Ich stehe auf und werfe meinen Müll in die Tonne neben der Bank, dann funkle ich ihn an, die Fäuste in die Hüften gestemmt. »Wenn du nur hier rumsitzen und dich selbst bemitleiden willst, kann ich's auch nicht ändern. Aber an deiner Stelle würde ich mich zusammenreißen und die Dinge so zu sehen versuchen, wie sie wirklich waren. Soll ich dir mal sagen, wie es für mich war? Du hast mir sehr wohl geholfen, Alessandro. Du hast mir meine Gefühle zurückgegeben, nachdem ich jahrelang innerlich tot war. Ich war glücklich mit dir, obwohl mein Leben damals die Hölle war. Du hast mir gezeigt, was Lie…« Mitten im Wort breche ich ab, weil mir plötzlich klar wird, was ich da sage. »Ich glaube, wenn du dir alles Schlechte vor Augen führst, was du deiner Meinung nach getan hast, wirst du sehen, dass immer Lorenzo dahintersteckte. Und solange du dich davon nicht distanzieren kannst, wirst du auch deine eigene Schuld nie loswerden. Dann wirst du dir nie verzeihen können.«

Ich drehe mich um und marschiere zum Flohmarkt zurück, aber Alessandro holt mich nach wenigen Schritten ein und legt den Arm mich. »Warte, Hilary.«

Ich wirble herum. »Worauf? Dass du dich endlich nicht mehr als leibhaftigen Teufel siehst? Da kann ich vermutlich lange warten.«

Alessandro seufzt. »Ich weiß, dass manches von dem, was du sagst, wahr ist. Ich muss eben noch ein paar Dinge für mich klären. Aber danke.«

»Wofür?«

»Für alles, was du gesagt hast. Dass ich jetzt weiß, wie du es siehst, und das hilft mir.«

Plötzlich ist alles wie weggeblasen – die ganze Wut, der ganze Groll. »Ich konnte dir nur eines nicht verzeihen – dass du mich verlassen hast, Alessandro. Solange du bei mir warst, hast du nichts getan, wofür du um Verzeihung bitten müsstest.«

Mit Tränen in den Augen sieht er mich an. »Danke, Hilary.«

Eine Weile stehen wir nur da und schauen einander an, dann hake ich ihn unter und ziehe ihn zu den Ständen. »Jetzt komm schon. Hier warten Schätze auf uns.«

Wir schlängeln uns durch das Gewühl in Richtung Subway und plötzlich entdecke ich einen alten Couchtisch an einem Stand mit ramponierten Möbeln. Der Tisch ist riesig und plump, mit dicken Beinen und einer massiven Platte, und potthässlich, voller Risse im Holz und Zigarettenlöchern in dem dunklen, abgesplitterten Lack. Aber er hat was, vielleicht gerade deshalb. Ein »Charaktertisch«, so voller Leben, als könne er jeden Moment zu reden anfangen und seine Geschichte erzählen. Und er hat jede Menge zu erzählen, das sehe ich auf Anhieb.

»Wie viel willst du für den Tisch?«, frage ich den langhaarigen Typ an dem Stand.

Er wirft einen abschätzenden Blick auf Alessandro, dann auf mich. »Sechzig«, sagt er schließlich.

Ich verdrehe die Augen. »Machst du Witze, oder was? Der ist höchstens einen Fünfer wert.«

Der Typ stößt ein bellendes Lachen aus. »Der ist antik, Mann. Hunderte von Dollar wert.«

»Ich glaube nicht, dass 1964 oder so um den Dreh als antik durchgeht«, sagt Alessandro über meine Schulter hinweg.

Ich gebe ihm einen Rippenstoß. »Halt dich da raus, ich hab's im Griff.« Dann drehe ich mich wieder zu dem Händler um. »Zehn«, sage ich.

»Dreißig«, feilscht er.

»Fünfzehn.«

Er schaut den Tisch an, dann mich. »Fünfundzwanzig, und keinen Dollar weniger.«

Ich greife in meine Handtasche und krame unter meinen neuen Seidenhandschuhen nach den restlichen Scheinen und Münzen. Am Ende halte ich einen Zehner in der Hand, acht verkumpelte Einser und eine Handvoll Kleingeld. »Ich habe …« Ich zähle das Kleingeld ab, »einundzwanzig Dollar und dreiundsechzig Cent. Take it or leave it.«

Er streckt seine Hand aus. »Viel Spaß mit deinem neuen Couchtisch.«

Ich grinse und gebe ihm das Geld und jetzt erst geht mir auf, dass ich das Monstrum ja irgendwie nach Hause schaffen muss. Ich schaue Alessandro ratlos an.

»Was ist? Darf ich mich jetzt wieder einmischen?«, fragt er mit einem frechen Grinsen.

»Ich Idiot – was hab ich mir nur dabei gedacht?«

»Dass du einen Couchtisch brauchst, vermutlich.«

»Ja …«, sage ich und schaue auf den Tisch hinunter. »Aber wie soll ich das verdammte Ding nach Hause kriegen?«

»Das schaffen wir schon.« Er blickt sich unter den Marktständen um. »Willst du noch weiter schauen oder hast du genug?«

»Also nachdem ich gerade meine letzten sechsundzwanzig Dollar ausgegeben habe, reicht's mir, denke ich.«

Er dreht sich um, sodass er mit dem Rücken zu dem Tisch steht, und packt das vordere Ende. »Du nimmst das andere Ende.«

Ich hänge mir meine Tasche um den Hals, damit sie mir

nicht von der Schulter runterrutscht, und packe das andere Ende. Wie ein betrunkener Seemann wanke ich hinter ihm die Straße hinauf. »Shit. Das Ding wiegt mindestens eine Tonne.«

Alessandro wirft mir einen Blick über die Schulter zu. »Das ist ein Qualitätsmöbel. Du hast ein gutes Auge.«

Ich weiß nicht, ob er mich veräppeln will, aber ich kann ihm jetzt keine Retourkutsche geben, weil ich höllisch aufpassen muss, dass ich mein Tischende nicht fallen lasse. Niemand dreht sich nach uns um. Erst ein gutes Stück vom Flohmarkt entfernt, wo es nicht alle Tage vorkommt, dass zwei Irre mit einem wuchtigen Holztisch herumrennen, ernten wir verwunderte Blicke. Alessandro biegt jetzt um die Ecke in die Eighth Avenue ein.

»Geh geradeaus«, sage ich. »Wenn wir noch einen Block weit zum Times-Square-Bahnhof gehen, sind wir näher an meiner Wohnung und müssen nicht umsteigen.«

Wir schwanken tapfer durch das immer dichtere Gewühl, und an der U-Bahn-Treppe hält Alessandro an und setzt sein Tischende ab. Ich starre in den Schacht hinunter und frage mich, wie wir das wuppen sollen. »Lassen die uns überhaupt rein mit dem Ding?«

»Das werden wir ja sehen«, antwortet Alessandro. »Ich kippe ihn jetzt auf die Seite«, fügt er hinzu und nimmt sein Tischende wieder hoch. »Okay?« Ich nicke und wir drehen den Tisch um, sodass die Beine zur Seite zeigen. »Kannst du ihn so mal halten, bis ich mich situiert habe?«, fragt er.

Ich habe keine Ahnung, was »situiert« heißen soll, sage aber trotzdem: »Ja, klar, ich hab ihn.«

Er baut sich an der Unterseite des vorderen Endes auf und kehrt mir den Rücken zu. Dann packt er mit einer Hand die Unterkante, nimmt den anderen Arm über den Kopf hoch und umklammert die Oberkante, während ich den Tisch festhalte. »Alles klar dahinten?«, fragt er und biegt den Kopf zu mir herum.

»Warst du mal Möbelpacker, oder was?«

Langsam geht er die Treppe hinunter, ich immer hinterher. »Europäische Wohnungen sind eng und meistens gibt es keine Aufzüge, da muss man improvisieren lernen.«

Und jetzt werden wir wirklich angestarrt, als ob wir einen an der Klatsche hätten. Alle Leute, die aus der U-Bahn kommen, müssen sich seitlich die Treppe hinaufquetschen, damit wir sie nicht mit den Tischbeinen aufspießen, und hinter uns staut sich eine riesige Schlange. Sobald wir unten angekommen sind, strebt der ganze Pulk eilig die Treppe hinunter.

Wir setzen den Tisch ab und ich starre auf die Drehkreuze. »Und jetzt?«

»Hast du deine Metrokarte parat?«, fragt er und zerrt seine aus der Hosentasche.

Ich krame meine aus meiner Handtasche hervor und halte sie hoch.

»Wir drehen den Tisch jetzt wieder um, mit den Beinen nach oben, dann müssen wir ihn nicht so weit hochhieven, wenn wir durch die Drehkreuze gehen.«

Alessandro wirkt so ernst und konzentriert, als müsste er eine komplizierte Gehirnoperation planen, und plötzlich kommt mir das alles total komisch vor. Ich kann mich nicht mehr halten und breche in schallendes Gelächter aus.

»Was hast du für ein schönes Lachen.«

Will er mich veräppeln? Ich schaue ihn an und sein Gesicht ist jetzt nicht mehr todernst, sondern irgendwie weich und fröhlich.

Mein Magen schlägt Purzelbäume und tausend Schmetterlinge flattern darin herum, aber ich lasse mir nichts anmerken. »Also los«, sage ich energisch und hebe mein Tischende hoch.

Wir kämpfen uns durch die Drehkreuze auf den Bahnsteig und stellen den Tisch an die Wand, ohne dass uns jemand aufhält.

Ich setze mich drauf, lehne mich an die Betonwand und reibe meine schmerzenden Handflächen an den Jeans, während wir auf den Zug warten. »Danke, dass du das mitmachst«, sage ich.

Alessandro setzt sich neben mich. »Ist mir ein Vergnügen.«

Ich denke daran, wie ich ihm neulich nach der missglückten Club-Nacht an den Kopf geworfen habe, dass ich ihn nicht brauche und nie gebraucht habe. Weiß er, dass das gelogen war?

Dann donnerte, der Zug im Tunnel heran und wir rutschen schnell vom Tisch herunter und heben ihn hoch. Aber die Bahn ist gerammelt voll.

»Wir warten lieber auf den nächsten«, sagt Alessandro und will schon sein Tischende wieder absetzen.

»Hmmmhmm«, mache ich und schubse ihn zur Tür zurück.

Zuerst rühren sich die Leute, die hinter der Tür stehen, keinen Millimeter vom Fleck, als ob wir weggehen würden, wenn sie uns einfach ignorieren.

Aber ich gehe nicht weg.

Ich bugsiere mein Tischende nach vorne, und Alessandro stolpert rücklings in die Menge, knallt voll in einen dünnen Typ der die Nase in seinem iPad hat. Die Leute hinter ihm reißen die Augen auf, weil sie endlich kapieren, dass wir reinkommen, ob es ihnen passt oder nicht, und schließlich weichen sie zurück und gehen weiter nach hinten durch.

»Ich stelle ihn aufrecht«, sagt Alessandro und hebt sein Tischende höher hinauf. »Wenn du drin bist, kannst du dein Ende am Boden absetzen.«

Die Tür schließt sich bereits um den Tisch, aber ich weiche nicht zurück. Alessandro kippt den Tisch hoch, damit er nicht so viel Platz braucht, und ich setze mein Ende ab, sobald ich mich hineingequetscht habe. Dann stellt er den Tisch hochkant und ich stecke zwischen den vier Beinen fest wie in einem Käfig. Jetzt sehe ich auch, dass jede Menge Kaugummi unten dranklebt.

Beim nächsten Halt schieben wir den Tisch von der Tür weg, sobald die Leute aussteigen und Platz machen. In der 79. Straße müssen wir raus, und als wir uns mit dem Tisch durch die Menge kämpfen, verfängt sich eine ältere Frau mit einer Macy's-Einkaufstüte in den Beinen und wir schleifen sie mit uns auf den Bahnsteig hinaus. Wütend funkelt sie uns an und stolpert schnell wieder in den Zug hinein, gerade noch rechtzeitig, bevor die Türen zugehen.

Wir hieven den Tisch auf dieselbe Art und Weise die Treppe hinauf, wie wir ihn am Times Square heruntergeschafft haben. Dann noch der ganze Weg bis zu meinem Haus, wo sich herausstellt, dass das Ding kaum durch die Tür passt. Wir müssen einen wahren Affentanz aufführen, bis wir ihn über Eck hineinbugsiert haben.

Dann noch das Aufzugsmanöver, und endlich können wir den Tisch in meine Wohnung schleppen und vor der Couch absetzen. Jetzt erst sehe ich, wie riesig das Ding ist. Ein richtiges Ungetüm, das fast den gesamten Raum zwischen der Couch und der Wand mit dem Fernseher einnimmt, sodass man kaum noch durchkommt.

»Passt genau«, sagt Alessandro, der sich nur mühsam das Lachen verkneifen kann.

»Ja, perfekt«, antworte ich ein bisschen angesäuert, fege ein paar schmutzige Teller von der Couch herunter und knalle sie in die Spüle zu dem restlichen Geschirrberg. Dann gehe ich zur Couch zurück, lasse mich draufplumpsen und lege meine Füße auf den Tisch.

Alessandro setzt sich neben mich. »Also, das war jedenfalls ein produktiver Tag. Ich werde mich anstrengen müssen, wenn ich da nächsten Donnerstag mithalten will.«

»Nächsten Donnerstag ist Thanksgiving.« Ich sage nicht, dass Brett nach Hause kommt. Daran will ich gar nicht denken. »Können wir am Freitag gehen? Oder vielleicht Samstag? Ich muss dann nur gegen vier zu Hause sein, weil ich mich für die Arbeit fertig machen muss.«

Er nickt. »Also dann Freitag. Im Argo Tea? Um elf?«

»Gebongt«, sage ich, stehe auf und gehe in die Küche. Ich fege noch mehr schmutzige Teller von der Theke in die Spüle. »Ich glaube, ich schulde dir ein Abendessen.« Ich war am Dienstag einkaufen und kann vielleicht was zusammenbrutzeln.

»Danke für das Angebot, aber ich bin schon zum Abendessen verabredet.«

»Oh.« Woher kommt diese Kälte, die sich plötzlich in mir ausbreitet? Alessandro hat gesagt, dass er nicht mit dem Mädchen zusammen ist, in das er sich verliebt hatte. Das heißt aber noch lange nicht, dass er solo ist, wie ich die ganze Zeit angenommen habe. Ich will ihn schon fragen, mit wem er verabredet ist, bremse mich aber. Das geht mich nun wirklich nichts an. »Dann vielleicht was zu trinken?«, sage ich stattdessen, ziehe die Kühlschranktür auf und spähe hinein. »Ich hab Diät-Coke und …« Sonst nichts. Ich trinke nur Diät-Coke. »Ähm … Wasser oder so.«

»Coke ist super«, sagt er und macht es sich auf der Couch bequem.

Ich gieße zwei Gläser voll und bringe sie zur Couch, reiche eines davon Alessandro.

Er nimmt einen Schluck, beugt sich vor und stellt das Glas auf den Couchtisch. »Meine Großeltern haben auch so einen Tisch in ihrem Wohnzimmer.«

»In Korsika?«

Er nickt. »Er stand immer dort, seit ich denken kann. Vielleicht hat Pépé ihn gemacht. Ich hab nie nachgefragt.«

»Selbst geschreinert? Echt?«

Alessandro nickt. »Pépé hat das beruflich gemacht. Er war Schreinermeister.«

»Vermisst du ihn? Deine Familie?«

Er nippt wieder an seinem Glas und rutscht tiefer in die Couch. »Ja«, sagt er und schaut mir voll in die Augen.

Ich trinke lange, damit ich ihn nicht ansehen muss. »Was meinst du, wie lange du hierbleiben kannst?«

»Das weiß ich selber nicht genau, aber ich habe nicht vor, in nächster Zeit abzureisen.«

Ich atme auf. »Vielleicht streiche ich ihn an«, sage ich und stelle mein Glas auf den Tisch.

Alessandro beugt sich vor und fährt mit den Fingern über die Oberfläche. »Oder du lackierst ihn neu. Das ist gutes Holz, mit einer schönen Maserung. Der Tisch könnte super aussehen, wenn du ihn abbeizt und frisch lackierst.«

»Ich weiß nicht, wie man das macht. Anstreichen ist einfacher.«

»Es ist natürlich deine Entscheidung, aber wenn du ihn erst mal abbeizen willst, damit du siehst, was unter den ganzen Lackschichten zum Vorschein kommt, helfe ich dir gern.«

Na klar, das kann er gut – Schichten abtragen und nachsehen, was drunter ist. Er macht das jedes Mal, wenn wir zusammen sind. »Vielleicht lasse ich ihn einfach so.«

»Wie du meinst.« Er trinkt seine Coke aus und stellt das Glas ab. »Also dann bis Freitag«, sagt er und steht auf. »Ich muss jetzt wirklich los, aber ich ruf dich an und sag dir, wo und wann genau.«

»Mach das. Und wehe, du schleppst mich aufs Empire State Building.«

Lächelnd geht er zur Tür. »Ich verspreche dir, dass ich was weniger ›Lahmes‹ aussuche«, sagt er und zeichnet imaginäre Gänsefüßchen in die Luft. Aber plötzlich zögert er, eine Hand an der Türklinke. »Hat wirklich Spaß gemacht heute.«

»Mir auch.«

Er nickt, zieht die Tür auf und geht zum Lift. Ich stehe da und schaue ihm nach, bis es mir zu peinlich wird. Geht's noch?, denke ich, schließe schnell die Tür hinter mir und rede mir ein, dass ich nicht auf den Aufzug lausche.

Dann ist er fort. Ich setze mich auf den Tisch und komme ins Grübeln. Schichten, ja. Meine Finger gleiten über die Löcher und Risse und ich weiß, dass er einiges durchgemacht hat. Diese ganzen Lackschichten an der Oberfläche, ist das der Kleber, der ihn zusammenhält?

Und plötzlich fasse ich einen Entschluss. Ich werde nicht zulassen, dass Alessandro noch mehr Schichten von mir freilegt. Aber vielleicht kann ich ihm helfen, ein paar von seinen abzutragen.

13.

Am Montagmorgen rufe ich Alessandro an. Brett kommt morgen für ein paar Tage nach Hause, und nachdem ich mich endlich dazu durchgerungen habe, das hier durchzuziehen, will ich nicht warten, bis er wieder fort ist.

»Hallo, Hilary«, meldet er sich.

»Kannst du dir heute Nachmittag eine Stunde freinehmen?«

»Ich muss um zwei im Y sein. Warum? Brauchst du was?«

Ich nicht, aber du! »Ich will mit dir wo hingehen.«

»Ich dachte, wir sind am Freitag verabredet. Und außerdem bin ich dran.«

»Ja, klar. Das ist außer der Reihe.«

»Außer der Reihe …«, wiederholt er misstrauisch. »Können wir das vielleicht auch morgen machen?«

Verdammt. »Nein. Morgen kommt mein Freund zurück, also …«

Eine kleine Pause entsteht. »Oh. Ich wusste gar nicht, dass er weg war«, sagt er leicht pikiert. »Ist Freitag dann trotzdem okay?«

»Am Freitagmorgen fliegt er schon wieder nach Chicago, zu einer Abendvorstellung.«

Wieder Sendepause, und ich weiß nicht, was ich noch sagen soll. »Wann kannst du fertig sein?«, fragt er schließlich.

Ich schaue auf meine Uhr. Halb elf. »In einer Stunde vielleicht.«

»Sag mir, wo wir uns treffen sollen. Ich bin um zwölf Uhr da.«

»Im Argo Tea«, sage ich und wälze mich aus dem Bett. »Bis gleich.«

Ich nehme seine Hand und ziehe ihn vom Argo Tea zur Subway, aber ich sage ihm nicht, wo wir hingehen. Wir steigen in die D-Linie und Alessandros Augen blitzen vor Abenteuerlust, wie immer, wenn er nicht weiß, wo ich ihn hinschleppe. Seine gute Laune hält an, bis wir am Broadway in die F-Linie umsteigen, aber dann stehe ich an der Haltestelle Second Avenue auf und ziehe ihn hoch, und mit einem Schlag erlischt sein Lächeln und sein Blick wird misstrauisch.

»Wo willst du hin?«, fragt er, mit einem Anflug von Panik in der Stimme. Zum ersten Mal, seit wir diese Ausflüge machen, gibt er sich die Blöße zu fragen.

Und ich weiß auch, warum.

»Ich glaube, du musst da noch mal hin, Alessandro.«

Er versteift sich, aber ich ziehe ihn auf den Bahnsteig, bevor die Tür zugeht. Ich lotse ihn die Treppe hinauf und ich lasse seine Hand auch nicht los, als wir langsam die Huston Street entlanggehen und in die First Avenue einbiegen. Seine Hand liegt schwer in meiner, ich spüre ihre Hitze durch meinen dünnen Lederhandschuh, und ich weiß, dass er Angst hat.

Genau wie ich.

Wir biegen in die Second Street ein und passieren ein Gebäude auf der anderen Straßenseite, auf dem *Catholic Big Sisters and Big Brothers Center* steht. Zwei schwarze Jungs kommen aus der Tür heraus und fluchen herum.

»Jetzt geh schon, geh einfach mal rein«, sage ich und stoße Alessandro vorwärts.

Er folgt den beiden Jungs mit dem Blick, einen fernen Ausdruck in den Augen. Ich würde ihm am liebsten in den Kopf springen, um seine Gedanken zu lesen. Schließlich senkt er den Blick. »Ich bin aus der Kirche ausgetreten.«

»Nur weil du kein Priester bist, heißt das noch lange nicht, dass sie deine Hilfe nicht brauchen«, sage ich und deute auf die Tür.

Er schaut mich finster an, sein ganzer Körper versteift sich. »Nein, Hilary. Ich hab dir doch gesagt, dass ich ausgetreten bin.«

Und endlich kommt es bei mir an. »Was …? Du bist ganz ausgetreten? Du bist gar nicht mehr in der Kirche?«

Er nickt und senkt den Kopf. »Ja. Ich kann nicht. Ich gehöre nicht dorthin.«

»Alessandro«, sage ich und drücke seine Hand.

Er reißt sich los, will sich nicht trösten lassen. Plötzlich macht er auf dem Absatz kehrt und stürmt den Gehweg entlang, in der Richtung, in die wir vorher gegangen sind. Ich wundere mich, dass er nicht zur Subway zurückgeht. Ich renne hinterher, hole ihn endlich ein, und er marschiert zielstrebig zu dem Ziel, das wir beide meiden wie die Pest, obwohl es höchste Zeit ist, dass wir uns damit konfrontieren. Ich mache keinen Versuch mehr, seine Hand zu halten, und er bleibt demonstrativ auf Abstand.

Schweigend gehen wir die Avenue A hinauf und biegen in die East Forth ein, wo bald das fragliche Gebäude vor uns auftaucht und Alessandro endlich anhält.

Die Fassade wurde renoviert und der erste Stock ist jetzt mit weißem Stuck und blauen Einfassungen aufgehübscht statt dem vergammelten Backstein von früher. Trotzdem sieht es traurig aus.

Ich starre darauf und mein Magen verkrampft sich, bis ich Alessandros Finger in meinen spüre. Aus dem Augenwinkel sehe ich, dass er auch dorthin schaut. Sein Gesicht ist total angespannt, sein Adamsapfel geht auf und ab, und ich weiß, dass er mit den gleichen Gefühlen kämpft wie ich.

Nichts an dem Gebäude verrät, dass hier eine betreute Wohngruppe untergebracht ist, aber das war damals genauso. Ich gehe über die Straße und Alessandro folgt mir. Ich brauche eine gute Minute, bis ich den Mut aufbringe, auf die Klingel zu drücken.

Nach einer weiteren vollen Minute öffnet ein junges Latino-Mädchen die Tür, vielleicht fünfzehn oder sechzehn

Jahre alt. »Was ist?«, faucht sie, lässt ihren Kaugummi knallen und stemmt eine Hand in die Hüfte.

»Ähm …« Ich schlucke. »Ist hier noch die betreute Wohngruppe?«

Das Mädchen stößt ein bitteres Lachen aus. »Seid ihr die neuen Betreuer?«

»Nein.« Ich schaue zu Alessandro zurück, der mit versteinertem Gesicht dasteht. »Wir haben hier früher mal gewohnt … vor langer Zeit.«

Ein zynisches Lächeln spielt um die Lippen des Mädchens. »Ach, und jetzt wollt ihr den Ort besichtigen, wo ihr die schönsten Jahre eures Lebens verbracht habt?«

Mein Magen krampft sich zusammen. »Können wir vielleicht reinkommen?«

Alessandro packt meine Hand so fest, dass ich fast aufschreie. Aber ich schüttle ihn nicht ab.

Das Mädchen reißt die Tür auf. »Bitte, tut euch keinen Zwang an!«, sagt sie über die Schulter und verschwindet den Flur hinunter in die Küche.

Ich hole tief Luft. »Hat sich nicht viel verändert.«

Wir gehen durch die Tür in den Flur, und sobald meine Augen sich an das schummrige Licht gewöhnt haben, sehe ich das Loch in der Wand neben der Tür. Ein Bild von Lorenzo schießt mir durch den Kopf, wie er im Streit mit Ms Jenkins fast an genau derselben Stelle mit dem Fuß dagegengetreten hat.

»Oder nein, es hat sich überhaupt nichts geändert«, verbessere ich mich und schließe die Tür hinter uns.

Ungefähr in der Mitte des Flurs geht die Tür ab, die in

den Keller führt. Ich öffne sie und gehe die Treppe hinunter, gefolgt von Alessandro. Je weiter wir hinunterkommen, desto durchdringender wird der Mief, der uns entgegenschlägt – nach Moder, schmutziger Wäsche und abgestandenem Zigarettenqualm. Unten knipse ich das Licht im Aufenthaltsraum an und ich könnte schwören, dass dort noch dieselben alten Möbel herumstehen – die durchgesessene braune Couch und der versiffte blaue Sessel.

Alessandro steht stocksteif neben mir, die Augen auf einen braunen Fleck auf dem schmutzigen Teppich neben der Couch geheftet. Er ist ganz grün im Gesicht, als müsse er sich gleich übergeben.

»Du musst atmen, Alessandro«, sage ich leise.

Er schaut mich an, als hätte ich einen Bann gebrochen, der ihn hier festgenagelt hatte. Mühsam holt er Luft.

Ich drücke seine Hand. »Bist du okay?«

Er nickt, aber ich sehe, dass er zittert. »In diesem Raum ist viel passiert.«

Meine Augen wandern zur Couch und ich sehe mich dort, wie ich damals war – ein dünnes Mädchen mit rötlich-schwarzer Lockenmähne, das auf einem langen, schlaksigen Jungen in schmuddeligen Jeans und mit wirrem schwarzem Haar liegt. Ich schüttle das Bild schnell ab und meine Augen füllen sich mit Tränen. »Ja.«

Er lässt meine Hand los und geht langsam im Zimmer herum. Einmal hält er in der Ecke an, wo er früher mit seinem Zeichenblock gesessen und alles gesehen hat – mehr als gut für ihn war. Dann geht er zur Couch, starrt lange darauf hinunter und seine Augen schimmern feucht. »Ich dachte wirklich, dass ich dich liebe«, sagt er und blickt zu mir auf. »Ich hätte doch sonst nie …« Er verstummt und presst die Lippen zusammen. Dann dreht er sich um und lässt sich auf die Couch fallen, das Gesicht in den Händen.

Ich setze mich neben ihn und die Vergangenheit liegt mir wie ein Stein im Magen. »Was passiert ist, war genauso gut meine Schuld wie deine. Ich hatte Angst und ich war allein, und ich wollte einfach irgendwas spüren.«

Er hebt den Kopf, wirft mir einen verzweifelten Blick zu. »Es tut mir so leid, Hilary. Um Lorenzo. Um dich. Um alles.«

»Ich weiß. Mir auch.«

Er legt den Arm um mich und ich lehne meinen Kopf an seine Schulter. Und ich hoffe, dass er diesmal meine Tränen nicht sehen kann.

Auf dem Rückweg zur Subway lotse ich ihn die Second Street hinunter, zum Katholischen Jugendzentrum. Ich gehe mit ihm direkt bis zur Tür, mache sie auf und schubse ihn hinein. »Red mit ihnen.«

Alessandro beißt sich auf die Lippen und starrt mich an, Panik in den Augen. Aber dann dreht er sich um und geht in den Raum hinein, zu einer Nonne, die gerade einen Zettel an ein Korkbrett neben der Tür pinnt. »Hallo«, sagt er mit etwas unsicherer Stimme, »ich wollte fragen, ob Sie vielleicht freiwillige Helfer gebrauchen können.«

Ich gehe auf den Gehsteig hinaus und warte. Nach fünfzehn Minuten kommt er zurück, die Lippen fest zusammengepresst. Er nickt, als hätte er eine schwierige Aufgabe bewältigt. Dann legt er den Arm um meine Schulter und geht mit mir den Gehweg entlang und ich lehne mich an ihn.

Er drückt mich an sich und küsst mich auf den Kopf, und das berührt mich so tief, dass mir die Tränen kommen.

»Möchtest du noch was, Brett? Von dem Truthahn? Oder vielleicht von der Füllung?« Ich halte es kaum noch aus, wie Mallory um ihn herumgluckt. Brett kommt fast nie hierher, aber wenn, dann bedient sie ihn wie einen Pascha. Ich glaube, sie will ihn für meine rotzige Art entschädigen, weil ich so wenig Aufhebens um ihn mache. Vielleicht hofft sie, dass sie Brett über meine Biestigkeit hinwegtäuschen und ihn endlich dazu bringen kann, mich zu heiraten und in ein schönes Eigenheim in New Jersey zu entführen, wo wir das gleiche tolle Leben wie sie und Jeff führen können.

Der bloße Gedanke dreht mir den Magen um.

Was nicht heißt, dass ich Mallory nicht verstehen könnte. Sie will so sein, wie unsere Mutter nie war, und ihr größter Horror ist, dass sie eines Tages wie Mom enden könnte. Aber ihr Lebensstil ist nun mal nicht jedermanns Geschmack, und schon gar nicht meiner.

»Erzähl uns doch mal was von deinem neuen Theaterstück«, sagt sie jetzt zu Brett.

Er wirft mir einen Blick zu, dann schaut er Mallory an und zuckt die Schultern. »Ach, da gibt's nicht viel zu erzählen. Fünf College-Typen, die sich mit allem möglichen Scheiß rumschlagen.«

Mallorys Augen weiten sich und ihr Blick huscht zu den beiden Jungs hinüber. Max ist vollauf mit dem Iglu beschäftigt, den er aus seinem Kartoffelbrei auftürmt, mit einer dicken Soßenpfütze in der Mitte, aber Henri schaut zu Brett und grinst über beide Ohren.

»Oh«, sagt Mallory, nachdem sie sich wieder gefangen hat. »Und wie kommt es an?«

Brett kneift die Lippen zusammen und schaut mürrisch von seinem Teller auf, weil ihm die vielen Fragen auf die Nerven gehen. »Bis jetzt sind wir ausverkauft und die Kritiken sind auch gut.«

»In einer Szene legt Brett einen tollen Strip hin«, sage ich, den Mund voll grüner Bohnen. »Die Kritiker sind ganz begeistert davon. Es ist total heiß.«

Mallory fragt nach der Tournee und das Gespräch bleibt während des ganzen Essens so steif und gezwungen. Endlich serviert Mallory den Apfelkuchen mit Vanilleeis und wir setzen uns damit vor den Fernseher, in dem gerade ein Footballspiel läuft.

»Was hältst du von dem neuen Deal, den die Jets gemacht haben?«, sagt Jeff zu Brett.

Brett kratzt sich am Kinn, schaut Jeff einen Augenblick an und sagt schließlich: »Ähm … keine Ahnung … ich bin da nicht so auf dem Laufenden, was die Jets angeht …«

Jeff wirft ihm ein Lächeln zu. »Ah, du bist ein Giants-Fan, was?«

»Nicht wirklich«, erwidert Brett schulterzuckend.

»Was dann? Basketball?«, bohrt Jeff weiter.

Brett zuckt wieder die Schultern und diesmal ist es ihm fast peinlich, das sehe ich ihm an.

Jeff gibt auf und wendet sich wieder dem Footballspiel

zu. Wir essen unseren Nachtisch und außer dem Fernseher und dem Klappern unserer Kuchengabeln herrscht Totenstille im Zimmer.

Es ist quälend.

Und die ganze Zeit denke ich an Alessandro und würde Brett am liebsten auf den Mond schießen. Heute ist Donnerstag. *Unser* Tag. Normalerweise wären wir jetzt draußen, um die Stadt zu erkunden. Bei der Vergangenheit, die Alessandro und ich haben, müsste es eigentlich schwierig für uns sein, miteinander auszukommen. Ist es aber nicht. Ich liebe es, mit Alessandro herumzuziehen, während ich Brett nur noch anstrengend finde.

Was Alessandro heute wohl macht? Hat er jemand, zu dem er gehen kann?

»Tante Hilary! Hilf mir mal!«, sagt Henri und reißt mich aus meinen Gedanken. Er packt mich an der Hand und zerrt mich von der Couch herunter. Ich stelle meinen Teller auf dem Couchtisch ab und lasse mich von ihm in das Zimmer ziehen, das er mit Max teilt. Er reicht mir eine Herr-der-Ringe-Legokiste. »Die musst du tragen«, sagt er und packt eine große Wanne voller loser Legosteine. Wir gehen damit ins Wohnzimmer zurück, und bald sitzen alle Erwachsenen außer Mallory, die in der Küche aufräumt, am Boden und bauen Helm' s Deep. Die steife Atmosphäre ist auf einmal wie weggeblasen.

Henri hat uns gerettet.

Fast zwei Stunden brauchen wir, bis wir fertig sind, und bis dahin liegt Max längst im Bett und Henri kann kaum noch die Augen aufhalten. Ich bringe ihn ins Badezimmer und er hält meine Hand ganz fest in seiner kleinen klebrigen. Mit sieben hat man offenbar noch kein Schamgefühl, denn er zieht seine Hose runter und pinkelt ganz unbefangen, während ich hinter ihm stehe. Ich kehre ihm den Rücken zu, bis er fertig ist, obwohl es ihn ja nicht zu stören scheint.

»So, jetzt noch Zähne putzen und Hände waschen«, sage ich, nachdem er runtergespült hat. Als er fertig ist, fasst er mich wieder an der Hand, zieht mich zu seinem Zimmer und stößt die Tür auf.

Der Raum ist klein, gerade groß genug für zwei Betten und eine Kommode dazwischen. An den dunkelblauen Wänden hängen Transformers-Poster, und mein Blick fällt auf die Bleistiftstriche an dem weiß gestrichenen Türrahmen. Mallory hält dort das Wachstum der beiden Jungen fest und die rechte Seite ist für Henri reserviert, die linke für Max.

»Psst«, mache ich, bevor wir ins Zimmer gehen. »Max schläft schon.«

Henri schleicht auf Zehenspitzen ins Zimmer und grinst mich an. Ich unterdrücke ein Lachen und folge ihm hinein. Er nimmt einen Pyjama aus seiner Kommode, zieht sich um und klettert ins Bett.

»Nacht, Kumpel«, sage ich, setze mich auf seine Bettkante und küsse ihn auf die Stirn. »Schlaf fest.«

Henri runzelt die Stirn. »Was bedeutet das, Tante Hilary?«

»Schlaf fest?« Ich denke einen Augenblick nach und mir fällt ein, dass Mom das immer zu mir gesagt hat, als ich noch klein war. Kein »Hab dich lieb«, oder »Träum schön«, nur »Schlaf fest«. »Ich habe keine Ahnung«, sage ich zu Henri und zucke die Schultern.

Er grinst, wie immer, wenn er merkt, dass er ganz schön schlau ist.

Ich gebe ihm noch einen Kuss auf die Stirn. »Hab dich lieb.«

Henri wälzt sich herum und rollt sich auf seiner Schlafseite ein, mit dem Gesicht zur Wand. Ich betrachte ihn noch eine Weile, dann stehe ich auf und gebe Max ein Küsschen auf seine verschwitzte kleine Stirn, bevor ich ins Wohnzimmer zurückgehe.

Mallory sitzt jetzt neben Brett auf der Couch und zeigt ihm Fotos auf ihrem iPhone, vermutlich von Max und Henri. Brett blickt auf, starrt mich flehend an.

»Okay, ich glaube, wir müssen jetzt nach Hause«, sage ich zu Mallory, und Brett schießt wie der Blitz von der Couch hoch.

»Danke für den Abend – war super bei euch«, sagt er und hebt eine Hand. Er kann seine Erleichterung kaum verbergen, dass die Tortur endlich vorbei ist.

Wir ziehen unsere Jacken an und stürzen zur Tür hinaus. Draußen ist es kalt, aber nicht eisig, sodass es uns nichts ausmacht, zu Fuß zum Bus zu gehen.

»Ehrlich, Brett, ich glaube, es ist besser, wenn du in Zukunft nicht mehr zu diesen Familientreffen mitkommst«, sage ich unterwegs.

»Was soll denn das jetzt wieder, Hilary? Ich bin extra hierhergeflogen, um Thanksgiving mit dir zu verbringen.«

Ich werde langsamer und drehe mich zu ihm um. »Tut mir leid.« Ehrlich gesagt, ist die Stimmung zwischen uns etwas gereizt, seit er am Dienstag zurückgekommen ist. Er war gestern Nacht mit Freunden feiern und kam so betrunken nach Hause, dass er es nicht mal geschafft hat, seine Hose auszuziehen, bevor er weggesackt ist. Ich saß da und habe ihn lange angestarrt und mir einzureden versucht, dass es zwischen uns immer noch irgendwie funktioniert. Aber das stimmt nicht. Etwas hat sich verändert.

Brett holt tief Luft, dann bläst er einen langen weißen Dampfstrahl hinter sich. »Hör mal, lass uns jetzt einfach nach Hause gehen und die Klamotten runterreißen«, sagt er. »Und dann vergessen wir das Ganze.«

Mir wird fast schlecht bei dem Gedanken.

Brett fragt plötzlich: »Was ist eigentlich los mit dir? Du bist irgendwie so komisch, seit ich nach Hause gekommen bin.« Ich schrecke aus meinen Gedanken auf und merke, dass ich stehen geblieben bin.

»Ich bin nicht komisch«, sage ich und gehe weiter. »Mir spukt nur 'ne Menge im Kopf rum.«

»Dieser Typ?« Es klingt beiläufig, aber sein Mund ist zu einem dünnen Strich zusammengepresst.

Ich hätte ihm nie von Alessandro erzählen dürfen, aber der Montag war noch so frisch in meiner Erinnerung, als Brett am Dienstag nach Hause kam, dass ich einfach nicht anders konnte. Also habe ich ihm von unserem Pilgergang zu der betreuten Wohngruppe erzählt. Brett hatte bis dahin keine Ahnung, dass ich mal im Heim war. Ich habe ihm nie wirklich von meiner Vergangenheit erzählt … und auch sonst niemandem, wenn ich ehrlich sein soll. »Das ist doch nur ein alter Freund von früher.«

»Aber jetzt ist er wieder da«, bemerkt Brett anzüglich.

»Nicht für ewig. Er reist wieder ab, sobald er hier seinen Krempel auf die Reihe gekriegt hat.«

»Und es macht dich gar nicht an, mit ihm herumzuvögeln?«, sagt er mit einem Anflug von Sarkasmus in der Stimme. »In Erinnerung an die guten alten Zeiten.«

»Nein!« Ich bleibe stehen und funkle ihn an, schlinge meine Arme um mich. »Mann, Brett.«

Er funkelt einen Augenblick zurück, dann zieht er sein Telefon aus der Tasche und bellt hinein: »Ja.«

Ich gehe weiter, höre aber noch die schrille Frauenstimme, die aus dem Telefon dringt.

»Ja, klingt gut. Dann bis später.« Brett läuft hinter mir her, holt mich ein. »Also, das war Rob. Er hat ein paar Jungs für heute Abend zum Pokern zusammengetrommelt.«

Nie und nimmer war das Rob, es sei denn, Rob hätte in der Zwischenzeit eine Geschlechtsumwandlung machen lassen. »Gut.«

»Also ich geh dann besser direkt zu ihm rüber.«

»'kay.« Keine Ahnung, warum ich ihm die Lüge durchgehen lasse. Vielleicht weil es mir Angst macht, wie schnell es mit uns beiden bergab geht. Und damit meine ich nicht nur den Verlust meiner Broadway-Connection. Vielleicht können wir einfach alles beim Alten lassen, wenn ich beide Augen zudrücke.

Denn Brett bedeutet Sicherheit. Und wo, bitte, ist die Alternative?

14.

Ich bin einmal kurz aufgewacht, als Brett sich in aller Frühe aus dem Bett wälzte, um zum Flughafen zu fahren. Beim nächsten Aufwachen ist es schon drei Stunden später und »My Sacrifice« von Creed plärrt aus meinem Telefon. Ich greife auf den Nachttisch, ohne die Augen zu öffnen – was idiotisch ist, weil ich das Telefon prompt auf den Haufen Schmutzwäsche am Boden schmeiße. Die Klamotten dämpfen Alessandros Klingelton und ich überlege einen Augenblick, ob ich den Anruf auf die Mailbox gehen lassen soll, aber dann versucht er es garantiert noch mal. Was will er überhaupt um neun Uhr morgens von mir, wo jeder normale Mensch noch im Tiefschlaf liegt? Will er mir absagen? Ich wälze mich auf den Bauch, ziehe mich an die Bettkante und schnappe das Handy von dem Wäschehaufen. »Was ist?«, krächze ich hinein.

»Oh, hab ich dich geweckt?«, sagt er. »Das tut mir leid.«

»Schon gut«, murmle ich. »Bleibt es bei unserer Verabredung heute, oder was?«

»Ja, sicher«, sagt er. »Aber ich brauch dich bis vier. Ist das okay für dich?«

»Wo gehen wir hin?«

»Du weißt doch, dass ich dir nichts verrate … also gut, nur ein kleiner Tipp: Es ist auf der Lower East Side, nicht weit vom Club 69.«

»Ich bringe dann gleich meine Arbeitsklamotten mit. Um elf? Im Argo?«

»Ja. Bis später.«

Als ich mit meinem winzigen weißen Filthy-McDermott's-Top und den Ass-Shorts in meiner Tasche ins Argo Tea komme, sitzt Alessandro bereits an unserem Fenstertisch.

Er schiebt mir meine Tasse hin. »Wir müssen in ein paar Minuten los.«

»Aye, aye, Captain«, sage ich und salutiere.

»Sorry, wenn ich mich wie ein drillwütiger Feldwebel anhöre«, sagt er lächelnd.

»Tust du aber. Du bellst mir schon den ganzen Morgen Befehle ins Ohr.« Ich weiß selber nicht, warum, aber irgendwie kommt es ziemlich giftig heraus, obwohl es doch nur ein Scherz sein sollte.

Alessandro runzelt die Stirn. »Bist du okay?«

Bin ich okay? Ich weiß auch nicht. Gereizt irgendwie, und ich habe so ein ungutes Gefühl im Bauch – keine Ahnung, warum.

»Kann ich dir irgendwie helfen?«

»Weiß nicht.«

Er zögert. »Wenn es wegen mir ist, Hilary, dann musst du es nur sagen und ich lasse dich in Ruhe. Das weißt du doch, oder?«

Ich überlege einen Augenblick. Ist es wegen ihm? Nein, im Gegenteil – wenn ich mit ihm zusammen bin, geht dieses ungute Gefühl für eine Weile weg, jedenfalls meistens. »Ja, okay, ich sag's dir schon, wenn es so weit ist.«

Seine Augen verengen sich leicht. »War dein Freund diese Woche zu Hause?«

Ich nicke und trinke einen Schluck Tee, damit ich ihn nicht ansehen muss, denn bei seinen Worten krampft sich mein Magen noch mehr zusammen.

»Und wie war der Besuch?«

Ich fange seinen Blick auf und er schaut mir tief in die Augen, als wollte er meine Gedanken lesen. »Gut. Es war gut.«

Er nickt langsam, und ich weiß nicht, ist es Erleichterung oder Schmerz, was einen Augenblick über sein Gesicht huscht.

Ich trinke meinen Tee aus, weil ich mich bewegen muss. »Also dann, Captain – ich folge Ihnen.«

Vierzig Minuten später kommen wir auf der Grand Street aus der U-Bahn, und ich denke unwillkürlich an das letzte Mal, als ich hier war, mit Alessandros beschützendem Arm um meine Schultern. Ich war damals so wütend auf ihn, und nicht nur auf ihn, sondern eigentlich auf alles. Und plötzlich wird mir bewusst, wie viel von dieser Wut im letzten Monat sich in Luft aufgelöst hat. Ist das vielleicht mein Problem? Meine Wut hat mich angetrieben, stark gemacht. Verliere ich jetzt meine Ecken und Kanten?

Oder war meine Wut nur eine Krücke – meine Strategie, andere auf Abstand zu halten, damit niemand merkt, wie kaputt ich in Wahrheit bin?

Alessandro führt mich die Grand Street hinunter, eine Hand auf meinem Rücken. »Ich hab dir noch gar nicht gesagt, wie beeindruckt ich an dem Abend von dir war. Du warst so stark, hast so viel Haltung bewahrt«, sagt er. Geht's noch? Spaziert der Typ in meinem Kopf herum und liest meine Gedanken?

Ich lache bellend. »Du meinst, weil mich ein paar junge Typen für eine Nutte gehalten haben? Ich hab ja auch wie eine ausgesehen.«

»Unsinn, du hast toll ausgesehen.« Seine Stimme ist leise und rau und mir wird ganz komisch unterhalb der Gürtellinie.

Ich denke daran, wie ich ihn in dieser Nacht scharfmachen wollte – ein idiotischer Plan. Aber ich wollte ihn bestrafen und wusste nicht, wie ich ihn sonst treffen konnte. Jetzt weiß ich, was ich von ihm will. Weil ich schon damals dieses Ziehen im Bauch gespürt und mir allen Ernstes überlegt habe, ob ich weitermachen soll.

Soll ich? Wenn Alessandro Interesse zeigen, wenn er mich anmachen würde, würde ich dann mit ihm schlafen? Okay, ich habe mir die ganze Zeit eingeredet, dass ich es nicht tun würde, aber … Ich weiß es wirklich nicht. Mein

Herz hämmert angstvoll bei dem Gedanken, aber gleichzeitig flattern die Schmetterlinge …

Dieses ganze Kribbeln … das ist nur Sex. Ich bin heiß auf einen total heißen Typ. Das hat nichts zu bedeuten. Aber das hier … das fühlt sich an, als könnte mehr draus werden. Etwas, wovon ich mir geschworen habe, dass ich es nie wieder zulassen werde … schon gar nicht mit ihm.

Weil es mich letztes Mal beinahe umgebracht hat.

»Sind fast da«, verkündet er und seine Finger gleiten tiefer an meinem Rücken hinunter, folgen der Schmetterlingsspur, die er unter meiner Kleidung unmöglich sehen kann. Hat er sich das Tattoo so gut ins Gedächtnis eingeprägt? Wir überqueren Ludlow, nur einen Block von dem Hauseingang entfernt, in dem die beiden Typen mich überfallen haben, und er legt seinen Arm um meine Schultern.

»Mir geht's gut, Alessandro, echt.«

»Ich weiß«, sagt er und drückt mich noch fester an sich.

Er bremst seine Schritte an der Haltestelle, die direkt gegenüber von Essex liegt, und ich glaube allmählich, dass das alles ein großes Ablenkungsmanöver war und wir hier in einen Bus einsteigen, der uns ganz woanders hinbringt. Aber dann dreht er sich um, öffnet die Tür neben uns, und ein köstlicher Duft nach Hefe und Oregano weht zu uns heraus.

»Was ist das?«

Er deutet auf die rote Markise über der Tür und lächelt unergründlich.

Ich schaue hoch. *Pizza für die Massen*, steht dort. *Nach alten Familienrezepten seit* 1999.

»Pizza für die Massen?« Ich blinzle Alessandro fragend an.

»Hier können wir lernen, wie man die perfekte Pizza von A bis Z selber macht.« Er deutet auf die Tür, die er immer noch aufhält.

Ich gehe hinein … und wow, riecht das gut.

Er tritt hinter mich, nimmt mir die Jacke ab und hängt sie an einen Kleiderständer, dann legt er seine Hände auf meine Hüften und flüstert: »Du hast gesagt, du kochst gern, und ich weiß, dass du Pizza magst, also dachte ich …« Ich spüre seinen Atem in meinem Haar und seine Lippen streifen mein Ohr. Ich reibe mir die Arme, um meine Gänsehaut zu verbergen.

Eine hübsche dunkelhaarige Frau in schwarzem T-Shirt und schwarzer Schürze kommt aus dem Hinterzimmer. »Wollen Sie zum Kochkurs?«

»Ja«, erwidert Alessandro, lässt mich los, zieht ein zusammengefaltetes Blatt aus seiner Tasche und drückt es ihr in die Hand. »Wir stehen auf Ihrer Liste. Alessandro Moretti.«

Die Frau faltet das Papier auseinander und überfliegt es kurz. »Sie sind zu zweit?«

Alessandro nickt. »Ja.«

»Der Kurs fängt gleich an. Folgen Sie mir«, sagt die Frau lächelnd.

Wir folgen ihr nach hinten in eine große, gemütliche Pizzabackstube. Mitten im Raum steht ein langer Holztisch mit einem breiten Metallregal in der Mitte, das sich über die ganze Tischlänge erstreckt. Auf dem Regal stehen

Quetschflaschen mit Olivenöl, Küchenpapierrollen, Mixbecher mit Parmesan und zermörserten roten Chilis, Holzlöffel, Pfannenwender und diverse andere Küchenutensilien. Sechs strahlende Kandidaten in roten Schürzen sind um den Tisch versammelt und unterhalten sich angeregt. An der Rückwand stehen die Öfen und ein großer Edelstahlkühlschrank, und die übrigen Wände sind mit Pizzapaddeln, Gewürzständern und Regalen für die Pizzakartons vollgestellt.

Die Frau, die uns begrüßt hat, reicht Alessandro zwei rote Schürzen. »Wir warten noch auf zwei andere Teilnehmer. Hier, Sie können schon mal die Schürzen anziehen und sich einen Platz an der Pizzatheke suchen. Wir fangen an, sobald alle da sind.«

»Danke«, sagt Alessandro mit einem warmen Lächeln.

Ich warte darauf, dass er mir die Schürze reicht, aber stattdessen zieht er mich enger an sich und streift sie mir über den Hals, dann dreht er mich sanft an den Schultern herum und lässt seine Fingerspitzen wieder über die Schmetterlingsspur an meinem Rücken hinuntergleiten, um die Schürze hinten in der Taille zuzubinden.

Verdammt, ist das heiß hier drin. Und dabei sind die Öfen noch gar nicht an.

»So, jetzt kannst du kochen«, sagt Alessandro mir leise ins Ohr. Aber ich koche bereits. Nein, ich glühe.

Ich weiche einen Schritt zurück, bevor ich in Flammen aufgehe, und presse meine kühlen Handflächen an mein Gesicht. Auf der Holztheke liegen zehn Marmorplatten bereit, fünf auf jeder Seite. Wir nehmen die letzten beiden

Plätze auf der rechten Seite der Theke, und die Frau neben mir lächelt mich an und sagt: »Hast du das schon mal gemacht?«, mit einem melodischen Südstaatenakzent, der mich an Jess erinnert.

»Nein«, antworte ich.

Sie beugt sich zu mir vor und kichert. »Also ehrlich gesagt, das Beste an dem Ganzen ist für mich, dass wir das Ergebnis nachher essen dürfen.«

Mein Magen knurrt leise. Außer dem Tee, den Alessandro mir bestellt hat, habe ich heute noch nichts gegessen, und plötzlich sterbe ich fast vor Hunger bei dem Gedanken an frische, backofenheiße Pizza.

Endlich taucht das letzte Pärchen auf und nimmt die Positionen gegenüber von Alessandro und mir ein, und in den nächsten paar Stunden lernen wir, wie man ein kulinarisches Meisterstück kreiert. Als Erstes messen wir alle Zutaten in eine Edelstahlschüssel ab. Ich vermenge alles, um meinen Teig zu kneten, und plötzlich beugt Alessandro sich vor und späht in meine Schüssel. Ich werfe ihm eine Handvoll Mehl ins Gesicht.

»Du kümmerst dich gefälligst um deinen eigenen Kram. Ich hab noch nichts falsch gemacht«, sage ich und drehe mich zu meiner Nachbarin um, damit Alessandro nicht mehr in meine Schüssel spicken kann. Ich schaue auf meine Teigkugel hinunter und traue meinen Augen nicht. Eine Kakerlake! »Shit!«, kreische ich und alle schauen auf.

»Sorry«, sagt Alessandro mit einer entschuldigenden Handbewegung zu unserem Lehrer, einem gut aussehenden dunkelhaarigen Typ um die dreißig, der uns gleich zu Anfang gesagt hat, dass wir ihn Vic nennen sollen. Vic steht vorne am Tischende im selben schwarzen T-Shirt und Schürze wie die Frau vorher und lächelt etwas verunsichert. Alessandro greift in die Schüssel und nimmt die Kakerlake heraus. Er hält das Gummimonster hoch, damit alle es sehen können. »Nur ein kleiner Streich.«

Ich wirble zu ihm herum und funkle ihn wütend an. »Du Mistkerl.«

Er steckt die Kakerlake ein und knetet seinen Teig weiter, aber er platzt fast vor Lachen, das sehe ich genau. Und plötzlich muss ich auch lachen. Ich beiße mir auf die Lippen, aber es hilft nichts, ich pruste einfach los und wieder starren mich alle an.

»Ihr beide scheint euch ja gut zu amüsieren, dahinten«, sagt Vic grinsend.

Wir wenden uns wieder dem Teig zu, kneten ihn gründlich durch und lassen ihn dann gehen. In der Zwischenzeit bereiten wir einen richtigen, traditionellen Pizzasugo zu. Vic legt alle Zutaten vor uns aus und wir schneiden und hacken und würfeln und werfen alles in unsere Töpfe, dann wird ausgiebig gewürzt und abgeschmeckt. Während der Sugo auf dem Herd vor sich hin simmert, streichen wir unseren Teig auf den Pizzapaddeln glatt, und Vic macht Vorschläge, womit wir ihn belegen können.

»Eigentlich geht fast alles«, erklärt er und mit einem Blick zu mir fügt er hinzu: »Außer Kakerlaken natürlich.«

Ich verdrehe die Augen, muss aber lachen.

Bald darauf sind unsere ersten Pizzen im Ofen. Alessandro hat seine mit Basilikum und Tomaten garniert. »Eine klassische Margherita«, sagt er.

Ich habe Paprika, rote Zwiebeln, Oliven und Peperoni draufgetan. Meine Lieblingskombi.

Dann kommen die Pizzen aus dem Ofen und Alessandro schneidet seine auf, nimmt das erste Stück in die Hand und hält es mir zum Probieren hin. »Hier, koste mal.«

Ich beiße die Spitze ab und die Mischung aus Teig, Soße und Käse ist wirklich köstlich. »Wow.«

»Manchmal ist weniger mehr«, sagt Alessandro anzüglich.

Ich funkle ihn an: »Willst du jetzt meine Pizza schlechtmachen, oder was?«

»Wie kommst du denn darauf?«, fragt er mit gespielter Entrüstung.

Ich nehme ein Stück von meiner Pizza vom Paddel und lasse ihn probieren. Er beißt ab und kaut, zieht die Augenbrauen hoch und lächelt. »Aber manchmal ist auch mehr mehr«, sagt er, nachdem er den Bissen runtergeschluckt hat.

Wir nehmen unseren restlichen Teig und belegen noch eine Pizza und diesmal nehme ich Sardellen. Ich liebe Sardellen, bestelle mir aber meistens keine, weil Brett oder Jess nichts davon anrühren, wenn wir uns eine Pizza teilen. Alessandro scheint nichts gegen Sardellen zu haben: Er hat sogar auch welche genommen.

»Hey, das gibt's doch nicht«, sage ich.

Er hebt den Kopf, schaut auf meine Pizza und lächelt. »Na, du weißt doch … Große Geister …«

Am Ende bin ich pappsatt und darf noch zwei Kartons voll Pizza mit nach Hause nehmen. »Oh Mann, ich hab überhaupt keine Lust, zur Arbeit zu gehen«, stöhne ich im Hinausgehen und spiele mit dem Gedanken, mich krankzumelden. Ich kann mir echt nichts Deprimierenderes vorstellen, als nach diesem tollen Erlebnis noch in die Bar zu gehen. Aber Schwänzen kann ich mir nicht leisten.

»Darf ich mitkommen?«, fragt Alessandro.

Ich werfe ihm einen Blick zu und in seinen Augen liegt etwas, das ich nicht enträtseln kann. »Warum?«

Er nimmt meine Pizzakartons und stapelt sie auf seine, dann klemmt er sich alle unter den Arm. »Weil es so schön war heute Nachmittag und ich hab nichts Wichtiges vor, also warum soll ich dann schon nach Hause gehen?«

Mein Herz macht einen Satz, denn plötzlich wird mir bewusst, dass die ganze Gereiztheit, mit der ich heute Morgen neben Brett aufgewacht bin, wie weggeblasen ist. Ausnahmsweise bin ich mal mit mir und der Welt im Reinen. »Nur wenn du versprichst, dass du deine Kakerlaken vor der Tür draußen lässt.«

»Gebongt«, sagt er lächelnd.

Wir gehen in die Bar und Alessandro setzt sich auf einen Hocker, während ich zum Umziehen auf die Toilette gehe. Ich geniere mich ein bisschen, dass er mich in meinem Filthy's-Outfit sieht, aber daran kann ich jetzt nichts ändern. Fünf Minuten später komme ich wieder heraus und Alessandro ist bereits in ein Gespräch mit Jerry vertieft. Die Bar ist noch ziemlich leer. Nur zwei Nischen sind besetzt und Bill-Bob und sein Kumpel hängen am anderen

Ende des Tresens herum. Jerry hat wie üblich die Stereoanlage dröhnend laut gestellt. Die Musik übertönt den Fernseher, in dem gerade ein Nascar-Rennen läuft.

»Ich kenne keinen Weltergewichtler, der gegen Velasquez ankommt«, sagt Jerry gerade, während ich hinter den Tresen gehe.

Alessandro folgt mir mit den Augen und ich sehe, dass ihm fast die Kinnlade runterfällt. Dann fängt er sich wieder und antwortet Jerry: »Ich glaube, Jackson kann ihm schon das Wasser reichen. Und vielleicht sogar Brady.«

»Kleine Wette unter Freunden gefällig?«, sagt Jerry prompt und in seinen Augen leuchten schon die Dollarzeichen.

»Nein, danke, ich bin nicht der Spielertyp«, sagt Alessandro lächelnd.

»Hör auf, die Kunden übers Ohr zu hauen, Jerry«, knurre ich und schiebe ihn beiseite. »Was willst du?«, frage ich Alessandro und stelle einen Untersetzer vor ihn hin.

Er schafft es kaum, seine Augen von dem Ausschnitt meines hautengen Tops mit dem Filthy's-Logo quer über der Brust loszureißen. Mir wird heiß unter seinem Blick und ich spüre, wie meine Nippel hart werden. Er hat es auch bemerkt, denn er wird auf einmal knallrot im Gesicht. »Was gibt's denn vom Fass?«, fragt er.

»Jerry hat nur guten Stoff«, antworte ich mit triefendem Sarkasmus und schaue ihm voll in die Augen. »Du kannst wählen: Bud, Bud Light, Miller Lite, Coors oder Samuel Adams, was meiner unerheblichen Meinung nach das einzig frisch Gezapfte ist, das man trinken kann.«

Alessandro beugt sich lächelnd über den Tresen und seine Augen funkeln in dem schummrigen Licht. »Also gut, ich vertraue auf deine unerhebliche Meinung. Ein Sam Adams, bitte.«

Jerry feixt und verschwindet im Büro, während ich ein Glas nehme und Alessandros Bier zapfe.

»Ich werde mich für einen Posten hier bewerben«, sagt Alessandro aus heiterem Himmel. »Als Leiter des Teen Service im Katholischen Jugendzentrum.«

Ich stelle das Bier vor ihn hin und mein Herz setzt einen Schlag lang aus. Heißt das, dass er hierbleibt? »Echt? Das ist doch super.«

Er zieht das Glas zu sich her und meine Augen kleben an seinen Händen, als er mit dem Zeigefinger darüberfährt. Prompt schießt mir der Gedanke durch den Kopf: *Wenn dieser Finger doch nur über was anderes gleiten würde!*

Über meinen Körper zum Beispiel. »Das Angebot wurde mir schon am Montag gemacht, aber ich habe abgelehnt. Inzwischen hab ich's mir anders überlegt. Ich habe immer gern mit Kindern und Jugendlichen gearbeitet, und ich habe ein Jugendzentrum in Korsika und in meiner Gemeinde in Rom aufgebaut. Ich glaube, es wäre genau das Richtige für mich, vielleicht eine Chance, etwas für Kids wie Lorenzo und mich zu tun.«

Mein Herz zerspringt fast vor Freude. Ja, das würde ihm sicher helfen. »Das ist genau dein Ding, Alessandro, das weiß ich. Du musst dich unbedingt für den Job bewerben.«

Er hebt sein Glas, trinkt einen großen Schluck, stellt es wieder ab und schaut mir tief in die Augen. »Danke, dass du mich da reingescheucht hast. Von alleine hätte ich nie den Mut aufgebracht, zur Kirche zurückzugehen. Verstehst du, es hat mich total aus der Bahn geworfen, dass ich mein Gelübde nicht halten konnte. Das war die größte Niederlage meines Lebens. Aber jetzt bekomme ich vielleicht doch noch eine Chance.«

»Hey, da unten – krieg ich vielleicht auch noch eins, oder wie?«, ruft Bill-Bob vom anderen Ende des Tresens herüber und fuchtelt mit seinem Glas in der Luft herum.

Ich brauche eine Sekunde, um mich von Alessendro loszureißen. »Kommt gleich«, rufe ich zu Bill-Bob hinüber und nehme ein frisches Glas vom Regal.

Ich zapfe das Bier und spüre Alessandros Blick auf mir. Plötzlich schäme ich mich beinahe. Er opfert seine Zeit für das Y und arbeitet mit Kindern aus Brennpunktvierteln, und ich stolziere hier in meinen Ass-Shorts herum und mache alte Männer betrunken.

Ich gieße den Schaum von Bill-Bobs Glas ab. »Willkommen in meinem tollen Leben«, rechtfertige ich mich. »Aber das hier ist nicht mein richtiger Job, musst du wissen.« Ich lache, bis mir bewusst wird, wie bescheuert sich das anhört. So wie dieser dämliche Stoßstangen-Aufkleber, den man manchmal auf klapprigen alten Ford Fiestas sieht: *Mein Zweitwagen ist ein Porsche.* »Ähm … ich meine … das ist nicht der Job, den ich machen will …«

»Broadway«, sagt er nur.

Ich nicke. »Ich hab echte Chancen, eine Rolle dort zu kriegen. Am Dienstag bin ich zum Vorsprechen eingeladen.«

Alessandro tippt nachdenklich mit dem Zeigefinger an sein Glas, aber sein Blick ist auf mich gerichtet. »An deinem Job ist nichts Schlechtes, Hilary«, sagt er schließlich. Wie bitte? Soll das heißen, ich muss mich damit abfinden, dass ich nichts Besseres kriegen kann?

Ich stampfe zum anderen Ende des Tresens und knalle das Bier vor Bill-Bob hin, sodass einiges davon über den Rand schwappt. Dann stürme ich zu Alessandro zurück. »Ich krieg die Rolle, keine Sorge.«

»Ja, klar«, sagt er, lässt wieder seinen Finger über sein Bierglas gleiten und ich merke, dass meine Wut fehlgeleitet ist. In Wahrheit bin ich sauer auf mich selbst. Und ich habe Angst.

Ich stoße einen Seufzer aus. »Sorry.«

Er schüttelt den Kopf. »Schon gut.«

Ich nehme den Spüllappen, um die Schweinerei aufzuwischen, die ich an Bill-Bobs Platz angerichtet habe, und kreische lauthals los, weil plötzlich eine riesige Kakerlake aus dem Lappen schnellt. Sie landet auf dem Regal unter dem Tresen und ich knalle schnell einen Bierhumpen drauf.

Aber das Ding hüpft weiter herum. Ist nicht zu killen.

Bis mir endlich ein Licht aufgeht.

»Du Dreckskerl«, knurre ich, hebe die Gummikakerlake auf und lasse sie schnell in meiner Tasche verschwinden, bevor noch einer der Gäste aufmerksam wird und denkt, dass sie echt ist. Zu spät. Bill-Bob und sein Kumpel starren mich fragend an. »Falscher Alarm«, sage ich und winke ab. Alessandro dagegen grinst schadenfroh, als ich mich zu ihm umdrehe.

Ich funkle ihn an, wirble herum und wische Bill-Bobs Platz vollends sauber. Dann gehe ich wieder zu Alessandro, aber der ist fort, nur sein halb volles Glas steht noch auf der Theke.

Ich bin sauer, klar, aber ich wollte trotzdem nicht, dass er geht.

Ich nehme sein Glas von der Theke, um das Bier wegzuschütten, aber dann sehe ich, dass seine Jacke noch über dem Barhocker hängt. Ich stelle das Bier wieder zurück und im nächsten Moment kommt Alessandro aus der Toilette.

»Ich dachte schon, du wärst gegangen«, sage ich.

Er nickt mir leicht zu und rutscht wieder auf seinen Hocker. »Ich hatte den Eindruck, du willst, dass ich gehe.«

»Will ich auch. Irgendwie.«

»Hmmm … irgendwie«, wiederholt er mit seinem sexy Akzent und seine Augen verirren sich schon wieder in meinen Ausschnitt. »Das ist eine echte Zwickmühle. Wenn ich jetzt dableibe, denkst du, schade, dass er nicht gegangen ist, und wenn ich gehe …« Er verstummt, lässt seinen Satz unfertig in der Luft hängen.

Ich beende den Satz in meinem Kopf: … *wäre ich am Boden zerstört.* »Du kannst bleiben, aber ich konfisziere alle deine Kakerlaken«, sage ich und strecke die Hand aus.

Er greift in seine Hosentasche und hält mir die andere hin. Ich nehme sie und stecke sie ein.

»Erzähl mir von der Rolle«, verlangt Alessandro.

Und damit verbringe ich die ganze nächste Stunde, mit kurzen Unterbrechungen, wenn einer von den Gästen ein

Bier bestellt. Ich rede wie ein Buch, kann gar nicht mehr aufhören. Ich sage ihm Dinge, die ich noch niemand erzählt habe, Träume, die ich kaum zu denken, geschweige denn laut auszusprechen gewagt habe. »Ich bin gut, verstehst du? Und das werde ich auch beweisen, sobald ich meinen Fuß in der Tür habe. Mich muss nur jemand sehen, der den Blick dafür hat, dann krieg ich meine Chance«, sage ich und wische zum zwanzigsten Mal die Theke zwischen Alessandro und mir ab.

Jetzt, wo ich mir alles von der Seele geredet habe, fällt der letzte Rest Gereiztheit von mir ab. Ich sehe Alessandro an und sein Blick ist tief und ruhig, als würde er mir mitten ins Herz schauen, und nichts, was er dort sieht, scheint ihn zu überraschen. Plötzlich bin ich wieder in der Wohngruppe. Alessandro liegt auf mir im Bett und schaut auf mich hinunter, so wie jetzt, nur dass er damals erst sechzehn war.

Ich schüttle schnell diese Erinnerung ab. Das war vor einer Ewigkeit. In einem anderen Leben.

»Aber das Warten macht einen fertig«, sage ich und reiße meine Augen von ihm los.

»Du musst nur an dich glauben, Hilary. Lass dir das nicht nehmen.« Er sagt es leise und überzeugt, und irgendwie flößt er mir Mut ein. Vielleicht hat er einen besseren Draht nach oben, weil er doch fast mal Priester war.

Und diesen guten Draht werde ich brauchen, so viel steht fest. Ich brauche so viel Hilfe, wie ich nur kriegen kann.

15.

»Hilary McIntyre. Ich möchte Roseanne McIntyre besuchen«, sage ich zu der Beamtin hinter der Empfangstheke, einer hochgewachsenen, schlanken Frau mit einem Pferdegesicht, die ihr dunkles Haar unter ihre Uniformmütze gestopft hat.

»Hier unterschreiben.«

Ich mache, was sie sagt.

»Ausweis?«, bellt sie und streckt ihre Hand aus.

Ich nehme wieder die üblichen Hürden, bis ich schließlich auf einem Stuhl sitze und darauf warte, dass ich »angekündigt« werde.

Zehn Minuten später ruft die Frau über die Theke: »Der Arzt sagt, sie kann heute keine Besuche empfangen. Es geht ihr nicht gut.«

Ich stehe auf und starre sie an. »Was?«

»Er sagt, sie ist sehr geschwächt von der Chemo und Sie sollen nächste Woche wiederkommen.«

»Chemo?«

Die Frau blinzelt mich an. »Das wissen Sie doch, oder nicht? Ihre Mom hat Krebs.«

Ich schüttle den Kopf.

»Oh … tut mir leid.«

»Und …« Mein Hals ist so trocken, dass ich kaum schlucken kann. »Und … stirbt sie?«

»Sie bekommt die denkbar beste Behandlung – auf Staatskosten. Mehr kann ich Ihnen nicht sagen. Wenn Sie nähere Auskünfte wollen, müssen Sie mit Ihrer Mutter sprechen.«

»Was ist das für ein Krebs?«, frage ich langsam und versuche zu verdauen, was ich gerade gehört habe.

Die Frau schüttelt den Kopf. »Tut mir leid, ich darf Ihnen ohne die Einwilligung Ihrer Mutter nichts sagen.«

Ich bleibe noch eine Weile stehen, versuche einen klaren Kopf zu bekommen. »Und wenn ich ihr eine Nachricht hinterlasse, kann sie mich dann zurückrufen?«

»Ja. Sie darf telefonieren.«

Ich gehe zur Theke. »Haben Sie was zu schreiben?«

Die Frau holt ein Blatt Papier und einen Stift aus der Schublade und schiebt es über die Theke.

»Danke.« Ich starre lange auf das Papier. Was in aller Welt soll ich ihr sagen?

Mom,

warum hast Du mir nicht gesagt, dass Du krank bist? Ich wollte Dich heute besuchen, aber ich wurde nicht vorgelassen, weil Du zu sehr geschwächt von der Chemo seist. Bitte rufe mich an, sobald Du kannst.
Hilary.

Ich schiebe den Zettel über die Theke. »Kann ich in den Besucherraum gehen?«, frage ich. »Ich will mir nur was aus dem Automaten holen.«

Die Frau streckt ihre Hand aus. »Was brauchen Sie?«

Ich angle in meiner Tasche nach einem Dollar. »Ein *Oh Henry*!«

Sie nickt und geht mit dem Schein zur Tür, reicht ihn dem Wärter drinnen und murmelt etwas, das ich nicht verstehe. Kurz darauf kommt der Wärter mit einem *Oh Henry*! zurück und reicht es durch die Tür. Die Empfangsfrau gibt es mir und ich wickle es in meine Nachricht ein.

»Können Sie dafür sorgen, dass Sie das hier bekommt?«, frage ich.

Sie nickt. »Ich lasse es gleich zu ihr reinbringen.«

»Danke«, sage ich und drehe mich zu den Schließfächern um.

»Sie ist sehr stolz auf Sie, Ihre Mom.«

Ich schaue zu ihr zurück. »Was?«

»Sie redet die ganze Zeit von Ihnen … sagt, dass Sie mal eine große Broadway-Schauspielerin sein werden … Sie hat schon Ausgehurlaub für Ihre Premiere beantragt.«

Ich starre sie nur an. Sie muss Mom mit einer anderen

Insassin verwechselt haben. »Meine Mom ist Roseanne McIntyre.«

Die Frau lächelt mich mit zusammengekniffenen Augen an, als hätte sie Angst, zu viel verraten zu haben. »Ich weiß.« Sie hält das *Oh Henry*! hoch, das ich in meine Nachricht eingewickelt habe. »Ich sorge dafür, dass sie das hier bekommt.«

Ich sammle meinen Krempel ein und gehe benommen zur Tür. Mom hat Krebs. Mir ist zwar aufgefallen, dass sie in den letzten Monaten immer schlechter aussah, älter, aber Krebs? Mein Magen krampft sich zusammen.

Mom hat Krebs … und sie ist stolz auf mich.

Ich gehe zum Bahnhof zurück und denke an meinen Casting-Termin am Dienstag. Wenn ich diese Rolle ergattere … wenn Mom Ausgehurlaub bekommt, wird sie dann noch da sein, um zur Premiere zu kommen?

Ich muss die Rolle kriegen. Unbedingt.

»Du willst mich. Das weiß ich«, sage ich und gehe gleich noch mal meinen Text durch.

Ich lege eine Pause ein, denn jetzt ist mein Rollenpartner dran: *Es stimmt, ich will dich*, und er muss so tun, als würde er den obersten Knopf meiner Bluse öffnen.

»Dann nimm mich«, sage ich mit einem Anflug von Verzweiflung.

Ich öffne den nächsten Knopf an meiner Bluse (natürlich nicht richtig) und er antwortet: *Es geht nicht, wir dürfen unserem Verlangen nicht nachgeben. Wir müssen Rücksicht nehmen.*

Meine Augen füllen sich mit Tränen. »Es ist mir egal, ob

es in Ordnung ist oder nicht. Ich brauche dich wie die Luft zum Atmen. Ich kann keinen Tag mehr ohne dich leben.«

Ich öffne noch einen Knopf. *Wir müssen uns beherrschen, uns in Zurückhaltung üben*, antwortet er.

»Nein! Das kann ich nicht! Ich kann nicht mehr warten – keinen einzigen Tag. Ich lasse mich nicht mehr länger vertrösten …«

Noch ein Knopf.

»Entweder wir leben in Angst …«

Noch ein Knopf.

»Oder wir leben einfach!«

Und noch ein Knopf.

»Du kannst wählen.«

Ich streife die Bluse von meinen Schultern.

Mom hat Krebs.

Ich lasse den Kopf hängen und stoße eine lange weiße Atemwolke aus, die in der kalten Dezemberluft hinter mir herweht. Letztes Mal hat sie mir gesagt, wenn ich sie lieben würde, hätte ich ihr Zigaretten mitgebracht. Und ich dachte: *Wer sagt, dass ich dich liebe?* Aber das stimmt nicht. Ich dachte, wenn ich mir vormache, dass ich aus reinem Pflichtgefühl hingehe, weil sie meine Mom ist, tut es nicht so weh. Aber das ist Quatsch. Sie ist meine Mom und ich liebe sie. Trotz allem. Schon wieder kommen mir die Tränen und ich schlucke sie hinunter.

Am Bahnhof muss ich eine halbe Stunde warten, bis der nächste Zug in die City kommt. Ich gehe noch mal meinen Text durch, kann mich aber nicht konzentrieren.

Aus meiner Tasche dröhnt Dev und ich krame mein

Telefon hervor, weil ich denke, dass Mom anruft, aber auf dem Display erscheint Jess' Nummer. Ich nehme das Gespräch entgegen, und bevor ich etwas sagen kann, kreischt Jess mir schon ins Ohr: »IchhabdieRolle! IchhabdieRolle! IchhabdieRolle!«

»Wow, Jess! Das ist super!« Ich freue mich wahnsinnig für sie. Wirklich. »Erzähl doch mal – ich will alles hören.«

»Na, du weißt doch, diese Chorus-Dinger, für die wir vorgesprochen haben?«

»Ja, klar.«

»Eine der Zweitbesetzungen ist ausgestiegen, hat irgendwas anderes am Broadway gekriegt, und jetzt haben sie mir die Rolle angeboten!« Jess quiekt praktisch vor Begeisterung.

Ich kreische mit. Genau darauf warten wir alle, auf einen unverhofften Glücksfall, der uns plötzlich ins Spiel bringt. »Oh Mann, Jess! Das ist ja der Wahnsinn!«

»Ja, was? Hab schon den Text und alles.«

»Solo-Auftritte?«

»Nur ein kleiner innerhalb einer größeren Nummer, aber immerhin.«

Ich ziehe die Luft ein, rutschte tiefer in meinen Sitz. »Was heißt hier immerhin? Das ist verdammt gut, Jess. Wahnsinn.«

»Ja, ich weiß«, kreischt sie und ich kann fast hören, wie sie auf- und abspringt und ihr Pferdeschwanz hinter ihr herumhüpft.

Wenn ich dort wäre, würde ich mithüpfen. »Und wie läuft's jetzt weiter? Wann fangen die Proben an?«

»Nach Weihnachten, und Premiere ist im Februar.«

»Also das müssen wir feiern – wir treffen uns noch diese Woche, okay?«

»Auf jeden Fall. Ich muss schnell meine Mom anrufen, aber wir reden später weiter, okay?«

Mir wird ganz warm ums Herz bei dem Gedanken, dass sie mich als Erste angerufen hat, noch vor ihrer Mom. »Ja, Süße. Bis später. Und noch mal herzlichen Glückwunsch.«

»Tschüss, Hil.«

Ich nehme mein Telefon herunter, drücke auf Aus. »Hals- und Beinbruch«, sage ich und hole tief Luft.

Meine Mom hat Krebs.

Verdammt.

Zwei Stunden später, nach mehrmaligem Umsteigen, bin ich wieder in der City und stehe vor Mallorys Tür. Aber plötzlich zögere ich.

Sie weiß ja nicht mal, dass ich Mom besuche. Wie soll ich ihr das jetzt erklären?

Aber sie muss es wissen. Wenn Mom stirbt, muss Mallory über ihren Schatten springen und sie besuchen, bevor es zu spät ist. Ich stalke die ganze Zeit mein Telefon, in der Hoffnung, dass Mom anruft, aber bis jetzt habe ich nichts von ihr gehört. Ich weiß nicht mal, was überhaupt mit ihr los ist. Vielleicht geht's ihr ja gut. Vielleicht ist es nur ein Muttermal, das wegoperiert wurde.

… zu sehr geschwächt von der Chemo …

Das klingt nicht nach Muttermal.

Ich drücke auf die Klingel. Nichts. Ich hole meinen

Schlüssel heraus, öffne die Tür und gehe hinein. Kaum habe ich es mir auf der Couch bequem gemacht und den Fernseher eingeschaltet, geht die Garagentür auf. Kurz darauf purzeln Henri und Max in die Küche und streiten sich wegen irgendeinem Happy-Meal-Spielzeug. Mallory ist direkt hinter ihnen.

»Tante Hilary!«, quiekt Henri, stürmt ins Wohnzimmer und wirft sich auf mich.

»Hey, Kumpel. Wie war's in der Schule?«, frage ich und wuschle seine schwarze Haarmähne durch.

»Jeremy Timmons hat seine Tarantel mitgebracht und wir haben zugeschaut, wie sie eine Grille gefressen hat«, erzählt er aufgeregt, während Max im Flur verschwindet.

Mir wird ein bisschen flau im Magen und ich setze mich wieder auf die Couch. »Cool. War sie eklig, die Spinne?«

»Sie hat die ganze Grille aufgefressen. Da war nichts übrig, keine Innereien und nichts«, sagt er und plumpst neben mir auf die Couch.

»Ich weiß nicht, was ekliger ist – dass sie die ganze Grille aufgefressen hat oder wenn sie die Innereien übrig gelassen hätte«, sage ich zu ihm.

Eine Minute später taucht Max mit dem Laptop auf und legt sich damit auf den Boden.

»Was verschafft uns denn die Ehre?«, sagt Mallory, die mit einem aufgeschnittenen Apfel und Erdnussbutterbroten für die beiden Jungs hereinkommt.

»Ich muss mit dir reden.«

Mallory stellt den Teller auf den Couchtisch und schaut mich besorgt an. »Was ist denn los?«

»Es ist wegen Mom, Mal …«

Weiter komme ich erst mal nicht. Mallory hebt abwehrend die Hand und ihr Gesicht ist wie versteinert. Ihre ganze Haltung hat sich verändert, sobald ich Mom erwähnt habe. Ihr Blick wird hart und unversöhnlich.

»Henri«, sagt sie. »Nimm den Teller und geh mit Max spielen, ja?«

»Was ist, Mom?«, fragt Henri. »Bist du okay?«

Mallory nickt und versucht zu lächeln, aber ihr Mund ist total verkniffen. »Ich muss nur mal kurz mit deiner Tante reden, okay, mein Schatz?«

»Okay«, sagt Henri. Er nimmt den Teller und zerrt Max an der Schulter.

Max packt seinen Laptop und Henri wirft mir einen ängstlichen Blick zu, bevor die beiden im Flur verschwinden.

»Will sie dich erpressen, oder was?«, zischt Mallory, sobald die Tür zu ist. »Fall ja nicht drauf rein, wenn es so ist. Ruf sie nicht zurück. Sie erzählt dir irgendwelche Schauermärchen, um dich weichzuklopfen, aber sie lügt, Hilary, wirklich. Du darfst nichts glauben, was sie dir erzählt.«

»Sie ist krank. Und vielleicht stirbt sie.«

Mallory stößt ein bitteres Lachen aus und verdreht die Augen. »Hat sie das gesagt? Was für ein Bullshit.«

»Nein, Mallory. Sie hat mir nichts gesagt. Ich komme gerade von Bedford Hills und ich durfte nicht zu ihr, weil sie so schwach von der Chemo ist.«

Mallory schnappt nach Luft, dann presst sie die Lippen

zusammen und schweigt. Ich warte darauf, dass sie was sagt, damit ich weiß, warum es ihr die Sprache verschlägt – weil ich Mom besucht habe oder weil sie endlich begriffen hat, dass Mom wirklich krank ist.

»Was hast du in Bedford Hills gemacht?«

»Mom besucht.«

»Warum?«

Ich drücke mich in die Couch. »Darum, okay? Ich war regelmäßig dort – an jedem Monatsersten, und das seit Jahren. Seit ich von euch ausgezogen bin.«

Mallorys Gesicht wird kalkweiß. »Sie ist Gift für dich, Hilary.«

»Sie ist krank, Mal! Sie hat in den letzten Monaten total schlecht ausgesehen, aber ich dachte ... also ich weiß nicht«, sage ich mit einem Schulterzucken. »Wahrscheinlich dachte ich, sie wird alt, und dass sich jetzt ihr mieser Lebenswandel rächt – der ganze Alkohol und die ganzen Zigaretten.«

»Ich will nicht, dass du noch mal hingehst.«

Ich stemme mich von der Couch hoch. »Dann hast du Pech gehabt.«

Mallory schweigt lange, dann sagt sie: »Glaubst du wirklich, dass sie stirbt?«

»Ja, Mallory. Das glaube ich.«

Sie sackt im Türrahmen zusammen, aber in ihrer Stimme klingt immer noch Hass mit. »Und? Was erwartest du jetzt? Soll ich einfach vergessen, dass sie dich ins Heim gegeben hat? Und was danach mit dir passiert ist? Das war alles ihre Schuld!«

»Sie stirbt«, wiederhole ich und lasse mich auf die Couch zurückfallen. »Vielleicht ist es Zeit, zu vergessen und zu verzeihen.«

»Ich werde es nie vergessen«, sagt Mallory leise und mit zusammengebissenen Zähnen, und plötzlich begreife ich, dass es nicht um mich geht.

Ich richte mich auf. »Was hat sie dir getan?«

Mallory schaut mich lange an, dann wirbelt sie zur Küche herum. »Will nicht mehr dran denken.«

Ich stehe auf und folge ihr. Sie lehnt an der Spüle und schält eine Kartoffel, als ich hereinkomme. »Willst du im Ernst, dass wir sie alleine sterben lassen?«

Mallory schält weiter.

Ich gehe zur Theke und nehme eine Kartoffel in die Hand. »Hast du noch einen Schäler?«, frage ich und ziehe die Besteckschublade auf. Fragend schaue ich sie an, und plötzlich sehe ich, dass ihr die Tränen übers Gesicht laufen und in die Spüle tropfen.

»Mal?«

Sie schluckt und schnieft, schaut aber nicht von ihrer Kartoffel auf.

»Was ist denn los?«

Ihr ganzes Gesicht verkrampft sich und sie lässt die Kartoffel samt dem Schäler in die Spüle fallen. »Erinnerst du dich noch an den Tag, an dem ich gegangen bin?«

Ich erinnere mich hauptsächlich an das Gebrüll. »Ja, schon.«

Sie schaut mich mit traurigen Augen an. »Du warst erst zehn.«

Mom und Mallory haben sich ständig gestritten. Ich kann mich nicht erinnern, dass sie je anders als brüllend miteinander kommunizierten, und meistens endete es damit, dass Mom Mallory verprügelte. Aber nach diesem letzten großen Streit, das weiß ich noch gut, war Mallory verschwunden und kam nie mehr zurück. Als ich Mom nach ihr fragte, sagte sie, Mal sei ans College gegangen. Ende der Geschichte.

»Du bist ans College gegangen.«

Mallory schüttelt den Kopf. »Hat sie dir das erzählt?«

»Ja … stimmt das denn nicht?«

Mallory nimmt die Kartoffel aus der Spüle und legt sie auf die Theke. »Ja, doch, später dann. Aber erst nach dem Highschool-Abschluss, Hilary. Ich war bis August in der City.«

»Warum bist du dann fortgegangen?«

Sie holt tief Luft und schaut mich an. »Erinnerst du dich noch an Doug?«

In Gedanken scrolle ich Moms diverse Lover durch, die bei uns gewohnt haben. »Der große Blonde mit dem Goldzahn?«

Mallory nickt. »Es war an meiner Abschlussfeier. Ich war betrunken und Carrie und ihr Freund haben mich nach Hause gefahren. Doug fläzte auf der Couch und hat einen alten Horrorfilm angeschaut. Mom lag vermutlich sturzbetrunken im Bett.« Sie setzt sich auf einen Stuhl, stützt ihre Ellbogen auf die Knie und hält sich die Hände vors Gesicht. »Ich kann mich an nicht mehr viel erinnern … nur dass ich gegen den kleinen Tisch hinter der

Couch im Wohnzimmer gestolpert bin und irgendwas runtergeschmissen habe. Doug hat mir aufgeholfen und mich in mein Zimmer getragen.« Sie schaut zu mir auf. »Ich weiß nicht mehr, warum du nicht da warst … vielleicht hast du bei den McKenzies geschlafen oder so.«

McKenzie. Mein Freund von »früher«. Ich hatte ihn ganz vergessen.

»Ich weiß noch, dass er rausgegangen ist, ich hab mich ausgezogen und plötzlich hatte ich ein ganz komisches Gefühl. Ich schau hoch, und da steht er in der Tür und starrt mich an.« Eine Träne kullert ihr über die Wange und sie wischt sie mit ihrer Handfläche ab. »Ich habe geschrien und Doug ist abgehauen, aber kurz darauf kam Mom reingewankt und ich hab ihr gesagt, was er gemacht hat. Und weißt du was? Sie mir die Schuld gegeben. Hat mich als Flittchen beschimpft.« Mallory schaut mich an und ich kann ihren gequälten Blick kaum ertragen. »Ich wollte dich mitnehmen und abhauen. Ich wollte uns beide in Sicherheit bringen.«

Mallorys Worte sind wie ein Schlag unter die Gürtellinie. »Aber du hast mich dagelassen.«

»Ich war doch erst siebzehn, Hil. Als sie mich ein paar Wochen später rausgeschmissen hat, weil Doug mir nachgepfiffen hat, blieb mir keine Zeit, meine Sachen zu packen. Sie ist total ausgerastet, hat mit einem Küchenmesser in der Luft herumgefuchtelt und mir gedroht, dass sie mich umbringt. Ich hatte fest vor, zurückzukommen und dich zu holen … mit dir zusammen zu Dad zu gehen. Einmal bin ich sogar ins Haus gekommen, um dich mitzunehmen. Aber du warst bei den McKenzies und du hast so normal gewirkt … Ich wusste, dass ich in ein paar Monaten sowieso ans College gehen würde, und deshalb …« Sie schlägt wieder die Hände vors Gesicht. »Deshalb habe ich dich dann einfach dagelassen.«

»Wenn du mich mitgenommen hättest, Mal, dann wäre ich nur noch früher im Heim gelandet. Es ist nicht deine Schuld. Ich hätte ja doch nicht mit dir nach Florida gehen können.«

Mallory hebt den Kopf und schaut mich an. »Geh da nicht wieder hin«, fleht sie.

Was soll ich sagen? »Mallory …«, fange ich zögernd an. »Ich glaube nicht, dass du es dabei belassen solltest. Du musst … ich weiß nicht … Wenn du sie vielleicht siehst, wenn ihr mal darüber redet …«

»Nein!« Wütend springt sie von ihrem Stuhl auf. »Ich will nicht! Ich rede nicht mit ihr. Und ich werde ihr nie verzeihen. Ich bin froh, wenn sie stirbt, Hilary. Je eher, desto besser.«

»Mommy?« Wir fahren beide herum. Henri steht in der Küche, den leeren Apfelteller in der Hand. Max wartet hinter ihm im Flur. »Was ist los?«

Mallory wischt sich die Augen und die Nase ab, dann geht sie schniefend zu ihm. »Nichts, Schätzchen.« Sie lächelt und nimmt ihm den Teller aus der Hand. »Willst du noch mehr Apfelschnitze?«

»Ja, bitte«, sagt Henri.

Er kommt zu mir an den Tisch, wo ich reglos sitze. »Spielst du Lego mit mir, Tante Hilary?«

Ich stehe auf, wuschle ihm die Haare durch und ziehe ihn an mich. »Klar, Kumpel.«

Aus dem Augenwinkel sehe ich, wie Mallory einen Granny-Smith-Apfel mit dem Apfelschneider zerteilt, als wäre nichts geschehen. Thema erledigt. Aber nicht für mich. Ich gebe nicht auf. Ich kann einfach nicht.

16.

Ich komme ein paar Minuten zu früh zum Casting, und vor mir wartet schon ein anderes Mädchen in dem kleinen Raum, in den ich geführt werde. Sie ist größer als ich, braune Haare, langer, schlanker Hals und ein hübsches Gesicht. Sie sieht aus wie eine Tänzerin, was mich ein bisschen nervös macht. Aber ich weiß nicht, ob sie den Body dazu hat, einen halben Strip hinzulegen. Dazu ist sie für meinen Geschmack etwas zu mickrig.

»Ich bin Hailey«, sagt die zierliche Frau, die mich in Empfang genommen hat. »Bedien dich, wenn du Kaffee oder Tee magst.« Sie deutet auf die Theke, auf der ein paar Kannen mit Kaffee und heißem Wasser und ein Tablett mit Muffins und Croissants bereitstehen.

»Danke«, sage ich, bevor sie sich umdreht und geht.

Ich nehme mir einen Teebeutel aus dem Korb, und während ich heißes Wasser in den Styroporbecher schütte, höre ich noch jemanden hereinkommen.

»Nimm dir Kaffee oder Tee«, sagt Hailey zu der Neuen. Ich drehe mich zu der Konkurrentin um und mir bleibt echt die Spucke weg.

Blondie.

Wie zum Teufel kommt die hierher?

»Anna?«, sagt Hailey und die hübsche Braunhaarige steht auf. »Wir fangen mit dir an.« Sie geht mit dem Mädchen aus dem Raum.

Blondie schenkt sich eine Tasse Kaffee ein und ich setze mich auf den Stuhl, den das andere Mädchen gerade frei gemacht hat.

Schweigend sitzen wir da, starren aneinander vorbei. Ich probe im Kopf meinen Text, zum tausendsten Mal, und blättere dabei in einer Zeitschrift, ohne auch nur hinzusehen.

Ich habe letzte Woche ein bisschen gegoogelt und Fotos und ein Video von Jared Meeks angeschaut, der mein Rollenpartner sein wird. Ein heißer Typ, langes dunkles Haar und sexy Bartstoppeln, strahlendes Lächeln, leuchtend blaue Augen und irre Muckis. Ich habe meine Szene immer wieder mit ihm durchgespielt – Lichter im Saal aus, Bühnenscheinwerfer an, und der geile Schweißfilm auf seinem Körper. Ich habe meine Zeilen hundertmal geprobt, immer mit diesem Bild im Kopf. Besser kann man nicht vorbereitet sein.

Nach einer halben Stunde kommt Hailey zurück. »Bambi?«, fragt sie von der Tür aus. Bambi? Soll das ein Witz sein, oder was? Aber dann erhebt sich die blonde Bitch und grinst auf ihrem Weg zur Tür zu mir herunter.

»Verdammte Freakshow«, fauche ich die geschlossene Tür an.

Ich stehe wieder auf und schenke mir noch mal Tee ein. »Du willst mich. Das weiß ich«, sage ich auf dem Weg zu meinem Platz zurück ins leere Zimmer. Ich sinke auf den Stuhl und schließe die Augen, visualisiere, wie ich die Szene haben will. Ich sehe mich cool und gesammelt auf die Bühne gehen. Jared streckt die Hand aus und ich nehme sie. »Freut mich, dich kennenzulernen«, sagt er mit sanftem Händedruck, und ich darauf mit schmelzendem Lächeln: »Ich bin ein großer Fan von deiner Arbeit.« Er checkt meinen Body ab, dann schaut er mich wieder an, und so wie seine Augen funkeln, scheint er ziemlich beeindruckt zu sein. »Fangen wir gleich an?«, fragt er und ich sage: »Ja, gern.« Er lässt meine Hand los, die er die ganze Zeit gehalten hat, weil er – na klar doch – scharf auf mich ist, und ich sage: »Du willst mich. Das weiß ich«, als ob das nicht längst jeder im Raum begriffen hätte.

»Hilary?«

Haileys Stimme reißt mich aus meinem Tagtraum und ich blinzle sie verwirrt an. Sie steht neben der Tür. »Du kannst jetzt kommen.«

War das schnell? Oder war ich viel länger in meinen Tagtraum versunken, als ich dachte?

Ich stehe auf und sie führt mich einen kurzen Flur entlang zu einem Eingang, auf dem »Bühnentür« steht.

Tief Luft holen.

Ich gehe durch die Tür auf die Bühne und dann durch den Vorhang. In der vordersten Sitzreihe fläzt ein lockiger blonder Typ, der mich mit seinen vorquellenden Augen hinter den dicken Brillengläsern an einen Moskito erinnert. Neben ihm sitzt mein Rollenpartner, Jared Meeks. Ich lächle zu ihnen hinunter und presse meine Hände an den Rock, um mein Zittern zu verbergen.

Bloß keine Schwäche zeigen.

Ich werde auf keinen Fall die Contenance verlieren. Ich habe es drauf. Das ist *meine* Rolle – ich muss nur kühlen Kopf bewahren.

»Also«, sagt Hailey hinter mir. »Können wir anfangen?«

Ich schaue sie an, dann wieder zu Jared zurück. »Ja, jederzeit.«

Aber Jared rührt sich nicht. Er lehnt sich in seinem Sitz zurück und dreht sich zu dem Moskito-Typ mit den blonden Locken um, flüstert ihm etwas ins Ohr. Beide lachen und ich spüre, wie mir das Blut aus dem Gesicht weicht. Lachen die über mich? Jetzt schon?

Ich wende den Blick ab und jetzt sehe ich ein Stück weiter hinten Jess sitzen, die mir aufmunternd zunickt. »Leg los«, formt sie stumm mit den Lippen. Ich drehe mich um und sehe, dass Hailey mich erwartungsvoll anschaut.

»Was?«

Sie blinzelt mich an. »Brauchst du eine Souffleuse?«

»Was?«, frage ich wieder. Was zum Teufel geht hier vor?

»Für deine erste Zeile? Brauchst du eine Souffleuse?«

»Nein! Ich kann meinen Text. Ich bin nur …« Ich werfe

Jared einen Blick zu. Er streckt sich, als wäre er gerade aufgewacht … oder wirke ich so einschläfernd auf ihn? Völlig verwirrt drehe ich mich wieder zu Hailey um. »Ich dachte, Jared ist mein Partner.«

»Heute nicht. Wenn wir unsere Kandidatin haben, spielt sie die Szene mit Jared, damit wir wissen, ob die Chemie stimmt.« Sie grinst. »Heute ist dein Glückstag, Hilary. Du darfst mit mir spielen.«

Mist. So habe ich mir das nicht vorgestellt. Aber die Rolle gehört trotzdem mir. Ich spiele alle an die Wand.

Ich drücke die Schultern durch, nehme die selbstbewusste, herausfordernde Haltung einer Frau ein, die einen Mann herumkriegen will, der absolut tabu ist (weil mit ihrer sterbenden Schwester verheiratet), von dem sie aber weiß, dass er ihr nicht widerstehen kann. »Du willst mich. Das weiß ich.«

»Ja. Du bist stark und sexy und ich will dich mehr als alles andere in meinem Leben.«

Ich öffne den ersten Knopf meiner Bluse, während Hailey ihren Text liest. »Dann nimm mich«, flehe ich und mache den zweiten Knopf auf, sodass mein roter Spitzen-BH zum Vorschein kommt.

»Nein, Tara, das dürfen wir nicht. Das ist nicht in Ordnung. Wir müssen Rücksicht nehmen, das weißt du doch. Ich muss an Brenna denken. Ich kann ihr nicht wehtun, in ihrem Zustand. Damit kann ich einfach nicht leben.«

Ich mache den dritten Knopf auf. »Es ist mir egal, ob wir das dürfen oder nicht. Ich brauche dich wie die Luft zum Atmen, und du mich auch. Wir gehören zusammen.«

Hailey kommt näher und lässt ihren Finger über die Schmetterlinge an meinem Schlüsselbein gleiten. »Mach es uns doch nicht so schwer, Tara. Die Ärzte sagen, dass Brenna nur noch wenige Wochen zu leben hat. Vielleicht nur Tage. Wenn sie tot ist, können mich keine zehn Pferde mehr von dir fernhalten. Aber bis dahin …« Sie verstummt und hebt ihre Hand an meine Wange.

Ich packe ihre Hand, nehme sie in meine beiden Hände und halte sie an mein Gesicht. Meine Augen füllen sich mit Tränen und ich sage: »Nein! Ich kann nicht mehr warten, keinen einzigen Tag. Wer weiß, was morgen ist. Unsere Liebe hat keine Zukunft, wenn wir uns von unseren Skrupeln auffressen lassen …« Ich nehme Haileys Hand und drücke sie unter meiner Bluse auf meine Brust (was natürlich mit Jareds Hand viel wirkungsvoller und prickelnder wäre), dann öffne ich den nächsten Knopf. »Entweder wir leben in Angst«, nächster Knopf, »oder wir leben einfach!« Ich öffne den letzten Knopf und meine Bluse rutscht mir von den Schultern und fällt auf den Boden. »Du kannst wählen.«

Hailey nimmt ihre Hand von meiner Brust und kratzt sich an der Nase. »Das war super, Hilary.« Sie dreht sich zu Jared und dem Moskito-Typ um. »War das okay oder sollen wir es noch mal machen?«

Der Moskito-Typ hebt eine Hand. »Nein, das reicht. Was singst du, Schätzchen?«

Ich ziehe meine Bluse wieder an und in den nächsten fünf Minuten brülle ich mit vollem Einsatz »I Dreamed a Dream« von Les Mis hinaus. Herzergreifender geht's echt nicht. Hailey sagt mir noch mal, dass ich super war und dass sie sich bei mir melden würden.

Ich nehme meine Handtasche an mich und stolziere von der Bühne, so sexy ich nur kann. Jess stürzt sich auf mich, sobald ich an der Treppe unten ankomme. »Du warst klasse, Hilary!«

»Ich weiß nicht, warum ich nicht mit Jared spielen durfte«, jammere ich los.

Jess zuckt die Schultern. »Das entscheidet der Casting-Direktor.«

»Blöde Entscheidung.« Ich lehne meine Stirn an ihre. »Warst du bei den beiden anderen auch da? Wie waren die?«

»Die erste war ziemlich nervös. Sie hat drei Anläufe gebraucht, um ihren Text ohne Hänger zu liefern. Und gespielt hat sie auch nicht wirklich, falls du verstehst, was ich meine.«

»Sie hat ihre Bluse anbehalten«, sage ich sofort. Typischer Anfängerfehler. Die wollen eine Schauspielerin mit einem heißen Body, also muss man auch zeigen, was man hat.

»Ja. Und Bambi …«

»Bambi«, schnaube ich und verdrehe die Augen. »Das ist wohl ihr Bühnenname, was? Ich meine, eine Mutter, die ihr Kind Bambi nennt, gehört erschossen.«

Jess zuckt die Schultern. »So nennen sie jedenfalls alle.«

Ich schüttle den Kopf. »Und wie war sie?«

»Total übertrieben.«

Ich ziehe die Augenbrauen hoch. »Inwiefern?«

»Kein BH.«

Shit. Diese Bitch.

Ich werfe einen Blick auf den Moskito-Typ, der immer noch mit Jared redet. Er boxt Jared gegen die Schulter und beide brechen in Gelächter aus, dann werfen sie einen Blick in meine Richtung.

»Keine Sorge, Hilary. Diesmal hast du's geschafft«, sagt Jess und ich zwinge mich, meinen Blick von den beiden Typen loszureißen. »Ich hab richtig gespürt, wie dein Karma sich da oben zum Guten gewendet hat. Das Universum lächelt auf dich herunter.«

»Und? Wann feiern wir deine baldige Berühmtheit?«, frage ich, um von mir abzulenken.

»Wir machen was aus, sobald wir beide unsere Probenpläne in der Tasche haben«, sagt Jess und stößt mich bei dem Wort »beide« gegen die Schulter.

»Dein Wort in Gottes Ohr«, sage ich lächelnd.

»Karma, Hil. Das Universum schuldet dir was.«

»Das kannst du laut sagen«, murmle ich, lege meinen Arm um ihre Schulter und gehe mit ihr zur Tür.

Heute ist Mittwoch, nicht Donnerstag, und trotzdem sitze ich im Argo Tea. Irgendwie werde ich sofort ruhiger, wenn ich hier bin, und das kann ich im Augenblick gut gebrauchen. Seit dem Casting gestern sitze ich die ganze Zeit wie auf Nadeln.

Ich halte die Tasse an mein Gesicht, atme den Dampf ein und starre aus dem Fenster in den grauen New Yorker Winterhimmel. Plötzlich klingelt mein Telefon. Ich zucke zusammen, denke, es ist vielleicht Hailey wegen der Rolle, aber dann merke ich, dass Creed aus meiner Tasche tönt.

Alessandro.

Woher weiß er, dass ich hier bin?, denke ich im ersten Moment. Aber das ist natürlich idiotisch. Er ist kein Hellseher, auch wenn er mich besser kennt, als mir lieb ist. Ich nehme das Telefon an mein Ohr und sage: »Hey.«

»Hallo, Hilary. Ich wollte nur wissen, ob es bei morgen bleibt?«

»Ja. Und du bist dran, oder?« Eigentlich wäre ich an der Reihe, aber ich war so gestresst von dem Casting-Termin, dass er für mich eingesprungen ist.

»Ja, und ich glaube, ich hab was, das deine Lebensgeister heben wird – im wahrsten Sinn des Wortes.«

»Ach ja?«

»Zieh was Bequemes, Lockeres an.«

»Mehr verrätst du nicht, was?«

»Nein.«

»Und was verstehst du unter ›bequem und locker‹?«

»Workout-Kleidung.«

Ich erstarre, sehe Alessandro im Boxring vor mir. »Sag jetzt bloß nicht, dass wir boxen.«

Er lacht ins Telefon. »Nein. Ich hätte Angst vor dir.«

Komischerweise bin ich fast ein bisschen enttäuscht. Der Gedanke, mit Alessandro zu boxen, hat was Prickelndes … Vielleicht weil ich ihm gern mal einen Schlag verpassen würde … oder ihn halb nackt sehen will. »Ja, klar, das versteh ich. Ich kann ganz schön austeilen – hatte schließlich einen guten Lehrer.«

»Ich bin nicht so dumm, mich dem auszusetzen«, sagt er mit todernster Stimme. »Außerdem hab ich was viel Interessanteres vor.«

Ich trinke einen Schluck Tee. »Ähm … ich weiß nicht, was ich davon halten soll.«

»Na, du wirst ja sehen.« Ich höre ein Lächeln in seiner Stimme und lächle zurück, aber dann piept mir das Telefon ins Ohr. Ich schaue aufs Display, kenne aber die Nummer nicht. »Ich hab einen Anruf«, sage ich zu Alessandro, und mein Magen verkrampft sich. »Wir reden später weiter, okay?«

»Also dann bis morgen. Hol mich um elf in meiner Wohnung ab.«

Ich komme nicht dazu, »Wow« zu sagen, weil mein Magen Purzelbäume schlägt bei dem Gedanken, dass ich morgen wieder in seiner Wohnung sein werde. »Hallo?«, sage ich ins Telefon.

»Hilary McIntyre?«, fragt eine Frauenstimme.

Ich halte die Luft an. »Ja?«

»Hey. Hier ist Hailey Dunning – es geht um das Casting für ›When You Least Expect It‹.«

Mein ganzer Körper erstarrt. Sogar mein Blut hört auf, in den Adern zu kreisen. »Oh. Hi.«

Shitshitshit.

Meine freie Hand krallt sich in meine Locken, so fest, dass ich Angst habe, ich könnte mir ein Haarbüschel ausreißen, mitsamt den Wurzeln und der Kopfhaut. Trotzdem kann ich nicht loslassen.

»Hey … tut mir leid, dass es so lange gedauert hat. Ich

muss dir leider mitteilen, dass der Casting-Direktor sich anderweitig entschieden hat …«

Mir sackt das Herz in die Hose. Ich löse meine Hand aus meinen Haaren und schlage sie vor den Mund, würge den Tee zurück, der mir hochkommt. »Oh … okay … danke.«

Hailey seufzt ins Telefon. »Vielleicht ist es dir ein Trost, dass er in meinen Augen einen großen Fehler macht. Du wärst die ideale Besetzung. Aber ich schätze mal, er hat nicht mit dem Kopf entschieden.«

Ich sinke tiefer in meinen Stuhl und kämpfe mit den Tränen. »Dann hat also Bambi die Rolle gekriegt?«

»Ja. Tut mir leid. Aber ich verspreche dir, dass ich dich anrufe, wenn ich von was anderem höre.«

»Im Ernst?«, frage ich und mein Magen saust sofort wieder nach oben. »Das würdest du tun?«

»Ja. Ich halte dich für sehr talentiert. Nur weil John mit dem Schwanz denkt statt mit dem Kopf, heißt das noch lange nicht, dass du die Rolle nicht verdient hast. Ich gebe deinen Namen auch an eine Agentin weiter, die ich gut kenne.«

»Wow. Danke. Das wäre super, echt.« Mehr als super. Wenn ich eine Agentin habe, die mir Casting-Termine verschafft, dann krieg ich meine Chance, das weiß ich. Ich habe in den letzten beiden Jahren viel gelernt.

»Kein Problem … und …« Sie verstummt einen Augenblick. »Ich … Ich würde dich gern was fragen.«

»Ja, klar. Was denn?«

»Das Mädchen, das mit dir beim Casting war …«, fängt sie zögernd an. »Ich glaube, sie hieß Jess oder Jessica?«

»Ja …?« Wenn Jess eine Rolle von ihr kriegt, dann erwürge ich sie, auch wenn ich sie noch so liebe.

»Hast du ihre Nummer?«

Verdammter Mist. »Sie hat schon eine super Rolle in einem Broadway …«

»Ich will ihr keine Rolle anbieten«, unterbricht Hailey mich. Ich warte ab und sie fährt fort: »Ich hab sie schon öfter gesehen … weißt du, ob sie Single ist?«

Wie bitte? Habe ich mich verhört, oder was?

»Ähm, ja. Ich glaub schon.«

»Ich würde sie gern anrufen, und deshalb …«

»Oh.« Also wow. »Ich weiß nicht, ist mir irgendwie unangenehm, einfach ihre Nummer weiterzugeben. Kann ich ihr deine geben, damit sie dich anrufen kann?« Normalerweise wäre ich längst nicht so entgegenkommend, aber Hailey ist vielleicht meine neue Eintrittskarte für die Bühne und ich will sie natürlich bei Laune halten.

»Ja, gern«, sagt sie, und ich glaube, sie klingt ein bisschen erleichtert. »Das wäre super. Das hier ist meine private Handynummer.«

»Okay. Ich sag's ihr.« Wie komisch ist das denn?

»Und noch mal sorry wegen der Rolle.«

Fast rutscht mir heraus: »Ach, das bin ich gewohnt«, aber ich bremse mich gerade noch. Es wäre ziemlich idiotisch, meiner neuen »Fürsprecherin« unter die Nase zu reiben, wie oft ich schon abgelehnt worden bin. »Danke«, sage ich stattdessen nur.

Ich nehme das Telefon herunter und lasse den Kopf hängen. Ich war mir so sicher. Ich hatte gehofft, dass mein Leben endlich in die richtige Bahn kommen würde. Aber das hier ist wie ein kalter Guss, den mir die Wirklichkeit verpasst hat, mitten ins Gesicht. In meiner Brust klafft ein Loch und ich muss damit leben, dass alles nur Wunschdenken war. Illusionen, sonst nichts.

Mein Herz hämmert immer noch, als ich mich aufrapple und in die Kälte hinausstolpere. Ich fahre nicht mit der Subway, sondern gehe durch den Park nach Hause, um Dampf abzulassen. Es fängt gerade an zu schneien – winzige Flocken, die an meiner Jacke und meinen Wimpern hängen bleiben. Nur auf dem Gehsteig schmelzen sie sofort weg. Ich bin kein großer Winterfan, aber es ist still und kalt, die Lichter flammen entlang der Fußwege auf und mein Herzschlag beruhigt sich.

Ich gehe nach rechts, obwohl ich schneller zu Hause wäre, wenn ich links abbiegen würde. Die Schneeflocken werden dicker und bleiben jetzt auch auf dem Weg liegen. Ich nehme den nächsten Ausgang links zur Mall, ohne groß zu überlegen, und plötzlich stehe ich an der Bethesda Fountain, der gefliesten Terrasse, die sich am Brunnen vorbei zum See hinunter erstreckt.

Vor meinen inneren Augen ist es Frühling. Paddelboote treiben träge auf dem Wasser, die Luft ist vom Summen der Libellen und Bienen erfüllt und in der Mitte der unteren Terrasse, direkt vor dem Brunnen, steht ein Pantomime, der seine hässliche Kistennummer abspult.

Der sechzehnjährige Alessandro sitzt mit seinem Skizzenblock auf der Betonbank links vom Brunnen.

»Was zeichnest du da?«, frage ich ihn, in der Annahme,

dass er den Pantomimen zeichnet, und drücke meine Schulter an seine.

Er dreht das Blatt um und jetzt sehe ich, dass er mich zeichnet. Mein Kopf ruht auf der Rücklehne der Bank und meine Augen sind geschlossen. Ich halte mein Gesicht in die Sonne. Und ich lächle.

»Nein! Lass das!«, lache ich, reiße ihm den Zeichenblock aus der Hand und schieße von der Bank hoch. Alessandro jagt mir grinsend nach. Ich renne um den Brunnen, und als ich über die Schulter blicke, sehe ich, dass Alessandro andersherum gelaufen ist. Ich rase in die Richtung zurück, aus der ich gekommen bin, spähe wieder über die Schulter und stelle fest, dass er schnell aufholt. Aber bevor er mich kriegen kann, rassle ich voll mit dem Pantomimen zusammen.

Am Ende fängt Alessandro mich in seinen Armen auf, während der Pantomime mir eine Flut von Schimpfwörtern hinterherbrüllt. Und plötzlich sind die Schmetterlinge da. Eine Wolke von Schmetterlingen, die uns einhüllt.

Ich greife hinauf, um einen zu fangen, und eine dicke weiße Schneeflocke klatscht mir auf die Stirn und reißt mich aus meinen Erinnerungen.

Und dann schluchze ich los.

Ich stehe hier, mitten auf der unteren Terrasse, mein Gesicht in den Händen, und die Tränen strömen mir über die Wangen, heiße Tränen, die aus den tiefsten Tiefen meiner Seele kommen. Acht Jahre lang habe ich um das Mädchen getrauert, das ich damals war – zusammen mit Alessandro war. Es war die einzige Zeit in meinem Leben, in der ich wirklich glücklich war. Ich weiß, dass sich das geändert hätte, selbst wenn Alessandro geblieben wäre. Ich war schwanger. Aber wenn ich mir vorstelle, was aus mir geworden ist, frage ich mich, ob die Pillen mich nicht doch getötet haben – oder zumindest das Ich, das ich damals war. Weil jedes bisschen Hoffnung und Vertrauen und Liebe und alles, was ich an diesem Tag gefühlt habe, vor langer Zeit gestorben ist – nur das Toughe, Kratzbürstige an mir ist geblieben.

Aber jetzt ist Alessandro da und ich spüre, wie meine toten Gefühle wieder zum Leben erwachen. Mit ihm zusammen könnte ich vielleicht meine Seele zurückgewinnen, aber um welchen Preis?

Nein, es ist einfach zu viel passiert. Zu viele Geheimnisse stehen zwischen uns. Ich habe viel zu gewinnen, aber noch mehr zu verlieren.

Ich habe alles zu verlieren.

17.

Ich rufe Jess am nächsten Morgen auf dem Weg zu Alessandro an. »Hey, Süße«, sage ich ins Telefon. »Du hast einen heimlichen Verehrer.«

»Falls du den Typ meinst, mit dem du im 69 getanzt hast, wäre ich nicht abgeneigt«, lacht sie.

»Du bist doch lesbisch, Jess.«

»Na und? Also wer dann?«

»Erinnerst du dich an Hailey, von dem Casting neulich?«

»Ach du liebe Güte! Hast du etwa die Rolle bekommen?«

»Ähm … nein.«

Ein langes Schweigen ensteht. »Du machst Witze, oder?«

»Leider nein. Bambi hat die Rolle.«

»Bambi!«

Ich muss das Telefon von meinem Ohr weghalten, so laut

kreischt sie hinein. »Ja, das hat Hailey jedenfalls gesagt, und das ist auch der Grund, warum ich dich anrufe.«

Wieder Stille, dann ein verwirrtes: »Was?«

»Du weißt schon, das Mädchen, mit dem ich die Szene gespielt habe?«

»Ach ja. Die süße Blonde. Was ist mit ihr?«

»Ich glaube, sie ist in dich verknallt, Jess. Sie wollte deine Nummer.«

»Im Ernst?« An ihrem erfreuten Tonfall kann ich ablesen, dass ihr der Gedanke nicht unangenehm ist. Und das ist gut.

»Ja. Also wenn du sie anrufen willst, schreibe ich dir ihre Nummer.«

»Ja. Klar. Warum nicht?«

»Und sie will mir eine Agentin verschaffen, Jess, also brich ihr nicht gleich das Herz, okay?«

»Super. Ach übrigens, falls du jemanden kennst, der ein Zimmer sucht – meine Wohnungspartnerin zieht am Ersten aus.«

»Ich höre mich mal um, Süße«, verspreche ich. »Bis bald.«

Endlich, um 11.15 Uhr, stehe ich vor Alessandros Haus und klingle. Er drückt auf den Türöffner und ich sage ihm, dass er runterkommen soll.

Ich bin in Aufwärmklamotten und T-Shirt unter meiner Jacke, und Alessandro auch, wie ich sehe, als der Lift aufgeht und er herauskommt.

»Wolltest du nicht erst zum Tee raufkommen?«, fragt er.

»Nein, danke.« Ich müsste es ihm jetzt sofort sagen, aber er hat doch was für uns vorbereitet und ich will ihm nicht die Freude verderben. Das würde alles noch schlimmer machen.

Alessandro nickt. »Gut. Wir hätten sowieso nur ein paar Minuten Zeit gehabt. Kann nichts schaden, wenn wir ein bisschen früher hinkommen.«

Ich halte Abstand auf dem Weg zur Subway, damit er gar nicht erst versucht, den Arm um mich zu legen.

»Alles okay bei dir?«, fragt er vorsichtig. Er spürt sofort, dass etwas im Busch ist.

»Ja, super.«

Ich fühle seinen Blick auf mir, der immer lastender wird. »Wirklich?«

»Klar. Alles gut.«

»Alles gut«, wiederholt er langsam, als würde er die beiden Worte im Geist hin- und herwenden und von allen Seiten begutachten.

»Ja«, sage ich so leichthin wie möglich.

Wir biegen um die Ecke und gehen die U-Bahn-Treppe hinunter.

»Hab ich irgendwas gemacht?«

Ich werfe ihm einen genervten Blick zu. »Nein, Alessandro. Du hast nichts gemacht.«

»Aber du hast doch was«, beharrt er.

Ich wirble zu ihm herum. »Was soll das jetzt, verdammt noch mal?«

Er schaut mir lange in die Augen, dann sagt er: »Ich frage nur, weil du dich nicht so aufregen würdest, wenn nichts wäre. Und ich will wissen, was los ist. Besonders wenn ich die Ursache bin.«

Ich beherrsche mich, sage mir, dass ich hier das Problem bin, und nicht Alessandro. »Ich kann das nicht«, murmle ich schließlich.

»Was kannst du nicht?«

Ich schwenke meine Hand zwischen uns herum. »Was wir da machen. Ich kann nicht mehr mit dir in der Stadt herumziehen.«

Alessandro presst die Lippen zusammen und nickt. »Ich weiß.«

Auf diese Antwort bin ich nicht gefasst. »Du weißt? Woher in aller Welt willst du das wissen?«

Er steckt die Hände in die Jackentaschen und verzieht das Gesicht. »Weil es keine gute Idee ist, dass wir so viel zusammen sind, das wusste ich immer. Ich dachte nur …« In seinen schönen grauen Augen liegt so viel Zerknirschung, dass es mir das Herz bricht. Ich werde schon fast wieder schwach. »Versteh mich nicht falsch, Hilary. Ich bin so froh, dass ich dich in den letzten Monaten wieder neu kennenlernen durfte«, fährt er fort. »Die Zeit mit dir hat mir mehr geholfen, als du dir vorstellen kannst – dass ich mit ansehen konnte, wie du wieder auflebst. Du bist so eine starke Frau, so schön und intelligent … Du bist alles, was ich zu finden hoffte, als ich nach dir gesucht habe.« Er senkt den Blick. »Aber du hast recht. Du solltest nicht …« Er verstummt und schüttelt den Kopf. »Du hast recht.«

»Gut … also dann …« Na toll. Es war wieder nur sein schlechtes Gewissen. Mehr bin ich nicht für ihn – nichts als ein großes Mitleidsprojekt. Ich Idiot, wie konnte ich mir nur einbilden, dass er die gleichen Gefühle für mich hat wie ich für ihn? Dass er verzweifelt sein würde, wenn ich ihm sage, dass wir uns nicht mehr treffen können? Er ist hergekommen, hat gesehen, was er sehen wollte – und jetzt kann er gut mal eine Auszeit gebrauchen. Vielleicht ist er sogar froh, wenn er mich nicht mehr sehen muss.

»Komm«, sagt er, fasst mich am Ellbogen und führt mich zum Bahnsteig Richtung Norden. »Ich bring dich zum Zug.«

Der Zug fährt gerade ein, als wir hinkommen. Die Türen gehen auf und ich steige ein. Ich drehe mich um und Alessandro steht noch immer auf dem Bahnsteig. »Wo wolltest du überhaupt hin?«, frage ich.

Aber die Türen gehen zu, bevor er antworten kann.

Wir starren einander einen Herzschlag lang durch die Glastüren an, dann saust der Zug aus dem Bahnhof. Sobald wir im Tunnel sind, lasse ich die Tränen fließen. Ich wollte es so und es geht auch nicht anders. Wie soll ich sonst meine Geheimnisse wahren?

Gegen Mittag krieche ich endlich aus dem Bett und mir fällt ein, dass heute Donnerstag ist. Ich habe eine ganze Woche ohne Alessandro überlebt, aber heute ist unser Tag. Ich schleppe mich unter die Dusche und ziehe mich an, dann rufe ich Jess an, damit ich auf andere Gedanken komme.

»Hey!« Jess ist sofort dran.

»Hey. Hast du Lust, ein paar Weihnachtseinkäufe zu machen? Bist du zu Hause?«

»Ja, klar. Wann?«

»Jetzt gleich, wenn du kannst.«

»Wo sollen wir uns treffen?«

Ich überlege, für wen ich Geschenke kaufen muss. »Weiß nicht. Bei Macy's vielleicht?«

»Im Century 21 finden wir bessere Schnäppchen. In einer Stunde, okay?«

Das Century 21 ist nur ein paar Blocks vom World Trade Center Memorial entfernt. Ich weiß nicht, warum ich noch nie dort war, aber plötzlich habe ich das Bedürfnis, mir die Gedenkstätte endlich anzusehen. »Warst du je am WTC Memorial?«

»Klar. Schon mehrmals.«

»Macht's dir was aus, noch mal hinzugehen? Ich würde es gern sehen.«

»Was? Du warst noch nie dort?«, fragt sie verwundert.

»Nein, aber ich glaube, es wird Zeit.« Ich habe Alessandro nicht mehr gesehen, seit ich ihn vor einer Woche auf dem Bahnsteig zurückgelassen habe. Und ich darf ihn auch nicht wiedersehen. Vielleicht ist das ja der Grund, warum es mich plötzlich zum WTC-Memorial zieht – weil ich mich Alessandro auf diese Weise verbunden fühlen kann, ohne wirklich mit ihm zusammen zu sein.

»Ja, klar. Wir können das vorher machen, wenn du willst. Wo sollen wir uns treffen? Ist Ecke Church und Vesey okay? Von da aus können wir rübergehen.«

»Danke, Jess. Bis in einer Stunde.«

Jess ist schon da, lehnt an einer Wand in der Nähe des Federal Building, als ich an die Ecke komme. Sobald sie mich sieht, erlischt ihr Lächeln. »Was ist passiert?«, fragt sie besorgt und umarmt mich.

Ich umarme sie auch, viel länger als sonst. »Frag mich lieber, was *nicht* passiert ist.«

»Ist es wegen der Rolle? Ich weiß, wie ätzend das ist, Hil, aber das nächste Mal klappt's bestimmt.«

Ich lasse sie los und folge der Menschentraube, die gerade um die Ecke in Richtung Memorial verschwindet. Links vom Gehweg ist ein Maschendrahtzaun, mit blauen Planen verhängt, und dahinter, wo früher die beiden Türme standen, geht der endlose Wiederaufbau weiter. »Ja, klar ist es die Rolle, aber auch andere Sachen.«

»Dann schieß mal gleich mit den dicksten Brocken los«, sagt Jess und hakt sich bei mir unter.

»Meine Mom hat Krebs.«

»Oh, Mist, Hilary. Das war also kein Witz.«

»Nein, war es nicht.«

»Und wie geht's ihr?«

»Keine Ahnung. Ich durfte sie gar nicht sehen, als ich vor drei Wochen dort war. Seither habe ich jeden Tag angerufen, aber sie kommt nicht ans Telefon. Und mir wurde gesagt, ich könne mir die Mühe sparen, zu ihr rauszufahren, weil sie mich auf keinen Fall sehen will.« Ich schüttle den Kopf. »Ich weiß nicht, warum sie so sauer auf mich ist.«

»Oh Mann«, sagt Jess und lässt den Kopf hängen. »Das ist echt hart.«

Im selben Moment knallt ein Typ, der mit seiner Kamera

rückwärtsläuft, voll in mich rein und wirft mich beinahe um. »Kannst du nicht aufpassen, Mann?«, fauche ich ihn an und gebe ihm einen Stoß.

Der Typ dreht sich um und funkelt zurück. »Fick dich!«, zischt er.

»Fick dich selber, Arschloch.«

Jess zerrt mich weg, bevor ich ihm noch einen Schwinger verpasse. »Lass ihn, das geht alles auf sein Karma«, beruhigt sie mich.

Ich blicke auf und plötzlich sehe ich, wo wir sind.

Ich schaue direkt auf den Block, wo die Türme vor dem 11. September gestanden haben. Jetzt ist dort ein gepflasterter Platz mit zwei riesigen, spiegelnden Becken, die den Standort der beiden Türme markieren. Wir gehen näher und es wird spürbar stiller, der Stimmenlärm von den Touristen verebbt zu einem Wispern. Ehrfürchtige Gesichter, wohin man schaut. Ich bin zutiefst erschüttert und würde am liebsten zurückgehen und mich bei dem Typ mit der Kamera entschuldigen.

»Spürst du die Energie?«, flüstert Jess mir zu. »Die Atmosphäre hier ist anders als überall sonst in der Stadt.«

Und ausnahmsweise kann ich nachvollziehen, was sie meint. Es stimmt, hier liegt wirklich was Besonderes in der Luft.

Ich spüre, wie mir die Tränen in die Augen schießen, und ich sehe Alessandro vor mir, als süßen sechzehnjährigen Jungen, der ohne seinen Vater aufwachsen musste.

Ich habe die Sirenen gehört. Die ganze Stadt hat geschrien. Was an diesem Tag passiert ist, hat alles verändert.

Aber Alessandros Vater ist hier gestorben und Alessandros Leben war mit einem Schlag zerstört. Ich darf mir gar nicht vorstellen, was er durchgemacht hat.

Ich schlendere zu dem riesigen Becken, in dem der Nordturm gestanden hat, und gehe am Rand entlang, lese alle Namen, die an der Seite eingraviert sind, und halte nach Alessandros Familiennamen Ausschau: Moretti. Ich finde ihn schließlich auf der gegenüberliegenden Seite, ungefähr in der Mitte. Lorenzo Moretti. Lorenzo war also nach seinem Vater benannt. Ich beuge mich vor, fahre mit den Fingern seinen eingravierten Namen nach und schniefe in meinen Jackenärmel.

Er war Souschef im Windows on the World im Nordturm oben. Er hat Lorenzo und mich an diesem Morgen zur Subway gebracht und da haben wir ihn zum letzten Mal gesehen.

Ich schluchze auf bei der Erinnerung an Alessandros Worte – an den Kummer in seinen Augen. Ich sehe ihn vor mir, wie er hier an dieser Stelle als Erwachsener stand und endlich um seinen toten Vater trauern konnte.

Gespenster.

Jess tritt neben mich und legt mir eine Hand auf den Rücken. Wir stehen eine Weile nur da – eine Ewigkeit, wie mir scheint – und ich stelle mir Alessandros Familie vor dem Attentat vor. Vater und Mutter. Lorenzo, der ständig Ärger gemacht hat, Alessandro, der kleine Bruder, der ihn anhimmelte.

Alessandro, der Nachdenkliche, der immer versucht hat, seine Gefühle zu analysieren, einen Sinn im Leben zu finden und in dem ganzen Mist, der auf der Welt passiert. Der sich verzweifelt fragte, warum? Warum sein Vater sterben musste und seine Mutter ihn im Stich gelassen hat.

Und der mit aller Kraft dagegen ankämpfte, in dieser durchgeknallten Welt irgendwann selber den Verstand zu verlieren.

Allmählich löst sich der Knoten in meiner Brust, ich wische mir mit dem Ärmel über mein Gesicht und trete von dem Becken zurück.

»Bist du okay?«, fragt Jess.

Ich nicke und wir gehen den Weg zurück, den wir gekommen sind.

Zwei Stunden später komme ich mit meinen ganzen Weihnachtseinkäufen nach Hause: Rasierwasser für Brett, Schal und Handschuhe für Mallory, ein T-Shirt mit einem coolen Spruch für Jeff, ein neuer Lego-Bausatz für Henri und Fingerfarben für Max. Für Mom habe ich nichts. Ich habe einfach nichts gefunden, was ich ihr ins Gefängnis mitbringen darf.

»Okay, Hilary, erzähl mal, was sonst noch passiert ist«, sagt Jess auf dem Rückweg zur Subway. »Vorher sind wir ja nicht sehr weit gekommen.«

Wir gehen zusammen die Treppe hinunter. »Na, was wohl. Ein Kerl.«

Jess wirft mir einen Blick zu. »Jemand anderer als Brett?«

Ich nicke.

»Der, mit dem du im Club 69 getanzt hast? Ehrlich, Hilary, bei dem könnte ich glatt hetero werden.«

»Ich weiß echt nicht, was eigentlich zwischen uns läuft.

Ich bin doch mit Brett zusammen und suche keinen anderen, aber …« Ich atme tief ein.

»Du hast ihn gerade erst kennengelernt, was? Hey, du weißt doch, wie das läuft – du verknallst dich, träumst von dunklen Leidenschaften und so, der Typ ist heiß wie die Hölle, und sobald du ihn besser kennenlernst, stellst du fest, dass er ins Bett pinkelt und noch zu Hause bei Mommy wohnt oder was auch immer. Ich bin weiß Gott kein Fan von Brett, Hilary, aber anderswo ist das Gras immer grüner.«

Wir ziehen unsere Metrokarten durch und gehen durch die Drehkreuze.

»Nein, Jess, so ist das nicht. Ich hab ihn nicht gerade erst kennengelernt. Ich kenne ihn seit einer Ewigkeit.«

»Was heißt das, eine Ewigkeit?«, fragt Jess, während wir uns an den Leuten vorbeischlängeln.

»Wir waren zusammen in einer betreuten Wohngruppe. Ich war damals vierzehn.«

Wir bleiben endlich stehen und Jess' Augen bohren sich in meine. »Und? Da steckt doch viel mehr dahinter, oder?«

Ich lasse den Kopf hängen und zerre an meinen Locken. »Er war meine große Liebe damals.« Und ist es vielleicht noch. »Wir hatten was laufen.«

»Was laufen?« Jess beugt sich zu mir vor und flüstert: »Hat er dich entjungfert?«

»Nein. Das war sein Bruder.«

Jess verschlägt es einen Augenblick die Sprache. »Sag mir jetzt bitte nicht, dass du mit beiden geschlafen hast«, seufzt sie schließlich und starrt mich fassungslos an.

»Doch, hab ich.«

Sie holt tief Luft. »Und jetzt?«

»Jetzt? Wir unternehmen viel, machen Ausflüge miteinander und …« Ich schüttle den Kopf. »Ich bin einfach gern mit ihm zusammen, verstehst du? Er ist interessant und so anders als die meisten Kerle, und …« Wieder schüttle ich den Kopf. »Ich weiß nicht.«

Jess stopft ihre Einkaufstüten neben sich und lehnt sich an die Wand. »Dann ist der Typ aus heiterem Himmel wieder hier aufgetaucht?«

Ich nicke. »Aber ich hab ihm gesagt, dass wir uns nicht mehr treffen können.«

»Wegen Brett?«

Mein Magen krampft sich zusammen. Ich würde ihr so gern alles erzählen – den wahren Grund, warum ich nicht mit Alessandro zusammen sein kann, aber ich darf nicht. Ich bin an ein Versprechen gebunden. »Ach, wegen allem Möglichen.«

Jess schaut mich an, öffnet den Mund, als wollte sie etwas sagen, aber dann schüttelt sie den Kopf. »Wie heißt es immer? Ein Unglück kommt selten allein«, murmelt sie stattdessen.

»Das kannst du laut sagen.«

Zu Hause gehe ich sofort ins Schlafzimmer und verpacke alle meine Weihnachtsgeschenke. Wir haben keinen Baum, unter den ich sie legen kann, deshalb stopfe ich alles in die Einkaufstüte zurück und verstecke sie im Schrank. Mein Geschenk für Alessandro, das ich schon früher gekauft habe, liegt in der Ecke. Ich ziehe es hervor und drehe es in meinen Händen. Eine Pappröhre, in grünes Geschenkpapier verpackt, mit einer roten Schleife darum. Und mitten in der Schleife sitzt meine Gummikakerlake.

Ich lege das Päckchen zurück und schließe die Schranktür. Brett kommt in ein paar Tagen nach Hause. Dann wird es leichter für mich. Vielleicht bin ich selber schuld, weil ich Brett nicht genügend gewürdigt, unsere Beziehung nicht ernst genug genommen habe. Vielleicht könnten wir mehr füreinander sein als eine WG plus Sex.

Brett ist unkompliziert, pflegeleicht und vorhersehbar. Nicht wie Alessandro.

Er hat alles, was ich brauche.

Also was?

18.

Heute ist Heiligabend und ich muss arbeiten. Tolle Weihnachten, hoho. Und der Gipfel ist, dass Bill-Bob als Einziger in der Bar sitzt, sodass ich wahrscheinlich mit fünf Dollar Trinkgeld nach Hause gehe.

Brett ist schon da, wenn ich heute Nacht von der Bar nach Hause komme. Um sechs landet er in Newark. Er hat mir eine SMS vom Flughafen geschickt und gefragt, ob ich zu der Party kommen will, die seine Truppe veranstaltet. Ich habe ihn angelogen und gesagt, ich würde gerne mitkommen, müsse aber arbeiten. Das mit der Arbeit war allerdings keine Lüge.

Sechs Wochen ist Brett schon fort und eigentlich müsste ich total ausgehungert nach ihm sein. Stattdessen denke ich die ganze Zeit nur an Alessandro.

Vielleicht ist es wirklich das Beste, mich voll auf Brett

zu werfen, damit ich möglichst schnell drüber wegkomme.

Die zweieinhalb Wochen ohne Alessandro habe ich mit Arbeiten und Spazierengehen verbracht. Ich mache jetzt jeden Morgen einen Fünf-Meilen-Rundgang durch den Central Park. (Die Bethesda Fountain meide ich allerdings wie die Pest.) Ich weiß nicht, ob es an der Bewegung oder der frischen Luft liegt, aber mein Morgenspaziergang ist für mich das absolute Highlight am Tag. Der einzige Moment, in dem ich einen klaren Kopf bekomme und wieder richtig denken kann. Beim Gehen weiß ich genau, was Sache ist. Und wer wer ist. Den ganzen restlichen Tag quäle ich mich mit Dingen herum, die ich nicht ändern kann. Oder nicht bekommen werde.

Kurz vor elf wankt Bill-Bob von seinem Hocker herunter und geht. Ich räume sein Glas ab und was sehe ich? Einen verkrumpelten Fünfer, der daruntersteckt. Hat er Angst, der Schein könnte wegwehen oder geklaut werden oder was? Auf jeden Fall kann ich hellsehen – ich gehe tatsächlich mit fünf Dollar Trinkgeld nach Hause.

Zehn Minuten später – ich lehne im Halbschlaf an der Bar – klingelt das Telefon und ich schrecke hoch. Ich reiße den Hörer an mein Ohr und melde mich (das Telefon ist ein uraltes Teil, das noch mit einem richtigen Kabel in der Wand steckt).

»Hey, Hilary! Wie läuft's?«, fragt Jerry.

»Schlecht. Der Umsatz hängt noch tiefer als deine Weihnachtskugeln, Jerry. Und herzlichen Dank auch, dass du mich heute Nacht arbeiten lässt. Sklaventreiber.« Ich war so sauer auf ihn, dass ich nicht mal in Arbeitsklamotten gekommen bin. Ich trage meine bequemsten Jeans statt der verdammten Ass-Shorts.

»Echt? So mies?«

Ich halte den Hörer in den leeren Raum. »Was hast du gesagt? Ich versteh kein Wort, bei dem ganzen Radau, den die Gäste hier machen.«

»Wenn nichts läuft«, sagt Jerry, »kannst du dichtmachen und nach Hause gehen.«

»Und bezahlst du mich dann trotzdem für die letzten drei Stunden meiner Schicht? Weil ich nämlich einen ganzen Fünfer Trinkgeld mit nach Hause bringe.«

Er lacht schnaubend ins Telefon. »Nimm's als Weihnachtsgratifikation!«

Mir reicht es jetzt endgültig. »Nacht, Jerry.«

»Fröhliche Weihnachtzen«, sagt er, aber ich warte nicht, bis er zu Ende geredet hat, sondern knalle den Hörer auf die Gabel.

Müde und frustriert komme ich nach Hause und würde den ganzen verdammten Tag am liebsten vergessen. Ich stecke den Schlüssel ins Schloss, öffne unsere Wohnungstür und da sitzt Brett auf der Couch, splitternackt, und wartet auf mich. Ich höre ein lang gezogenes Stöhnen und ein paar Grunzer aus dem Fernseher, und ich weiß auch, warum. Er hat einen Porno-Sender eingestellt.

Wie der Blitz schießt er von der Couch hoch, nagelt mich an der Wand fest und reißt mir meinen Mantel herunter. »Na? Hast du mich vermisst?«, fragt er mit einem lüsternen Grinsen im Gesicht. Seine trüben Augen und sein Whiskyatem verraten mir, dass er sturzbetrunken ist.

»Ja. Wie war die Party?«

»Schade, dass du nicht dabei warst, Süße«, lallt er und zerrt am Reißverschluss meiner Jeans.

Er reißt mir die Hose runter und ich rede mir ein, dass ich es doch auch wollen müsste. Wir haben seit einem Monat nicht mehr miteinander geschlafen.

Ich will ihn, verdammt.

Ja, doch.

Aber es geht nicht. Als er mir die Jeans bis ungefähr zu den Knien runtergezerrt hat, stoße ich ihn weg und ziehe ihn hoch. »Stopp, Brett. Ich hatte eine beschissene Schicht und ich bin viel zu müde für das hier.«

Ein betrunkenes Grinsen breitet sich in seinem Gesicht aus. »Ausgezeichnet. Zier dich ruhig ein bisschen – die Nummer hatten wir ja schon lange nicht mehr.« Er nagelt mich wieder an der Tür fest und küsst mich brutal.

Ich zucke zusammen bei dem Gedanken an die Sexspielchen in unserer ersten Zeit – seine Lieblingsnummer war die »spröde Jungfrau«. Und zu meiner Schande muss ich zugeben, dass mir das auch noch Spaß gemacht hat. Jetzt hasse ich mich dafür.

Er knetet meinen Busen und beißt mich ins Ohr. »Mhmmm, was bist du geil, Schätzchen. So was Frisches, Junges. Du fühlst dich sooo gut an«, lallt er, schon voll in seinem Rollenspiel.

»Stopp, Brett«, sage ich und stoße ihn weg. »Das ist kein Spiel. Mir ist jetzt nicht danach.«

Er weicht zurück und mustert mich unter schweren Lidern. »Du meinst das tatsächlich ernst.« Er packt seinen Schwanz und seine Augen verengen sich. »Einen ganzen Monat hatten wir nichts mehr miteinander, und da willst du mich einfach so stehen lassen?«

Mein Magen krampft sich zusammen. Ich kann einfach nicht. Mir wird schlecht bei dem bloßen Gedanken an Sex mit Brett. »Ich glaube, das funktioniert nicht mehr, Brett.«

Er weicht noch mehr zurück und funkelt mich an. »Was zum Teufel willst du damit sagen?«

»Ich … ich ziehe aus. Sobald ich was anderes finde.«

Sein Gesicht verzerrt sich. »Fick dich! Wenn du ausziehen willst, kannst du jetzt gleich abhauen. Schaff deinen verdammten Arsch hier raus und schlaf auf der Straße. Ist mir doch egal.« Er kehrt mir den Rücken zu, wirft die Arme hoch und wirbelt wieder zu mir herum. »Hast du auch nur die geringste Ahnung, wie viele Mädchen ich auf der Tournee hätte ficken können, Hilary? Jede Menge, verdammt noch mal. Und Nacht für Nacht. Und weißt du, was? Ich hab nichts gemacht.« Er dreht sich wieder um und plumpst auf die Couch. »Ich fass es nicht, Mann. *Du* machst mit mir Schluss«, fügt er mit bitterem Lachen hinzu. »Unglaublich.«

»Tut mir leid, Brett. Es ist nur …«

»Hau verdammt noch mal ab!«

Ich gehe in Richtung Schlafzimmer, um meine Klamotten zu holen, aber er schießt von der Couch hoch und stürzt sich auf mich, knallt mich voll gegen die Tür.

»Ich hab gesagt, raus hier! Sofort!«

Ich reiße meine Jacke vom Boden hoch und stürze in den Flur hinaus. Draußen drehe ich mich noch mal um und er knallt mir die Tür voll ins Gesicht.

»Shit«, sage ich zum Spion. Ich gehe zum Lift, fahre hinunter und stolpere auf den Gehweg hinaus. Und jetzt? Ich habe keine Ahnung, wo ich hinsoll. Irgendwie lande ich am Broadway, krame meine Metrokarte hervor und steige in der 79. ein. Egal, wohin – Hauptsache, weg. Jupiter klingt gut. Ich lasse mich auf einen Sitz fallen und kauere mich zusammen, sodass meine Stirn auf den Knien liegt, die Hände hinter dem Kopf verschränkt.

Atmen.

Langsam beruhigt sich mein Herzschlag, und als ich endlich wieder klar denken kann, setze ich mich auf und blicke mich um. Festlich gekleidete Paare steigen am Lincoln Center ein. Nicht jedes Theater hat an Heiligabend geschlossen und jetzt sind wohl gerade die Vorstellungen aus.

Shit.

Den Broadway kann ich vergessen.

Was zum Teufel soll ich jetzt machen? Mein ganzer Krempel ist in Bretts Wohnung. Ich muss also noch mal zurück, um alles abzuholen, aber was dann? Ich kann mir keine eigene Wohnung leisten. Vielleicht kann ich ein, zwei Wochen bei Mallory unterkommen, bis ich was anderes gefunden habe.

Ich lasse wieder meinen Kopf in die Hände fallen, versuche abzuschalten.

Der Zug wird langsamer und ich blicke auf. Wir fahren gerade am Sheridan Square ein und plötzlich weiß ich, wo ich hinkann. Warum ich überhaupt in diesen Zug gestiegen bin. Ich nehme meine Tasche an mich und gehe schnell die Treppe hinauf, bevor mich der Mut verlässt. Ich remple mindestens fünf Passanten an, als ich mich durch das Gewühle die Bleecker Street Richtung Perry entlangschlängle. Endlich bin ich am Ziel, drücke auf die Haustürklingel und warte. Meine Nerven sind aufs Äußerste gespannt und ich zucke bei jedem Geräusch zusammen. Nichts rührt sich. Nach einer Minute klingle ich noch mal, halte mehrere Sekunden den Daumen drauf.

Wieder nichts.

Na klar doch. Was erwarte ich auch? In meinem Leben läuft einfach immer alles schief.

Ich sinke auf die Türschwelle, schlage die Hände vors Gesicht und versuche, einen klaren Kopf zu bekommen. Was jetzt?

»Hilary?«

Überrascht blicke ich auf und schaue in Alessandros tiefe rauchgraue Augen. Im ersten Moment sitze ich nur da und starre ihn an. Aber dann zieht er mich an der Hand hoch und ich schmiege mich an seine schwarze Wolljacke.

»Was ist denn passiert?«, flüstert er mir ins Ohr. »Hat dir jemand was getan?« Seine Stimme mit dem leichten Akzent ist weich wie Seide, aber ich höre einen Anflug von Panik darin.

Ich schüttle den Kopf, versuche meine Gedanken zu sammeln. »Nichts … ich …« Schnell weiche ich zurück, bin plötzlich total verlegen. »Ich weiß nicht, wie ich hergekommen bin. Das war dumm von mir.« Ich will mich umdrehen und weggehen, aber Alessandro fasst mich sanft am Arm.

»Komm. Ich mach uns was Heißes zu trinken.« Er schließt die Tür auf, schiebt mich durch, zieht mich in den Lift und wir fahren zu seiner Wohnung hinauf.

Seine Wohnung. Gleich bin ich wieder in Alessandros Wohnung. Mit Alessandro.

Wir treten in das Treppenhaus hinaus und mein Herz ist bleischwer. Ich habe ihm gesagt, dass ich nicht mehr mit ihm zusammen sein kann. Ich dürfte gar nicht hier sein. Ich wirble herum, will wieder zum Lift gehen. »Nein, Alessandro … Ich kann wirklich nicht …«

»Hilary«, sagt er und ich drehe mich um. »Du bist völlig durcheinander, das seh ich doch. Bitte komm jetzt rein, dann reden wir.«

Er hält meinen Blick fest, nimmt meine Hand in seine, und meine Füße bewegen sich gegen meinen Willen den Flur entlang. Alessandro steckt den Schlüssel ins Schloss, zieht mich zur Tür herein, die er hinter uns zumacht. Dann dreht er sich zu mir um … und ich habe keine Ahnung, was ich sagen soll. Was zum Teufel habe ich mir dabei gedacht, hierherzukommen?

Wir stehen da, ungefähr einen Meter auseinander, und starren uns eine Ewigkeit lang an.

»Kann ich dir deine Jacke abnehmen?«, fragt er schließlich und streift seine ab.

»Ja … klar.« Ich ziehe meine Handschuhe aus und stecke

sie in meine Taschen, dann schlüpfe ich aus meiner Jacke und wickle den Schal von meinem Hals ab. »Wo warst du so spät in der Nacht?«, frage ich und reiche ihm meine Sachen.

»Ich habe den Job als Leiter des Teen Service im Jugendamt bekommen. Wir haben in der Suppenküche in unserem Viertel Weihnachtsessen ausgegeben. Das Aufräumen hat eine Weile gedauert«, antwortet er und hängt unsere Jacken an den Garderobenständer direkt hinter der Tür. Dann geht er in Richtung Küche. »Ich habe Cola da oder …«

»Hast du vielleicht auch Rum dazu?«, frage ich und folge ihm in die Küche.

»Nein, tut mir leid.« Er öffnet den Kühlschrank, nimmt eine halb leere Weißweinflasche heraus und schaut mich mit fragend hochgezogenen Augenbrauen an. »Das ist alles, was ich dir in dieser Hinsicht bieten kann.«

»Gebongt«, sage ich und lehne mich an die Theke auf der anderen Seite des Kühlschranks. Ich schaue zu, wie er zwei Gläser vom Regal herunterholt und den restlichen Wein einschenkt. Dann nimmt er die vollen Gläser, reicht mir eins davon und geht zur Couch. Dort bleibt er stehen und wartet auf mich.

Ich gehe zu ihm und sinke in die Kissen. Alessandro setzt sich ans andere Ende und stellt sein Glas auf dem Couchtisch ab … ein moderner Tisch, wie ich jetzt sehe – Glas in einem massiven Metallrahmen.

»Das ist super, dass du den Job gekriegt hast«, sage ich. »Herzlichen Glückwunsch.«

»Danke.« Er lässt den Wein in seinem Glas kreisen und wendet den Blick ab. »Ist ein gutes Ventil für mich.«

»Was machst du denn dort?«

»Ich koordiniere Programme, mit denen wir die Jugendlichen von der Straße fernhalten wollen.«

»Was für Programme?«

Alessandro rutscht tiefer in die Kissen. »Alles, was die Kids brauchen und wollen, von diversen Lernangeboten bis Boxen und Computer-Programmieren. Wir haben Dutzende von ehrenamtlichen Helfern in der Gemeinde, die bereit sind, mitzuarbeiten.«

Mit klopfendem Herzen frage ich: »Heißt das, du bleibst noch eine Weile da?«

Er hält meinen Blick fest. »Kommt ganz drauf an.«

Ich schlucke mühsam. »Worauf?«, frage ich.

Endlich senkt er den Blick und ich atme auf. »Was ist heute Nacht passiert? Warum bist du hier?«

»Nichts. Mir geht's gut. Ich …« Plötzlich schießen mir die Tränen in die Augen. Ich bin entsetzt über die Worte, die aus mir hervorbrechen, kann mich aber nicht bremsen. »Ich wollte immer nur auf der Bühne stehen und spielen, verstehst du? Das war immer mein Traum. Seit mein Opa mich kurz vor seinem Tod zu »Annie« mitgenommen hat, gibt es nichts anderes für mich … auf der Bühne stehen, wo alle an meinen Lippen hängen, und einfach meine Gefühle hinausschreien.«

Ein heftiger Schmerz durchzuckt mich bei diesen Worten und mir wird bewusst, wie fest ich damit gerechnet hatte, dass es diesmal klappt. Ich dachte wirklich, ich habe die

Rolle. Aber mein Traum ist gestorben und meine Seele mit ihm. Jedenfalls ein bisschen.

Alessandro beugt sich vor und wischt mir mit den Fingerspitzen die Tränen vom Gesicht. »Dann musst du das auch tun.«

Ich bin wie elektrisiert von seiner Berührung, kriege überall Gänsehaut. Zum ersten Mal seit acht Jahren hat er mich so berührt, Haut an Haut, ohne Klamotten oder Handschuhe dazwischen. (Dass ich ihn vor dem Argo Tea geschlagen habe und das Dirty Dancing im Club 69 zählt natürlich nicht.) Das Gefühl erschreckt mich. Ohne Brett als Hindernis ist es gefährlich für mich, hier zu sein. Ich wische seine Hand weg, unsanfter, als ich wollte. Dann nehme ich einen großen Schluck Wein, lasse ihn über meine Zunge perlen und meine Kehle hinuntergleiten, kühl und prickelnd, und ich spüre, wie mir der Alkohol in den Kopf steigt.

»Wenn jeder Dritte in Manhattan sich bei denselben drei Theatern bewirbt, ist das nicht so einfach. Ohne Beziehungen geht gar nichts – man braucht jemanden, der einen reinbringt.« Ja, genau. Und ich habe gerade meine »Eintrittskarte« nackt in der Wohnung stehen lassen.

Alessandro beugt sich zu mir vor. »Natürlich ist das nicht einfach. Aber Talent muss doch auch zählen.«

Ich zucke die Schultern. »Vielleicht bin ich ja doch nicht so begabt, wie ich dachte.«

Er nimmt meine Hand und wieder durchfährt es mich. »Doch, das bist du.«

Ich will mich instinktiv losreißen, lasse ihm dann aber

doch meine Hand. »Woher willst du das wissen?«, wehre ich ab.

»Google und YouTube sind nützliche Einrichtungen«, sagt er mit einem verschmitzten Lächeln, das mir Schmetterlinge in den Bauch zaubert.

Shit. Er hat mich schon wieder im Internet gestalkt. »Du hast doch nicht …«

Er nickt und sein Lächeln wird breiter. »Doch. Ein paar von deinen ›American-Idol‹-Clips sind wirklich sehr eindrucksvoll.«

Ich schüttle den Kopf. »Nicht eindrucksvoll genug. Ich hab's nicht geschafft, mir einen Namen damit zu machen.«

Alessandro zieht die Augenbrauen hoch. »War das so wichtig für dich?«

»Na ja …« Ich zucke die Schultern. »Ja, doch, weil ich dadurch an Castings herangekommen bin, die ich sonst nie gekriegt hätte.«

»Dann musst du das voll ausspielen«, sagt er und zeichnet Kreise auf meinem Handrücken. »Meinst du, das bringt dir auch weiterhin Casting-Termine?«

»Ich denke schon … eine Zeit lang zumindest. Aber es nützt nichts. Ich werde nie genommen.«

»Und was muss passieren, damit du genommen wirst?«

»Eine ganze Menge, aber hauptsächlich müsste ich tanzen lernen.«

Sein Daumen erstarrt auf meiner Hand. »Was für eine Art von Tanz?«

Ich zucke die Schultern. »Ist doch egal. Ich kann mir die Stunden sowieso nicht leisten.«

»Was für eine Tanzform?«, beharrt er mit einer Engelsgeduld.

»Klassisch … modern … eigentlich alles. Hauptsache, ich lerne mich bewegen, damit ich nicht wie der letzte Loser rüberkomme.«

»Hast du am Donnerstag frei?«, fragt er und in seinem Tonfall liegt etwas, das mich hellhörig macht.

»Warum?«, frage ich misstrauisch.

Er grinst leicht, und das sieht so wahnsinnig sexy bei ihm aus. »Ist das ein Spiel oder warum zwingst du mich dazu, alle meine Fragen zweimal zu stellen?«

Ich verdrehe die Augen. »Ja, da hab ich frei.«

»Kannst du um zehn im Jugendzentrum sein?«

»Morgens?«, frage ich, in der Hoffnung, dass ich ihn falsch verstanden habe.

Er grinst noch mehr. »Ja, klar, morgens.«

»Ähm … ja, ich denke schon.« Dabei weiß ich gar nicht, wo ich heute Nacht schlafen soll. Zu Hause jedenfalls nicht, das steht fest. Und wer weiß, wo ich in zwei Tagen sein werde?

»Also, was ist jetzt passiert?«, fragt Alessandro unvermittelt.

Kann er Gedanken lesen? Ich hole tief Luft, fasse einen Entschluss. Ich werde ihm nichts erzählen. Solange er denkt, dass Brett zwischen uns steht, kann nichts passieren.

Alessandro beugt sich zu mir vor. »Sprich mit mir, Hilary.«

»Ich hab mit meinem Freund Schluss gemacht.« Shit.

Warum kann ich meinen verdammten Mund nicht halten, wenn ich mit Alessandro zusammen bin?

Er erstarrt und sein Ausdruck verändert sich, wird wachsamer. Er lässt meine Hand los, greift nach seinem Glas und trinkt einen Schluck.

Ich stehe auf, gehe ans Fenster und schaue auf die Perry Street hinaus. Es ist schon fast eins, aber überall schlendern Leute herum. Ein paar Typen überholen zwei Mädchen auf dem Gehsteig gegenüber, und beide, Jungs wie Mädchen, werden langsamer, checken sich gegenseitig ab – der übliche NYC-Paarungstanz. Alessandro tritt hinter mich. Ich spüre die Hitze seines Körpers, aber er berührt mich nicht. Ich drehe mich zu ihm um, stoße fast mit ihm zusammen.

Meine Augen füllen sich mit Tränen, was mich total wütend macht. »Es ist so idiotisch, verstehst du? Ich habe ihn nie geliebt oder was auch immer. Und die meiste Zeit ging er mir auf die Nerven. Aber es war so bequem … so einfach …«

Alessandro zögert einen Augenblick, dann breitet er die Arme aus, zieht mich an seine Schulter. Ich will ihn wegstoßen, aber mir fehlt die Kraft dazu. Ich kann nicht. Ich sehne mich schon so lange danach, in Alessandros Armen zu liegen. Wie oft habe ich davon geträumt, seit er fort ist. Geträumt, dass er zurückkommen und mich an sich drücken würde, und dann wäre alles wieder in Ordnung.

Und jetzt ist er da.

Wirklich da.

Tränen strömen mir über die Wangen und jetzt weiß ich, dass es um mehr geht als nur um Brett. Ich weine um alles.

Um Mom und Mallory. Die Schmetterlinge im Park. Lorenzo und Alessandro und alles, was danach kam. Ich weine, weil ich so verzweifelt und einsam war und allen Kummer einfach weggesteckt und mein ganzes Leben lang verleugnet habe, weil ich nicht schwach sein wollte.

Alessandros Atem in meinem Haar ist warm und tröstlich. Er sagt kein Wort, drückt mich nur an sich und küsst mich auf den Kopf, streichelt mir die Haare und wiegt mich sanft in seinen Armen. Als ich mich ausgeweint habe, löse ich mich von ihm und schaue zu ihm auf.

»Besser?«, fragt er und wischt mir mit seinem Daumen die Tränen ab.

Ich nicke, weil ich meiner Stimme nicht vertraue.

Sein Daumen bewegt sich langsam über meine Wange, dann streift er meine Lippen und Alessandro hält meinen Blick mit seinen warmen Augen fest. Nahe. So nahe. Mein Herz hämmert bei der Vorstellung, dass er sich jeden Moment noch weiter vorbeugen und seine Lippen auf meine drücken könnte. Lange rührt sich keiner von uns beiden und ich bin sicher, dass er genau das Gleiche fühlt wie ich.

»Du kannst heute Nacht hierbleiben«, sagt er schließlich, lässt mich los und wendet den Blick ab. »Um diese Zeit kannst du nicht mehr allein in der Stadt herumlaufen, und du wirst heute Nacht sicher nicht in deine Wohnung zurückwollen?«

Ich stoße die Luft aus, die ich die ganze Zeit angehalten habe. »Was heißt heute Nacht? Nie wieder geh ich dahin zurück.«

»Ich schlafe auf der Couch«, bietet er an. »Du kannst mein Bett nehmen.«

»Ganz der Gentleman«, sage ich schniefend und grinsend. »Wie immer.«

Er lächelt. »Na klar doch, was erwartest du, wenn mir ein schönes junges Mädchen in Not zur Tür hereinschneit?«

Ich folge ihm ins Badezimmer. Er zieht eine eingeschweißte Reserve-Zahnbürste aus einer Schublade und legt sie auf die Ablage. »Du kannst auch duschen, wenn du willst. Hier sind frische Handtücher«, sagt er und öffnet den Schrank. Dann führt er mich zu dem Alkoven, in dem sein Bett steht, und mir wird ganz heiß bei der Vorstellung, dass ich hier schlafen werde, in seinen herben Duft gehüllt. Schließlich öffnet er die oberste Schublade seiner Anziehkommode. »Soll ich dir ein frisches T-Shirt zum Schlafen geben?«

Erst in diesem Moment wird mir bewusst, dass ich noch mein verqualmtes Filthy's-Top anhabe. »Ja, gern, danke. Das wäre super.«

Er nimmt ein schwarzes T-Shirt heraus und legt es mir aufs Bett.

»Ich glaube, ich geh jetzt duschen«, sage ich, weil ich mich in mehr als einer Hinsicht schmutzig fühle.

Alessandro nickt. »Kann ich vorher noch kurz rein?«, fragt er.

»Ja, klar. Mach nur.«

Er zögert einen Augenblick, dann nimmt er meinen Ellbogen und drückt einen Kuss auf meinen Mundwinkel. »Bin gleich fertig.«

Schmetterlinge flattern in meinem Magen auf, aber im nächsten Moment ist er hinter der Badezimmertür verschwunden.

Ein paar Minuten später kommt er wieder heraus. »Jetzt kannst du rein«, sagt er mit einer einladenden Handbewegung.

»Danke.« Ich nehme das T-Shirt und schließe die Tür hinter mir.

Die Badewanne ist altmodisch, mit Klauenfüßen, einem Duschkopf, der an der Wand befestigt ist, und einem Plastikvorhang, der ganz um die Wanne herumgeht. Ich ziehe den Vorhang zu und stelle das Wasser an. Dann reiße ich mein Filthy's-Top und meine Jeans herunter und steige hinein. Das warme Wasser tut so gut – wie winzige Finger, die den ganzen Dreck von mir abwaschen. Ich stehe lange unter dem Wasserstrahl, greife nach Alessandros Seife und halte sie an meine Nase. Sie riecht frisch und fruchtig, vielleicht Mandarine, und ich erkenne darin den Duft wieder, der sich mit Alessandros herbem Rasierwasser mischt. Ich seife mich ein, shampooniere meine Haare, spüle sie aus und drehe den Wasserhahn zu. Tropfend stehe ich in der Badewanne und lausche auf Alessandro, aber die Wohnung ist still. Vielleicht ist er eingeschlafen.

Endlich steige ich aus der Wanne und trockne mich ab, dann ziehe ich Alessandros T-Shirt über den Kopf. Es ist weich und bequem und riecht frisch gewaschen, und irgendwie wirkt es beruhigend auf mich. Ich knipse das Licht aus und husche zur Tür hinaus. Die Wohnung ist dunkel, außer einem kleinen Lämpchen auf dem Nachttisch neben dem Bett. Alessandro liegt auf der Couch in einem Streifen Mondlicht, mit nacktem Oberkörper und einem Laken über seiner unteren Körperhälfte. Ein Calvin-Klein-Slipbund schimmert unter dem Laken hervor. Der Anblick lässt mich erstarren und mein Herz setzt einen Schlag lang aus.

Ich hatte mir nie wirklich Alessandros Körper vorgestellt. Er ist schlank und muskulös und sein Sixpack ist echt der Hammer. Aber was mich am meisten berührt und mein Herz schneller schlagen lässt, ist sein Arm hinter dem Kopf – die dicke Ader, die sich an seinem Unterarm hochschlängelt, sein durchtrainierter Bizeps, die langen Finger in seinem welligen schwarzen Haar, das leicht zerwühlt ist. Mir wird sofort ganz heiß, ich würde am liebsten zu ihm auf die Couch kriechen.

Aber das geht nicht. Auf keinen Fall.

Ich hätte gar nicht erst herkommen dürfen.

Alessandro stemmt seine schlanken Arme in die Kissen und setzt sich auf, sodass ich seinen hungrigen Blick sehe. Er sagt kein Wort, aber ich sehe ihm an, dass er mich nicht von der Bettkante stoßen würde, falls ich es darauf anlegen sollte.

Ich stehe noch einen Augenblick so da, mit hämmerndem Herzen, hin- und hergerissen zwischen meinen guten Vorsätzen und diesem Blick, der mich unwiderstehlich anzieht. Am Ende werde ich schwach. Trotz der heißen Dusche bin ich ganz steif vor Kälte, als ich zu ihm unter die Decke schlüpfe. Er rutscht zur Seite, um mir Platz zu machen, und ich lege mich neben ihn. Ich lasse mich in seine Arme ziehen und kuschle mich mit einem wohligen Seufzer hinein, presse mich an seine Seite und lege meinen Kopf auf seinen Arm. Seine Lippen streifen meine Stirn und ich spüre seinen heißen Atem, der ein bisschen rau geht. Er streichelt mir die Haare, berührt mich aber sonst nirgends.

Ich lege meine Handfläche leicht auf seine Brust, aber er versteift sich sofort und hält den Atem an, was mir einen Stich ins Herz gibt. Ich lasse meine Hand liegen und er entspannt sich ein bisschen. Lange Zeit bleiben wir so. Ich spüre seinen Atem in meinem Gesicht und seinen harten, muskulösen Körper an meinem, ein Gefühl, das mich bis ins Innerste aufwühlt.

»Gute Nacht, Hilary«, wispert Alessandro schließlich.

»Nacht«, wispere ich zurück. Ich zwinge mich, ruhiger zu atmen, obwohl ich in Alessandros Armen liege, an seinem supertollen, halb nackten Körper, und mehr von ihm will. Viel mehr. Aber das geht nun mal nicht.

Ich brauche eine Ewigkeit, bis ich endlich einschlafen kann.

19.

»Stopp!«

Alessandros Schrei reißt mich aus dem tiefsten Schlaf. Er wirft sich herum, stößt gegen mich, und mein Herz fängt an zu rasen.

Draußen ist es hell, die weichen Strahlen der Morgensonne werfen blassrosa und goldene Streifen an die Wände von Alessandros Wohnung.

Ich will mich bewegen, kann aber nicht, weil meine Arme und Beine mit Alessandros verschlungen sind. Es ist heiß, auf seiner Stirn schimmert ein dünner Schweißfilm. Mit gequälten Augen starrt er mich an, so verzweifelt, dass es mir die Kehle zuschnürt.

»Was ist? Hab ich …« Er fährt sich mit der Hand durchs Haar und setzt sich auf. »Tut mir leid, dass ich dich aufgeweckt habe.«

Ich richte mich ebenfalls auf und ziehe die Luft ein. »Was ist denn los?«

»Nichts. Tut mir leid.«

»War das ein Traum?« Hat er Albträume?

»Tut mir leid«, wiederholt er und wendet verlegen den Blick ab. Dann steht er auf und jetzt sehe ich, dass er nur eine weiße Calvin-Klein-Slipshorts anhat. Sonst nichts. Mir bleibt die Luft weg. »Ich geh duschen«, sagt er und fasst sich in die Haare, sodass sein sexy Bizeps voll zur Geltung kommt. »Schlaf nur weiter.«

Er geht ins Badezimmer und kurz darauf rauscht das Wasser.

Ich stehe auf und Alessandros T-Shirt fällt an mir herunter. Wahnsinn. Ich habe die ganze Nacht neben einem superheißen Typ auf der Couch geschlafen, nur in einem T-Shirt und ohne Unterwäsche. Und es ist nichts passiert. Wie soll das alles hier nur weitergehen? Ich grüble und grüble, bis das Wasser abgestellt wird. Eine Sekunde später kommt Alessandro aus dem Bad, ein Handtuch um die Hüften geschlungen. Der Anblick ist atemberaubend – seine langen, schlanken Arme, die harten, flachen Bauchmuskeln, die verheißungsvolle dunkle Haarspur, die unter dem Handtuch verschwindet.

»Ich habe vorher ganz vergessen, dir frohe Weihnachten zu wünschen«, sagt er.

»Weihnachten?«, frage ich verwirrt und schüttle schnell meine Sexfantasien ab.

»Ja, schon den ganzen Tag.« Alessandro öffnet die mittlere Schublade seiner Kommode und zieht eine schwarze

Boxershorts hervor, dann geht er zum Schrank und zieht sie unter dem Handtuch an.

»Ich müsste heute Morgen bei Mallory sein«, sage ich, nachdem ich mich wieder gesammelt habe.

»Ich kann dich zur Subway begleiten, wenn ich angezogen bin.« Er lässt das Handtuch fallen und schlüpft in eine Jeans.

Verdammt, sieht der Typ scharf aus!

»Ja … okay.« Ich schnappe meine Jeans, meinen BH und meine Unterwäsche und gehe an ihm vorbei ins Bad. »Bin gleich fertig.«

Ich schließe die Tür und hole mein Handy aus der Tasche. Acht Uhr dreißig. Also mitten in der Nacht. Ich sehe den entgangenen Anruf und mein Magen krampft sich zusammen. Brett, den ich gerade verlassen habe. Aber er hat keine Nachricht auf der Mailbox hinterlassen. Ich rufe nicht zurück.

Ich ziehe mich an, befeuchte meine Finger, fahre damit durch meine Haarkrause und nehme mir eine Sekunde Zeit, um ein paar Kringel zu formen. Dann spritze ich mir eine Handvoll Wasser ins Gesicht, putze mir die Zähne und betrachte mich im Spiegel. Das muss reichen.

Alessandro hat meine Jacke über dem Arm, als ich aus dem Bad komme, und obendrauf liegt ein kleines, grün verpacktes Kästchen. »Was ist das?«, frage ich und nehme es an mich.

»Dein Weihnachtsgeschenk.«

»Ich hab auch eins für dich. Aber es ist zu Hause bei …«

Verdammt. Brett. Ich zucke zusammen. »Tut mir leid. Es ist in der Wohnung.«

Alessandro presst die Lippen zusammen. »Mir wäre es lieber, wenn du nicht dorthin zurückgehst.«

»Aber ich hab doch meinen ganzen Krempel dort«, sage ich und schaue auf Alessandros T-Shirt hinunter. »Ich muss noch mal hin.«

»Dann komm ich mit dir.«

»Warum?«

Er schaut mich ein paar Sekunden an. »Weil es mir lieber wäre, wenn du mich mitkommen lässt. Außerdem kann ich dir doch helfen.«

Ich denke an meinen Couchtisch, den ich auf keinen Fall bei diesem Mistkerl zurücklassen werde. »Ja, okay.«

Ich streife langsam das Geschenkband von dem Päckchen ab und wickle es aus. Ein weißes Kästchen kommt zum Vorschein. Ich öffne es und schaue auf ein zartes Silberkettchen mit einem winzigen orange-schwarzen Schmetterlingsanhänger. »Das ist einer unserer Schmetterlinge … aus dem Park.«

»Es sind Distelfalter – ich habe es nachgeschaut. Manchmal migrieren sie im Mai durch New York, aber nicht immer durch die City. Wir hatten einfach Glück, nehme ich an. Das hier hab ich im Natural History Museum gefunden, im Geschenkshop«, sagt er und befühlt den Anhänger.

Ich breche fast in Tränen aus. Schon wieder mal. Wenn ich denke, wie oft ich in den letzten paar Wochen geweint habe – viel mehr als in den ganzen letzten acht Jahren zusammen. Ich bohre meine Fingernägel in die Handflächen, um meine Tränen zurückzudrängen. »Er ist wunderschön. Danke.«

Alessandro hebt das Kettchen mit einem Finger an. »Darf ich?«

»Ja. Klar.«

Er nimmt die Halskette aus dem Kästchen und ich drehe mich um, halte meine Haare hoch, damit er sie mir um den Hals legen kann.

»Fertig«, sagt er nach einer Minute. Seine Finger streifen über meinen Nackenansatz, als er die Hand herunternimmt, und ich bekomme eine Gänsehaut.

Ich lasse meine Haare wieder fallen und berühre den Anhänger, der direkt in meiner Halsmulde sitzt.

»Wunderschön«, sagt er und lächelt auf mich herunter. Seine Augen verirren sich zu meinem Mund und ich beiße mir unwillkürlich auf die Unterlippe. Ich sehe, wie sein Blick verschwimmt, aber dann räuspert er sich und sagt: »Bist du fertig?«

»Ja, mehr oder weniger.«

Er nimmt meine Jacke und hält sie mir auf. Ich schlüpfe hinein und wickle mir meinen Schal um den Hals. Dann streift er seine Jacke über und wir gehen zur Subway. Um die Ecke in der Christopher Street treffen wir auf Scharen von Menschen, die in die rote Backsteinkirche dort strömen. Alessandros Schritt wird unwillkürlich langsamer und ich greife nach seiner Hand.

»Warst du mal wieder dort?«

Er schüttelt den Kopf, ohne die Augen von dem Kirchenportal zu nehmen.

»Willst du reingehen?«

Er holt tief Luft und stößt sie langsam wieder aus. »Ja, vielleicht ist es an der Zeit.«

Wir finden nur noch Stehplätze in der Kirche. Alessandro zögert einen Augenblick, dann tunkt er seine Finger in das Weihwasserbecken an der Tür und bekreuzigt sich. Ich folge seinem Beispiel, obwohl ich es eigentlich nicht will. Wir gehen an der Rückseite des Kirchenraums entlang und quetschen uns irgendwo an die Wand, zwischen einer Frau mit einem zappelnden Kind in Henris Alter und einem alten Mann im Rollstuhl. Die Messe beginnt gerade erst, und ich verfolge gebannt den ganzen Pomp und die Rituale vorne am Altar und versuche mir einen Reim darauf zu machen. Nach einer halben Stunde und mehreren Kirchenliedern stellen sich die Leute aus irgendeinem Grund im Mittelgang auf.

»Was machen die da?«, flüstere ich Alessandro zu.

»Heilige Kommunion«, flüstert er zurück.

»Gehst du auch hin?«

Er mahlt mit den Kiefern. »Weiß noch nicht.«

»Solltest du aber«, wispere ich und drücke ihm die Hand.

Er schaut auf mich hinunter, einen Anflug von Panik in den Augen. Er weiß immer noch nicht, ob er hierhergehört.

Die Leute tröpfeln jetzt wieder in ihre Bänke zurück und ich erhasche einen Blick auf Jess, die mit gefalteten Händen und gesenktem Kopf aus dem Mittelgang zurückkommt. Kurz bevor sie ihre Bank erreicht, blickt sie auf und sieht mich. Ihre Augen weiten sich, dann entdeckt sie Alessandro und lächelt. Sie wirft mir ein verschwörerisches Lächeln zu, wackelt mit einer Augenbraue, schlüpft in ihre Bank und kniet mit gefalteten Händen auf dem Fußbänkchen nieder.

Je länger der Gottesdienst dauert, desto mehr weicht die Spannung von Alessandro. Endlich, als die Schlange sich beinahe aufgelöst hat, gebe ich ihm einen sanften Schubs, und er geht durch den Mittelgang nach vorne. Er empfängt die heilige Kommunion und eine Minute später steht er wieder neben mir. Er hält den Kopf gesenkt, als ob er betet. Vielleicht kämpft er auch mit den Tränen und deshalb lasse ich ihn in Ruhe und entferne mich ein Stück.

Dann ist die Messe zu Ende, die Leute gehen hinaus und Jess kämpft sich durch einen Seitengang zu uns vor.

»Hilary!«, sagt sie und schlingt ihre Arme um mich. »Was machst du denn hier?«

»Das ist eine lange, traurige Geschichte, aber die Kurzversion ist: Ich bin mit Alessandro hergekommen«, sage ich und deute auf ihn. »Alessandro, das ist meine Freundin Jessica.«

Er hält ihr die Hand hin. »Freut mich sehr, Jessica.«

»Du kannst gern Jess zu mir sagen«, antwortet sie und schüttelt ihm die Hand.

»Alessandro! Wie schön, dass Sie auch hier sind!«, ruft plötzlich eine Frau hinter ihm. Er tritt beiseite und ich erkenne Mrs Burke, die bei ihm im Haus wohnt.

»Kann ich euch einen Moment allein lassen?«, fragt Alessandro und drückt mir den Arm.

»Ja, klar. Alles gut. Mach dir keine Sorgen.«

Seine Finger streifen über meine Hand.

Jess zieht mich ein bisschen zur Seite. »Warum macht er sich Sorgen?«, flüstert sie mir ins Ohr.

Ich reiße meine Augen von Alessandro los. »Weil mein Leben gerade total in die Brüche gegangen ist.«

»Wieso, was ist? Brett? Oder deine Mom?«

»Ich hab gestern Nacht mit Brett Schluss gemacht. Und stell dir vor, er hat mich rausgeworfen.«

»War aber auch Zeit.«

Ich schaue sie an und sie zieht die Augenbrauen hoch. »Dass er mich rausgeworfen hat?«

»Du warst doch nicht glücklich mit ihm, Hilary. Das konnte ein Blinder sehen. Du hättest ihn längst zum Teufel jagen sollen.«

Jess hat recht. Wozu also protestieren? »Na ja, jetzt bin ich jedenfalls obdachlos.«

»Spinnst du, Hilary?«, sagt sie kopfschüttelnd, als wäre ich der letzte Idiot.

»Wieso?«

»Ich hab dir doch gesagt, dass ich eine neue Wohnungspartnerin suche. Meine bisherige zieht am Ersten aus.«

Das hatte ich glatt vergessen. Und nach dem ganzen Mist, den ich in diesem Monat erlebt habe, ist es wie ein Sechser im Lotto. »Hast du noch niemanden gefunden?«

Jess schüttelt den Kopf. »Ich hatte jemand im Auge, aber das hat sich vor ein paar Tagen zerschlagen. Ich war schon ganz frustriert.« Wieder schlingt sie ihre Arme um mich. »Wenn das nicht Karma ist, Hilary! Das Universum lässt uns wissen, dass wir zusammenziehen sollen!« Aber dann reißt sie sich von mir los und ihre Augen huschen zu Alessandro hinüber, der sich gerade auf charmante Art von Mrs Burke und drei anderen älteren Damen loseist, die ihn umschwirren. »Und was ist jetzt mit dir und diesem Hottie mit dem sexy Akzent? Ich dachte, du hast ihm gesagt, dass ihr euch nicht mehr treffen könnt?«

Ich zucke die Schultern. »Weiß auch nicht. Irgendwie bin ich gestern Nacht bei ihm gelandet.«

Sie schaut mich an, als wollte sie sagen: »Ja und?«

Ich befühle den Schmetterlingsanhänger an meinem Hals. »Es ist nichts passiert, Jess.«

Ihre Mundwinkel sacken herunter und sie schaut wieder zu Alessandro. »Willst du mit zu mir kommen – oder hast du andere Pläne?«

»Ich muss erst meine Sachen bei Brett abholen und ich habe Mallory versprochen, dass ich Weihnachten bei ihr verbringe«, sage ich und schaue sie an. »Wo bist du an Weihnachten?«

»Nirgends. Ich kann mir doch nicht freinehmen, und selbst wenn, hätte ich nie nach Biloxi fliegen können. Das kann ich mir einfach nicht leisten.«

»Dann kommst du mit mir zu Mallory«, bestimme ich und im selben Moment tritt Alessandro hinter mich und legt mir die Hand auf den Rücken.

»Können wir dann?«

Ich drehe mich zu ihm um und eine Sekunde lang spiele ich mit dem Gedanken, ihn auch zu Mallory einzuladen, aber dann fällt mir ein, dass das keine gute Idee wäre. »Ja, klar.«

Wir verlassen die Kirche, und Jess und Alessandro gehen

voraus und reden miteinander, während ich Mallory auf dem Handy anrufe. Es ist noch früh am Tag, aber ich weiß, dass die Jungs schon auf sind. Henri hat Jeff und Mallory wahrscheinlich um fünf Uhr morgens aus dem Schlaf gerissen.

Mallory antwortet nach dem zweiten Läuten. »Hi, Hilary. Du bist schon auf? Ist doch noch nicht mal Mittag.«

»Ja, aber ich schaffe es heute Vormittag nicht. Ich komme später.«

»Na toll«, sagt sie, mit der üblichen Enttäuschung in ihrer Stimme, und ich stelle mir vor, wie sie die Augen verdreht. »Henri hat noch nicht mal seine Geschenke aufgemacht, weil er die ganze Zeit auf dich wartet.«

»Tut mir leid. Ich …« Ich schlucke geräuschvoll. »Ich habe gestern Nacht mit Brett Schluss gemacht.«

»Oh nein!«, stößt sie hervor. »Was ist denn passiert?«

Ich kneife die Augen zu. »Ich bin einfach fertig mit ihm, verstehst du?«

»Und? Alles okay?«, fragt sie misstrauisch.

»Ja … ich muss nur noch ein paar Dinge regeln. Wartest du mit dem Abendessen auf mich? Ich will den Jungs ihre Geschenke geben, aber ich muss sie erst noch bei Brett holen. Zum Abendessen bin ich da, okay?«

»Ja, okay. Willst du das wirklich machen? Wegen den Jungs musst du nicht hingehen. Die verkraften es schon, wenn du ohne Geschenke kommst.«

»Trotzdem. Mein ganzes Zeug ist dort. Das ist schon okay, mach dir keine Sorgen.«

Ein tiefer Seufzer dringt aus dem Telefon. »Aber sei vorsichtig, ja? Bis später dann.«

20.

Ich habe an der Tür unten geklingelt, aber Brett hat nicht aufgemacht. Wahrscheinlich ist er über Weihnachten zu seinen Eltern nach Connecticut geflogen. Ich drehe den Schlüssel in der Wohnungstür um und drücke sie langsam auf, falls er nackt auf dem Sofa weggesackt ist oder so. Aber das Wohnzimmer ist leer, also stoße ich die Tür weiter auf und gehe hinein. Jess und Alessandro folgen mir.

»Wir werden das Trumm hier wieder rausschleppen müssen«, sage ich mit einem Blick über die Schulter zu Alessandro und deute auf den Couchtisch.

Er lächelt, als hätte ich was Lustiges gesagt.

»Lass uns einfach deine Sachen zusammenpacken und wieder abhauen«, drängt Jess und geht ins Schlafzimmer. »Die Energie hier drin ist ätzend.«

Kaum ist sie durch die Tür verschwunden, brüllt jemand

»Shit!«, dann höre ich Bettlaken rascheln und ein wütendes »Raus hier!«, das eindeutig nicht von Jess stammt.

Jess kommt zurück und schaut mich an. »Hast du einen Koffer oder so? Ich hole deine Kleider.«

Verdammt. »Ist Brett da drin?«

»Ähm … ja«, sagt sie mit einem Blick zur Tür. »Aber da willst du nicht reingehen, glaub mir.«

»Hat der Arsch sich wieder vollgekotzt, oder was?«, frage ich und gehe an ihr vorbei ins Schlafzimmer … wo ich Brett und Bambi in den Laken verheddert finde.

Bambi? Spinne ich, oder was?

Im ersten Moment will ich wütend werden, aber plötzlich schlägt es um und ich breche in schallendes Gelächter aus. Alessandro kommt ins Zimmer, wahrscheinlich will er wissen, was so komisch ist, und er verschwindet sofort wieder, als er die splitternackte Bambi im Bett sitzen sieht.

Tolle Versammlung. Hier ist alles vertreten, was man sich nur denken kann: ein Beinahe-Priester, eine Nutte und ein lesbisches Mädchen aus Biloxi. Ein Weihnachtsmorgen der Extraklasse.

Brett setzt sich auf und gibt Bambi einen leichten Stoß, ohne seine blutunterlaufenen Augen von mir zu nehmen. Er sieht aus wie dreimal gekotzt. Er muss wirklich sturzbetrunken gewesen sein. »Geh und mach dich frisch oder was auch immer«, knurrt er Bambi an.

Bambi zieht einen Schmollmund und funkelt mich böse an, bevor sie sich endlich aufrappelt und durch den Flur im Badezimmer verschwindet.

Brett steht vom Bett auf, schnappt seine Trainingshose

vom Boden und schwankt gefährlich, als er sie anzieht. »Was willst du hier?«

Ich kämpfe gegen das Lachen an, unterdrücke ein letztes Kichern. »Meine Weihnachtsgeschenke holen. Hättest du mich gestern meine Sachen mitnehmen lassen, dann müsste ich jetzt nicht deine Orgie stören.«

Er wirft mir einen Blick aus blutunterlaufenen Augen zu. »Du hast mich einfach im Regen stehen lassen. Was hätte ich denn machen sollen?«

»Das hier«, sage ich und schwenke meinen Arm über dem Bett herum. »Genau das.«

Ich stürze in den begehbaren Kleiderschrank, packe meinen Koffer und schmeiße meine Klamotten hinein. Als ich mit dem Koffer und der Tüte mit meinen Weihnachtsgeschenken wieder herauskomme, sitzt Brett auf dem Bett, den Kopf in den Händen. Ich stupse ihn mit dem verpackten Rasierwasser gegen die Schulter. Er hebt den Kopf und ich überreiche ihm sein Geschenk. »Frohe Weihnachten.«

Mit verquollenen Augen starrt er mich an. »Ist das dein Ernst? Willst du wirklich gehen?«

Ich schaue ihn an und frage mich, wie ich je auf ihn reinfallen konnte. »Ja, wirklich.«

Brett lässt wieder seinen Kopf in die Hände sinken, und ich schleppe meinen Koffer zur Anziehkommode und kippe den ganzen Inhalt meiner beiden Schubladen hinein. Dann stürme ich zum Bad, wo Bambi immer noch unter der Dusche steht. Ich gehe ohne Anklopfen hinein, nehme mir eine Plastiktüte von Macy's, die unter dem Waschbecken steht, und werfe meine Toilettensachen, mein Schminkzeug und meine Haarkosmetik hinein. Mein Shampoo und den Conditioner lasse ich da, weil ich keine Lust habe, mir das Zeug aus der Dusche zu holen. Dann reiße ich noch meinen Bademantel vom Haken und packe jedes einzelne Handtuch ein, weil die alle mir gehören. Sobald ich die Tür hinter mir schließe und ins Schlafzimmer zurückgehe, verstummt das Wasserrauschen.

Ich gebe Jess die Macy's-Tüte, stopfe die Handtücher und den Bademantel in meinen Koffer und kippe ihn auf die Rollen hoch. »Schaffst du das alles?«, frage ich Jess und zeige auf die Tüte mit den Geschenken.

Jess packt den Koffergriff und stellt die Macy's-Tüte auf den Koffer. Die Geschenktüte nimmt sie in die andere Hand. »Kein Problem.«

Wir gehen alle drei in den Flur hinaus und treffen auf Bambi, die triefend nass dasteht, in Bretts Bademantel gehüllt, und mich wütend anstarrt. Wenn Blicke töten könnten … Sobald wir an ihr vorbei sind, huscht sie ins Schlafzimmer zurück.

»Und? Bist du bereit, Mr Möbelpacker?«, sage ich zu Alessandro und deute auf den Couchtisch im Wohnzimmer.

»Stets zu Diensten«, sagt er lächelnd und deutet eine Verbeugung an.

»Also dann los.« Ich drehe mich zu Jess um. »Kannst du schon vorausgehen und uns die Tür aufhalten?«

Jess eilt zur Tür, den Koffer hinter sich herrollend, und stellt meine Sachen draußen ab, dann hält sie die Tür auf und tritt beiseite.

Alessandro und ich wuchten den Tisch hoch. »Auf die

Seite«, kommandiert er und wir drehen ihn um. Dann geht er rückwärts zur Tür. »Ich bin vorne, okay?«

Mit vereinten Kräften hieven wir den Tisch in den Aufzug und unten hält Jess uns wieder die Tür auf, während Alessandro und ich den Tisch hinausbugsieren.

»Vorsicht mit dem oberen Ende«, warnt Alessandro, als ich rückwärts zur Tür hinauswanke.

»Ich hab's im Gr…« Weiter komme ich nicht, denn der Tisch bleibt mit der oberen Ecke im Lift stecken, sodass ich das Gleichgewicht verliere. Ich höre, wie Jess nach Luft schnappt, und im selben Moment fällt mir mein Tischende aus der Hand und ich purzle auf den Hintern, wobei das obere Ende so weit heruntersackt, dass es durch die Tür passt. Durch den plötzlichen Ruck verliert Alessandro den Halt, sein Tischende wird ihm aus den Händen gerissen und das Ding kippt langsam nach vorne, auf mich zu. Ich sitze wie gelähmt auf meinem Hintern und starre ihn an. Aber im letzten Moment greift er ein. Geschmeidig wie eine Katze packt er das Tischbein und hält den Fall auf.

Ich starre auf das baumelnde Ding über meinem Kopf und dann auf Alessandro, der sich mit dem schweren Tisch abmüht. Eins weiß ich sicher – Brett hätte nicht so toll reagiert. Ich wäre jetzt platt wie eine Flunder, wenn er statt Alessandro bei mir im Lift gewesen wäre.

Jess packt das andere Tischende und hilft Alessandro, das Ding aufrecht zu stellen, während ich mich auf die Füße hochziehe.

»Danke, Leute«, sage ich, nachdem wir den Tisch aus

dem Aufzug bugsiert haben. »Das Ding hätte mich plattgemacht.«

»Verdammt!«, ruft Jess plötzlich und ich sehe, wie die Lifttür zugeht, obwohl noch meine ganzen Sachen drin sind.

Alessandros Hand schießt zum Rufknopf vor, aber leider zu spät. Der Aufzug setzt sich bereits in Bewegung. Im vierten Stock hält er an und wir warten, bis er zurückkommt. Die Tür geht auf und mir fällt die Klappe herunter – Bambi hat meinen Koffer aufgemacht und meine ganzen Klamotten im Lift verstreut. Triumphierend lässt sie meinen roten Spitzen-Tanga um ihren Zeigefinger kreisen. »Bis ich mit ihm fertig bin, hat er vergessen, dass es dich je gegeben hat«, faucht sie mich an, rümpft die Nase und wirft mir den Tanga ins Gesicht. Dann stolziert sie an uns vorbei zur Tür.

»Gut«, sage ich, sobald sie draußen ist.

Jess tritt neben mich und nimmt meine Hand. »Karma, Hilary. Du wirst sehen, das Universum schlägt zurück und beißt diese Bitch in den Hintern.«

»Ich glaube, die hat ihr Fett schon weg«, sage ich und drehe mich um. Der Couchtisch lehnt jetzt an der Wand und Alessandro sammelt meine Sachen im Lift ein und legt sie sorgfältig in meinen Koffer. Er liest einen Spitzen-BH auf, zögert einen Augenblick und stopft ihn dann unter einen Pulli. Ich spüre, dass ich knallrot werde. Ich! Das passiert mir sonst nie.

»Lass nur, ich mach das schon«, sage ich schnell, knie mich neben ihn und sammle alle Slips ein, die mir unter die Finger kommen. Verlegen stopfe ich sie in den Koffer.

Ich werfe noch einen Pulli obendrauf, während Alessandro das letzte Handtuch zusammenfaltet, dann hilft er mir, den Reißverschluss zuzuziehen.

»Danke«, sage ich, packe den Griff und hieve den Koffer aus dem Lift.

»Aber gern«, säuselt er. »Wüsste nicht, was ich lieber tun würde.« Ich wirble zu ihm herum und sehe das belustigte Funkeln in seinen Augen.

Jess packt die Tüten und nimmt mir den Koffergriff aus der Hand. »Jetzt kommt schon. Ich will hier weg. Die Vibrations in diesem Gebäude sind grauenhaft. Ich krieg Gänsehaut davon.«

In der U-Bahn ziehen wir praktisch dieselbe Nummer durch wie vor zwei Wochen, als wir den Tisch in Bretts Wohnung geschafft haben, nur dass wir diesmal Jess als guten Geist dabeihaben. Sie scheucht die Leute von der Tür weg, damit Alessandro und ich den Tisch in den Zug hieven können. Dann noch der ganze Weg zu ihrer Wohnung und endlich haben wir es geschafft. Jess lotst uns ins Wohnzimmer und mir sackt das Herz in die Hose. Dort steht schon ein Glastisch mit zierlichem weißem Rahmen.

Jess sieht meinen Blick und sagt schnell: »Nein, nein, Hilary. Das ist nicht so, wie du denkst«, als hätte ich Angst, dass sie mir einen anderen Couchtisch unterjubeln will. »Der hier gehört Lucinda. Sie nimmt ihn mit, wenn sie auszieht.«

Ich atme erleichtert auf. »Dann hast du also nichts gegen meinen Couchtisch?«

»Nein, wieso denn? Ich hasse dieses Ding hier«, sagt Jess

und funkelt den hübschen Glastisch an. »Dort, wo ich aufgewachsen bin, ist ein Couchtisch dazu da, dass man seine Füße draufstellt. Aber Lucinda flippt aus, wenn sie mich dabei erwischt.«

Und das lenkt meine Gedanken auf die Möbelfrage. Ich werde zumindest ein Bett brauchen.

»Wo soll ich ihn jetzt erst mal hinstellen?«, fragt Alessandro, der geduldig dasteht und meinen Couchtisch festhält.

Jess blickt sich um. »Vielleicht können wir ihn an die Wand lehnen?«, sagt sie und zeigt auf eine Stelle neben der Couch.

Alessandro schiebt den Tisch in die Ecke und lehnt ihn hinter einem Sessel an die Wand, mit den Beinen nach außen. »Schafft ihr den Rest alleine?«

Das ist eine gute Frage, aber ich blicke mich in der Wohnung um und weiß, dass die Antwort »Ja« ist. Jess hat recht. Vielleicht war das hier wirklich Schicksal. Eine Welle der Erleichterung steigt in mir auf. Seit ich weiß, dass ich nicht mehr zurückmuss, wird mir erst bewusst, wie gespannt das Verhältnis zwischen Brett und mir schon die ganze Zeit war. Mein ganzer Frust ist wie weggeblasen. »Ja, alles super.«

»Unsere Kids geben heute Abend eine Weihnachtsvorstellung im Jugendzentrum. Wollt ihr nicht auch hinkommen?«

Seltsamerweise würde ich gern Ja sagen, aber … »Ich habe meiner Schwester versprochen, dass wir heute Abend zum Essen kommen.«

Alessandro nickt und dreht sich zur Tür um und plötzlich fällt mir ein, dass ich ihm sein Geschenk noch nicht gegeben habe. »Warte mal!« Ich gehe zu der Tüte und nehme es heraus. Die Rolle ist ein bisschen zerknautscht, sodass ich fast einen Rückzieher mache. »Hier«, sage ich schließlich und drücke sie ihm in die Hand. »Frohe Weihnachten.«

Er schaut auf den verpackten Pappzylinder und lacht, als er die Kakerlakenschleife sieht. Dann schaut er mich fragend an.

»Mach's einfach auf.«

Er zieht die Kakerlake herunter, steckt sie in die Tasche und wickelt langsam sein Geschenk aus. »Salomé«, sagt er lächelnd.

Ich zucke verlegen die Schultern. »Hoffentlich gefällt es dir.«

Sein Lächeln wird breiter und seine Augen funkeln. »*Eine Frau, die sich nichts scheißt.* Das hat was.«

Ich zucke zusammen. Hab ich das wirklich so gesagt? Gott, wie peinlich.

Alessandro löst seinen Blick von dem Bild und schaut mich an. »Sie erinnert mich an dich.«

Ich zucke noch mehr zusammen.

Dann geht er rückwärts zur Tür. »Und vergiss nicht. Wir haben morgen Vormittag eine Verabredung im Jugendzentrum.«

Ich verdrehe die Augen. »Um zehn. Ich bin da.«

»Dann bis morgen.«

»Bis morgen. Und danke für die Hilfe.«

»War mir ein Vergnügen«, sagt er mit einem Lächeln, das mir wieder die Röte in die Wangen treibt. Und im nächsten Moment ist er verschwunden.

»Dich hat's ja schwer erwischt«, sagt Jess, weil ich einfach nur dastehe und ihm nachstarre.

»Wieso? Wovon redest du?«

»Du willst ihn doch, Hilary. Du wirst ja ganz rot. Und das hab ich noch nie bei dir erlebt.«

Ich finde es schrecklich, dass mir meine Gefühle so deutlich ins Gesicht geschrieben stehen, nachdem ich sie jahrelang im hintersten Winkel meiner Seele verborgen habe. Aber was soll ich machen? Sobald Alessandro in der Nähe ist, verwandle ich mich in das kleine Mädchen von damals zurück. »Hör bloß auf, Jess. Ich habe gerade einen tonnenschweren Tisch durch Manhattan geschleppt – da ist es doch kein Wunder, wenn ich ein bisschen rot im Gesicht bin.«

Jess zuckt die Schultern und lächelt wissend.

»Apropos – ich brauche dringend eine Dusche, bevor wir gehen. Kann ich eure benutzen?«

»Das ist jetzt auch deine«, sagt Jess und strahlt mich an. Dann dreht sie voll auf und hüpft wie ein kleines Mädchen auf und ab. »Das wird super, du wirst sehen!«

Jess sitzt mit Henri am Boden und hilft ihm, eines der vier neuen Legosets aufzubauen. Jeff und Max stehen eingemummt auf der Terrasse hinten und schauen in das Teleskop, das die beiden Jungs von ihren Eltern zu Weihnachten bekommen haben. Und ich sitze mit Mallory auf der Couch.

Ich habe ihr die ganze Story von Brett erzählt und dass Jess mich praktisch von der Straße aufgelesen hat. Mallory hat die ganzen Reste vom Weihnachtsessen für Jess eingepackt, was bei ihr ein echter Sympathiebeweis ist.

»Und dieser Typ, der dir beim Umziehen geholfen hat …?«

»Ja? Was soll mit ihm sein?«, frage ich, aber ich weiß natürlich, worauf sie hinauswill. Seit ich ihr erzählt habe, dass Alessandro zurück ist, und ihre Reaktion gesehen habe, rede ich nicht mehr mit ihr darüber.

»Alessandro«, sagt Jess vom Boden her. »Ich glaube, deine Schwester ist total in ihn verknallt.«

Mallorys Augen werden schmal und sie starrt mich einen Augenblick schweigend an, dann steht sie abrupt auf, fasst mich an der Hand und zieht mich hoch. »Entschuldige uns mal einen Moment, Jessica.«

Sie zerrt mich durch den Flur in ihr Schlafzimmer und schließt die Tür hinter uns. »Bitte, Hilary, sag mir jetzt nicht, dass er das ist!«, zischt sie mir zu.

»Doch, er ist es.«

»Was in aller Welt denkst du dir dabei?«, fragt sie mit zusammengepressten Lippen.

»Er hilft mir, Mallory. Er ist ein Freund. Das ist alles.« Ich krümme mich innerlich, weil ich ihr nicht die Wahrheit sage. Weil ich etwas zu rechtfertigen versuche, das sich nicht rechtfertigen lässt. Mallory hat recht, klar. Das wusste ich von Anfang an. Und das ist auch der Grund, warum ich Alessandro gesagt habe, dass wir uns nicht mehr treffen können. Weil es zu gefährlich ist.

Aber ich kann es nicht. Ich kann ihn nicht wegstoßen. Das schaffe ich nicht.

»Warum ist er wieder da?« Mallory setzt sich auf die Bettkante und ringt die Hände. »Warum ist er nach so vielen Jahren zurückgekommen?«

»Sein Vater ist bei dem Attentat auf das World Trade Center ums Leben gekommen. Ich glaube, er brauchte irgendwie einen Abschluss.«

»Und das ist alles? Ein Abschluss?«

»Es wird sich nichts ändern, Mallory. Versprochen.«

Mallory lässt den Kopf hängen. »Das stresst mich schon die ganze Zeit … ich meine, was passieren würde, wenn …« Sie verstummt und stößt einen tiefen Seufzer aus, dann schaut sie zu mir hoch. »Aber du bist okay, oder? Er wird doch nicht …«

Ich schüttle den Kopf. »Sein Bruder war das Problem. Und der ist tot.«

»Oh.« Mallory steht auf und zieht ihren Rock zurecht. »Mir gefällt das trotzdem nicht, Hilary. Es wäre mir lieber, wenn ihr euch nicht mehr treffen würdet.«

»Du brauchst keine Angst zu haben, Mal. Alles ist gut. Ich schwör's dir.« Gott, hoffentlich habe ich jetzt nicht gelogen. »Er weiß nicht, was passiert ist, als er fort war.«

Mallory sieht erleichtert aus. »Aber sei vorsichtig. Versprich's mir.«

»Ja, Ehrenwort.«

21.

Am nächsten Morgen erwache ich auf Jess' Couch, die nicht gerade bequem ist, aber ich bin so ausgeruht wie schon lange nicht mehr. Und kaum habe ich die Augen aufgemacht, dröhnt Dev aus meinem Telefon. Mein Wecker.

Ich nehme es hoch und werfe einen Blick darauf. Acht Uhr dreißig. Horror. Ich hätte Alessandro sagen sollen, dass zehn Uhr morgens ein No-Go für mich ist. Ich schalte den Wecker aus und schließe die Augen, aber bevor ich wieder einschlafen kann, hämmert Creed in meine Ohren.

»Schnauze!«, fauche ich sie an und stelle den Ton ab. »Was ist?«, krächze ich ins Telefon.

»Du hast deinen Wecker abgeschaltet, was?« Dieser weiche, sexy Akzent … Alessandros Stimme klingt belustigt und ich würde ihn am liebsten erwürgen.

»Wie kommst du denn darauf?«

»Weil ich es weiß.«

Es stimmt und das erschreckt mich. Ich habe so lange mein wahres Ich versteckt, aus Angst vor den Fragen von Mallory und Jeff und weil ich dachte, ich könnte es mir nicht leisten, mich schwach zu zeigen. Aber Alessandro kennt mich von früher, als ich noch ich selber war. Er hat mich gekannt, bevor das alles passiert ist und ich die Mauern um mich herum hochgezogen habe.

Alessandro. Ich kann nicht leugnen, dass ich ihn attraktiv finde, aber ich darf ihn nicht mehr an mich heranlassen. Ich hätte am Weihnachtsabend nie zu ihm gehen dürfen.

»Verrat mir endlich, wofür es sich deiner Meinung nach lohnt, praktisch mitten in der Nacht aus dem Bett zu kriechen … nein, halt, von der Couch … sonst komm ich nicht mit.«

»Du weißt doch, dass du aus mir nichts rauskriegst. Heute ist Donnerstag, ich bin dran und du musst dich an unsere Abmachung halten.«

»Unsere Abmachung?«

»Es sei denn, du hast genug von unseren Ausflügen.«

Ich seufze, bin wütend auf mich selbst, weil ich nicht Nein sagen kann. »Okay, ich komme«, sage ich, werfe meine Decke herunter und setze mich auf.

»Ausgezeichnet. Zieh dir was Bequemes an.«

Ich will schon fragen, warum, aber er verrät ja doch nichts. Also lasse ich es. »Gut«, sage ich nur.

Punkt zehn stehe ich vor dem Katholischen Jugendzentrum. Eigentlich ist es eine Sporthalle. Direkt hinter der Tür liegt ein Basketball-Halfcourt mit Dielenboden, Schussbrett und Korb. Aber im Augenblick stehen sieben ungefähr sechsjährige Mädchen in schwarzen Trikots und pinkfarbenen Strumpfhosen an einer fahrbaren Ballettstange. Auf der anderen Seite des Halfcourt sind eine Reihe von Muskelbänken aufgebaut, an denen ein paar Jungs trainieren, und dahinter liegt ein kleiner Boxring.

Zwischen den Muskelbänken und dem Boxring steht Alessandro und redet mit einer hübschen blonden Frau, die wahrscheinlich etwas älter ist als er. Er trägt ein smartes schwarzes Tanktop und lockere Sportshorts, und eine Sekunde lang kann ich meine Augen nicht von seinen tollen Bizepsen und den Adern in seinem Unterarm losreißen. Aber dann streckt die Blonde die Hand aus und streicht über einen seiner Bizepse, und das reißt mich aus meiner Verzückung.

Die Frau trägt eine schwarze Yogahose, so wie ich zufällig auch. Nur habe ich ein labbriges Tanktop unter meiner Jacke an und sie einen Sport-BH. Ihr Hintern ist rund, ihr Bauch flach, ihr Busen knackig, und sie sieht echt toll aus.

Das gibt mir einen Stich ins Herz. Ich gehe in die Richtung, wo die beiden sich unterhalten, umrunde den Halfcourt, und einer der Jungs an den Muskelbänken pfeift durch die Zähne, als ich an ihm vorbeikomme. Jetzt wird auch Alessandro aufmerksam und er reißt endlich seine Augen von der knackigen Blonden los.

»Ah, da ist sie ja«, ruft er mir entgegen. Ich gehe näher und er fasst mich am Ellbogen und zieht mich zu sich her. »Marie, das ist meine Freundin Hilary.« Er neigt den Kopf und lächelt mich an, aber in seinen Augen liegt ein verschmitztes Funkeln. »Hilary, das ist Marie, deine neue Tanzlehrerin.«

Meine Augen huschen zwischen den beiden hin und her.

»Du hast doch gesagt, du brauchst Tanzstunden. Marie ist eine hervorragende Tänzerin. Sie hat ihre Ausbildung an der Joffrey Ballet School gemacht.«

»Nett, dich kennenzulernen, Hilary«, sagt Marie und hält mir die Hand hin.

Ich schüttle sie, denn alles andere wäre unhöflich, selbst für meine Begriffe, dann nicke ich zu den kleinen Mädchen im Halfcourt hinüber. »Ist das deine Klasse?«

»Ja. Wir fangen gerade an«, antwortet sie und dreht sich lächelnd zu Alessandro um. »Also dann bis heute Abend beim Essen, ja?« Dabei lässt sie wieder ihre Finger über seine Muskeln gleiten und Alessandro lächelt zurück. Ich koche vor Eifersucht, was mich selbst überrascht.

»Ja, ich freu mich schon drauf.«

Die beiden haben was miteinander. Ich hab's ja gleich gesehen. Ihre Körpersprache lässt keinen Zweifel daran. Ich bin garantiert nicht die Einzige, die es bemerkt hat. Aber klar, die Frauen reißen sich um ihn, was ich gut verstehen kann. Trotzdem gibt es mir einen Stich ins Herz. Und in den Magen. Bei Brett war das nie so. Wenn ich eifersüchtig war, dann nur, weil ich nicht wollte, dass andere Frauen sich an meinem Besitz vergreifen. Das hier geht viel tiefer. Der Gedanke, dass Alessandro mit einer anderen Frau zusammen ist, dreht mir den Magen um.

Marie stellt sich auf die Zehen und gibt ihm einen Kuss

auf die Wange. »Also bis acht.« Dann wendet sie sich an mich. »Kommst du mit, Hilary?« Sie dreht sich um und joggt zu den kleinen Ballettmädchen hinüber.

»Geh schon«, sagt Alessandro und deutet auf den Halfcourt. »Wie sehen uns dann in einer Stunde.«

Ich trotte zu Schnee-Bitchchen und ihren sieben Zwergen hinüber, streife unterwegs meine Jacke ab und hänge sie an einen Wandhaken neben eine Hello-Kitty-Jacke, die einer meiner kleinen Mitschülerinnen gehören muss. Dann mische ich mich unter die Gruppe. Ich komme mir wie der letzte Freak vor und würde Alessandro am liebsten umbringen (wozu ich ja nachher noch Gelegenheit haben werde), aber die Tanzstunden kann ich gut gebrauchen. Also reihe ich mich an der Stange ein, hinter den ganzen sieben Zwergen.

Schnee-Bitchchen stellt die Musik in ihrem iPod an und aus den Lautsprechern tönt Klaviergeklimper. »Also dann, Mädchen. Erste Position«, kommandiert sie und baut sich vor der Gruppe auf, die Fersen eng aneinander und die Beine in der Hüfte nach außen gedreht, sodass die Zehen auseinanderzeigen.

Die sieben Zwerge fassen mit einer Hand die Stange, den anderen Arm anmutig vor dem Körper gerundet, und ahmen Schnee-Bitchchens Beinstellung nach.

Ich folge ihrem Beispiel, so gut ich kann.

»Und Plié, zwei, drei, vier«, sagt die Lehrerin und beugt ihre Knie, sodass sie in dieselbe Richtung zeigen wie ihre Zehen. Die Zwerge beugen brav ihre Knie und richten sich in dieser Stellung auf. »Plié, zwei, drei, vier«, sagt Schnee-

Bitchchen wieder und alle wiederholen die Kniebeuge. Nach etlichen Wiederholungen, als ich endlich den Dreh raushabe, sagt sie: »Und Relevé …« Die Zwerge stellen sich auf die Zehen. »Und zweite Position.«

Schnee-Bitchchen geht auf die Stange zu, während die Zwerge ihre Beine spreizen, sodass sie in derselben Position sind, nur mit mehr Abstand zwischen den Fersen. »Und Plié, zwei, drei, vier«, fängt die Lehrerin wieder an und alle beugen die Knie in dieser Position.

Ich kämpfe immer noch mit meiner Fußstellung und sie kommt zu mir an die Stange. Sie legt mir eine Hand auf den Bauch und die andere auf den Rücken. »Straffe Bauchmuskeln«, lobt sie und drückt ihre Hand sanft auf meinen Bauch. »Gerader Rücken.«

Die Zwerge stürzen sich wieder in eine Reihe von Kniebeugen, so wie vorher in der ersten Position, und ich folge der Musik.

»Gut«, sagt Schnee-Bitchchen. »Und jetzt die Arme weicher.«

Ich schüttle die Spannung aus meinen Schultern und lasse meine Arme weicher werden. Marie fasst sanft nach einem und biegt meinen Ellbogen und mein Handgelenk noch etwas mehr durch. »Da. Genau so.«

Dann geht sie lächelnd an der Stange entlang, um die Zwerge auf der anderen Seite zu korrigieren.

Vielleicht ist sie ja doch nicht so übel.

»Und Relevé … und dritte«, sagt sie nach ein paar weiteren Kniebeugen, und alle sieben Zwerge stellen die Ferse des einen Fußes neben die Zehe des anderen, die Beine immer noch nach außen gedreht. Ich versuche wieder, ihre Bewegungen nachzuahmen, aber das hier ist schwieriger. Ich komme aus dem Gleichgewicht.

Marie ist sofort an meiner Seite, eine Hand auf meinem Hintern und die andere wieder auf meinem Bauch. »Dreh die Beine nach außen, und beim Plié hältst du die Knie über den Zehen«, sagt sie. »Dein Körperschwerpunkt muss über der Stützbasis liegen.«

»Was?«

»Du sollst den Hintern über deinen Zehen halten«, sagt sie grinsend.

Ich folge ihrer Anweisung und es wird tatsächlich leichter.

Auch wenn ich mir noch so bescheuert vorkomme – ein Riese unter lauter Winzlingen –, nehme ich meinen Körper allmählich ganz anders wahr als bisher. Und je mehr ich mich in die Bewegung hineinfinde, desto klarer wird mir, dass ich irgendwann – vielleicht schon damals bei Lorenzo – meinen Körper total von meiner Psyche abgetrennt habe. Jahrelang habe ich mich damit über Wasser gehalten, so zu tun, als wäre alles, was mir zustößt, nicht so wichtig. Aber das ist nur ein Notbehelf. Eine Krücke. Wenn sie zerbricht, was dann? Zusammenkleistern und einfach weitermachen? Und jetzt, wo ich ganz in meinem Körper bin, zum ersten Mal seit Jahren, sind die Empfindungen geradezu überwältigend. Meine Haut prickelt, die Nervenenden reagieren hochempfindlich, allein schon auf die Bewegung der Luft um mich herum. Ich schaue zu Alessandro hinüber, der im Boxring mit einem muskulösen schwarzen Jungen trainiert, und ich kann Dinge sehen und hören, die ich von hier aus gar nicht wahrnehmen dürfte.

»Beweg deine Füße, Alex«, sagt Alessandro. Und selbst aus dieser Entfernung sehe ich den Schweiß, der ihm am Hals heruntertropft, die Ader, die in seiner Schläfe pulsiert, das Spiel seiner Armmuskeln unter dem glänzenden Schweißfilm. Ich kann seinen Atem beinahe schmecken. Ich höre das Grunzen des Jungen, der seine Hand vorschießen lässt, und ich sehe, wie Alessandro den Schlag pariert. Seine Hand schießt blitzartig hoch und sein Boxhandschuh trifft unter das Kinn des Jungen, der daraufhin zurücktaumelt.

Ich schnappe nach Luft und halte mich an der Stange fest, weil mich die Erinnerung, die plötzlich in mir aufsteigt, beinahe umwirft. Alessandros Faust, die in das Gesicht eines anderen Jungen knallt. Blut. Der schwarze Junge dort drüben im Boxring verwandelt sich in Eric und ich sehe Erics blutendes, geschocktes Gesicht vor mir, und Alessandros Faust, die immer wieder zuschlägt.

Ich selber habe irgendwo über meinem Körper geschwebt, ganz hoch oben an der Decke des Aufenthaltsraums, und von dort alles mit angesehen. Meinen eigenen Körper, der auf der Couch lag, das T-Shirt über den BH hochgeschoben. Und Alessandro, der Eric auf dem Fußboden neben mir blutig schlug. Und dann hörte ich Lorenzos Lachen.

Er stemmte sich vom Türrahmen ab, von wo er den Kampf beobachtet hatte. »Oh, Brüderchen«, spottete er und bewegte sich wie ein Raubtier auf meinen Körper dort unten zu. »Du musst teilen lernen, so wie ich auch.« Er strich mit seinen Fingern über mein Gesicht, meinen Hals, meine Brust. Ich sah es von der Decke aus, spürte aber nichts.

Alessandro sprang von Eric herunter, stürzte blitzschnell zu meinem Körper und stieß Lorenzo weg. »Fass sie nicht an!«, fauchte er, dann setzte er sich auf den Couchrand, streifte mein T-Shirt herunter und zog mich hoch, bis ich einigermaßen aufrecht saß. Mein Körper war wie Wackelpudding und mein restliches Ich flatterte immer noch an der Decke herum wie ein Schmetterling. Alessandro hob mich von der Couch hoch, stieg mit mir über Eric hinweg und trug mich die Treppe hinauf.

»Ich glaube, sie hat mir den Laufpass gegeben, also nimm dich in Acht, Brüderchen!«, rief Lorenzo hinter uns her.

Alessandro legte mich in mein Bett und alles drehte sich um mich. »Hat er dir wehgetan? Bist du okay?«, fragte er verzweifelt und schaute an mir herunter.

Ich schob ihn weg und murmelte etwas Unverständliches.

Er zog die Decke über mich und die Welt verschwamm vor meinen Augen, dann wurde alles schwarz.

Aber Eric hat mich danach nie wieder angerührt. Jedenfalls nicht, bis ich ihn gelassen habe.

Plötzlich bekomme ich keine Luft mehr. Der Halfcourt dreht sich im Kreis und ich weiß, dass ich hier rausmuss. Raus an die frische Luft. Ich stolpere zu der Tür, durch die ich hereingekommen bin, und höre Marie meinen Namen rufen. Aber ich reagiere nicht. Erst draußen auf dem Gehsteig bleibe ich stehen. Ich wanke zur Subway zurück und mein Kopf dreht sich wie damals von dem Zeug, das Eric mir gegeben hatte. Ich kann dieses Bild nicht abschütteln … dieses Gefühl.

»Hilary!«, ruft Alessandro hinter mir, aber ich halte nicht an. Ich kann nicht. Ich bin auf der Flucht, laufe vor meiner Erinnerung davon, was immer es auch sein mag. Plötzlich legt sich eine Hand auf meinen Arm und eine Sekunde später wird mir meine Jacke über die Schultern gestreift.

»Hilary«, sagt Alessandro, aber ich drehe mich nicht zu ihm um. Er führt mich zu einer Bushaltestelle, drückt mich auf die Bank dort. »Bist du okay? Was ist denn passiert?«

Lange Zeit antworte ich nicht. Er sitzt neben mir, hält den Atem an, und ich starre ins Leere, versuche das Bild von Erics blutigem Gesicht aus meinem Kopf zu verbannen. Endlich sacke ich gegen seine Schulter.

»Sprich mit mir, Hilary.«

Ich atme tief ein, bekomme endlich wieder Luft. »Ich weiß vieles von früher nicht mehr, aber manche Erinnerungen kommen jetzt wieder zurück.« Ich schaue zu ihm hoch. »Zum Beispiel, wie du Eric zusammengeschlagen hast.«

Alessandro zuckt leicht zusammen. »Auch so etwas, wofür ich um Vergebung beten muss.«

»Was ist denn damals passiert? Ich erinnere mich nicht an alles.«

Er verdreht die Augen nach oben, atmet tief durch. »Und woran erinnerst du dich?«

»Nur, dass mir jemand was gegeben haben muss, weil ich mich nicht wirklich bewegen konnte.«

Alessandro nickt langsam. »Er hat dir K.-o.-Tropfen gegeben.«

»Hat er …« Ich verstumme, kämpfe mit den Tränen. Aber ich werde nicht weinen. Nicht schon wieder.

»Er hat dich nicht vergewaltigt«, antwortet Alessandro, der meine Gedanken liest, »aber nur weil Lorenzo und ich vom Gericht zurückgekommen sind, bevor es so weit kommen konnte.«

»Und deshalb hast du ihn zusammengeschlagen«, stoße ich hervor.

»Ich bin reingekommen und da lag er auf dir. Du hast an die Decke gestarrt und mit so einer ganz komischen Stimme gesungen, als wäre deine Zunge zu dick für deinen Mund. Ich wusste, was er mit dir gemacht hat, und ich …« Er schweigt einen Augenblick, schüttelt den Kopf. »Ich hätte rechtzeitig aufhören müssen. Ich habe ihn von dir runtergezogen und dabei hätte ich es belassen sollen, aber ich war … so wütend.« Er lässt den Kopf hängen. »Ich habe die Kontrolle über mich verloren.«

Ich lege den Kopf in meine Hände. »Danke.«

»Ich konnte doch nicht zulassen, dass er dir wehtut – so wie Lorenzo es schon getan hatte.«

Ich schaue zu ihm auf. »Du warst der Einzige, der sich in der ganzen Zeit um mich gekümmert hat. Ohne dich wäre ich weiß Gott wo gelandet.« Ich lehne mich an seine Schulter und er drückt mich enger an sich. Der köstliche Duft von warmem Moschus und Schweiß hüllt mich ein und jetzt erst merke ich, dass er noch sein Tanktop und seine Sporthorts anhat. »Hey, du holst dir ja den Tod«, sage ich, greife nach seinem Arm und mache endlich, wonach ich schon die ganze Zeit gegiert habe. Ich lasse eine Fingerspitze über seine glatte olivbraune Haut gleiten, fahre die Ader in seinem Bizeps bis zum Unterarm nach.

»Ach, keine Sorge, Hilary. Ich hab ein gutes Immunsystem.«

Ich umfasse seinen schlanken Unterarm und lächle ihn an. »Du bist ein schlechter Lügner. Ich sehe doch, dass du zitterst.«

Er schaut mir tief in die Augen und das Lächeln erlischt in seinem Gesicht. »Ich habe kein Recht, dich zu berühren, auch wenn ich es noch so gern will – und sei es nur, um mich mit allen Sinnen davon zu überzeugen, dass du nach dieser ganzen Zeit wirklich da bist.«

Ich greife hinauf und streiche mit meinem Finger an seiner Kieferlinie entlang. »Ich bin da.«

Er legt seine Hand um meine Wange und berührt mit dem Daumen mein Kinn, und ich kann meine Augen nicht von seinen losreißen, die so tief sind, dass ich darin ertrinken könnte. Seine Hand gleitet um meinen Nacken herum, wühlt sich in meine Locken, und ich lasse mich enger an ihn ziehen. Seine Lippen halten ganz dicht vor meinen inne und er sieht mich fragend an. Die Luft zwischen uns knistert und ich kann mich nur mühsam zurückhalten – diese plötzliche Nähe lässt mich erschauern, der hungrige Ausdruck in seinem Gesicht. Ich starre ihn an und verliere den Kampf. Ich beuge mich vor und streife mit meinen Lippen über seine.

Die weiße Atemwolke vor seinem Mund verharrt in der Luft, als er mich an sich zieht und seine Lippen auf meine presst. Nach einer Weile löst er sich von mir, streicht mit den Fingern über meine Wange. »Du bist noch so weich, wie ich es in Erinnerung habe.«

In meiner Jackentasche singt Dev von ihrem Sexdrive. Ich ignoriere sie und küsse Alessandro wieder, aber plötzlich krampft sich mein Magen zusammen und ich halte inne.

Ich darf das nicht. Ich spiele total mit dem Feuer.

Es geht nicht.

Er stößt die Luft aus und steht auf, hält mir die Hand hin, als hätte er meine Gedanken erraten und würde mir zustimmen. »Wir müssen zurück.«

Ich hieve mich von der Bank hoch, ohne seine Hand zu nehmen, und gehe in Richtung Jugendzentrum davon, versuche meine Wünsche, die ich mir nicht mehr verhehlen kann, mit meiner Realität in Einklang zu bringen. Ich darf ihn nicht wollen.

Sobald wir zurück sind, verschwindet Alessandro in der Umkleide, und jetzt fällt mir der Anruf wieder ein. Ich checke die Nummer und finde einen entgangenen Anruf und zwei SMS von Mallory vor. Die erste ist von vor fünfzehn Minuten.

Max ist krank. Jeff ist im Krankenwagen mit ihm ins Krankenhaus gefahren. Ruf mich an!

Und drei Minuten später: *Wendy und Mike sind über Weihnachten weggefahren. Kannst du bitte herkommen und über Nacht bei Henri bleiben?*

»Oh nein!«, stoße ich hervor und starre auf die Nachrichten.

»Was ist denn?«

Ich schaue auf. Alessandro kommt gerade in Jeans und einem schwarzen Hemd aus der Umkleide.

»Ich muss zu meiner Schwester. Ein Notfall.« Ich höre die Panik in meiner Stimme und das macht mir noch mehr Angst.

Er zieht seine Jacke an und nimmt seine Tasche über die Schulter. »Ich werde hier vorläufig nicht mehr gebraucht. Ich komme mit dir.«

Ich erhebe keine Einwände. Ich wirble herum, stürme zur Tür und Alessandro folgt mir.

Alessandro entschuldigt sich, geht ein Stück weiter nach hinten, um zu telefonieren. Jetzt, wo er nicht mehr an meiner Seite ist, wird mir bewusst, dass es keine gute Idee war, ihn mitzunehmen. Hoffentlich ist Mallory zu sehr von ihren Sorgen um Max abgelenkt, um nachzuhaken, wen ich da mitbringe. Ich rufe sie an, solange er weg ist. Mit erstickter Stimme meldet sie sich und ich höre, dass sie geweint hat.

»Was ist denn los? Was ist mit Max?«, frage ich und kämpfe gegen die Panik in meiner Stimme an. Ich darf Mallory nicht noch mehr Angst machen.

»Jeff hat gerade aus dem Krankenhaus angerufen. Max hat eine Blinddarmentzündung. Er muss operiert werden.«

»Oh Gott«, murmle ich.

Alessandro rutscht auf den Platz neben mir, greift nach meiner Hand und schaut mich besorgt an.

»Danke, dass du kommst, Hilary. Ich kann Henri nicht ins Krankenhaus mitnehmen, und Wendy und Mike sind über Weihnachten bei Jeffs Eltern in Kansas.« Wendy ist Jeffs Schwester und Mallorys Babysitterin, wenn Not am Mann ist. Die beiden wohnen in ihrer Nähe und sie haben einen Sohn und eine Tochter im Alter der beiden Jungs.

»Wir sind schon unterwegs. Wir kommen so schnell wie möglich«, sage ich.

»Beeil dich.« Mallory schnieft und legt auf.

Wir haben Glück, erwischen alle unsere Busanschlüsse und vierzig Minuten später sind wir da. Noch bevor ich klingeln kann, stürzt Mallory an die Tür. Sie hat schon ihre Jacke an, ihre Augen sind rot und geschwollen, aber im Moment weint sie nicht.

Ich nehme sie in den Arm. »Geh nur. Wir sind ja jetzt da.«

Ich löse mich von ihr und sehe, dass sie über meine Schulter zu Alessandro schaut.

Er tritt vor und hält ihr die Hand hin. »Ich bin Alessandro.«

»Mallory«, sagt sie schroff, ohne seine Hand zu nehmen.

Trotz ihrer Panik hat sie sofort gemerkt, was los ist, und schaut mich mit zusammengekniffenen Augen an. Ich gehe an ihr vorbei ins Haus und konzentriere mich darauf, meine Jacke auszuziehen und an den Garderobenständer zu hängen, damit ich sie nicht anschauen muss.

Alessandro bleibt zögernd in der Tür stehen, weil er nicht weiß, ob er hier willkommen ist oder nicht. Ist er nicht, aber das kann ich ihm nicht sagen, ohne ihm zu erklären, warum. Ich nehme seine Hand, ziehe ihn herein und schließe die Tür hinter ihm.

»Tante Hilary!«, kräht Henri, der jetzt im Flur auftaucht.

Er stürzt sich auf mich und schlingt seine Arme um meine Taille.

Ich wuschle ihm die Haare durch. »Hey, Kumpel. Alles okay bei dir?«

Er schaut mit großen, verängstigten Augen zu mir auf. »Max hat geschrien.«

Ich kauere mich neben ihn. »Keine Angst, das wird schon wieder. Max ist jetzt im Krankenhaus und die Ärzte machen ihn wieder gesund. Mach dir keine Sorgen, okay?«

Henri schmiegt sich an mich und ich schließe ihn fest in meine Arme. Endlich lässt er mich los und ich küsse ihn auf die Stirn und stehe auf. »Alles wird gut«, sage ich zu Mallory und schubse sie sanft in Richtung Garagentür. »Wirklich. Ruf uns an, wenn Max aus dem OP kommt.«

Ihre Augen wandern zwischen Henri, Alessandro und mir hin und her. Wahrscheinlich fragt sie sich, ob sie uns allein lassen kann oder nicht.

Schließlich packe ich sie am Ellbogen und ziehe sie zur Garage. »Wir sorgen dafür, dass Henri abgelenkt ist. Mach dir keine Sorgen um uns.«

Mit einem letzten besorgten Blick zu Henri verschwindet sie in der Garage.

Ich drehe mich zu meinem Neffen um und kämpfe gegen mein Zittern an. »Schade, dass es hier keine Legos zum Spielen gibt.«

Die Angst weicht aus Henris Gesicht und er stürzt strahlend in sein Zimmer.

»Alles okay?«, fragt Alessandro, weil ich wie erstarrt dastehe.

Ich atme tief durch. »Ich mach mir solche Sorgen.«

Er kommt zu mir und nimmt mich in den Arm. »Er ist doch in guten Händen. Das wird schon wieder«, sagt er dicht an meinem Ohr. Sein warmer Atem in meinem Haar lässt mich erschauern und er drückt mich noch fester an sich.

Bei seiner Berührung weicht alle Spannung aus meinem Körper und ich sacke gegen ihn. Er hält mich an sich gedrückt und meine Kopfhaut prickelt, als er mir über die Haare streicht. Aber dann höre ich Legos in einem Karton rattern. Alessandro lässt mich los und dreht sich um.

»Oh, wow!«, sage ich zu Henri, der sein größtes, bösestes Herr-der-Ringe-Legoset ins Wohnzimmer schleppt.

»Legos«, sagt Alessandro mit einem Lächeln zu Henri. »Die hab ich geliebt als kleiner Junge.« Er geht zu Henri, der den Inhalt der Schachtel mitten auf dem Teppich auskippt, und setzt sich neben ihn. »Ich habe stundenlang am Boden gesessen und mit Legos gespielt.«

»Wer bist du?«, fragt Henri, ohne aufzublicken, während er die Legos in farblich passende Haufen sortiert, und seine Worte geben mir einen Stich ins Herz.

Alessandro streckt die Hand aus und hilft beim Sortieren. »Ich bin Alessandro, ein Freund von deiner Tante.«

Henri grinst Alessandro an. Er ist schon ganz vertraut mit ihm und ich zwinge mich, wieder zu atmen. Ich gehe zu den beiden hinüber und lasse mich neben sie auf den Teppich fallen. Aber plötzlich schnürt es mir die Kehle zu und ich spüre, wie mir die Tränen in die Augen schießen.

Weil Henri seinem Vater so ähnlich sieht.

22.

Mallory ruft aus dem Krankenhaus an, während Alessandro Makkaroni mit Käsesoße kocht (Henris Lieblingsgericht). »Max ist gerade aus dem OP gekommen«, sagt Mallory. »Es ist alles gut gegangen und wir können ihn in fünf Minuten im Aufwachraum besuchen.«

»Gott sei Dank«, hauche ich und mir werden die Knie weich vor Erleichterung.

»Wie geht's Henri?«

Ich höre die wahre Frage dahinter, gehe aber nicht darauf ein. »Gut. Wir haben Mittelerde im Wohnzimmer aufgebaut«, sage ich und schaue zu, wie Henri gerade die letzten paar Steine von seinem Lego-Rivendell zusammensteckt. »Willst du mit ihm sprechen?«

»Ja, gib ihn mir mal.«

Ich reiche Henri das Telefon und gehe in die Küche.

»Max ist gerade aus dem OP gekommen. Alles ist gut gegangen«, erzähle ich Alessandro.

Er dreht sich um und schaut mich an. »Das freut mich.«

»Tante Hilary!«, brüllt Henri und stürzt hinter mir herein. »Mom will dich sprechen.«

Ich nehme das Telefon. »Hey.«

»Ich wollte dir nur sagen, dass Jeff und ich heute Nacht hierbleiben.«

Ich weiß, was sie jetzt von mir erwartet. »Kein Problem. Ich bleibe bei Henri, bis ihr zurückkommt.«

»Du? Oder ihr beide?«

»Ich weiß nicht, Mallory«, sage ich und unterdrücke meinen Ärger. Ich weiß ja, dass sie auf Nadeln sitzt, aber Alessandro ahnt nichts davon und ich werde ihm nichts sagen.

»Mir wäre es lieber, wenn nur du bei ihm bleiben würdest«, sagt Mallory mit gepresster Stimme.

»Ja, ich weiß.«

»Dann ist ja gut.«

»Kümmere du dich um Max und mach dir keine Sorgen um Henri, okay?«

Eine lange Pause entsteht. »Okay«, sagt sie endlich.

Ich lege auf und Alessandro gießt bereits die Makkaroni ab. »Brauchst du Hilfe?«

Er reicht mir das Sieb. »Hier, lass das gut abtropfen und schütte es in den Topf«, sagt er und deutet auf den Herd.

Ich mache, was er sagt, und rühre die Makkaroni in die Käsesoße ein. Alessandro geht währenddessen zum Kühlschrank und nimmt ein paar Salatzutaten heraus. Bald darauf steht das Essen auf dem Tisch.

Henri erzählt Alessandro begeistert von seinem Lieblings-Lego-Baukasten und was passiert ist, als er die Vorderseite seines Piratenschiffs mit Steinen aus der Mitte des Star-Wars-Todessterns gebaut hat.

»Den Todesstern hatte ich auch«, sagt Alessandro lächelnd.

»Genies unter sich«, murmle ich und Alessandro zieht eine Augenbraue hoch, aber plötzlich prallt ein Stück von einer Salzstange von seiner Wange ab. Wir schauen beide Henri an, der übermütig kichert und das nächste Stück nach Alessandro wirft.

Alessandro senkt den Kopf und hält seine Finger als Torpfosten hoch. »Jetzt kannst du mal zeigen, wie gut du zielen kannst!«, fordert er Henri heraus.

Henri grinst, reißt wieder ein Stück Salzstange ab und zielt damit auf Alessandros »Tor«. Er trifft nur einmal, die anderen vier Schüsse gehen knapp daneben.

»Jetzt bin ich dran«, sagt Alessandro, nimmt sich auch eine Salzstange und reißt ein Stück ab.

Henri hält seine Finger hoch und Alessandros Schuss geht voll daneben.

Henri verdreht die Augen. »Haha – so schlecht kann man gar nicht sein. Schieß mal richtig. Ich will wissen, was du draufhast. Ich bin kein schlechter Verlierer.«

Alessandro grinst ihn an. »Ich nehme dich beim Wort, okay?«, sagt er. Diesmal landet er drei Treffer bei vier Schüssen, reißt die Arme in Siegerpose hoch und verbeugt sich vor einer imaginären jubelnden Menge.

Ich pruste los. Diese Seite an Alessandro kannte ich bisher noch gar nicht. »Ganz schön ehrgeizig, was?«, murmle ich und Henri kichert.

»Heiratest du Tante Hilary?«, fragt Henri aus heiterem Himmel und ich erstarre.

Alessandros Blick huscht zu mir herüber, bevor er antwortet: »Nein, Henri. Deine Tante und ich sind nur alte Freunde.«

Henri rutscht von seinem Stuhl herunter und klettert auf meinen Schoß. »Wenn die Schule wieder anfängt, machen wir eine Exkursion, und weißt du, wo wir hingehen? Da, wo es vogelfressende Taranteln gibt.«

»Wow!«, sage ich und ziehe ihn an mich. Ich bin froh, dass er so schnell vom Thema abgekommen ist. »Was habt ihr Jungs nur immer mit euren blöden Taranteln?«

Henri springt wieder von meinem Schoß herunter, stützt sich mit beiden Händen auf Alessandros Knie und erzählt ihm von Jeremy Timmons Tarantel – dass sie eine ganze Grille gefressen hat, mitsamt den Innereien und allem. Ich habe einen Kloß im Hals und kann es kaum ertragen, die beiden zusammen zu sehen. Ich stehe auf, sammle die Teller ein und trage sie zur Spüle. Als ich mich wieder umdrehe, hockt Henri auf Alessandros Knie und erzählt ihm, wie Rufus ein Eichhörnchen im Hinterhof getötet hat.

Ich wuschle ihm die Haare durch. »Wie wär's mit einem Bad, Kumpel?«

Er klettert von Alessandro herunter und Alessandro macht die Küche sauber, während ich Henri in die Badewanne stecke und dann ins Bett bringe.

»Was willst du mir heute Abend vorlesen?«, frage ich und schlüpfe zu ihm ins Bett.

Henri hält ein dünnes, gebundenes Buch hoch. »Lokis Rache.«

»Ausgezeichnet«, sage ich. »Loki ist mein Liebling.«

Er rutscht tiefer in sein Kissen und schlägt das Buch auf, und im selben Moment erscheint Alessandro in der Tür, lehnt mit hochgekrempelten Ärmeln im Türrahmen. Henri fängt an zu lesen und ich kämpfe immer noch gegen den Kloß in meinem Hals an. Alessandro und Henri haben sich auf Anhieb verstanden, als würden sie sich schon ewig kennen. Unglaublich. Ich hätte mir das nie vorstellen können. Und Henri mag Alessandro wirklich. Als er aufschaut und ihn in der Tür sieht, strahlt er und zerrt mich am Arm. »Mach Platz für Alessandro, Tante Hilary.«

Ich rutsche herüber und kuschle mich an Henri, und Alessandro kommt ins Zimmer, setzt sich ans Fußende des Betts und stützt sich auf einen Ellbogen auf. Dann packt er Henris Zehen durch die Bettdecke und kitzelt ihn, und Henri kreischt und strampelt.

Ich stoße Alessandro mit meinem Fuß an und werfe ihm einen strengen Blick zu. »Bettzeit. Du darfst ihn jetzt nicht mehr so hochbringen.«

»Tut mir leid«, sagt Alessandro und zwinkert Henri verschwörerisch zu. Henri kichert wieder.

»Jetzt lies mal, Süßer«, sage ich zu Henri und er greift nach dem Buch, das ihm aus der Hand gefallen ist.

»Nachdem Thor Loki be-si … si«

»Das ist ein langes i«, helfe ich ihm, »deshalb kommt das e dahinter.«

»Nachdem Thor Loki besi-siegt hatte, schwor Loki Thor bittere Rache.« Henri schaut auf und grinst, dann konzentriert er sich wieder auf das Buch und liest uns vor, wie Loki sich an Thor rächt. Als er fertig ist, gebe ich ihm einen Kuss und drücke ihn fest an mich, dann wälze ich mich vom Bett herunter. Alessandro steht auf, wuschelt Henris Haare durch und ich knipse das Licht aus. »Nacht, Süßer«, sage ich von der Tür aus.

»Gute Nacht, Tante Hilary. Gute Nacht, Alessandro.« Er kuschelt sich in seine Kissen und schließt die Augen. Ich bleibe noch eine Weile stehen und betrachte ihn, und die ganze Zeit spüre ich Alessandros warmen Körper direkt hinter mir. Endlich ziehe ich die Tür hinter uns zu.

»Er ist ein toller Junge«, sagt Alessandro, als wir ins Wohnzimmer zurückgehen. Er nimmt ein Foto von Mallorys Familie von dem Beistelltischchen. »Ist das hier der Vater?«, fragt er und deutet auf Jeff.

Wieder dieser Messerstich in den Bauch. »Ja. Jeff.«

Er betrachtet das Foto einen Augenblick und eine steile Falte bildet sich auf seiner Stirn. Dann stellt er es wortlos zurück. Ich schalte den Fernseher ein, setze mich auf die Couch und hoffe, dass das Thema Verwandtschaft damit erledigt ist.

Alessandro setzt sich neben mich und legt mir den Arm um die Schultern. »Bist du okay?«

»Ja. Ich mach mir nur Sorgen um Max.« Das ist keine Lüge. Aber auch nicht die ganze Wahrheit.

»Das war ein schwerer Tag«, sagt Alessandro und ich weiß, dass er nicht nur von Max redet.

Und mitten in dem ganzen Chaos, das in mir herrscht, taucht immer wieder das Bild von Alessandro auf, wie er Eric zusammenschlägt. Die Ereignisse an diesem Tag bleiben verschwommen, aber ich erinnere mich, wie Eric mir eine Coke in die Hand gedrückt hat, als wir im Aufenthaltsraum vor dem Fernseher gesessen haben. Ich weiß auch noch, wie das Bild vor meinen Augen verschwamm und der ganze Raum sich plötzlich drehte. Und das Nächste, woran ich mich erinnere, ist Alessandros blutige Faust.

»Ja.«

»Es tut mir leid, Hilary«, haucht er in mein Haar.

Ich weiß nicht, ob er sich dafür entschuldigt, was er Eric angetan hat, oder weil er mich verlassen hat, oder was auch immer. Auf jeden Fall meint er es ernst, das höre ich an seiner Stimme, die unendlich traurig klingt. »Mir auch«, flüstere ich zurück.

Wie üblich knistert es zwischen uns, sobald wir uns berühren. Alessandro beugt sich vor, ganz langsam, schaut mich dabei die ganze Zeit an. Ich kann nicht anders – ich beuge mich auch vor und presse meine Lippen auf seine. Er küsst mich, zögernd zuerst, aber dann immer hungriger, bis seine Zunge in meinen Mund schlüpft und Besitz von mir ergreift.

Ich drücke ihn in die Kissen zurück, setze mich rittlings auf ihn und knöpfe sein Hemd auf, weil ich ihn plötzlich sehen möchte – seine Haut auf meiner fühlen. Ich küsse ihn hart und tief, während ich ihm das Hemd herunterzerre.

»Hilary«, stöhnt er, als wir uns kurz voneinander lösen und nach Luft schnappen, und ich höre die Verzweiflung in seiner Stimme. Mir wird ganz heiß, ich will ihn und ersticke jeden Einwand, den er vielleicht machen wollte, mit einem zweiten Kuss.

Eine Stimme in meinem Hinterkopf sagt mir, dass ich sofort aufhören muss, aber mir rauscht das Blut in den Ohren und übertönt alles. Meine Sinne fahren Karussell mit mir und ich habe das Gefühl, in zwei Welten gleichzeitig zu leben. Ich spüre alles, was jetzt passiert, Alessandros verzweifelten Kuss, seine hungrigen Hände, die jetzt nicht mehr zögerlich sind, sondern fest und sicher auf meinem Körper liegen; den Geschmack seiner Lippen und den herben Duft, der mich einhüllt; seine knackigen Bauchmuskeln, über die ich meine Finger gleiten lasse. Und gleichzeitig spüre ich, was ich damals gefühlt habe – wie ich dachte, mein Herz müsse unter seiner sanften Berührung zerspringen, wie er mich auf den Mund küsste, so unendlich zart, wie seine Zunge meinen Körper erkundete, Millimeter für Millimeter, als könne er nie genug von mir bekommen, wie er Gefühle in mir weckte, von denen ich bis dahin nichts geahnt hatte.

Ich weiche zurück und streife ihm das Hemd von den Schultern, dann schaue ich auf ihn hinunter, starre ihn gierig an, diesen schönen, makellosen Körper, der es mit jeder antiken Statue aufnehmen könnte. Ich streiche mit den Fingerspitzen über die glatte Haut an seinen Armmuskeln, muss ihn einfach anfassen, damit ich weiß, dass ich nicht träume. Meine Augen verschlingen ihn bei lebendigem

Leib, ich sehe die dünne weiße Narbe, die sich von seiner Seite, direkt unterhalb des Rippenbogens, bis zur Hüfte hinunterzieht und unter dem Bund seiner Jeans verschwindet. Früher, als wir noch jünger waren – oder soll ich »neuer« sagen? –, war die Narbe rot und wulstig, daran erinnere ich mich. Ich streiche darüber und er zuckt zusammen. »Wie ist das denn passiert?«

Ich habe ihn nie danach gefragt. Ich hatte damals genug mit meinen eigenen Gespenstern zu kämpfen, und er mit seinen. Wir rührten nicht daran. Aber jetzt will ich es wissen.

Sein Gesicht verhärtet sich. »Ich war in einer Gang. Ich habe andere Menschen verletzt. Und einige haben es mir heimgezahlt.«

Ich strecke die Hand nach ihm aus, aber er weicht zurück und in seinem Gesicht liegt so viel Schmerz, dass ich erschrecke. Wenn ich ihm diesen Kummer doch nur abnehmen könnte, damit er ihn nicht alleine tragen muss! Aber er verschließt sich vor mir.

Ich fahre mit meiner Handfläche über seine Bartstoppeln. »Du bist so schön, Alessandro. Jeder einzelne Millimeter von dir.«

Er versteift sich, kämpft gegen sein Verlangen an, das aber schließlich die Oberhand gewinnt. Er küsst mich, tief und drängend. Seine Zunge wirbelt in meinem Mund herum, während meine Hände über seinen Körper streichen, meine Fingerspitzen seitlich an seinem Brustkorb hinaufgleiten und meine Daumen seine Nippel massieren. Er schließt die Augen und stöhnt, und ich spüre, wie seine Nippel unter meinen Händen hart werden.

Das Stöhnen bringt mich vollends um den Verstand. »Ich will dich«, sage ich mit erstickter Stimme.

Er öffnet die Augen, schaut mich angstvoll an. »Ich will dich auch, Hilary«, murmelt er und wendet sein Gesicht von mir ab, »ich will dich so sehr. Aber wir dürfen es nicht.«

»Warum nicht?«

Er wirft mir einen gequälten Blick zu. »Weil ich nicht zurückgekommen bin, um dich wieder auszunutzen. Ich bin hergekommen, um mich zu entschuldigen … um dir zu helfen, soweit ich das kann.«

Ich drücke mich eng an ihn, damit er das Verlangen spürt, das mir durch die Adern pulsiert. »Du nutzt mich doch nicht aus.«

Er schließt die Augen, legt den Kopf zurück und erschauert, als meine Zunge an seinem Hals hochgleitet, bis über die Kieferlinie hinauf. Ich löse mich einen Augenblick von ihm und streife mein T-Shirt über den Kopf. Er schaut zu, wie ich meinen weißen Spitzen-BH aufhake und über meine Schultern heruntergleiten lasse.

Mit geballten Fäusten stemmt er sich in die Couchkissen neben meinen Beinen. Er wehrt sich mit aller Kraft dagegen, mich zu berühren.

Aber ich will, dass er mich berührt.

Ich lasse meine Hand über seinen Sixpack zu der Beule in seiner Jeans heruntergleiten und beuge mich vor, meine Brust an seiner, Haut an Haut, und meine Lippen an seinem Hals, direkt unter seinem Ohr. »Ich will dich wieder in mir spüren«, wispere ich.

Er stöhnt, packt mich und wälzt mich auf den Rücken.

Dann stützt er sich über mir auf einem Knie auf, den anderen Fuß am Boden, und im nächsten Moment hat er mir auch schon meine Yogahose und meinen String heruntergerissen.

Der Hunger in seinen Zügen macht mich heiß. Er spreizt mir die Beine, sein Mund findet die empfindliche Stelle dort, und mir schießt ein Stromstoß durch den Körper, dass sich praktisch alles unter meiner Gürtellinie verkrampft. Ich drücke mein Gesicht in die Kissen, bäume mich auf und schreie.

Seine Zunge bewegt sich über mir, schnellt in mir herum, erkundet meine empfindlichsten Stellen, nimmt mich völlig in Besitz. Ich schnappe nach Luft, so stark sind die Stromstöße, die unter meiner brennenden Haut durch meinen Körper jagen. Im Nullkommanichts hat er mich fast so weit, dass ich komme. Ich stoße kurze, keuchende Atemzüge aus, meine Hände verkrallen sich in seinem Haar, während seine Finger in mich hineingleiten und er zu saugen beginnt. Eine Sekunde später, als ich dann wirklich komme, muss ich meine ganze Kraft aufbieten, um meinen Schrei zu unterdrücken.

Eine Flut von Gefühlen überrollt mich. Was immer gerade passiert ist – ich habe so was noch nie erlebt. Ich weiß nicht, was es war, aber es war mehr als nur Sex. Es war größer. Lauter. Höher. Noch nie hatte ich dieses Bedürfnis, einem Mann so nahe zu kommen, ihm direkt unter die Haut kriechen zu wollen. So ist es nur mit Alessandro.

Diese Erkenntnis schießt mir durch den Kopf, während mein Orgasmus langsam abflaut und mein Verstand noch

Karussell fährt. Alessandro weckt *Gefühle* in mir. Nicht nur körperlich, sondern in jeder Hinsicht.

Und das macht mir Angst.

Bei Brett und allen anderen Männern vor ihm war Sex was rein Mechanisches, Vorhersehbares. Ich hatte mich im Griff und es fühlte sich gut an, körperlich, aber das war auch alles. Für mich war es eine Möglichkeit, mich zu erden und mir zu beweisen, dass ich noch lebe. Der Sex mit Brett hat mich nie im Innersten berührt, hat nie meine Seele und mein Herz erreicht. Mich nie zu Tränen gerührt. Alessandro dagegen schafft das mühelos. Ohne Hilfsmittel. Ich bin noch nie bei einem Mann einfach so gekommen.

Doch als Alessandro jetzt auf die Couch heraufkriecht und seine Knie sich in die Kissen zwischen meinen Beinen pressen, merke ich, dass das hier anders ist. Ich öffne die Augen, sehe, wie er an seinem Jeansknopf herumfummelt. Ich strecke die Hand aus, um ihm zu helfen, und er schaut zu mir herunter, fragend, hungrig. Genauso hungrig wie schon vor acht Jahren, bei unserem ersten Mal. Statt einer Antwort ziehe ich seinen Reißverschluss auf.

Alessandro nimmt seinen Geldbeutel aus seiner Jeanstasche, zerrt ein Kondom heraus und wirft den Geldbeutel auf den Boden. Ich nehme ihm das Kondom aus der Hand, streife es in ganzer Länge über seinen Ständer, sodass er vor Erregung scharf die Luft einzieht. Dann lege ich mich zurück, öffne mich ihm weit und dirigiere ihn, die Hände auf seinen Hüften.

Er zögert, atmet schwer, aber ich lasse ihm keine Zeit zum Nachdenken. Ich will ihn in mir haben, und sonst nichts. Ich schaukle mit den Hüften und nehme ihn tief in mir auf.

Er stöhnt meinen Namen, als er in mich hineingleitet, und ich schreie auf, so stark sind die Lustgefühle, die mich überrollen. Jeder einzelne Muskel in meinem Bauch, meiner Leiste, meinen Schenkeln verkrampft sich um ihn, und ich schnappe nach Luft.

»Ich tu dir doch nicht weh?«, haucht er mir besorgt ins Haar.

Eine Sekunde lang bekomme ich keinen Ton heraus. »Gott, nein«, stöhne ich schließlich, weil es sich so verdammt gut anfühlt.

Alessandro fängt an zu schaukeln, bewegt sich in mir, jagt Feuer durch meine Adern. Sein Tempo ist langsamer, als ich es gewohnt bin, und ich brauche einen Augenblick, um mich auf seinen Ryhthmus einzustimmen, aber dann bewegen wir uns gemeinsam, und langsam steigt meine Erregung, bis es in meinem Bauch zu brodeln beginnt wie in einem Vulkankrater, der kurz vor dem Ausbruch steht.

Alessandro lässt Küsse auf meine Schultern und meinen Hals regnen, während er sich auf mir bewegt, und langsam steigert er sein Tempo. Unser Atem geht schneller und bei jedem Stoß stöhne ich leise auf, ohne dass ich mich bremsen kann. Ich nehme sein Ohrläppchen zwischen die Zähne, ziehe sanft daran, und Alessandro stößt jedes Mal einen kehligen Laut aus.

Ich spüre, dass sich etwas verändert, so als hätte er sich die ganze Zeit zurückgehalten und jetzt auf einmal brechen alle Dämme. Er lässt eine Hand von meiner linken Hüfte zu meinem Knie heruntergleiten, hebt es höher hinauf, spreizt mich weit auseinander. Ein Stöhnen dringt aus seiner Brust und er stößt noch tiefer in mich hinein, versenkt sich bis zur Wurzel in mir.

Langsam bewegt er sich in mir, genau so, wie ich es mag und brauche, und mir wird ganz schwummrig. In Sekundenschnelle bringt er mich zum Höhepunkt. Und wieder kann ich ihm gar nicht nahe genug sein, möchte am liebsten ganz in ihn hineinkriechen.

Immer schneller und härter werden seine Stöße, bis ich jede Kontrolle über mich verliere. Ich schnappe nach Luft, spüre, wie ich abhebe, und bei seinem letzten Stoß bäume ich mich ihm wild entgegen. Ich komme zum zweiten Mal innerhalb von zehn Minuten und schreie laut: »Alessandro!«

Ich spüre, dass ich jetzt bereit bin, dass ich mich öffnen und ihm alles erzählen könnte. Ich will ihn, ja mehr als das – ich brauche ihn. Ich glaube, in gewisser Weise war das immer so, auch als ich noch dachte, dass ich ihn nie wiedersehen würde.

»Hilary?«, keucht Alessandro. »Bist du okay?«

»Ja«, hauche ich mit geschlossenen Augen, um den Aufruhr in meinem Inneren zu verbergen. Ich öffne den Mund, um ihm die Wahrheit zu beichten … ihm zu sagen, dass Henri sein Sohn ist. Aber dann bremse ich mich. Jetzt ist nicht der Moment. Das wäre zu viel auf einmal, zu viel und zu schnell.

Allmählich kommen wir wieder zu Atem, und Alessandro küsst mich auf den Mund und wälzt sich von mir herunter.

Ich ziehe mich auf die Füße hoch und strecke meine Hand aus. »Komm.« Auf wackligen Beinen zerre ich ihn durch den Flur an Henris Zimmer vorbei, in mein altes Schlafzimmer. Wir schlüpfen unter die Laken, ich schmiege mich an seine Seite und wir lieben uns noch einmal, diesmal ganz langsam und leicht und zart, sodass es fast wehtut.

In diesem Moment weiß ich, dass ich ihm gehöre – dass ich ihm schon immer gehört habe –, weiß es mit hundertprozentiger Sicherheit.

23.

Heute ist Donnerstag, *unser* Tag, und ich bin an der Reihe.

Aber ich bin wie versteinert vor Angst.

Letzten Donnerstag habe ich mit Alessandro geschlafen und heute muss ich ihm sagen, dass er einen Sohn hat. Wir waren letzte Woche jede Nacht zusammen und ich habe tausendmal den Mund aufgemacht, um ihm reinen Wein einzuschenken, aber dann habe ich es doch nicht fertiggebracht.

Was ist, wenn Mallory recht hat mit ihren Befürchtungen?

Meine Schwester war das einzig Beständige in meinem Leben. Alle haben mich verlassen, nur Mallory ist zurückgekommen und hat mich zu sich genommen. Wir streiten viel, klar, und ich weiß, dass ich sie manchmal sehr enttäusche, aber ich will sie nicht verlieren. Das auf keinen Fall.

Und was soll ich machen, wenn Alessandro, sobald er Bescheid weiß, mit Henri reden und ihm sagen will, dass er sein Sohn ist? Oder, schlimmer noch, wenn er das Sorgerecht für ihn beantragt? Dann verliere ich nicht nur Mallory, sondern auch Henri.

Aber im tiefsten Inneren weiß ich, dass ich mir was vormache. Meine größte Angst ist, dass Alessandro mich zum Teufel jagt, wenn er es erfährt. Er hat die Mauern eingerissen, hinter denen ich mich all die Jahre verschanzt hatte, und jetzt bin ich total verletzlich und wehrlos, was zugleich erschreckend und faszinierend ist. Wie der Rausch, der einen im freien Fall erfasst, nur in dem Wissen, dass Alessandro da ist und mich auffängt.

Und wenn er mich nicht auffängt? Wenn er mich einfach fallen lässt wie eine heiße Kartoffel, sobald ich es ihm erzählt habe?

Ich bin so aufgewühlt von diesem ganzen Gefühlschaos, dass ich fast an die Decke springe, als mein Telefon klingelt. Aber es ist nicht Alessandro. Kein Creed tönt aus dem Telefon. Ich nehme es vom Nachttisch und schaue aufs Display.

Strafanstalt Bedford Hills.

Mein Herz macht einen Satz. Ich war gestern dort, an Neujahr, und Mom wollte mich wieder nicht sehen. Vielleicht hat sie es sich anders überlegt. Ich halte das Telefon an mein Ohr. »Hallo?«, melde ich mich.

»Ms McIntyre? Hilary McIntyre?«, sagt eine fremde Frauenstimme. Also nicht Mom.

»Ja.«

»Ms McIntyre, hier ist Sylvia Reingold von der Bedford-Hills-Strafanstalt. Ihre Mutter fragt nach Ihnen.«

Im ersten Moment bekomme ich kein Wort heraus. »Ist sie okay?«, frage ich schließlich.

»Sie wird gerade ins Northern Westchester Hospital verlegt. Der Arzt sagt, es geht nicht mehr lange. Ich fürchte, Sie müssen sich beeilen.«

»Ja, mach ich«, antworte ich benommen.

»Ihre Mom hat auch nach Ihrer Schwester gefragt. Vielleicht können Sie ihr Bescheid sagen? Wir haben keine Telefonnummer von ihr in unseren Akten.«

»Ja, gut«, hauche ich mit wild klopfendem Herzen.

Ich lege auf und wähle Mallorys Nummer.

»Hey«, sagt sie und über das Rauschen in meinen Ohren hinweg höre ich die Jungs im Hintergrund schreien. Max scheint wieder fit zu sein.

»Mal, wir müssen sofort zu Mom. Sie liegt im …«

»Stopp, Hilary«, unterbricht Mallory mich scharf. »Ich hab dir gesagt, warum ich nicht hingehe. Bitte respektiere das.«

»Sie wird gerade ins Krankenhaus gebracht. Die Bedford-Leute haben mir gesagt, dass sie nach uns gefragt hat und dass wir uns beeilen sollen. Das ist das Ende, Mallory. Sie stirbt.«

»Gut«, faucht Mallory, aber dann folgt eine lange Pause und ich höre nur noch den Fernseher im Hintergrund und die streitenden Jungs. »Du gehst hin, oder?«

»Ja, und ich will, dass du mitkommst.«

»Welches Krankenhaus?«, fragt sie nach kurzem Zögern.

»Northern Westchester.«

Sie stößt die Luft aus. »Ich bin in einer Stunde bei dir und hole dich ab.«

Ich warte am Bordstein, als Mallorys silberner Volvo SUV neben der geparkten Wagenreihe vor meinem Wohnhaus hält. Das Auto hinter ihr hupt und ich stürze hinüber und steige ein. Mallory fährt sofort los. Ich drehe mich zu ihr um und zu meiner Überraschung sehe ich, dass sie geweint hat.

Mit finsterer Miene schaut sie mich an. »Sag ja nichts, okay?«, faucht sie und hält eine Hand hoch.

Ich rutsche tiefer in meinen Sitz und wir fahren schweigend durch die City zum West Side Highway.

»Was haben die sonst noch gesagt?«, fragt Mallory endlich, als wir gerade die Brücke in die Bronx überqueren.

»Eigentlich nichts.« Ich schaue sie an. »Aber sie hat nach uns beiden gefragt.«

Mallory presst die Lippen zusammen und hält ihren Blick auf die Straße vorne gerichtet. »Ich kann ihr einfach nicht verzeihen. Nie. Und es ist mir egal, ob sie stirbt oder nicht.«

»Du brauchst dich nicht vor mir zu rechtfertigen.«

Mallory sagt nichts darauf und ich lehne meine Stirn ans Fenster und schließe die Augen.

Eineinhalb Stunden später verkündet Mallorys GPS, dass wir unser Ziel erreicht haben. Wir fahren auf den Parkplatz und gehen zur Empfangstheke.

»Wir möchten zu Roseanne McIntyre«, sage ich zu der

älteren Frau, die am Computer sitzt. »Können Sie uns ihre Zimmernummer geben?«

Die Empfangsfrau hackt einen Augenblick auf der Tastatur herum und ich würde sie am liebsten anschreien, dass sie ihre alten Knochen gefälligst etwas schneller bewegen soll, aber ich bremse mich natürlich.

»Ich finde keine McIntyre«, sagt sie schließlich.

»Nein. McIntyre. M, C, I. Sie wurde gerade von Bedford Hills hierherverlegt.«

Die Frau tippt wieder eine Weile, landet schließlich einen Treffer und lächelt erfreut. »Ah, da ist sie! Sie ist in einem bewachten Zimmer im dritten Stock. Sind Sie mit ihr verwandt?«, fügt sie hinzu und schaut auf.

Aber ich sprinte bereits zum Aufzug. Mallory holt mich ein, kurz bevor die Tür aufgeht. Ich warte, bis alle ausgestiegen sind, dann gehe ich hinein und drücke auf die Drei. Wir fahren hinauf und wenige Sekunden später geht die Lifttür wieder auf. Ein langer Flur liegt vor uns. Direkt gegenüber ist die Schwesternstation und auf der anderen Seite sitzt ein Wärter der Strafanstalt auf einem Plastikstuhl. Ich stürze zu ihm und Mallory kommt langsam hinterher.

»Wir sind die Töchter von Rose McIntyre. Sie hat nach uns gefragt«, keuche ich.

»Ausweis«, sagt der Wärter und steht auf. Es ist ein riesiger Kerl, ein richtiger Schrank von einem Mann. Hat die Gefängnisleitung Angst, dass Mom abhauen will und nur mit Gewalt an der Flucht gehindert werden kann?

Ich gebe ihm meinen Ausweis und Mallory hält ihren mit zitternder Hand hin.

»Sie dürfen nur einzeln reingehen. Und jede nur fünfzehn Minuten.« Er stößt die Tür auf. »Wer geht als Erste?«

»Sie«, stößt Mallory hervor, ehe ich protestieren kann.

Ich werfe ihr einen strengen Blick zu. »Komm ja nicht auf die Idee, zu verschwinden.«

Mallory schaut zur Tür, Panik in den Augen, und dann wieder zu mir. »Ich kann das nicht, Hilary.«

»Sie stirbt, Mal. Du musst.« Ich gehe zu ihr und nehme sie in den Arm. »Geh du zuerst. Ich warte hier.«

Zitternd liegt sie an meiner Schulter und schluchzt. Ich halte sie ein paar Minuten, bis sie sich wieder gefangen hat.

»Okay«, sagt sie schließlich, löst sich von mir und wischt ihre Augen mit dem Handballen ab.

Ich trete beiseite und sie geht zur Tür hinein, nachdem sie tief Luft geholt hat.

Der Wärter lässt die Tür offen und bleibt direkt davor stehen. Ich würde gern lauschen, gehe aber stattdessen zu den Schwestern hinüber. »Entschuldigen Sie bitte«, sage ich zu einer Frau, die an einem Computer sitzt und tippt.

Sie hält einen Finger hoch und tippt etwas fertig, dann blickt sie auf. »Was kann ich für Sie tun?«

»Es geht um meine Mom, Roseanne McIntyre«, sage ich mit einer Handbewegung zu ihrer Zimmertür. »Ich wollte Sie fragen … ähm, haben die Ärzte gesagt, wie lange sie noch zu leben hat?«

Die Schwester sieht mich mitfühlend an. »Nicht sehr lange. Ein paar Stunden vielleicht.«

»Was …« Ich schlucke den Kloß in meiner Kehle hinunter. »Was für einen Krebs hat sie denn?« Keine Ahnung, warum das wichtig ist, aber ich will es wissen.

Die Schwester presst ihre Lippen zu einer dünnen Linie zusammen. »Lungenkrebs, aber sie hat schon überall Metastasen«, sagt sie grimmig.

Ich drehe mich um und mache einen Schritt zur Seite, damit ich Moms Bett durch die Tür sehen kann. Von Mom selbst sehe ich nichts, nur einen Deckenberg, aber Mallory steht ganz unten am Fußende und schluchzt. Mir bricht es fast das Herz, als ich ihre bebenden Schultern sehe.

Ich wende mich wieder an die Schwester. »Was geben Sie ihr? Hat sie Schmerzen?«, frage ich und dränge meine eigenen Tränen zurück.

»Wir tun, was wir können, um ihr die letzten Stunden zu erleichtern«, sagt die Frau.

»Gut, danke. Gibt es hier irgendwo einen Süßigkeitenautomaten?«

Die Schwester zeigt den Flur entlang. »Im Aufenthaltsraum am anderen Ende des Flurs.«

»Danke.« Ich gehe in die angezeigte Richtung und treffe auf eine Tür mit der Aufschrift »Patienten-Lounge«. Ich finde den Automaten, wühle eine Dollarmünze aus meiner Tasche hervor und stecke sie in den Schlitz. Dann drücke ich auf D6 und der *Oh-Henry*!-Riegel fällt aus dem Regal und poltert in die Auffangschale darunter. Ich nehme ihn heraus und gehe zu Moms Zimmer zurück.

Ich spähe wieder durch die Tür und sehe, dass Mallory sich inzwischen näher herangewagt hat und direkt neben dem Bett steht. Ein knochiger Arm kommt aus dem Deckenberg hervor und streckt sich zitternd nach ihr aus. Mallory nimmt zögernd die knotige Hand. Ich sehe, wie sie sich vorbeugt, als ob sie auf etwas lauschte, das Mom sagt. Sie schüttelt den Kopf und wieder strömen ihr die Tränen über die Wangen, aber dann sinkt sie in den Stuhl neben dem Bett, nimmt Moms Hand in ihre und presst schluchzend Moms Finger an ihre Stirn.

Ich kann mich jetzt auch nicht mehr beherrschen. Ich lehne mit dem Rücken an der Wand und schluchze hemmungslos.

Aber dann stürzt Mallory an die Tür: »Ich brauche Hilfe, schnell!«

Die Schwester und der Wärter stürzen ins Zimmer und ich folge ihnen.

Mallory steht wieder neben dem Bett. »Sie atmet nicht mehr«, schluchzt sie. »Bitte tun Sie was!«

Die Schwester nimmt Moms Handgelenk und fühlt ihren Puls. »Tut mir leid, Schätzchen. Sie ist tot.«

»Nein.« Ich trete an ihr Bett, während die Schwester mit den Fingern über Moms tote Augen streift. Mom ist viel dünner als bei meinem letzten Besuch vor zwei Monaten. Nur noch Haut und Knochen.

Ich weiß nicht, was schlimmer ist – meine Wut, dass sie nicht auf mich gewartet hat, oder der Kummer, der mir das Herz zerreißt. Mein ganzer Körper wird von Schluchzern geschüttelt, die ich nicht unterdrücken kann. Alles, was ich je für Mom gefühlt habe, bricht jetzt auf einmal aus mir hervor.

Mom hat getrunken, hat reihenweise fremde Männer in

unser Leben gelassen. Sie hat Mallory rausgeschmissen und mich im Stich gelassen und nie die Verantwortung dafür übernommen. Sie hat so getan, als hätte das alles nichts mit ihr zu tun. Sie war eine schreckliche Mutter. Und trotzdem war sie meine Mom und ich habe sie geliebt. Ich habe immer davon geträumt, wie es sein könnte zwischen uns. Ich wollte nur von ihr geliebt werden.

Und jetzt ist sie einfach gestorben, ohne Abschied von mir zu nehmen. Hat nicht mal auf mich gewartet.

Ich lasse das *Oh Henry*! in meiner Hand auf den Boden fallen und stürze zur Tür hinaus. Mallory ruft mir etwas nach, aber ich stürme schon den Flur hinunter. Im Treppenhaus unten lehne ich mich an die Wand, gehe in die Hocke und hole mein Telefon aus der Tasche.

»Il mio amore«, sagt Alessandro zur Begrüßung.

»Ich brauche dich«, schluchze ich ins Telefon. Ich glaube, es ist das erste Mal in meinem Leben, dass ich diese drei Worte laut ausgesprochen habe. Aber ich bin so verzweifelt, ich kann nicht anders.

Mom hatte keine Freunde, nur einen Bruder, der irgendwo anders lebt und der mich nicht zu sich nehmen wollte, als Mom ins Gefängnis kam. Ich spare mir die Mühe, ihm Moms Tod mitzuteilen.

Wir machen keine Trauerfeier, weil das sinnlos wäre, aber ich habe gestern bei Mallory übernachtet, und wir waren zusammen auf dem Friedhof, als sie in die Erde gesenkt wurde.

Nach fast zwei Wochen in Alessandros Bett habe ich

mich gestern Nacht sehr einsam gefühlt. Aber Jeff wollte, dass ich zu ihnen komme und mich um Mallory kümmere. Sie ist noch völlig durch den Wind von ihrer Begegnung mit Mom – ein Wiedersehen nach so langer Zeit, das zugleich ein Abschied für immer war.

Alessandro wollte auch zur Beerdigung kommen, aber ich habe es ihm ausgeredet – wegen Mallory. Wenn meine Schwester mich mit ihm sieht, dreht sie vollends durch. Ich bin endlich bereit, mich Alessandro zu öffnen. Ich weiß nur noch nicht, wie und wann ich es ihm sagen soll. Mit Mallory ist es schwieriger. Ich bringe es immer noch nicht übers Herz, ihr zu sagen, dass ich mit Alessandro zusammen bin.

Trotzdem fehlt mir Alessandro, als wir uns für Moms Beerdigung fertig machen, viel mehr, als ich gedacht hätte.

Der Friedhof ist ein paar Haltestellen von Mallorys Haus in New Jersey entfernt. Wahrscheinlich war es die billigste Grabstelle, die Jeff finden konnte. Alles wirkt ein bisschen heruntergekommen – überall wuchert Unkraut in den schneefreien Stellen –, aber ich finde den Friedhof trotzdem okay. Er passt zu Mom. Im Augenblick ist es ganz still hier; nur wir drei und der Typ mit dem Schaufelbagger.

Moms Sarg wird mit dem Bagger unzeremoniell in das Loch manövriert, und ich fröstle unter dem kalten Januarhimmel. Keiner von uns hat Blumen mitgebracht, sodass alles schnell vorbei ist. Der Bagger-Typ fragt uns, ob wir fertig sind, und wir sagen Ja.

Er steigt wieder auf sein Gefährt und Mallorys Hand krallt sich in meinen Ellbogen. Mit verkniffenem Gesicht starrt sie durch die kahlen, trostlosen Bäume zum Parkplatz.

Ich folge ihrem Blick, und was sehe ich? Alessandro kommt über das Gras auf uns zu. Er trägt eine schwarze Anzughose und ein blaues Hemd, dessen Kragen unter seiner schwarzen Jacke hervorschimmert. Ich hatte mich bis dahin gut im Griff, aber jetzt ist es vorbei mit meiner Beherrschung.

Alessandro bleibt auf der anderen Seite von Moms Grab stehen und sieht mich fragend an.

Will ich, dass er bleibt?

Mallory schaut ängstlich von Alessandro zu mir, dann lässt sie meinen Arm los und klammert sich an Jeffs Hand. Jeff wirft ihr einen Blick zu, schaut zu Alessandro, und ich sehe, wie seine Augen sich weiten, als er begreift, was vorgeht. Die Ähnlichkeit mit Henri ist einfach nicht zu übersehen.

Ich gehe langsam um Moms Grab herum und bleibe vor Alessandro stehen. Er greift nach meiner Hand und drückt sie. »Tut mir leid. Ich konnte einfach nicht wegbleiben.« Er beißt sich auf die Unterlippe. »Ich kann dich doch in deinem Schmerz nicht alleinlassen.«

Ich sinke in seine Arme. »Ist schon okay.«

Alessandro schaut zu Mallory, als der Bagger-Typ sein Gefährt anwirft, dann flüstert er in mein Haar: »Soll ich ein paar Worte sagen?«

Ich schaue zu Mallory. Ihr Gesicht ist leichenblass und ihr Mund zu einer dünnen Linie zusammengepresst. »Das wäre super, danke«, sage ich zu Alessandro.

Er lässt mich los, bekreuzigt sich und senkt den Kopf, plötzlich ganz der Priester, sodass ich meinen auch senke.

Er spricht ein kurzes Gebet, und als ich danach den Kopf hebe, schmiegt sich Mallory schniefend in Jeffs Arme. Wir treten alle zurück, der Bagger schaufelt Erde auf Moms Sarg und mir schießen die Tränen in die Augen. Ich dränge sie zurück, kann aber kaum schlucken, so dick ist der Kloß in meiner Kehle.

»Du musst die Trauer zulassen«, sagt Alessandro leise in mein Ohr.

Ich beiße mir auf die Lippen und kämpfe weiter mit den Tränen.

Alessandro streicht mir mit der Hand über den Kopf. »Sie war deine Mutter, Hilary. Es ist doch normal, dass du um sie trauerst, egal was zwischen euch passiert ist.«

Eine einzige Träne tropft von meinen Wimpern und läuft über meine kältestarre Wange. Alessandro zieht mich an seine Schulter und mehr braucht es nicht, damit alle Dämme brechen. Ich schluchze und schluchze, rotze ihm die ganze Jacke voll, und er hält mich fest und versorgt mich mit Taschentüchern.

Es dauert lange, bis ich mich wieder im Griff habe und von Alessandro löse. Mallory und Jeff gehen bereits zum Auto zurück.

»Gehst du mit deiner Schwester mit?«, fragt Alessandro.

Ich schüttle den Kopf und werfe ihm einen flehenden Blick zu. »Nimmst du mich mit nach Hause?«

Er fasst mich an der Hand und wir gehen zur Straße.

»Das Taxi, das ich am Bahnhof genommen habe, ist wahrscheinlich längst weg.«

Ich lehne mich an ihn und er legt den Arm um meine Taille, zieht mich an sich, weil er weiß, dass ich das jetzt brauche. »Gleich da vorne ist eine Bushaltestelle«, sage ich zu ihm. Ich werfe einen Blick zum Parkplatz und sehe, dass Mallory und Jeff beim Auto warten. Mallory funkelt Alessandro schon von Weitem an.

Er merkt es offenbar auch. »Hoffentlich kriegst du keinen Ärger, weil ich da war«, sagt er und drückt meine Hüften.

»Ich bin froh, dass du gekommen bist.« Und das stimmt. Aber leider bleibt mir jetzt nichts anderes übrig, als Mallory reinen Wein einzuschenken. Ich hatte gehofft, dass ich das noch eine Weile aufschieben kann.

Alessandro lässt mich los, bevor wir zu Mallory kommen. »Mein Beileid zu Ihrem schmerzlichen Verlust«, sagt er zu ihr.

Mallory lacht verächtlich. »Man kann nichts verlieren, was man nie gehabt hat.«

Jeff runzelt die Stirn und packt sie am Ellbogen. »Mallory«, sagt er leise und sanft, so wie immer, wenn sie sich in etwas hineinsteigert.

»Was machen Sie überhaupt hier?«, faucht Mallory Alessandro an, ohne auf Jeff zu achten. »Haben Sie nicht schon genug Schaden in unserer Familie angerichtet?«

»Lass uns gehen, Mallory«, drängt Jeff und zieht sie am Ellbogen.

Alessandro versteift sich neben mir. »Es tut mir lei…«

Aber weiter kommt er nicht, denn Mallory reißt sich von Jeff los, stürzt sich auf Alessandro und stößt ihn zurück. »Lassen Sie gefälligst Hilary in Ruhe – und vor allem auch Henri. Ich will Sie nicht in meiner Familie haben, verstehen Sie?«

Alessandro wirft mir einen verwirrten Blick zu, weil er sich natürlich nicht erklären kann, woher dieser ganze Hass kommt.

Jeff packt Mallory und drückt sie fast mit Gewalt auf den Beifahrersitz des Volvo. Mallory schlägt wild um sich, dann löst sie sich in Tränen auf und Jeff kann endlich die Autotür schließen. »Tut mir leid«, sagt er und kratzt sich am Hinterkopf. »Der Tod ihrer Mutter hat sie sehr getroffen, auch wenn sie das nie zugeben würde.«

»Aber ich bitte Sie, das ist doch verständlich«, antwortet Alessandro höflich, aber sein Blick bleibt skeptisch. Er fragt sich wohl immer noch, womit er diesen Ausbruch verdient hat.

Ich frage mich das auch. Mallory ist total durch den Wind, aber trotzdem … Sie hätte sich gerade fast verplappert.

»Kommst du irgendwie nach Hause, Hilary?«, fragt Jeff mich.

Ich nicke. »Ja, klar. Ich habe da vorne eine Bushaltestelle gesehen, als wir hergefahren sind.«

»Danke«, sagt er mit einem entschuldigenden Lächeln. »Ich glaube, Mallory braucht erst mal Ruhe, um sich wieder zu fangen.«

Wir drehen uns um und gehen in Richtung Bushaltestelle, während Jeff sich ans Steuer setzt und wegfährt.

Die Fahrt in die Stadt zurück kommt mir endlos vor. Ich schmiege mich an Alessandros Seite und überlege, wie ich es ihm sagen soll. Ich bin so in meine Gedanken vertieft, dass ich nichts mehr mitbekomme, bis ich vor meiner Wohnungstür stehe und endlich die richtigen Worte parat habe. Ich drehe mich zu Alessandro um und erschrecke, wie niedergeschlagen er aussieht.

Mein Herz setzt einen Schlag lang aus, und statt mit meiner schwierigen Beichte anzufangen, frage ich ihn spontan: »Was ist denn los?«

Er wirft mir einen scharfen Blick zu: »Wie alt ist Henri?«

24.

Mir sackt das Herz in die Hose bei dieser Frage. »Was?«

»Wann ist er geboren?«

»Ähm … warum?«

»Er ist adoptiert.« Das ist keine Frage, sondern eine Feststellung.

Ich will ihn fragen, woher er das weiß, aber dann fällt mir ein, wie er das Foto von Mallory mit Jeff und den Kindern studiert hat, als wir bei ihr übernachtet haben. Henri sieht seinen Eltern überhaupt nicht ähnlich. Mein Herz fängt an zu rasen und im ersten Moment will ich einfach alles abstreiten. Aber ich kann nicht. »Ich wollte es dir gerade erzählen«, fange ich.

Alessandro presst die Lippen zusammen, lehnt sich von innen gegen die Tür und ich sehe den starren Blick, die Panik in seinen Augen. Er sieht aus, als würde er am liebsten wegrennen, kann aber nicht, weil seine Beine ihm nicht gehorchen. »Ist er von Lorenzo oder von mir?«

Mir bricht der kalte Schweiß aus. Wie konnte es nur so weit kommen, dass wir dieses Gespräch führen müssen? Ich konzentriere mich aufs Atmen. Ein. Aus. »Ich weiß nicht sicher, aber …« Ich spüre, wie mein Gesicht sich verzerrt, weil ich das jetzt aussprechen muss. »Ich glaube, ich hatte nach Lorenzo noch eine Periode, und … und er sieht dir so ähnlich, Alessandro. Die Haare. Die Augen. Alles.«

»Aber du weißt es nicht sicher.« Er sagt es ganz langsam, wie jemand, der sich in einem dunklen Raum seinen Weg ertastet.

Ich schüttle den Kopf. »Nein.«

Er stößt den Atem aus und seine Augen schimmern verdächtig feucht. »Weiß er das?«

»Nein. Mallory will nicht, dass er es erfährt.«

»Dann … Mallory wusste also, dass du schwanger bist, als du zu ihr gezogen bist?«

Ich nicke. »Ich war viel zu kaputt, um für ein Kind zu sorgen, und deshalb hat Jeff auf eine Heirat gedrängt, damit sie ihn adoptieren konnten. Sie waren tolle Eltern für ihn, Alessandro. Er gehört ihnen.«

»Aber er ist unser Sohn.« Wieder keine Frage.

In meinem Kopf herrscht ein Chaos aus Hoffnung und Angst, sodass ich unfähig bin, einen klaren Gedanken zu fassen. Ich will, dass Alessandro versteht, warum ich das gemacht habe, ohne dass ich es ihm erklären muss. Ich will, dass er mich in die Arme nimmt und mir sagt, dass alles gut ist. Aber darauf kann ich wohl lange warten, so, wie er mich ansieht.

Meine Augen brennen, aber ich schlucke meine Tränen hinunter.

Alessandro lässt den Kopf hängen, fährt sich mit der Hand durch seine Locken, rauft sich buchstäblich die Haare. »Also deshalb hast du mir nie geantwortet, wenn ich dich gefragt habe, was passiert ist, nachdem ich weg war.« Seine Stimme ist leise, grimmig, und die Enttäuschung darin zerreißt mir das Herz. Er hebt den Kopf und funkelt mich an. »Wie konntest du mir das verheimlichen? Und du hast ihn mir auch noch vorgeführt«, zischt er und knallt seine Faust gegen die Tür. »Ohne mir je zu sagen, dass er mein Sohn ist?«

Plötzlich wird mir alles zu viel. Zuerst Mom und jetzt auch noch das hier. Das ist mehr, als ich verkraften kann. Die ganze Angst und Verzweiflung, die ich so lange in mich hineingefressen habe, schießt wieder in mir hoch. Meine alten Abwehrmechanismen, die dicken Mauern, die ich um mein Herz errichtet habe, sind plötzlich wieder da, als hätte es die letzten paar Wochen nie gegeben.

»*Du* bist doch damals abgehauen!«, fauche ich ihn an. »Wenn du bei mir geblieben wärst, so wie du es mir versprochen hast, dann wäre das alles nie passiert!«

Seine Augen werden schmal und er starrt durch mich hindurch. »Was alles, Hilary? Was ist sonst noch passiert, nachdem ich weg war?«

Ich sinke auf die Couch, weil es mir den Boden unter den Füßen wegzieht. In meiner Wut habe ich zu viel preisgegeben. Er musste die Wahrheit über Henri erfahren, okay, aber den Rest wollte ich ihm nie erzählen.

Alessandro bleibt, wo er ist, an die Tür gelehnt, und wartet auf eine Antwort. An dem Ausdruck in seinen Augen kann ich ablesen, dass ich ihm reinen Wein einschenken muss, wenn ich das hier alles wieder in Ordnung bringen will. Er lässt sich nichts vormachen. Er merkt es sofort, wenn ich ihm etwas verheimliche.

Ich schlage meine Hände vors Gesicht, stütze die Ellbogen auf die Knie und hole tief Luft, um mich gegen die Erinnerungen zu wappnen, die mich überfluten.

Wir gehen fort.

Wir waren allein im Aufenthaltsraum und lagen zusammen auf der Couch, Alessandro unter mir. Er küsste mich, aber plötzlich hielt er inne und schaute zu mir auf und seine schönen grauen Augen verdüsterten sich. »Wir gehen fort.«

Im ersten Moment brachte ich kein Wort heraus. Seine Hand glitt über meinen Rücken und ich starrte ihn nur an. »Fort? Was meinst du damit?«, fragte ich schließlich. Aber ich wusste es bereits.

»Unsere Visa sind gekommen. Wir müssen zu unseren Großeltern ziehen.«

»Bitte nicht«, würgte ich hervor und das Herz klopfte mir bis zum Hals.

Er war der Einzige, der sich um mich gekümmert hatte, nachdem mein ganzes Leben in die Brüche gegangen war. Wie sollte ich ohne ihn zurechtkommen?

»Ich will nicht weg.« Er küsste mich wieder, so unendlich sanft, dass mir die Tränen unter den Wimpern hervorschossen und auf seine Wangen fielen. Er hielt mich fest, küsste mich und flüsterte: »Ich liebe dich.«

»Bitte verlass mich nicht«, flüsterte ich zurück.

Er hat es geschafft, mein Vertrauen zu gewinnen. Ich habe ihm mein Herz geöffnet und ich habe ihn so geliebt. Ich weiß noch, wie verzweifelt ich war, als er gegangen ist … so verzweifelt, dass ich nicht wusste, wie ich das überstehen sollte.

Und drei Monate später, nach Eric, wollte ich nicht mehr.

Lorenzo war ein Speed-Junkie. Bevor er mich entjungfert hat, hat er mir eine Pille auf die Zunge gelegt. Ich hatte keine Ahnung, was ich da geschluckt hatte, nur dass ich eine Weile in eine schönere Welt davongedriftet war.

Eric hat mir eine K.-o.-Pille gegeben. Und er hatte einen ganzen Vorrat davon. Zu diesem Zeitpunkt wusste ich bereits, dass ich schwanger war, obwohl ich es keiner Menschenseele erzählt habe. Ich war allein und verzweifelt und ich wollte nur noch vergessen, wenigstens für eine Weile. Ich war zu allem bereit, nur um dieses schöne, schwebende Gefühl wiederzuerleben – dieses Außerhalb-des-Körpers-Sein, das alles andere unwichtig machte.

Und deshalb ging ich zu Eric.

Er war sofort bereit, seinen Vorrat mit mir zu teilen, so wie Lorenzo – aber natürlich nicht umsonst. Er gab mir eine Pille und ich nahm sie, dann schloss ich die Augen und stellte mir vor, dass nicht er, sondern Alessandro auf mich draufkletterte. Und irgendwann mittendrin, als mein Verstand total umnebelt war, hatte ich eine Erleuchtung. Wenn ich einfach davonflatterte wie ein Schmetterling, dann konnte mir niemand mehr wehtun.

Hinterher wartete ich, bis Eric eingeschlafen war, dann nahm ich das Glasröhrchen mit den Pillen aus dem Versteck. Sieben Stück waren drin. Ich wusste nicht, ob es genug war, um mich damit umzubringen. Ich konnte nur das Beste hoffen.

Aber es war nicht genug.

Ich reibe mir die Augen und schaue zu Alessandro auf, der immer noch in der Tür lehnt, mit einem Blick, als würde er jeden Moment davonstürmen. »Alle dachten, dass es ein Unfall war, dass ich aus Versehen eine Überdosis geschluckt habe. Und ich habe sie in dem Glauben gelassen.«

»Überdosis?« Seine Augen weiten sich vor Entsetzen.

»Absichtlich.« Ich setze mich kerzengerade auf und schaue ihm in die Augen.

Er wird ganz blass und starrt mich lange an. »Du wolltest dich umbringen? Warum?«

»Weil ich allein war«, sage ich, und plötzlich bricht der ganze alte Schmerz, den ich mein Leben lang verdrängt habe, wieder aus mir hervor. »Ich habe dich geliebt, aber du bist gegangen und ich war allein.«

Alessandro starrt mich schuldbewusst an. »Aber … deine Schwester. Du hattest doch Mallory. Sie hat dich bei sich aufgenommen.«

»Damals noch nicht. Ich war sieben Monate lang im Heim. *Sieben Monate.* Mit vierzehn ist das eine Ewigkeit.«

Ich halte mir den Bauch, weil mein Magen verrücktspielt. »Ich war schwanger, Alessandro. Ich wollte nicht, dass das jemand erfährt. Ich habe mich so geschämt. Und ich hatte Angst. Du warst fort und Mallory hat so lange gebraucht … ich hab einfach aufgegeben.«

Er hält den Atem an. Schaut mich nur mit großen Augen an. »Wer hat dir die Drogen gegeben?«

Ich senke den Blick, fühle mich zu schmutzig, um zu Alessandro aufzuschauen. »Eric.«

Eine ganze Weile höre ich nur den Verkehrslärm, der von der Straße unten heraufdringt, und das Rauschen in meinen Ohren. Endlich wiederholt Alessandro mit tonloser Stimme: »Eric.«

Ich höre die Verzweiflung heraus. Er kann sich denken, womit ich mir diese Pillen erkaufen musste.

Die Angst kriecht durch meine Eingeweide und windet sich um mein Herz wie eine Python, die das Leben aus mir herauspressen will. »Ich wusste nicht, was ich sonst tun soll. Ich habe mich so geschämt. Und als ich dann doch nicht gestorben bin, habe ich die anderen glauben lassen, dass es ein Unfall war. Das war einfacher für mich. Damals wussten sie schon, dass ich schwanger war.« Ich stoße ein bitteres Lachen aus. »Ich meine, es ließ sich ja kaum noch verbergen. Anfangs wollte Mallory, dass ich es abtreiben lasse, aber dann … Ich weiß nicht … Ich glaube, ich war schon im vierten Monat oder so …« Ich zucke die Schultern, immer noch das Gesicht in den Händen, und fühle mich so verletzlich wie noch nie in meinem Leben. Ich warte eine Ewigkeit, dass er etwas darauf sagt. Aber es kommt nichts und schließlich hebe ich mein Gesicht zu ihm hoch und sage: »Es tut mir leid, Alessandro.«

Die Wut flackert in seinen rauchgrauen Augen auf, die sonst immer so sanft und geduldig sind, und sein Körper versteift sich. Mit geballten Fäusten steht er da. »Du hast mir also nicht genug vertraut, um mir das zu erzählen?«

»Nein, das ist es doch nicht!« Meine Stimme wird schrill vor Panik. »Ich schwöre es dir, Alessandro. Ich wollte es dir sagen, aber dann ist Mom gestorben … und … ich wusste einfach nicht, wie ich es dir sagen sollte.« Ich verstumme, schlucke den Kloß in meiner Kehle hinunter. Was, wenn er mir nicht glaubt? »Ich wollte es dir heute Abend sagen.«

Sein Gesicht wird weicher und ich bin so erleichtert, dass mir ganz warm ums Herz wird … Bis ich ihn anschaue und das Mitleid in seinen Augen sehe – Mitleid und Verständnis. Sein ewiger Schuldkomplex.

In den letzten zwei Wochen waren seine Augen klar, wenn er mich anschaute; alle Angst, alle Gewissensbisse, die er sich meinetwegen gemacht hatte, waren wie weggeblasen. Und jetzt trifft es ihn umso mehr, dass er mich hilflos meinem Schicksal überlassen hat. »Sag mir, was passiert ist … mit Eric.«

Ich ringe nach Luft und schüttle abwehrend den Kopf. Ein saurer Geschmack steigt in meinem Hals auf. Ich schlucke ihn hinunter und sage: »Ich kann nicht.«

In Alessandros Gesicht zeichnet sich jetzt tiefes Mitgefühl ab. Und das gibt mir den Rest. Ich habe keine Lust, mich bemitleiden zu lassen.

Ich stehe von der Couch auf. »Schau mich nicht so an.«

Er stemmt sich von der Tür ab, kommt auf mich zu, immer noch mit diesem Mitleidsblick, und nimmt mich in seine Arme. Genau das wollte ich. Noch vor einer Minute habe ich mich mit jeder Faser meines Herzens danach gesehnt. Ich wollte, dass er mich in den Arm nimmt und mir sagt: Alles wird gut. Aber diese Umarmung hier fühlt sich anders an. Vorsichtig. Als ob er auf der Hut wäre. »Lass uns morgen weiterreden«, sagt er und küsst mich auf die Stirn.

Und in diesem Moment begreife ich, dass es Schlimmeres gibt, als wenn er einfach davongestürzt wäre.

Zum Beispiel, dass er nur aus Mitleid bei mir bleibt.

Mir wird schwindlig, als er mich durch den Flur in mein Zimmer zieht, und mein Herz hämmert wild gegen meine Rippen. Er schließt die Tür hinter uns, und sobald er sich umdreht, stoße ich ihn dagegen und presse meinen Mund auf seinen. Ich lege alles, was ich habe, in diesen Kuss. Er soll ihn spüren bis ins innerste Mark. Damit er zu *uns* zurückfindet. Zu dem, was wir haben. Statt mich anzusehen wie einen Gegenstand, wie etwas Armseliges, Kaputtes, das repariert werden muss.

Ich reiße ihm die Kleider herunter, während wir uns küssen, und warte, dass er bei mir dasselbe macht. Aber er rührt keinen Finger. Am Ende ziehe ich mich selber aus.

Kurz darauf liegen wir im Bett und machen, was wir in letzter Zeit so oft gemacht haben. Aber es ist nicht dasselbe. Seine Hände sind unsicher, seine Küsse nicht so hungrig wie sonst. Das Ganze fühlt sich kalt und unpersönlich an, mehr wie der Sex, den ich vorher mit anderen Männern hatte.

Ich bewege mich unter ihm, will, dass er mich in seiner

Seele spürt. Und ich bete, dass ich es schaffe, das Feuer in ihm neu zu entfachen.

Aber da ist nichts. Statt der Leidenschaft, die ich in seinen tiefen grauen Augen sehen wollte, schlägt mir nur Mitleid entgegen. Er wird nie drüber wegkommen. Das ganze Vertrauen, das sich zwischen uns entwickelt hat, ist weg.

Ich stoße ihn von mir und starre auf die Risse in der Decke, kämpfe mit den Tränen, die sich hinter meinen Lidern stauen. Die Bettfedern quietschen, und als ich den Kopf zu ihm herumdrehe, sitzt er am Rand und zieht sich an.

»Gehst du?«

Er wirft mir einen kurzen Blick über die Schulter zu. »Ich muss morgen ganz früh im Jugendzentrum anfangen.«

Ich stütze mich auf einen Ellbogen auf und halte das Laken an meine Brust. Mein Herz hämmert gegen meine Hand. »Du wirst mir nie verzeihen, was?«

Er schnappt sein Hemd vom Boden hoch, zieht es an und knöpft es zu. »Da gibt es nichts zu verzeihen.«

Ich falle in die Kissen zurück. »Wenn du meinst.«

»Hast du alles, was du brauchst?«, fragt er, ohne sich nach mir umzudrehen.

»Wieso? Was meinst du?«

Er schaut mich kurz an, dann steht er auf, steigt in seine Schuhe, die neben der Tür stehen, kniet sich nieder und bindet sie zu. »Ich könnte dir bei der Miete aushelfen … oder was du sonst so für Henri brauchst.«

Seine Worte schnüren mir die Kehle zu und ich rutsche hoch und lehne mich ans Kopfende. »Hör auf, Alessandro«, sage ich, ohne die Panik unterdrücken zu können, die wie ein Hurrikan in mir tobt. »Es hat sich nichts verändert. Bitte hör auf, sonst bereue ich noch, dass ich dir die Wahrheit gesagt habe.«

Enttäuschung und Wut flackern in seinen Augen auf, und plötzlich ist mir klar, die kühle Fassade, die er der Welt präsentiert, ist nur sein Schutzwall. »Du hast mir nicht die Wahrheit gesagt. Ich musste es selbst rausfinden.«

Ich werfe die Hände in die Luft. »Na und? Du bist auch nicht gerade ein offenes Buch für mich. Du reagierst immer ganz finster und abweisend, wenn ich dich nach deiner Vergangenheit frage. Wenn ich wissen will, was du so Schreckliches getan hast, dass du dein Leben lang dafür büßen musst. Du verschließt dich vor mir und ich darf dir auch nicht helfen. Du verschanzt dich hinter deinem Hass auf dich selbst und mich willst du draußen haben.«

Die Gefühle, die er so verzweifelt zu verbergen versucht, stehen ihm jetzt deutlich ins Gesicht geschrieben: Wut, Angst, Enttäuschung, vermischt mit Schuldgefühlen, und am Ende wieder Angst, Angst und Mitgefühl. Er rauft sich die Haare und sein Blick ist noch gequälter als sonst. »Verdammt noch mal, Hilary! Kapierst du es denn nicht? Du hättest dir und unserem ungeborenen Kind beinahe das Leben genommen, und das ist alles meine Schuld. Lorenzo und ich haben dir das angetan. Und du bist nicht die Einzige, der wir so übel mitgespielt haben. Wir haben so viel kaputt gemacht. Aber das hier …« Er schwenkt einen Arm zwischen uns hin und her. »Du und Henri, ihr seid meine Chance, endlich mal etwas richtig zu machen – wenn du mich helfen lässt.«

Mir bleibt die Luft weg und ich ersticke fast vor Wut.

Er denkt, er liebt mich, und vielleicht tut er das auch, aber wie soll unsere Liebe halten, wenn sie nur auf Schuldgefühlen gegründet ist? Diese ständigen Selbstzweifel machen irgendwann alles kaputt.

Und ich glaube nicht, dass ich das noch mal ertragen kann. Meine Schutzwälle schließen sich wieder um mich, ganz fest, und Alessandro bleibt unwiderruflich draußen. Ich bin nicht sein Mitleidsprojekt. Ich werde nicht schwach.

»Henri und ich sind okay«, sage ich und spüre richtig, wie mein Herz hinter seinen dicken Mauern einschrumpft. »Wir brauchen keine Hilfe.«

Alessandro schließt die Augen und reibt sich die Stirn. Als er mich wieder ansieht, hat er sich voll im Griff. Er zeigt mir nur, was ich sehen darf, der Rest ist hinter seiner perfekten Fassade verborgen.

»Es tut mir leid. Ich hätte nicht die Beherrschung verlieren dürfen«, sagt er.

»Warum nicht?«

Das Mitleid in seinen Augen tötet mich innerlich. »Weil ich nicht will, dass du dich aufregst.«

»Warum nicht?«, wiederhole ich, diesmal in härterem Ton. »Hältst du mich für so schwach? Denkst du, ich halte es nicht aus, wenn du deine Gefühle zeigst?«

Er stößt einen resignierten Seufzer aus. Dann kommt er durchs Zimmer und setzt sich auf meine Bettkante. »Wir haben eine ehrenamtliche Psychologin im Jugendzentrum. Ich glaube, du solltest mal mit ihr reden.«

Ich schlage die Hände vors Gesicht und raufe mir die

Haare, um nicht loszuschreien. »Aha – jetzt bin ich auch noch verrückt, oder was?«

»Das hab ich nicht gesagt.«

Ich hebe den Kopf und sehe ihn an. »Was dann? Was hast du dann gesagt?«

Sein Schutzwall zerbröckelt an den Rändern und ich sehe die Angst in seinen Augen. »Ich weiß nicht. Ich meine ja nur, vielleicht brauchst du Hilfe.«

»*Ich* brauche Hilfe? *Ich?*«

Er reißt die Hände hoch. »Ich weiß nicht, was du von mir willst, Hilary.«

»Ich will, dass du mich so siehst wie vorher – bevor du das mit Henri erfahren hast. Dass alles zwischen uns so ist, wie es war. Ich will, dass du mir sagst, was du fühlst, damit wir damit umgehen können.«

Er ringt verzweifelt um Fassung, aber sein Atem geht keuchend und seine Augen sind ganz wild. »Tut mir leid, aber das ist nun mal meine Art, damit umzugehen.«

»Ja, indem du alles in dich hineinfrisst. Ich weiß. Warum sprichst du nicht mit mir?«

»Es geht doch gar nicht um mich!« Er kann seine Panik jetzt kaum noch verbergen und in diesem Moment ist mir alles klar. Es geht sehr wohl um ihn. Er klammert sich an die Vorstellung, dass er mein Leben zerstört hat, weil ihm das die Möglichkeit gibt, etwas abzubüßen – mich zu »reparieren«. Und er wird mir nie genug vertrauen, um sich von mir helfen zu lassen.

Mein Herz ballt sich vor Kummer zusammen, weil alles, was wir in meinen Augen hatten, zerstört ist und sich in

Luft auflöst. Ich wollte das hier so sehr. Und ich habe mir eingeredet, dass es möglich wäre. Meine Brust ist so eng, dass ich kaum noch Luft bekomme. »Verschwinde«, stoße ich hervor.

Alessandro wird bleich und er legt mir zitternd seine Hand auf den Schenkel. »Stoß mich nicht weg, Hilary. Lass mich dir helfen.«

Ich schlage seine Hand weg. »Du bist so ein Heuchler! Nicht ich brauche Hilfe, sondern du!«

»Es ist okay, wenn du deine Fassade fallen lässt und dich verletzlich zeigst.« Mit der Hand, die ich weggeschlagen habe, fährt er sich durchs Haar. »Ich weiß, wie sehr du dich bemühst, stark zu sein, aber innerlich bist du immer noch das verängstigte kleine Mädchen. Es ist okay, wenn du um Hilfe bittest. Du musst dich nicht verstellen.«

Oh Gott. Mir schießen vor Wut die Tränen über die Wange, und ich mache mir nicht die Mühe, sie wegzuwischen. »Na bitte – du hältst mich also doch für schwach. Du hast es nötig, Mann! Ausgerechnet der arme kleine Alessandro, der immer hinter seinem großen Bruder hergerannt ist. Der den tollen Lorenzo angehimmelt hat, weil er so viel Mumm in den Knochen hatte. Soll ich dir was sagen? Ich hoffe nur, dass Lorenzo Henris Vater ist, und nicht du. Dann wird er wenigstens ein bisschen Rückgrat zeigen, wenn er mal groß ist.«

Ich will ihn verletzen und ich weiß, dass es mir gelungen ist. Meine Worte treffen ihn bis ins Mark. Seine Schultern sacken herunter, sein Gesicht fällt ein und aus seiner Lunge entweicht Luft wie aus einem durchlöcherten Ballon. Mit verkniffenem Gesicht steht er auf und geht zur Tür. »Ich geh jetzt.«

»Gut«, sage ich, wappne mich gegen den Schmerz und verschließe mein Herz. »Und nimm deinen Krempel mit. Ich will dich nie mehr sehen.«

Er fährt sich mit der Faust in die Haare, senkt den Kopf und ein leises Stöhnen dringt aus seiner Brust. Irgendwie hoffe ich immer noch, dass er sich wieder einkriegt, dass er sich in den Alessandro zurückverwandelt, in den ich mich verliebt habe. Aber als er den Kopf hebt und mich anschaut, liegt wieder nur Mitleid in seinem Blick. Angst und Mitleid, und jetzt weiß ich, dass ich die richtige Entscheidung getroffen habe. Das hätte niemals gut gehen können. Er hat so viele Dämonen und ich bin einer davon.

Endlich greift er nach der Türklinke. »Es tut mir aufrichtig leid, Hilary. Alles. Ich wollte dich nicht schon wieder verletzen, das musst du mir glauben.«

Und dann ist er fort.

Das Klicken der Tür, die hinter ihm ins Schloss fällt, hallt durch den stillen Raum. Es klingt so endgültig. Im ersten Moment will ich ihm nachrennen, aber die Erleichterung, die plötzlich in mir aufsteigt, schwemmt alles andere weg. Gut, dass er fort ist. Denn in Wahrheit wusste ich immer, dass er mich wieder verlassen wird.

So wie alle.

Eine Stunde später hieve ich mein verquollenes Gesicht aus den Kissen und sehe, dass ich einen Anruf auf meiner Mailbox habe. Wider besseres Wissen hoffe ich, dass es

Alessandro ist, und ich wische mir die Augen ab und checke das Display, aber ich kenne die Nummer nicht.

Ich drücke auf Empfang und halte mir das Telefon ans Ohr. »Hi, Hilary. Hier ist Terry Vern, eine Agentin von Pinnacle Creative Management. Hailey Dunning hat mir deine Daten gegeben und gesagt, ich soll dich mal anrufen. Wenn du mir deinen Headshot und deinen Lebenslauf mailst und alle Links zu den Audition Tapes, die du hast, kann ich schon mal damit arbeiten. Und wenn du Fragen hast, ruf mich einfach an.«

Sie rattert ihre E-Mail-Adresse herunter und ich höre benommen zu. Ich kriege kaum Luft. Sitze einfach da, das Telefon an mein Ohr gepresst, und lasse das Begrüßungsmenü endlos ablaufen.

Alessandro ist fort. Er hat ein Loch in meinem Herzen hinterlassen, so wie vor acht Jahren. Aber vielleicht ist das hier ein Zeichen. Henri ist in Sicherheit. Mallory wird mich nicht mehr ansehen, als wäre ich ihre schlimmste Feindin. Und wenn ich Glück habe, kommt mein Leben durch diese Agentin endlich in die richtige Bahn. Vielleicht haben irgendwelche höheren Mächte auf den Kaltstart-Knopf gedrückt und mein Leben ist mit einem Schlag wieder ein unbeschriebenes Blatt? Ich kann noch mal ganz von vorne anfangen und machen, was immer ich will.

Eine neue Seite umblättern.

Das Leben wird schön.

Es war keine Riesendummheit von mir, Alessandro zum Teufel zu jagen.

25.

Am nächsten Mittwochabend komme ich aus dem Büro des Pinnacle Creative Management und habe eine Agentin. Aber der einzige Mensch, mit dem ich jetzt gern die gute Nachricht teilen würde, ist letzte Woche aus meinem Leben verschwunden.

Ich rufe Jess von der Subway aus an. »Hey, weißt du was?«

Jess quiekt ins Telefon: »Oh mein Gott, Hilary! Glückwunsch! Pinnacle ist riesig. Du hast das große Los gezogen.«

Ich strahle wie ein Honigkuchenpferd. »Ja, stimmt – so fühlt es sich an.«

»Wir feiern heute Abend. Wo willst du hingehen?«

»Denk dir was aus, Jess. Ich muss noch was erledigen, aber hinterher komm ich nach Hause.«

»Okay. Ich hab eine tolle Überraschung für dich.«

»Danke, Süße«, sage ich und lächle über ihre Begeisterung.

Zehn Minuten später steige ich die U-Bahn-Treppe in der Christoper Street hinauf. Auf dem ganzen Weg von der U-Bahn zu seinem Apartment zerbreche ich mir den Kopf, was ich ihm sagen soll, aber als ich vor der Tür stehe, weiß ich es immer noch nicht. Ich zögere, halte meinen zitternden Finger über die Klingel.

Ich habe kein Wort mehr von ihm gehört, seit er meine Wohnung verlassen hat. Was ich gesagt habe, war grausam … und eine Lüge. Ich kann es verstehen, wenn er nichts mehr mit mir zu tun haben will. Die Frage ist nur, warum bin ich dann eigentlich hier?

Ich drücke auf die Klingel.

Eine ganze Minute vergeht und niemand öffnet. Ich atme auf. Vielleicht ist er im Jugendzentrum. Vielleicht sollte ich dorthin gehen.

Vorsichtshalber drücke ich noch mal auf die Klingel.

»Hilary, sind Sie das?«

Die Stimme hinter mir lässt mich zusammenfahren. Ich wirble herum und vor mir steht Mrs Burke mit ihrem Boxer.

»Ja. Hallo.«

Ihr Gesicht ist voller Mitgefühl. »Wenn Sie Alessandro suchen, Schätzchen – der ist leider schon fort.«

»Fort«, wiederhole ich und alles Blut weicht mir aus dem Gesicht. Ich sehe Sternchen vor den Augen.

Mrs Burke nickt. »Er hat einen Nachtflug vom John F.

Kennedy Airport genommen. Ich wundere mich, dass er Ihnen das nicht erzählt hat.«

Ich hebe meine Hand und reibe mir das Gesicht. »Ähm … ehrlich gesagt, ich glaube, er hat so was gesagt. Ich hab's wohl vergessen.« Keine Ahnung, warum ich die alte Frau anlüge.

»Ich hatte gehofft, dass er Ihretwegen dableibt. St. Veronica wird ihn vermissen.«

Mein Herz macht einen kleinen Satz in meiner Brust. »Warum sollte er meinetwegen dableiben?«

Sie legt den Kopf schief und ein wissendes Lächeln spielt um ihre Lippen. »Na, die Liebe versetzt Berge, heißt es doch.«

Oh Gott. »Ähm … hat er zufällig gesagt, wann er zurückkommt?«

Mrs Burke zieht mitfühlend die Augenbrauen hoch. »Gar nicht, so viel ich weiß. Er hat gesagt, seine Familie braucht ihn.«

Womm. Mein Herz knallt auf den Boden. »In Korsika?«

Sie nickt.

Plötzlich weiß ich genau, was ich ihm sagen will. Aber das spielt jetzt keine Rolle mehr. Ich komme zu spät. Er ist fort.

Jess sucht einen Tanzclub aus, in dem wir noch nie waren. Der Laden ist gerammelt voll mit Kolumbianern, die lauthals mit der Musik mitgrölen. Die Bässe sind so brutal, dass meine Knochen davon vibrieren. Ich schwitze vom Tanzen, sodass ich am Kunstleder klebe, als ich mich auf meinem

Sitz zurücklehne und den letzten langen Schluck von meinem Drink nehme – der zweite, dem noch viele andere folgen werden, wenn alles nach Plan läuft.

Ich schaue zu Jess, die noch auf der Tanzfläche ist. Ich habe ihr nicht gesagt, dass ich heute bei Alessandro war, weil ich nicht das Mitleid in ihren Augen sehen will. Und bald ist das alles sowieso nicht mehr wichtig. Weil ich dann nämlich so richtig die Sau rauslassen werde. Ich will mein Leben genießen, das, was gerade gut daran ist, und den Rest vergessen.

Ich werde alles tun, um Alessandro zu vergessen.

»Ich hab dich hier noch nie gesehen.«

Ich schaue in die Richtung, aus der die Stimme kommt, und sehe Mike von meiner Theatergruppe, der mich vom anderen Ende der Nische angrinst.

»Hi«, brülle ich über die Musik hinweg.

»Darf ich?«, fragt er und deutet auf den leeren Platz mir gegenüber.

»Ja, klar.«

Aber statt sich mir gegenüberzusetzen, rutscht er neben mich auf die Bank.

Eine Sekunde später steht Nathan mit einem Krug und einem Gläserstapel am Tischende. Er stellt alles ab und wirkt ein bisschen fehl am Platz, nicht so wie Mike.

»Hey, wir haben dich letzten Montag vermisst.«

»Ja. Ich war beschäftigt. Familienkram.« Ich war bei Mallory zum Abendessen, aber nicht, weil ich musste, sondern weil ich einen Vorwand brauchte, um aus der Stadt zu kommen.

»Was trinkst du?«, fragt er und deutet auf mein leeres Glas. »Ich hole dir einen frischen Drink.«

»Rum und Diät-Cola. Danke.«

Er lächelt und geht an die Bar zurück.

Mike beugt sich vor. »Du siehst toll aus.«

Jess hat mein Outfit ausgesucht, ein sexy schwarzes Tanktop, einen kurzen grünen Rock und natürlich meine Killerboots. »Danke.«

»Willst du tanzen?«, fragt er und nickt zur Tanzfläche.

»Ja, gern.«

Er steht auf und hält mir seine Hand hin. Ich nehme sie und wir quetschen uns durch die Menge zur Tanzfläche, nicht weit von Jess entfernt. Sie sieht mich und grinst.

Mike war letzten Monat ziemlich gut in der Antigone-Szene in unserer Theatergruppe, und wie sich herausstellt, ist er auch kein schlechter Tänzer. Der Alkohol ist mir eindeutig in den Kopf gestiegen, denn ich spüre, wie meine ganze Wachsamkeit beim Tanzen von mir abfällt. Als er mir die Hände auf die Hüften legt, mich enger an sich zieht und anfängt, seine Hüften im Rhythmus mit meinen zu bewegen, stoße ich ihn nicht weg. Hinterher gehen wir zum Tisch zurück, wo Nathan schon mit meinem Drink wartet.

Ich trinke gierig und er sagt: »Du hast dich ja ganz schön durstig getanzt.«

Ich lächle ihn an. »Ja, stimmt. Jetzt bist du dran.« Ich packe seine Hand und ziehe ihn zur Tanzfläche. Er ist nicht so forsch wie sein Freund und bleibt auf Distanz. Aber ich finde ihn süß.

Wir tanzen, mit Pausen dazwischen, und Jess flattert zwischen der Tanzfläche und unserer Gruppe hin und her. Die beiden Jungs bringen mir ständig neue Drinks, und beim fünten Cola-Rum beschließe ich, dass ich heute Nacht mit einem der beiden schlafen werde. Die Frage ist nur, mit wem? Mit Mike, dem One-Night-Stand-Typ, oder mit Nathan, der Beziehungspotenzial hat?

Verdammt. Vielleicht schlafe ich mit allen beiden. Ich habe noch nie einen Dreier gemacht. Und je mehr der Alkohol durch meine Adern rauscht, desto überzeugter bin ich, dass Sex – geist- und seelenloser Sex – jetzt genau das Richtige für mich ist.

Ich kippe noch einen Drink in mich hinein, dann gehen wir zu dritt auf die Tanzfläche. Mike tanzt hinter mir, schlingt den Arm um meine Hüften und zieht mich an sich. Natürlich gräbt er mich als Erster an. Also wird es wohl Mike sein. Ich werfe Nathan einen Blick zu und ziehe eine bedauernde Schnute, dann hebe ich die Arme und schlinge meine Finger um Mikes Hals.

Mike senkt den Kopf und fährt mit seiner Nasenspitze an meinem Hals herunter. »Du riechst so gut«, sagt er mir leise ins Ohr.

Ich wirble in seinen Armen herum, presse mich der Länge nach an ihn und lasse meine Hände über seine Brust gleiten. »Ja, und ich schmecke noch viel besser.«

Prompt drückt er seine Lippen auf meine und seine Zunge schnellt in meinen Mund.

Ich reibe mich an ihm, während wir uns im Rhythmus der Musik bewegen, vergesse alles und überlasse mich ganz seinen Händen, seinem Mund und seinem Körper. Ein paar Minuten später reiße ich mich von ihm los und schnappe nach Luft. »Komm.« Ich fasse ihn an der Hand und ziehe ihn an den Toiletten vorbei zum Ausgang, und er grinst mich lüstern an. Wir stolpern auf die Gasse hinaus und ich spüre kaum, wie kalt es ist. Mike wirbelt herum, knallt mich mit dem Rücken gegen die Wand und küsst mich hart. So langsam habe ich das Gefühl, dass er auf harten Sex steht – also habe ich mich für den Richtigen entschieden.

Seine Hände ergreifen von mir Besitz, sind überall. Die eine schlüpft unter meinen Rock und zerrt an meinem String, und plötzlich steigt ein seltsames Übelkeitsgefühl in mir auf. Ich rede mir ein, dass es nur der Alkohol ist, aber ich kann Mike nicht anschauen. Ich will nicht wissen, mit wem ich es mache.

Seelenloser Sex. Geist- und seelenlos.

Ich schließe die Augen, als seine Hand zwischen meine Beine gleitet, und versuche mich locker zu machen, im Moment aufzugehen … aber hinter meinen Lidern taucht plötzlich Alessandro auf. Eine pochende Wunde öffnet sich in meiner Brust und ich kann nicht mehr atmen.

Verdammt noch mal, was will er auch hier? Er ist fort und versaut mir trotzdem noch mein Leben. Aber was soll ich machen? Er ist da und geht nicht mehr weg.

Ich kann das hier nicht.

Ich öffne die Augen und stoße Mike von mir. »Hör mal, Mike. Ich … ich …« Ich zerre meine Unterhose wieder hoch, aber Mike packt mich an den Handgelenken.

»Hey, was soll das?«

»Ich hätte nicht mit dir hier rauskommen dürfen.«

Er führt meine Hand an seine ausgebeulte Jeans. »Komm schon, Irish. Du kannst mich doch nicht einfach so stehen lassen!«

Ich reiße mich aus seinem Griff los. »Tut mir leid. Ich bin betrunken. Das war ein Fehler.«

Er verstellt mir den Weg zur Tür. »Gib mir doch wenigstens 'ne Chance. Dann wirst du schon sehen, dass es kein Fehler war, das versprech ich dir.« Er kommt näher, klebt sich an meinen Körper und greift mir wieder unter den Rock.

Ich stoße ihn weg und plötzlich bekomme ich Angst. »Mike, ich mein's ernst. Stopp.«

Er packt mich und reißt mich an sich, küsst mich hart.

Ich will ihm meine Knie in die Eier rammen, aber er steht im falschen Winkel zu mir, sodass ich nur auf seinen Schenkel treffe. Ich stoße mit aller Kraft zu und wirble herum, sodass er mich loslassen muss.

Im nächsten Moment liegt Mike auf dem Straßenpflaster.

Ich habe gar nicht gemerkt, dass ich ihm einen Schwinger gegen den Kiefer verpasst habe, bis mir der Schmerz im Arm hochschießt. Aber Mikes geplatzte Unterlippe spricht Bände.

»Du Bitch!«, jault er. »Du hast mir einen Zahn ausgeschlagen!«

Es ist das Letzte, was ich von ihm höre, bevor ich die Tür hinter mir zuknalle.

Ich habe Alessandro in den letzten vier Tagen mindestens hundertmal gesimst, aber keine Antwort erhalten. Irgendwann wird es mir zu dumm und ich rufe ihn an. Meine Anrufe landen immer direkt in seiner Mailbox. Jetzt sitze ich auf der Treppe vor Alessandros Apartmentgebäude und versuche es noch mal. Wieder springt sofort die Mailbox an und mein Herz zieht sich vor Enttäuschung zusammen.

Ich weiß, dass das nicht fair von mir ist. Nach allem, was ich ihm gesagt habe, müsste ich ihn jetzt einfach in Ruhe lassen. Aber ich denke die ganze Zeit an ihn – wie schön es mit ihm war, wie viel Freiheit ich gewonnen habe, seit ich mich ihm öffnen und endlich ich selbst sein konnte. Und wenn ich schlafe, träume ich, dass ich in seinen Armen liege, dass er mich liebt, wie mich sonst niemand geliebt hat. Ich habe ihn weggestoßen, weil ich gemerkt habe, wie nahe er mir bereits gekommen war – wie viel er von mir gesehen hat. Ich habe ihn fortgeschickt, weil mir in diesem Moment klar wurde, dass er die Macht hat, mich zu zerstören. Und ich habe ihm nicht genug vertraut, um mich darauf zu verlassen, dass er das nie tun würde. Aber immer wenn ich Henri anschaue, der so ein lieber kleiner Kerl ist, weiß ich, dass er das von Alessandro hat. Und inzwischen ist mir klar, dass man auch Risiken eingehen muss, wenn einem etwas wichtig genug ist.

»Alessandro, ich weiß, du bist wütend auf mich, und ich kann verstehen, dass du nichts mehr von mir wissen willst, nach allem, was ich zu dir gesagt habe, aber ich muss dich unbedingt sprechen. Bitte, bitte ruf mich zurück, wenn du diese Nachricht erhältst.«

Ich lege auf und sitze da, starre das Telefon an, zum tausendsten Mal, als könnte ich es mit purer Willenskraft zum Läuten bringen.

Aber es läutet nicht und schließlich gebe ich das Warten auf. Ich stehe auf und studiere die Klingelanlage. Im dritten Stock, wo Mrs Burke immer aus dem Lift aussteigt, gibt es drei Wohnungen. Ich drücke auf die erste Klingel und warte eine Minute. Nichts. Ich drücke auf die zweite.

»Hallo?«, fragt eine scharfe, heisere Stimme.

»Ich suche Mrs Burke. Ist das ihre Wohnung?«

»Nein.«

»Also eigentlich suche ich Alessandro Moretti«, verbessere ich mich. »Er hat im fünften Stock gewohnt.«

Die Stimme zögert, dann fragt sie: »Und warum klingeln Sie dann bei Mrs Burke?«

»Ich hatte gehofft, dass sie mir vielleicht eine Adresse geben könnte, unter der ich ihn erreichen kann.«

»Und warum wollen Sie das?«

Ich verdrehe die Augen, weil mir die Fragen von diesem Typ allmählich auf die Nerven gehen. »Einfach so. Ich bin eine Freundin von ihm und ich muss ihn sprechen.«

»Er ist fort«, knurrt die Stimme.

»Ich weiß. Er ist in Korsika. Ich brauche nur seine Adresse.«

»Wenn Sie eine Freundin von ihm sind, warum haben Sie dann nicht seine Telefonnummer?«

Ich würde am liebsten meine Faust auf die Klingelanlage knallen, beherrsche mich aber. »Ich habe schon ein paarmal versucht, ihn anzurufen, aber er antwortet nicht.«

»Er wird schon wissen, warum«, knurrt die Stimme.

»Ach, vergessen Sie es«, sage ich und hebe die Hand, um auf den nächsten Klingelknopf zu drücken.

»Ich habe seine Adresse.«

Mein Herz macht einen Satz. »Wirklich?«

»Warten Sie«, knurrt die Stimme, dann geht die Gegensprechanlage aus.

Nach einer Ewigkeit – ich will schon aufgeben und auf die nächste Klingel drücken – geht endlich die Tür auf und ein schmächtiger alter Mann humpelt heraus. Er schwenkt mir einen Zettel vor der Nase herum. »Warum sollte ich Ihnen das hier geben?«

Ich reiße ihm wortlos den Zettel aus der Hand. Eine Adresse in Korsika in Alessandros chaotischer Handschrift. Ich drehe mich um und gehe zielstrebig den Gehsteig entlang.

»Halt, warten Sie. Sie können das nicht einfach mitnehmen«, sagt er zu meinem Rücken.

Ich drehe mich um.

»Ich bin der Hausmeister. Er hat mir seine Adresse gegeben, damit ich ihm seine Post nachschicken kann. Und alles, was sonst noch für ihn hier auftaucht.« Der alte Mann wirft mir einen anzüglichen Blick zu und zieht seine buschigen grauen Augenbrauen hoch. »So wie Sie zum Beispiel. Sie sind doch diejenige welche, oder nicht?«

Ich reiße mein Telefon heraus, um die Adresse einzutippen, und schaue ihn an. »Diejenige welche?«

»Na, die, die dem armen Kerl das Herz gebrochen hat.«

Mir bleibt echt die Luft weg. Ich tippe die Adresse zu

Ende und schicke ein Stoßgebet zum Himmel, dass es noch nicht zu spät sein möge, um alles wieder in Ordnung zu bringen. »Danke«, sage ich und gebe dem Hausmeister den Zettel zurück.

»Gern geschehen.« Er dreht sich abrupt zur Tür um und verschwindet.

Als ich nach Hause in unsere Wohnung komme, ist Jess bei irgendwelchen Proben. Ich reiße einen Zettel aus dem Drucker, nehme einen Stift aus der Ramschschublade in der Küche und dann stehe ich an der Theke und starre lange darauf.

Es reicht nicht, herumzujammern, dass ich ihn sprechen will. Ich muss ihm etwas *sagen*. Nicht irgendwas, sondern etwas, das zählt. Etwas, das ihn versöhnlich stimmt und vielleicht dazu beiträgt, dass er die grässlichen Dinge vergisst, die ich ihm an den Kopf geworfen habe.

Ich schließe die Augen und suche nach Worten, um das Gefühl zu beschreiben, das durch meine Adern strömt. Wie sehr ich ihn vermisse, dass er zu mir gehört, schon immer, dass er in mir das Beste hervorbringt, mehr als ich je ohne ihn sein könnte. Und dann schreibe ich alles auf.

Terry ist umwerfend. Sie kennt praktisch jeden am Broadway und hat mir schon drei Casting-Termine für die nächsten beiden Wochen verschafft. Alles natürlich nur Nebenrollen, und keine einzige in einem Musical, aber eine davon will ich unbedingt haben. »Don't Look Back«. Off-Broadway, offene Spielzeit.

Ich habe mich voll in diese Rolle gestürzt und wie eine

Wahnsinnige für das Casting geübt. Ich habe meinen Text eine Million mal mit Jess durchgeprobt und gestern war ich eine ganze Stunde bei Terry, die mich für das Casting gecoacht hat. Jetzt stehe ich auf der Bühne, schaue in den Zuschauerraum hinunter und bin ganz ruhig – ruhiger, als ich sein dürfte. Wahrscheinlich färbt Jess auf mich ab, weil ich dem Universum vertraue. Ich habe alles losgelassen, was mir im Weg stand und mich gebremst hat. Ich werfe meinen Panzer ab und zeige mich.

Quinn wäre stolz auf mich.

»Leg los, wenn du so weit bist, Hilary«, ruft mir der Casting-Direktor von den Sitzen unten zu.

Ich hole tief Luft, schlüpfe in meine Rolle und gebe die Vorstellung meines Lebens.

Als ich nach Hause komme, hängen Jess und Hailey eng umschlungen auf der Couch und schauen »Safe Haven« an. Tränen strömen über Jess' Gesicht und Hailey streichelt ihr die Haare. Aber sobald Jess mich sieht, springt sie von der Couch herunter.

»Und? Wie war's, Morning Glory?« Wenn sie aufgeregt ist, verfällt sie immer in ihren witzigen Südstaatentalk, aber heute ist es noch schlimmer als sonst. Sogar ihr Akzent ist stärker. Morgen hat ihr Stück Premiere und sie ist schon die ganze Woche das reinste Nervenbündel.

»Es lief richtig gut. Ich glaube, ich hab's geschafft.«

Jess quiekt und schlingt ihre Arme um mich, wirft mich beinahe um. »Du gehst doch mit uns feiern, nach der Vorstellung morgen Abend? Bitte!«

Seit unserer letzten Ausgehnacht und meinem Desaster mit Mike sind drei Wochen vergangen. Ich habe Jess erzählt, was passiert ist, und sie wurde so wütend, dass sie ihm die Zähne ausschlagen wollte, aber ich habe es ihr ausgeredet. Das Schlimmste daran ist, dass ich jetzt nicht mehr in die Theatergruppe gehen kann, was mir echt leidtut. Aber dort kriegt mich niemand mehr hin.

»Jess, du weißt ja, wie ich mich auf deine Premiere freue, und natürlich sitze ich morgen Abend ganz vorne, aber ich glaube nicht, dass mir schon wieder nach Feiern zumute ist, okay?«

Jess schaut mich mitfühlend an. »Ja, klar. Dann feiern wir beide eben ganz alleine, wenn du deine Rolle kriegst.«

»Auf jeden Fall.« Ich drehe mich zu Hailey um, die neben der Couch steht. »Danke, dass du mich mit Terry zusammengebracht hast, Hailey. Sie ist echt toll.« Ich habe ihr das schon tausendmal gesagt, aber ich muss es immer wieder sagen.

Hailey lächelt. »Hab ich doch gern gemacht. Sie bringt dich groß raus, da bin ich mir sicher.«

»Können wir, Hailey?«, fragt Jess und zieht ihre Jacke an.

Hailey greift ebenfalls nach ihrer Jacke und schlüpft hinein.

»Letzte Probe«, sagt Jess und tut so, als sei sie total nervös – kaut an den Nägeln und schlottert in ihren Stiefeln.

»Hals- und Beinbruch.«

Jess küsst mich auf die Wange und reißt die Tür auf. »Tschüss, Süße.«

»Tschüss«, sage ich, dann fällt die Tür hinter ihr ins Schloss.

Ich mache es mir auf der Couch bequem und nehme die Fernbedienung hoch, um den Film wieder von vorne abspielen zu lassen. Während der Vorspann läuft, blättere ich die Post auf dem Couchtisch durch, aber plötzlich klopft es an der Tür. Jess hat wahrscheinlich wieder mal ihren Schlüssel vergessen.

»Ich komme!«, rufe ich und lasse die Post auf den Couchtisch fallen. Ich hieve mich hoch, gehe zur Tür und ziehe sie auf – aber es ist nicht Jess.

»Alessandro«, hauche ich und dann bringe ich kein Wort mehr heraus.

26.

»Hilary.«

Mein Herz zerspringt in Millionen Stücke und ich muss mich wahnsinnig beherrschen, um nicht auf der Stelle in Tränen auszubrechen.

»Darf ich reinkommen?«, fragt er, weil ich nur mit offenem Mund dastehe und ihn anstarre.

»Ja, klar – Entschuldigung.« Ich weiche von der Tür zurück und lasse ihn vorbei. Dann schließe ich die Tür, starre einen Augenblick darauf und sammle meine Gedanken. »Hast du meine Nachrichten bekommen?«

»Ja. Und auch deinen Brief. Dich kann man nicht so leicht ignorieren.«

Endlich bringe ich die Kraft auf, mich zu ihm umzudrehen. »Dann bist du also zurückgekommen?«

»Ich kann dir nichts anderes bieten als schmerzliche Erinnerungen und meine zerrissene Seele, aber ich liebe dich, und wenn du mich lässt, werde ich dich immer lieben. Wenn dir das genug ist, ja, dann bin ich zurück.«

Oh Gott.

Ich zwinge mich, gleichmäßig zu atmen. »Was ich über Lorenzo gesagt habe«, stoße ich hervor, »ich meine, dass ich froh wäre, wenn er Henris Vater ist – das war gelogen. Ich habe es nur gesagt, weil du mir Angst gemacht hast, und ich …«

Er kommt einen Schritt auf mich zu und legt mir einen Finger auf den Mund. »Ich mache dir keine Vorwürfe. Ich habe mir selbst Angst gemacht.« Sein Gesicht verzerrt sich leicht und er nimmt seine Hand herunter, hält aber meinen Blick. »Ich fühle mich nur als halber Mann, verstehst du, und du verdienst einen ganzen. Ich habe Angst, dir zu zeigen, wer und was ich wirklich bin, aber ich werde es tun, wenn du es willst. Und wenn du mein wahres Ich kennst und mich nicht mehr willst, dann ist das okay. Ich nagle dich nicht auf irgendwelche Versprechen fest.«

»Ich will dein Vertrauen wiedergewinnen, Alessandro. Und du wirst sehen, dass du mir alles sagen kannst, ohne mich deshalb zu vergraulen.«

Mit brennenden Augen schaut er mich an, nimmt mein Kinn in die Hand und lässt seinen Daumen an meiner Unterlippe entlanggleiten. Mir werden sofort die Knie weich bei dieser Berührung. Ich werfe mich in seine Arme und er hält mich fest und küsst mich hart. Endlich löst er sich von mir, seine Lippen streifen über meine Wange und sein weicher Atem jagt mir eine Gänsehaut über den ganzen Körper. »Ich vertraue dir jetzt schon, Hilary. Voll und ganz.«

Ich küsse ihn wieder und lege meine ganze Seele hinein, dann ziehe ich ihm die Jacke aus und lasse sie auf den Boden fallen. Seine Finger wühlen sich in mein Haar und meine Hand gleitet unter seinem Hemdsaum auf die warme Haut über seiner Jeans. »Du …«, flüstere ich an seinen Lippen.

Seine Augen brennen vor Verlangen und er packt meine Hand und zerrt mich ins Schlafzimmer am Ende des Flurs. Die Spätnachmittagssonne bricht gerade zwischen den grauen Wolken hervor und wirft einen goldenen Glanz über meine weißen Wände. Mein Bett, das nur aus einem Lattenrost und einer Matratze besteht, ist ungemacht, und das Bettzeug liegt zu einem Haufen zerknüllt am Boden.

Ich schließe die Tür und wir schauen uns lange an, doch sobald er nach dem Saum meines Pullis greift, sind alle Dämme gebrochen, und wir reißen uns gegenseitig die Klamotten herunter. Ich zerre ihn mit mir aufs Bett und wir berühren und streicheln uns. Er lässt sich Zeit, mit meinem Körper wieder vertraut zu werden, erkundet die empfindlichsten Stellen mit seinen Händen und Lippen. Aber die körperliche Erregung ist gar nichts, verglichen mit dem Erdbeben, das mich im Innersten erschüttert, als meine Schutzwälle einreißen.

Mein Herz öffnet sich und lässt ihn ein, und jetzt will ich ihn in mir haben – in jeder Hinsicht.

Ich taste nach einem Kondom in der Kiste, die mir als

Nachttisch dient, und er schaudert, als ich es ihm überstreife. Er legt sich zurück und ich hebe meine Hüften an und lasse mich auf ihn sinken, nehme ihn bis an die Wurzel in mir auf. Er ist alles, was ich brauche – der Einzige, der solche Gefühle in mir auslöst. Und ich will das jetzt immer haben – immer und ewig.

Mein Herz schwillt an, um die Flut von körperlichen und seelischen Empfindungen fassen zu können, und es ist beinahe zu viel für mich. Heiße Tränen strömen mir übers Gesicht und fallen auf seine Brust.

Er wirft uns herum, sodass ich jetzt unter ihm liege, und küsst mir die Tränen ab. »Ich liebe dich«, flüstert er.

Ich ziehe ihn enger an mich, suche einen Weg, um ganz eins mit ihm zu werden.

Er küsst mich, schlingt seine Zunge um meine, und seine Bewegungen werden langsam und drängend, sodass wir immer mehr miteinander verschmelzen.

Er löst sich von meinem Mund und seine Lippen wandern zu meiner Kieferlinie. »Nicht aufhören«, wimmere ich.

Er stützt sich auf seinem Ellbogen über mir auf. »Wie kommst du darauf, dass ich aufhören will?«, sagt er mit rauer, erstickter Stimme. »Von mir aus kann es ewig dauern, und selbst das ist noch nicht lang genug.«

Er schlüpft aus mir heraus, kniet sich zwischen meine Beine, hebt mich von der Matratze hoch und dringt in ganzer Länge wieder in mich ein, so tief, dass ich ihn in meiner Seele spüre. Dann bewegt er meine Hüften in rasendem Tempo auf und ab, bis mir ganz schwindlig wird und ich kurz davor bin, die Kontrolle zu verlieren. Sein Schwanz füllt meine ganze Welt aus, mein Körper pulsiert und es ist, als ob mein Herz zwischen meinen Beinen pocht.

Ein tiefes Stöhnen dringt bei seinem letzten Stoß aus seiner Brust. Ich schnappe nach Luft und schluchze seinen Namen, als ich komme und von einem Orgasmus überrollt werde, wie ich ihn noch nie erlebt habe und der mein Innerstes nach außen kehrt.

Alessandro legt sich auf die Matratze zurück, zieht mich mit sich hinunter und hält mich fest, bis meine Tränen versiegen. Er zeichnet mit seinem Zeigefinger die Linien meines Gesichts nach, sodass ich am ganzen Körper erschauere.

»Du bist umwerfend«, sage ich, nachdem ich wieder atmen kann.

Er küsst mich. »Kommt immer drauf an, was man für Lehrer hat.«

Ich lächle. »Dann musst du verdammt gute Lehrer gehabt haben.«

Seine Fingerspitzen gleiten an meiner Halsmulde herunter und zeichnen meine Rippen nach, streicheln meine Nippel, bis sie steinhart sind. »Nur du. Du bist meine einzige Lehrerin.«

Ich erstarre. Habe ich mich verhört? »Was meinst du damit, nur ich?«

»Ich war noch nie mit einer anderen Frau zusammen.«

Er lügt. Das kann einfach nicht stimmen. Der Mann ist fünfundzwanzig. Wie kann ich da die Einzige gewesen sein? »Das glaub ich dir nicht.«

Er rutscht von mir herunter, legt sich neben mich und stützt sich auf einen Ellbogen. »Hilary, ich wäre beinahe Priester geworden.«

»Aber danach?« Ich denke einen Augenblick an das Mädchen, in das er sich verliebt und für das er auf sein Priesteramt verzichtet hat. Ich stelle mir eine kluge, selbstbewusste, starke und humorvolle Frau vor. Alles, was ich gerne sein möchte, aber nicht bin.

»Du hast sie geliebt.« Der Gedanke liegt mir wie Blei im Magen.

Alessandro schaut mich verwirrt an. »Wovon redest du?«

»Von dem Mädchen – von der Frau, für die du dein Priesteramt aufgegeben hast.«

»Ja, das«, sagt er nachdenklich und beißt sich auf die Unterlippe. »Sie hat Gefühle in mir wachgerufen, wie ich sie lange nicht erlebt hatte … und von denen ich dachte, ich hätte sie längst überwunden.«

»Aber du hast nie mit ihr geschlafen«, sage ich, weil ich es immer noch nicht fassen kann.

Er schüttelt langsam den Kopf, ohne meinem Blick auszuweichen. »Nein.«

»Liebst du sie noch?«

»Sie wird immer einen besonderen Platz in meinem Herzen behalten.« Ich senke den Blick und er lässt seine Finger von meinen Nippeln zu meinem Hals hinaufgleiten, dann hebt er mein Kinn hoch, sodass ich ihn ansehen muss. »Als gute Freundin, Hilary. Sie wird immer eine gute Freundin von mir bleiben.«

»Eine Freundin?«

»Eine Freundin«, bestätigt er und seine Fingerspitzen flattern an meinem Körper herunter. Ein Lächeln spielt um seine Lippen und seine Augen funkeln, und sein Blick geht mir durch und durch. »Du sagst es mir doch, wenn es noch andere Dinge gibt, die du gern möchtest?«

Ich lasse meine Hand über seinen Oberkörper gleiten. »Mit dir ist es … so war es noch nie wie mit dir.«

Seine Augen verengen sich leicht. »Warum? Wie ist es denn?«

Ich beiße ihn sanft in die Oberlippe und küsse seinen Mundwinkel. »Ich meine, ich bin noch nie so leicht gekommen. Ich hab immer … mehr gebraucht.«

Er zieht die Augenbrauen hoch. »Mehr?«

»Schmerz. Ich habe harten Sex gebraucht.« Ein gequälter Ausdruck tritt in seine Augen und mir wird bewusst, wie das bei ihm rüberkommen muss. »Ich bin keine Masochistin, keine Sorge. So hab ich das nicht gemeint. Es ist nur … der Schmerz hat mich irgendwie geerdet, hat mir das Gefühl gegeben, wirklich zu existieren. Jedenfalls dachte ich das bis jetzt.« Ich streiche mit einer Hand über seine starke Schulter. »Mit uns war es immer ganz anders. Bei dir ist alles viel intensiver, ich brauche keine zusätzliche Stimulation. Ich bin schon fast auf dem Höhepunkt, wenn ich nur an Sex mit dir denke.« Meine Finger gleiten an seinem Bauch hinunter, wühlen sich in sein Schamhaar. Ich streife ihm das Kondom ab und lasse es über die Bettkante hinter mich fallen, dann packe ich seinen Schwanz. »Und übrigens hätte ich nichts gegen eine zweite Runde …«

Er grinst, ein sexy Lächeln spielt um seine Mundwinkel,

und ich spüre, wie sein Schwanz sich in meiner Hand regt. »Ich bin dein lernbegieriger Schüler. Ich bin Wachs in deinen Händen.«

»Ist das nicht komisch für dich?«, frage ich und drücke ihn.

Er schaut mich fragend an.

»Ich meine, du warst beinahe Priester, und jetzt …« Ich verstumme, streichle seinen wachsenden Ständer. »Was wir da machen, ist ziemlich unpriesterlich, auch wenn Sex mit dir wie eine religiöse Erleuchtung für mich ist.«

Er wälzt sich auf mich und greift nach einem Kondom in meiner Kiste. »Deshalb bin ich ja kein Priester geworden.«

Ich stoße ihn ein bisschen zurück. »Aber trotzdem, so von null zu all dem hier …«, sage ich und schlage mit der Hand aufs Bett.

»Mit dir zu schlafen, macht mich glücklich. Wie man sieht«, fügt er hinzu und schaut auf seinen Ständer hinunter. »Aber wenn du mich fragst, ob das hier gegen die Lehren der Kirche verstößt, dann lautet meine Antwort ja. Und wenn du mich fragst, ob ich es bereue – nein.«

Ich nehme ihm das Kondom aus der Hand und reiße es auf. »Kommst du jetzt in die Hölle?«, frage ich und streife es ihm über.

Er grinst und die empfindliche Stelle zwischen meinen Beinen fängt an zu pulsieren. »Ja, wahrscheinlich.«

Ich spreize meine Beine weit und bewege meine Hüften unter ihm, nehme ihn tief in mich auf. »Gut. Du kannst mich gleich mitnehmen.«

Als ich aufwache, ist es dunkel und der Platz neben mir ist leer. Ich fröstle in der kühlen Nachtluft, richte mich auf und blicke mich im Zimmer um, und mein Herz setzt einen Schlag lang aus bei dem Gedanken, dass Alessandro in meinem Bett vielleicht nur ein schöner Traum war. Aber dann sehe ich ihn am Fenster stehen und in die New Yorker Nacht hinausstarren. Das Mondlicht schimmert auf seinem langen, schlanken Körper.

»Alessandro?«, krächze ich.

Er dreht sich nicht um, aber ich sehe, wie er sich versteift.

Ich schlüpfe aus dem Bett und gehe langsam zu ihm, fahre mit den Fingerspitzen an seinem Rücken herunter. Er erschauert unter meiner Berührung, macht aber keine Anstalten sich umzudrehen.

»Ich verdiene es nicht, so glücklich zu sein, nachdem ich so viele Menschen verletzt habe. Von den meisten kenne ich nicht mal die Namen und ich kann mich kaum an ihre Gesichter erinnern. Ich weiß nicht, wie ich meine Sünden jemals abbüßen soll. Deshalb stecken sie hier fest«, sagt er und schlägt sich mit der Faust auf die Brust, »und fressen meine Seele auf.«

Ich schlinge meine Arme um ihn und schmiege mich an seinen Rücken. Endlich. Er gibt mir, was ich so lange von ihm gefordert habe – einen Blick in seine Seele. Ehrlich gesagt fürchte ich mich ein bisschen davor, was ich dort zu sehen bekomme, aber ich muss mich der Herausforderung stellen und stark für ihn sein. Ich habe ihm versprochen, dass er mir alles sagen kann, ohne mich zu vergraulen, und ich werde ihn jetzt nicht im Stich lassen. »Von welchen

Leuten sprichst du, Alessandro? Und sag ja nicht, von mir, sonst werfe ich dich aus dem Fenster.«

Er dreht sich in meinen Armen um und legt seine Stirn auf meinen Kopf. »Dann sag ich es lieber nicht. Ich spreche von den Schülern, an die ich Drogen verkauft habe, von all den Leuten, die Lorenzo zusammengeschlagen und ausgeraubt hat, ohne dass ich ihn daran gehindert habe, von den Jungs, die er gezwungen hat, in seiner Gang mitzumachen, von den verfeindeten Gangmitgliedern, die er erstochen hat.« Er hebt den Kopf und schaut mir in die Augen. »Und okay, er hat dich nicht direkt vergewaltigt, aber dafür viele andere.«

»Und du? Hast du ein Mädchen vergewaltigt?«, frage ich, obwohl ich die Antwort kenne.

»Nein.«

»Und wer hat dir die Drogen gegeben, mit denen du gedealt hast?«

Er stößt zitternd die Luft aus. »Lorenzo.«

»Und wer hat die Leute, von denen du sprichst, zusammengeschlagen und ausgeraubt?«

Das Mondlicht schimmert in seinen tränenfeuchten Augen. »Ich habe ihm geholfen, Hilary. Ich habe keinen Versuch gemacht, ihn davon abzubringen. Ich habe mitgeholfen. Ich war genauso wütend wie Lorenzo. Er war nur skrupelloser und seine Wut noch größer als meine, und ich bin ihm in allem gefolgt.« Er fährt sich mit beiden Händen durchs Haar und wirft verzweifelt den Kopf zurück. »Und ich habe auf einen Mann geschossen. Nur die Gnade Gottes hat mich davor bewahrt, einen Mord zu begehen.

Ich weiß nicht mal, was aus dem alten Mann und seiner Familie geworden ist. Ich habe sie gesucht, als ich nach New York zurückgekommen bin, aber …«

»Und wessen Waffe war es?« Ich halte meine Stimme ruhig, versuche mir nicht anmerken zu lassen, wie geschockt ich bin, dass Alessandro, der Junge, den ich damals kannte, der Mann, mit dem ich gerade geschlafen habe, auf einen Menschen geschossen haben soll. Aber wenn er es getan hat, dann weiß ich, wer dahintersteckt.

Alessandro senkt den Blick. »Ist doch egal, wessen Waffe es war. Ich habe den Abzug gedrückt. Das Blut dieses Mannes wird für immer an meinen Händen kleben. *Meinen* Händen, Hilary. Nicht an denen von Lorenzo.«

Ich schmiege mich wieder in seine Arme und lege meine Hand auf seine Brust. »Sag mir, wie das passiert ist.«

Er holt tief Luft und atmet in mein Haar. »Deswegen sind wir dann im Knast gelandet. Der Mann, auf den ich geschossen habe, hat am Wochenende immer seinen Hotdog-Stand an einer Ecke des Parks aufgebaut, ganz in der Nähe von unserem Haus. An diesem Tag war es schon dämmrig und fing gerade an zu regnen …« Seine Stimme versagt einen Moment. »Lorenzo lief normalerweise nicht mit einer Waffe herum, aber er war knapp bei Kasse und brauchte Geld, um seine Lieferanten zu bezahlen, und er wusste, dass sie hinter ihm her waren. Deshalb ging er zu dem alten Mann, der gerade seinen Stand abbaute, und hielt ihm die Pistole ins Gesicht. Der Mann machte seine Kasse auf und Lorenzo schlug ihm mit der Waffe auf den Kopf und warf ihn zu Boden. Er konnte ja nicht einfach das

Geld nehmen, er musste den armen Mann außer Gefecht setzen. Er hat ihn ein paarmal in die Rippen getreten, bis er sich nicht mehr rührte, dann hat er mir die Waffe gegeben, damit er das Geld an sich nehmen konnte. Aber plötzlich ist der Mann wieder aufgestanden und darauf waren wir beide nicht gefasst. Bevor ich reagieren konnte, hat er sich auf Lorenzo gestürzt.«

Ich zwinge mich, mir meinen Horror nicht anmerken zu lassen, und schaue Alessandro an. »Und da hast du auf ihn geschossen.«

Er lässt mich los, reibt sich mit einer Hand über sein Gesicht, und auf einmal wird mir bewusst, dass er sich die Tränen abwischt. »Ich habe keine Sekunde gezögert. Ich habe einen hilflosen alten Mann in den Rücken geschossen.« Er stützt seine Hände auf den Fenstersims und lässt den Kopf hängen.

Eine Weile fehlen mir die Worte. »Lorenzo hat dich in diese Situation gebracht«, stoße ich schließlich hervor. »Du warst nur seinetwegen da. Wenn er den alten Mann nicht ausgeraubt hätte, hättest du nie eine Waffe in der Hand gehabt.«

»Aber ich hatte eine«, sagt er und wieder laufen ihm die Tränen über die Wangen. Ich würde sie gern abwischen, lasse es aber. »Ich hätte mich anders entscheiden können. Ich hätte nicht auf ihn schießen müssen. Der Mann saß danach im Rollstuhl.«

»Ich kann nicht glauben, dass du den Mann wirklich verletzen wolltest. Du hattest einfach Angst.«

»Ob ich es *wollte* oder nicht, spielt keine Rolle. Der Mann ist seither querschnittsgelähmt.« Er stößt sich vom Fenster ab und dreht sich um. »Ich bin dann zur Polizei gegangen und habe ihnen erzählt, was passiert ist. Lorenzo war natürlich wütend auf mich.«

»Warte mal. Was hast du gerade gesagt?«

Er atmet tief ein. »Er konnte nicht verstehen, warum ich …«

»Nein, ich meine – du hast dich selbst angezeigt?«

Er nickt.

Und trotzdem quält er sich seit Jahren damit herum. »Okay, Alessandro. Du hast ein paar schlimme Sachen gemacht. Du bist auf den falschen Weg geraten. Das ist nicht gut, aber menschlich. Und es wird Zeit, dass du dir nicht immer Lorenzos Taten auf dein Gewissen lädst. Was er gemacht hat, ist seine Sache. Daran hast du keine Schuld. Du musst das endlich abschütteln und dich auf das konzentrieren, was du selber gemacht hast. Ich will dir doch helfen.« Ich hebe meine Hand und streiche über die Narbe an seiner Seite. Er zuckt zusammen und weicht zurück, aber ich höre nicht auf. »Ich wünsche mir so, dass du dich öffnest, dass du mir vertraust, damit ich dir zeigen kann, was für ein wunderbarer Mensch du in Wahrheit bist. Aber das kann ich nicht, wenn du mich nicht lässt. Du musst mich reinlassen.«

Er legt seine Stirn an meine. »Du bist schon so weit drin, dass ich manchmal nicht weiß, wo ich aufhöre und du anfängst.«

»Dann lass mich dir helfen. Du kannst mir deinen Schmerz zeigen. Ich verspreche dir, dass ich nicht daran zerbreche.«

Sein Blick bohrt sich in meinen. »Ich habe immer gewusst, wie stark du bist, auch früher schon. Aber ich kann dir nicht meine ganzen Probleme aufladen. Du hast genug mit deinen eigenen zu tun. Das wäre nicht in Ordnung.«

Ich weiche von ihm zurück. »Wenn du mir nicht zutraust, dass ich das mit dir durchstehen kann, dann schaffen wir es nicht«, protestiere ich. Dann hebe ich sein Gesicht hoch und küsse ihn sanft auf den Mund. »Und ich will es schaffen, Alessandro. Mehr als alles andere.«

Eine Träne quillt unter seinen langen Wimpern hervor, und dann noch eine. Ich wische sie mit meinem Daumen ab und plötzlich ist es vorbei mit seiner Selbstbeherrschung. Ich ziehe ihn auf mein Bett zurück und er klammert sich verzweifelt an mich. Ich halte ihn und hoffe, dass das genügt.

Nach der längsten Stunde meines Lebens hebt Alessandro endlich den Kopf von meiner Brust und schaut mich an. »Hilfst du mir dabei, meine Schuld von seiner zu trennen?«

»Ich tu alles für dich, du musst mich nur lassen«, sage ich und meine Kehle schnürt sich zu bei diesen Worten. »Ist es zu schwer für dich, hier in New York zu leben? Ich meine … würdest du leichter über alles hinwegkommen, wenn du zu Hause in Korsika wärst?«

Seine Augen blitzen im Dunkeln. »Ich dachte, dass das klar ist. Ich werde dich nicht mehr verlassen.«

Ich schlucke. »Und wenn ich mit dir komme?« Ich will, dass seine Wunde heilen, dass er sich wieder ganz fühlt, und wenn ich New York verlassen muss, um ihm zu helfen, so wie er mir geholfen hat, werde ich das tun. Ich will das Theater nicht aufgeben – besonders jetzt nicht –, aber ich weiß, dass Alessandro mir mehr bedeutet als der Broadway. Er ist alles für mich, neben Henri. Wenn er fortmuss, um glücklich zu werden, gehe ich mit ihm.

Langsam schüttelt er den Kopf. »Und ich hatte mich schon damit abgefunden, dass ich dich nicht lieben darf …«

»Das ist mein Ernst, Alessandro. Du musst den Albtraum loswerden, den du seit Jahren mit dir rumschleppst. Sonst erstickst du dran. Und wenn wir dafür von New York wegmüssen, komme ich mit.«

»Nein, Hilary. Wir machen das hier. Du hast recht, dass ich mich von Lorenzos Schuld distanzieren muss, und ich hoffe, du hilfst mir dabei.«

»Es tut mir so leid, was ich über Lorenzo gesagt habe, bevor du gegangen bist. Hoffentlich weißt du, dass ich das nicht so gemeint habe. Nichts davon.«

Seine Augen schimmern im Mondlicht, das durch das Fenster fällt, und seine Finger streichen über mein Gesicht. »Doch, ein Körnchen Wahrheit war schon dran. Ich habe Lorenzo vergöttert. Aber er war auch nicht immer so, wie du ihn damals erlebt hast, verstehst du? Lorenzo war mein großer Held, als wir noch klein waren.«

Und dann erzählt er mir alles. Lorenzo war nicht immer so hart. Er war ein großer Bruder, zu dem Alessandro aufblicken konnte und der für ihn eingestanden ist. Aber eines Tages wurde er auf dem Heimweg von der Schule zusammengeschlagen, und von da an hat er sich verändert.

»Ich musste hilflos mit ansehen, wie er immer weiter abrutschte«, erzählt Alessandro. »Er hing mit älteren Typen herum, von denen er wahrscheinlich hoffte, dass sie ihn beschützen würden. Sie fanden es witzig, Lorenzo als Laufburschen zu missbrauchen. Sie schickten ihn in die Läden, um Zigaretten oder Süßigkeiten zu klauen, und er machte es. Er musste Drogen für sie kaufen und auch das machte er. Ich habe ihm gedroht, dass ich es unserem Vater erzähle, aber er sagte, seine ›Gang‹ würde mich windelweich prügeln, wenn ich ihn verpetzte. Und dann ist Dad gestorben und Lorenzo ist vollends abgestürzt. Er hat angefangen, Drogen zu nehmen, hat die Schule geschmissen, und unsere Mutter war so verzweifelt und durcheinander, dass sie nichts gemerkt hat.«

Wir reden stundenlang darüber, wie Lorenzo und Alessandro vergeblich versucht haben, mit dem ganzen Albtraum fertigzuwerden, bis sie schließlich in der betreuten Wohngruppe landeten. Wir weinen viel dabei, alle beide.

»Und dann … was er dir angetan hat. Ich konnte es nicht ertragen, dass er auch noch damit geprahlt hat. Ich wollte dir helfen, aber ich wusste nicht, wie. Als du zu mir gekommen bist … als du mir gesagt hast, was du wolltest, war ich am Boden zerstört. Aber du hast nicht aufgegeben, und ich … ich mochte dich so sehr, und …« Er schluckt und fährt mit tränenerstickter Stimme fort: »Ich werde es mir nie verzeihen, aber ich wollte dich ja selber. Und ich hab mir eingeredet, dass es richtig war, was ich gemacht habe, weil ich dir doch nur helfen konnte, wenn du mich nahe genug an dich heranlassen würdest.«

»Du hast mir wirklich geholfen, Alessandro. Du hast mir mehr geholfen, als du dir vorstellen kannst.«

»Nicht so, wie ich wollte«, sagt er und schnaubt verächtlich.

»Bitte, Alessandro. Wenn ich es dir doch nur begreiflich machen könnte! Du warst gut für mich, genau das, was ich gebraucht habe. Und wenn es falsch war, was du gemacht hast, dann war ich selber schuld. Ich kann nicht mit deiner Schuld leben. Wenn du dir nicht selbst vergeben kannst, dann tu's für mich. Bitte.«

Er streicht mit der Fingerspitze über meine Wangenknochen. »Es gibt nicht viel, was ich nicht für dich tun würde.«

Ich küsse ihn, schmiege mich enger an seinen Körper und lege meinen Kopf an seine Brust. Und ich fühle mich so sicher und geborgen in seinen Armen wie damals, als er erst sechzehn war. Manche Dinge ändern sich nicht.

27.

Helles Sonnenlicht strömt in mein Fenster, als ich endlich in Alessandros Armen erwache. Ich schlage die Augen auf und sehe, dass er auf mich hinunterschaut. Sein Mund streift über meinen. »Guten Morgen.«

Ich wälze mich zu ihm herum, an seinen hinreißenden nackten Körper geschmiegt. »Morgen.«

Er küsst mich, tief und lange. Ich bin sofort auf hundertachtzig und hoffe auf mehr. Aber er küsst nur meine Nasenspitze und sagt: »Ich will alles über Henri wissen.« Mir bleibt fast das Herz stehen.

Ich wusste, dass das irgendwann kommt. Wir müssen darüber reden. Aber was ist, wenn er es Henri erzählen will?

Alessandros Augen verengen sich. »Hilary, du siehst aus, als hättest du ein Stachelschwein verschluckt. Sag was.«

»Es ist nur …« Ich spüre ein Ziehen im Herzen, das ich

nicht erklären kann. Ich liebe Henri so sehr, und im tiefsten Inneren wollte ich ihm immer die Wahrheit sagen – wollte, dass er mich so anschaut, wie er Mallory anschaut. »Ich möchte, dass er es erfährt, aber Mallory … sie wird nie …«

Alessandro flicht seine Finger in mein Haar und küsst mich auf die Stirn. »Mallory war ihm eine wunderbare Mutter. Wann und wie Henri die Wahrheit erfahren soll, das müssen wir ihr überlassen.«

Ich atme auf. Dann ziehen wir alle an einem Strang. Gut.

»Henri ist einfach hinreißend«, fange ich an und dann sprudelt alles aus mir hervor. Ich erzähle, wie Henri seine ersten Schrittchen gemacht hat und seinen ersten Purzelbaum, und dass er nicht einzelne Wörter gesprochen hat, wie die meisten anderen Kinder, sondern sich alles aufgespart hat, bis er mit vierzehn Monaten schon ganze Sätzchen sagen konnte. Mit eineinhalb hat er schwierige Hundert-Teile-Puzzles zusammengesetzt und in der zweiten Klasse wurde er als hochbegabt eingestuft. Als Max auf die Welt kam und mit einem halben Jahr noch keine feste Nahrung zu sich nehmen wollte, hat Henri die Situation gerettet, obwohl er selber noch ein halbes Baby war. Er hat mit dem Finger Bilder in Max' Babyessen gemalt und Max hat dann sein Händchen reingepatscht und abgeleckt. Und später, an Max' erstem Schultag, hat Henri seinen kleinen Bruder an der Hand genommen und ist mit ihm hingegangen. Er ist ein fürsorglicher großer Bruder, genauso wie er Mallory immer beschützen will, und er liebt Jeff über alles.

Plötzlich wird mir bewusst, was ich da gesagt habe, und ich zucke ein bisschen zusammen.

»Er liebt seinen Vater, Hilary, und das ist gut so. Es bedeutet, dass er eine glückliche Kindheit hatte. Was kann ich meinem Sohn Besseres wünschen?«

Ich erschauere bei Alessandros Worten. Henri ist sein Sohn und jetzt weiß er es. Es kommt mir so verrückt vor, dass wir dieses Gespräch miteinander führen … noch dazu splitternackt in meinem Bett.

Alessandros Fingerspitzen gleiten hauchzart über meinen Hals, meine Schultern und meine Brüste. »Du bist so wunderschön am Morgen, Hilary McIntyre.« Er überschüttet mich mit Küssen auf meine Stirn und meine Wangen, während seine Hände meinen Körper zu erkunden beginnen, und als er in die Kiste neben dem Bett greift und ein Kondom hervorholt, weiß ich, dass ich auf meine Kosten kommen werde …

Eine Stunde später bricht Alessandro auf und Jess, die inzwischen am Frühstückstisch sitzt, grinst uns über ihre Kaffeetasse hinweg an.

Alessandro küsst mich in der Tür, seine Fingerspitzen gleiten über dem dünnen Seidenbademantel an meinen Rippenbögen hinunter, sodass ich ihn am liebsten ins Bett zurückschleppen würde. Aber heute Nachmittag ist Max' Geburtstagsparty – er wird sieben – und ich habe Mallory versprochen, dass ich kommen und ihr helfen werde, die kleine Rasselbande zu bändigen.

»Kommst du heute Abend in mein Hotel?«, fragt Alessandro mich und zieht mich an sich.

Meine Hände streichen an seinem Brustkorb herunter,

bis zu seinen knackigen Bauchmuskeln. »Ja, klar – falls du bereit für eine neue Lektion bist …«

Ich spüre seine Lippen auf meiner Stirn. »Ich bin ein gelehriger Schüler, das weißt du doch – der reinste Streber.«

Seine Hand umfasst meinen Nacken und er zieht mich an sich, küsst mich noch einmal. »Schick mir eine SMS, wenn du unterwegs bist.«

Sobald die Tür hinter ihm ins Schloss fällt, quiekt Jess los, hüpft auf und ab wie ein kleines Mädchen und klatscht in die Hände. »Oh mein Gott! Er ist zu dir zurückgekommen! So was Romantisches hab ich ja noch nie erlebt, ich schwör's dir, Hilary!«

Ich verdrehe die Augen, aber im nächsten Moment strahle ich wie ein Idiot. »Apropos – wie läuft's mit Hailey?«

So wie ihre Augen aufleuchten, ist alles in Butter. »Gut. Wirklich gut. Wir gehen heute Abend mit ihren ganzen Broadway-Freunden auf eine Party. Sie sagt, sie will mit mir angeben.«

»Wow, Jess. Du hast es geschafft. Eine Rolle am Broadway und eine Regieassistentin als Freundin …«

»Besetzungsleiterin«, verbessert sie mich.

»Geschenkt«, sage ich, drehe mich um und tappe zum Badezimmer. »Haben wir noch genug Kopfschmerztabletten da? Ich muss heute Nachmittag zu Max' Geburtstagsparty.«

Fünfzehn kleine Jungen aus Max' Grundschulklasse toben in Mallorys Wohnung herum, als ich hinkomme.

Mallory ernennt mich zur Spielleiterin, während sie sich

um das Essen kümmert. Und mit Henris Hilfe stelle ich ein paar lustige Scooby-Doo-Partyspiele auf die Beine.

Es gibt Kuchen und Eis und Max macht seine Geschenke auf. Nach und nach trudeln die Mütter ein, um ihre Kinder abzuholen. Dann sind alle weg und ich kann mich wieder denken hören.

Jeff, Henri und Max bauen eine Matchbox-Rennbahn im Wohnzimmer auf und ich helfe Mallory, das Chaos in der Küche zu beseitigen. Ich mache den Abwasch und sie trocknet ab, und endlich bringe ich den Mut auf, mit ihr zu reden.

»Ich hab's Alessandro gesagt.«

Sie reißt den Kopf hoch und ihre Augen weiten sich. »Ich dachte, er ist fort.«

»War. Er ist zurückgekommen.«

»Und du hast es ihm gesagt! Warum machst du so was?«

»Ich …« Ich schüttle den Kopf. »Er ist Henris Vater, Mallory. Es ist nicht in Ordnung, ihm das vorzuenthalten.«

»Und? Wird er was sagen?«

»Zu Henri?«

Sie starrt mich an und eines ihrer Augenlider zuckt. »Zu egal wem!«

»Nein, Mallory. Das macht er nicht, aber …«

»Aber was?« Sie presst die Lippen zusammen und ich spüre die Angst, die in Wellen von ihr ausstrahlt. Angst und das Gefühl, dass ich sie verraten habe.

»Meinst du nicht, dass Henri die Wahrheit erfahren sollte?«

Mallory schaut mich lange an und ich kann ihren Gesichtsausdruck nicht einordnen, aber dann seufzt sie leise und sackt auf einem Küchenstuhl zusammen. »Was will er? An Henris Leben teilhaben?«

»Ich denke, er will ihn kennenlernen.«

»Und das ist alles? Er hat also nicht vor, das Sorgerecht zu beantragen?«

Ich schüttle den Kopf. »Nein, Mallory. Wir wissen beide, dass ihr Henris Eltern seid, du und Jeff. Wir würden nie auf die Idee kommen, ihn euch wegzunehmen … Aber …« Ich atme tief durch, lege die Schüssel und den Schwamm weg und nehme meinen ganzen Mut zusammen. »Ich habe meinen Vater nie gekannt und das will ich Henri nicht antun.«

Mallory wirft einen Blick zum Wohnzimmer hinüber und senkt die Stimme. »Aber das hier ist was anderes, Hilary. Henri hat einen Vater. Jeff ist sein Vater.«

»Das weiß ich doch. Und Jeff ist ein toller Dad, aber …«

»Bitte tu mir das nicht an«, fleht Mallory mit Tränen in den Augen. »Er ist noch zu klein. Wie soll er das verstehen? Es würde ihn nur durcheinanderbringen.«

Hat sie recht? Bin ich zu egoistisch?

»Wenn er alt genug ist, sagen wir es ihm, das verspreche ich. Wir beide können es ihm gemeinsam erklären. Ich finde nur, dass es noch zu früh ist.« Jetzt strömen ihr die Tränen über die Wangen und sie wischt sie weg.

Ich beiße mir auf die Lippen. Mallory will ihn wirklich nur beschützen. Ich bin im Unrecht. »Du bist eine tolle Mom, Mal. Wirklich.«

»Ich kann mir ein Leben ohne ihn nicht vorstellen.«

»Sollst du auch gar nicht.«

Sie stößt sich von der Theke ab und umarmt mich. »Ich hab dich lieb, Hilary. Das musst du mir glauben.«

»Ich dich auch.« Ich schlucke den Kloß in meiner Kehle hinunter und die Tränen schießen mir unter den Wimpern hervor.

»Du hast mir das schönste Geschenk meines Lebens gemacht«, schnieft meine Schwester. »Bitte tu jetzt nichts, was ihm schaden könnte.«

Ich kann mich nicht erinnern, dass Mallory je vor mir geweint hätte, aber ich vergrabe mein Gesicht an ihrer Schulter und jetzt strömen die Tränen erst recht.

Alessandro und ich sind jeden Tag zusammen, aber am Donnerstag machen wir trotzdem noch unsere Ausflüge und heute bin ich an der Reihe. Mallory hat uns zum Abendessen zu sich bestellt, weil sie mit Alessandro über die Krankheitsgeschichte seiner Familie sprechen will, aber ich weiß, dass noch mehr dahintersteckt. Sie will ihn austesten, will sicher sein, dass er unser Geheimnis auch wirklich nicht verraten wird.

Aber das ist erst heute Abend. Wir haben den ganzen Tag für uns.

Ich komme gerade aus der Dusche und trockne mich ab, als das Telefon klingelt. Es ist Terrys Klingelton.

Meine Hände werden sofort klebrig. Zitternd nehme ich das Telefon ans Ohr. »Hey.«

»Hilary. Gute Nachrichten, Süße. Setz dich erst mal.«

Auf wackligen Beinen gehe ich zum Bett. »Ja. Schieß los.«

»Also, du hast doch für die Nebenrolle in ›Don't Look Back‹ vorgesprochen.«

»Ja ...«

»Was würdest du sagen, wenn sie dir eine Hauptrolle anbieten?«

Mein Herz macht einen Satz und dann hämmert es los, bis ich einem Herzinfarkt nahe bin. »Bitte keine blöden Witze, Terry. Ich bin zerbrechlich.«

Terry stößt ein bellendes Lachen aus. »Zerbrechlich, du? Ich kenne niemanden, der so tough ist wie du. Außerdem ist das kein blöder Witz.«

»Holy Shit!«

»Das kannst du laut sagen. Ich freu mich so für dich!«

»Was für eine Rolle?«, frage ich, sobald ich wieder klarer denken kann.

»Rene. Die Schwester, die ans College geht.«

»Holy Shit!«, sage ich noch einmal.

Terry lacht. »Ja, hoch zehn.«

»Holy Shit«, wispere ich vor mich hin und die Tränen schießen mir in die Augen.

Dann fliegt die Tür auf und Jess steht vor mir und schaut mich erwartungsvoll an. Ich nicke und sie stürzt sich auf mich.

Terrys Stimme dringt schwach aus dem Telefon, das ich auf den Boden fallen lassen habe. »Hilary?«

Jess lässt mich los und ich hebe es schniefend auf. »Tut mir leid.«

»Ach Quatsch. Wir verhandeln immer noch über einige Vertragspunkte, aber das Honorar ist gut und ich glaube, du solltest es annehmen. Einverstanden?«

Ich schniefe wieder. »Ja, total.«

»Gut. Herzlichen Glückwunsch, Hilary. Ich rufe dich später an, wenn ich alles unter Dach und Fach habe.«

»Vielen, vielen Dank, Terry.«

»Ich hab dir nur einen Schubs in die richtige Richtung gegeben, Süße. Den Rest hast du selber gemacht.«

Ich nehme das Telefon herunter und Jess stürzt sich wieder auf mich. »Welche Rolle hast du?«

»Die Rene in ›Don't Look Back‹.« Ich lasse mich rücklings aufs Bett fallen und drücke mir die Hände aufs Gesicht. »Ich bin Rene!«

Ich schreie unter Tränen und Jess schreit mit mir.

»Erzähl mir alles, sofort!«, drängt sie.

Aber ich kann nicht. Ich weine, bis mir die Luft ausgeht.

28.

Wir treffen uns im Argo Tea und Alessandro strahlt.

»Ich habe nie an deinem Talent gezweifelt«, sagt er, greift über den Tisch und verschränkt seine Finger mit meinen.

»Ich kann es immer noch nicht glauben«, seufze ich. Es fühlt sich so unwirklich an.

Alessandro rutscht auf seinem Stuhl näher zu mir und zieht mich auf seinen Schoß. Ich ignoriere die Blicke vom Nebentisch und lasse mich von ihm küssen. »Herzlichen Glückwunsch«, sagt er und lässt mich endlich wieder los.

»Danke.« Ich beiße ihn leicht in die Lippe. »Und? Bist du bereit?«

»Ja, bin ich.«

Wir stehen auf und er hilft mir in meine Jacke. Ich führe ihn die erstbeste Subway-Treppe hinunter, auf die wir stoßen. Er fragt mich nicht, wo wir hingehen, und das ist gut so, weil ich es nämlich selbst nicht weiß.

Kaum sind wir unten, fährt ein Zug am Bahnsteig ein, und Alessandro will einsteigen, aber ich packe ihn am Arm.

»Noch nicht«, sage ich zu ihm, weil ich Gitarrenklänge höre, die irgendwo aus der Tiefe des hallenden Bahnhofs kommen. Ich nehme Alessandros Hand und folge der Musik zu der Treppe zwischen den Bahnsteigen. Dort sitzt ein junger blonder Typ auf einem Klappstuhl und intoniert »Stairway to Heaven«.

Ich lege meinen Arm um Alessandros Hüfte und schmiege mich an ihn. Er hat endlich kapiert, dass wir keinen Zug verpasst haben, und ich spüre, wie er sich entspannt. Er zieht mich enger an sich, schlingt beide Arme um meine Schultern. Der Gitarrentyp geht jetzt zu einem Evanescence-Song über, an dessen Titel ich mich nicht erinnere, und wir wiegen uns im Rhythmus dazu.

Nach zwei weiteren Songs werfe ich ein paar Dollar in den offenen Gitarrenkasten und wir gehen zum Zug. Wir fahren mit der Subway, steigen einfach irgendwo um, und wenn der Zug anhält und die Türen aufgehen, lausche ich, ob ich im Lärm der Menge irgendwo Musik hören kann. Wenn ja, steigen wir aus und hören zu.

Ein paar von den Musikern sind echt gut, so wie der Gitarrentyp, und andere grottenschlecht, aber wir legen trotzdem allen zwei Dollar in ihre Hüte oder Instrumentenkästen oder was auch immer. Drei Stunden später, nach zehn Zwischenstopps, ist mein Geldvorrat auf ganze zwei Dollar zusammengeschrumpft.

Wir fahren im Union-Square-Bahnhof ein und ich lausche, und endlich höre ich, worauf ich die ganze Zeit gewartet habe, ohne mir selbst darüber klar zu sein. Ich fasse Alessandro an der Hand und ziehe ihn aus dem Zug. Ich warte, bis der Zug davongezischt ist, dann nehme ich den vollen Klang eines Saxofons wahr und folge meinen Ohren.

Er spielt draußen vor den Drehkreuzen, so wie an jenem ersten Abend, an dem ich ihn gesehen habe, vor vier Monaten … der Abend, an dem Alessandro mich gefunden hat. Ich ziehe ihn jetzt durch eines der Drehkreuze zu dem Typ mit dem langen, strähnigen grauen Haar, der im Schneidersitz auf dem Betonboden hockt, seinen abgegriffenen Instrumentenkasten offen vor sich. Er sieht noch genauso traurig aus wie damals, vielleicht sogar noch trauriger. Er blickt nicht zu uns auf, sondern spielt einfach weiter, aber sein Song hüllt mich ein und spricht zu meiner Seele.

Alessandro tritt hinter mich und schlingt seine Arme um meine Taille, und ich schließe die Augen und höre zu. Wie damals stelle ich mir vor, dass die Töne in die Luft aufflattern wie Schmetterlingsflügel, aber diesmal macht es mich nicht traurig. Ich fühle mich nicht gefangen, sondern bin endlich frei.

Ich lasse meine Geheimnisse los, und alles andere. Meine Angst, meine Wut. Ich komme endlich aus dem dunklen Tunnel, in dem ich so lange gelebt habe, und je fester Alessandro mich hält, desto freier fühle ich mich.

Mallory nimmt uns die Jacken ab, als wir in ihr Haus kommen. »Macht es euch bequem«, sagt sie mit einer Handbewegung zum Wohnzimmer. Auf dem Couchtisch stehen ein paar kleine Vorspeisen bereit und ich höre Jeff in der Küche herumarbeiten.

»Wo sind die Jungs?«, frage ich, weil es so still bleibt.

»Die übernachten heute bei Wendy.« Es wird also gleich zur Sache gehen, wie ich schon an Mallorys Ton erkenne.

Jeff kommt von der Küche herein. »Hi, Hilary.« Dann wendet er sich an Alessandro, checkt ihn ab. »Ich bin Jeff, Hilarys Schwager«, sagt er und hält ihm die Hand hin. »Wir haben uns ja auf dem Friedhof nicht wirklich kennengelernt.«

Alessandro schüttelt ihm die Hand. »Alessandro. Freut mich sehr.«

»Also … dann macht es euch erst mal bequem«, sagt er und nickt zur Couch. »Was kann ich euch zu trinken bringen? Bier? Wein? Wasser?«

Alessandro und ich setzen uns auf die Couch und Mallory rutscht neben mich. »Wein«, sagt sie ein bisschen zu schnell. Ihre Nerven sind zum Zerreißen gespannt, das spüre ich.

»Wein ist gut, danke«, sagt Alessandro.

Jeff schaut mich an und im ersten Moment will ich auch Wein nehmen, aber dann lasse ich es, weil ich nicht jetzt schon einen Streit vom Zaun brechen will. »Diät-Cola«, sage ich stattdessen.

Ich nehme eins von den Bruschetta auf der Platte vor mir und Jeff geht in die Küche zurück.

»Wer ist der Koch im Haus?«, fragt Alessandro und nimmt einen gefüllten Champignon.

»Meistens Jeff«, sagt Mallory, dreht sich zu Alessandro und fasst ihn ins Auge. »Als Erstes möchte ich mich für mein Benehmen auf dem Friedhof entschuldigen.«

»Aber ich bitte Sie«, sagt Alessandro. »Sie haben Ihre Mutter verloren – das war doch verständlich.«

Mallory nickt, schaut kurz zu mir, dann wieder zu Alessandro. »Hilary hat mir nie erzählt, dass sie in der Wohngruppe mit Ihnen zusammen war.«

Und damit sind wir voll beim Thema.

Alessandro schaut mich fragend an und ich zucke die Schultern, signalisiere ihm, dass er reden darf. Er wendet sich wieder an Mallory und sagt: »Mein Bruder und ich waren nur ein paar Monate dort, aber Hilary und ich wurden in dieser Zeit sehr vertraut miteinander.«

Mals Augen werden schmal. »Ja, *sehr* vertraut, offensichtlich«, wirft sie sarkastisch ein.

Alessandro nickt langsam. »Ich habe sie sehr ins Herz geschlossen.«

Jeff kommt ins Wohnzimmer zurück. Er stellt unsere Getränke vor uns auf den Couchtisch, reicht Mallory ein Glas Wein und lässt sich in dem Sessel neben ihr nieder.

Mallory nimmt einen großen Schluck und funkelt Alessandro an. »Und Sie waren also der Drogendealer?«

»Mein Bruder und ich hatten beide mit Drogen zu tun«, antwortet er. »Ich war ein schlechtes Vorbild für Hilary.«

»Nein, warst du nicht, Alessandro«, protestiere ich, weil ich nicht will, dass er für meine eigenen Fehler geradestehen muss. Ich habe in letzter Zeit so viele dunkle Geheimnisse preisgegeben, dass ich genauso gut komplett reinen Tisch machen kann. »Ich war nie ›auf Drogen‹«, sage ich zu Mallory und male zwei imaginäre Gänsefüßchen in die Luft. »Ich war nie süchtig.«

Alessandro verschränkt seine Finger mit meinen und drückt meine Hand.

»Hilary, es nützt nichts, wenn du deine Vergangenheit schönredest«, sagt Mallory und wirft mir einen finsteren Blick zu.

»Ich habe die Pillen nur genommen, weil ich so verzweifelt war. Ich hatte Angst, ich war allein und ich war schwanger. Und … ich würde das nie mehr machen. Ich könnte es gar nicht.«

Jeff fällt die Kinnlade herunter und Mallory wird kreidebleich. »Du …« Sie lässt ihren Kopf in die Hand sinken. »Oh Gott. Das ist alles meine Schuld.«

Jeff drückt ihr beschwichtigend die Hand und wechselt schnell das Thema, um die Diskussion abzukürzen. »Ich glaube, das Wichtigste ist jetzt für uns alle, wie es in Zukunft weitergehen soll«, sagt er zu Alessandro. »Und bei dieser Vorgeschichte halten wir es nicht für ratsam, dass Hilary mit Ihnen zusammen ist.«

Ich bohre meine Faust ins Sofakissen und mit der anderen Hand zerquetsche ich beinahe Alessandros Finger. »Das habt ihr nicht zu entscheiden«, zische ich, weil Jeff mir jetzt auch noch in den Rücken fällt. Wie kann er sich so von Mallory manipulieren lassen?

Mallory hebt den Kopf und funkelt mich an, aber Alessandro nimmt meine Hand in seine, küsst meine Fingerknöchel und wirft mir einen warnenden Blick zu. »Lass gut sein«, soll das heißen.

»Ich weiß nicht, was Hilary über mich erzählt hat, aber die meiste Zeit war ich in Europa, nicht in New York. Ich habe ein Priesterseminar in Rom absolviert und stand kurz vor der Priesterweihe, bis ich erkannt habe, dass das nicht der richtige Weg für mich ist. Als ich von New York wegmusste, war ich in einem schrecklichen Zustand, und wenn unser Gemeindepriester in Korsika mich nicht unter seine Fittiche genommen hätte, wäre ich nie aus diesem Teufelskreis herausgekommen. In Korsika habe ich viel mit Kindern und Jugendlichen gearbeitet – eine Aufgabe, die mir am Herzen liegt –, und jetzt bin ich Leiter des Teen Service beim Katholischen Jugendzentrum an der Lower East Side. Ich habe viel Schuld auf mich geladen«, fügt er mit einem kurzen Blick zu mir hinzu. »Und daran lässt sich auch nichts mehr ändern. Aber ich werde mein Bestes tun, um wenigstens einiges davon wiedergutzumachen, wenn Gott mir die Möglichkeit dazu gibt.«

Mallory wirft Jeff einen misstrauischen Blick zu. »Das klingt ja alles sehr ehrenwert«, sagt sie, »aber es ändert nichts an der Situation. Die Wohngruppe war ein Albtraum für Hilary und ich glaube kaum, dass es ihr guttut, wenn sie immer wieder daran erinnert wird.«

»Mallory«, zische ich mit zusammengebissenen Zähnen. Was denkt sie sich eigentlich? Ich bin doch kein Kleinkind mehr!

Mein Protest trägt mir einen scharfen Blick von ihr ein.

»Ich mache mir Sorgen um dich, okay? Was ist so merkwürdig daran?«

»Ich verstehe Ihre Vorbehalte, Mallory«, wirft Alessandro mit einem Seitenblick zu mir ein. »Ich habe mir auch Sorgen gemacht. Ich wusste ja nicht, was aus ihr geworden ist, und dann stand eine schöne, unabhängige junge Frau vor mir. Und natürlich habe ich mir Gedanken gemacht, ob es gut für sie ist, wenn ich plötzlich wieder auftauche. Ich bin sogar fortgegangen, weil ich ihr nicht schaden wollte. Aber die Wahrheit ist, ich liebe Ihre Schwester, und ich möchte mit ihr zusammen sein – für immer, wenn sie das auch will. Und ich möchte für Henri da sein, wenn Sie es mir erlauben.«

»Er ist noch zu klein, um die Wahrheit zu erfahren«, sagt Mallory scharf.

»Ich respektiere Ihre Entscheidung. Sie sind die Eltern und wissen am besten, was gut für Ihr Kind ist. Mir genügt es, wenn ich Henri und Max näher kennenlernen darf. Ich möchte gern ein Freund der Familie sein.«

Mallory beißt sich auf die Lippe. »Ja, aber … Ich … ich habe Angst, dass Sie sich irgendwann verplappern. Und außerdem kennen wir Sie doch gar nicht. Woher soll ich wissen, ob Sie nicht irgendwann Ihre Meinung ändern und es Henri sagen oder sogar das Sorgerecht für ihn beantragen?«

Alessandro beugt sich vor und stützt seine Ellbogen auf die Knie: »Sie haben sich um Hilary gekümmert, nachdem ich sie im Stich gelassen hatte. Sie waren das einzig Beständige in ihrem Leben und dafür werde ich Ihnen immer dankbar sein. Henri ist ein wunderbares Kind und ich weiß, dass er keine besseren Eltern haben könnte. Ich würde nie etwas gegen Ihren Willen tun, das müssen Sie mir einfach glauben.«

Mallory und Jeff wechseln einen Blick miteinander, dann nimmt Mallory drei zusammengeheftete DIN-A4-Seiten von einem Beistelltisch. »Gut, ich glaube Ihnen. Aber würden Sie trotzdem dieses Formular unterschreiben, mit dem Sie auf alle Ihre Elternrechte verzichten?«

Alessandro nimmt den Vertrag aus ihren zitternden Händen. Er liest die erste Seite durch und schaut mich fragend an.

»Ich musste das auch unterschreiben, als ich Henri zur Adoption freigegeben habe«, sage ich.

Er nickt langsam, dann schaut er wieder Mallory an. »Haben Sie etwas zum Schreiben?«

Die Spannung im Raum lässt spürbar nach, sobald Alessandro die Verzichtserklärung unterzeichnet hat.

Jeff drückt Mallorys Hand und hievt sich aus dem Sessel hoch. »Danke, Alessandro«, sagt er und hält ihm die Hand hin.

Alessandro steht auf und nimmt sie. »Danke, dass Sie für Hilary da waren, als sie Sie gebraucht hat.«

Jeff nickt ihm zu. »Das Essen ist gleich fertig«, sagt er und geht in Richtung Küche. »Ich meine, falls wir euch nicht den Appetit verdorben haben«, fügt er hinzu und zwinkert mir über die Schulter zu.

Beim Abendessen ist die Unterhaltung schon viel ungezwungener. Wir erzählen Mallory von unseren Donnerstagsausflügen und Jeff fragt Alessandro über »Pizza für die Massen« aus. Mallory schlägt die High Line im Frühjahr vor, falls wir das noch nicht gemacht haben, und Alessandro setzt ihren Vorschlag auf seine Liste.

Der Abend nimmt ein gutes Ende und ich unterdrücke ein Lächeln, als Mallory ein paar Essensreste für Alessandro einpackt. Er hat eindeutig Gnade vor ihren Augen gefunden. Nicht mal meine Schwester kann seinem Charme widerstehen.

Nach mehrmaligem Umsteigen stehen wir endlich auf dem Subway-Bahnsteig in die City, und Alessandro nimmt mich in die Arme und küsst mich lange. »Das wollte ich schon den ganzen Abend tun«, sagt er grinsend.

Ich ziehe die Augenbrauen hoch. »Und warum hast du so lange gewartet?«

»Ich wollte vor deiner Schwester den Gentleman rauskehren und ich weiß doch, dass ich die Finger nicht mehr von dir lassen kann, wenn ich erst mal damit angefangen habe.«

»Was? Du kannst deine Finger nicht von mir lassen?«, sage ich und streiche mit einer Hand herausfordernd über meine Hüften.

Er beugt sich lächelnd vor, küsst mich wieder und lässt seine Hände über meine Kurven gleiten, bis ich nach Luft schnappe. »Nimm mich zu dir nach Hause mit«, flüstert er an meinen Lippen und knabbert an meinem Mundwinkel.

Ich lasse einen Finger an seiner Brust heruntergleiten,

spiele an seinem Jeansknopf herum. »Meinst du nicht, wir sollten vielleicht ein bisschen langsamer machen?«

Mit einem sexy Lächeln flüstert er mir zu: »Oh ja – quälend langsam, darauf kannst du dich verlassen.«

Die Muskeln in meinem Bauch ziehen sich zusammen und mir wird ganz heiß zwischen den Beinen. Grinsend stoße ich ihn mit der Hüfte an. »Glaub ja nicht, du bist der Einzige, der das kann.«

Der Zug donnert in die Haltestelle und Alessandros Hand verirrt sich zu meinem Hintern hinunter. Wenn er nicht aufpasst, kriegen die Leute im Wagen noch was zu sehen.

Ich gehe in die Bibliothek in der 115. Straße und nehme mir fest vor, keine Angst mehr zu haben. Ich blicke mich um und sehe, dass es auch keinen Grund dazu gibt. Die ganze Truppe ist da, außer Mike.

Nathan lächelt mir von der anderen Seite des Kreises zu und winkt mir flüchtig.

»Irish! Long time no see!«, ruft Quinn. »Wie geht's unserer frischgebackenen Berühmtheit denn so?«

»Stiehl ihr nicht die Schau, Quinn«, sagt Nathan.

Ich bleibe wie angewurzelt stehen. »Woher wisst ihr das?«

Nathan zwinkert mir zu. »Ein alter Hase wie ich hat seine Connections.«

Ich trete in den Kreis und Quinn drückt mich an seine Brust. »Ich bin stolz auf dich, Irish«, sagt er leise, sodass nur ich es hören kann.

»Danke, Quinn.«

»Wir haben einen Star im Haus!«, verkündet er der Gruppe und schlägt mir auf den Rücken. »Irish ist auf dem besten Weg, den Broadway zu stürmen.«

»Off-Broadway«, murmle ich verlegen.

»Erzähl mal was über deine Rolle.«

»Das Stück heißt ›Don't Look Back‹ und kommt im April im Theatre Row raus. Es ist ein modernes Stück über zwei Schwestern, die … Probleme haben. Ich bin Rene, die jüngere Schwester. Unsere Mom ist total durchgeknallt und ich bin ihr Liebling, was meine große Schwester tierisch nervt. Wir hassen uns anfangs wie die Pest, weil wir so unterschiedlich sind, aber dann stirbt unsere Mom und das Schicksal wirft uns zusammen, weil wir ihren ganzen Krempel durchsehen müssen, und dabei entdecken wir, dass wir eigentlich gar nicht so verschieden sind.«

»Und sie besorgt uns allen Eintrittskarten!«, ruft Kamara.

»Ja, ich tu mein Bestes«, verspreche ich und das ist nicht nur so dahingesagt. Die Gruppe hier hat mich in den letzten beiden Jahren über Wasser gehalten. Ohne Quinn und die anderen hätte ich vielleicht längst aufgegeben.

»Nö«, sagt Vee. »Wenn sie erst mal berühmt ist, sind wir vergessen. Ihr werdet es ja sehen.«

»Nein, echt nicht. Ich möchte weiter herkommen, wenn ihr mich lasst.«

Quinn lächelt. »Du bist hier immer willkommen. Und zur Feier des Tages möchten wir dich noch mal in deiner Lieblingsrolle sehen.« Er schaut Nathan an. »Bist du bereit, Prinz Phillip?«

Nathan steht grinsend auf und ich stöhne: »Oh nein!«

Quinn zerrt mich am Arm. »Zeig uns, was in dir steckt, Hotshot.«

Ich atme tief durch und gehe mit Nathan in die Kreismitte.

Er beugt sich zu mir vor und flüstert: »Ich kneif den Arsch zusammen, Prinzessin.«

»Danke. Also, können wir?«

Er nickt und zwinkert mir zu. »Leg los, Süße. Du hast sie voll drauf, diese prüde kleine Bitch.«

Ich lache, dann stürze ich mich in meine Rolle. Diesmal fällt es mir nicht schwer, meine weiche Seite zu zeigen.

Früher dachte ich immer, ich müsste alle von mir wegstoßen, um stark zu sein. Keine Schwäche zeigen. Aber Alessandro hat mir gezeigt, dass das nicht stimmt. Stark sein bedeutet, sich zu öffnen, sich nicht zu verstecken. Wir haben viel über unsere Zeit in der betreuten Wohngruppe geredet, über die endlosen Gespräche, die wir damals geführt haben. Ich hatte vergessen, wie viel ich ihm erzählt habe, aber jetzt bin ich froh darüber. Nach allem, was passiert war, wollte ich mich selbst vergessen. Und die Gespräche mit ihm haben mir in Erinnerung gerufen, wer ich wirklich bin.

Ich will wieder so sein, wie ich damals war – ein Mädchen, das daran glaubte, dass alles gut werden kann. Das den Mut hatte, sich anderen Menschen zu zeigen, mit allen Vorzügen und Schwächen. Das sich traute, ein Leben ohne Angst und Versteckspiel zu führen.

Ich glaube, Quinn wusste immer, dass ich keine Angst mehr haben würde, sobald ich meine Ecken und Kanten abgeschliffen habe und mein wahres Ich durchschimmern lassen kann. Und er hatte recht.

29.

Es ist Ende April, der erste warme Tag im Jahr. Ich ziehe mein geliebtes schwarz-weißes Spaghetti-Top hervor, das ich seit August nicht mehr in den Händen hatte. Heute soll es höchstens 18 Grad haben, also noch etwas zu kühl dafür, aber das ist mir egal. Ich fühle mich, als würde ich aus einem langen, finsteren Tunnel herauskommen, und ich will endlich die Sonne auf meiner Haut spüren.

Ich sprühe Frizz-Ease in mein Haar und wickle ein paar Strähnen um meine Finger, dann trage ich Wimperntusche auf und fertig. Alessandro hat mich heute Morgen in aller Frühe angerufen, weil er wusste, dass ich meinen Wecker überhören würde, und jetzt bin ich zu spät dran.

Er will Frühstück für uns machen, bevor wir ins Jugendzentrum gehen, und ich habe ihm versprochen, spätestens um elf bei ihm in der Wohnung zu sein.

Morgen ist sein Geburtstag und ich wollte ihm was ganz Besonderes schenken, aber bis jetzt ist mir nichts eingefallen. Ich hatte letzten Monat Geburtstag und Alessandro hat mich zu einer tollen Dinner-Kreuzfahrt durch den Hafen eingeladen. Es war ein magischer Abend, wir haben die ganze Nacht zu Jazzmusik unter der New Yorker Skyline getanzt. Wie in aller Welt soll ich da mithalten?

Ich stürme zur Subway und komme nur fünfzehn Minuten zu spät in Alessandros neue Wohnung, was nach meinem Zeitgefühl total okay ist. Sein Apartment im West Village wurde sofort weitervermietet, als er nach Korsika gegangen ist, aber er hat was zur Untermiete im St. Veronicas bekommen. Die Wohnung ist allerdings total langweilig, verglichen mit der alten.

Alessandro öffnet mir die Tür und köstliche Frühstücksgerüche wehen zu mir heraus. Mir läuft das Wasser im Mund zusammen, aber ein Blick in seine Augen weckt einen ganz anderen Hunger in mir. Er zieht mich zur Tür herein, und noch bevor ich drinnen bin, presst er seinen Mund auf meinen. Ich erwidere seinen Kuss, fange an, sein Hemd aufzuknöpfen, aber er nimmt meine Hand und verschränkt seine Finger mit meinen. »Wenn du fünfzehn Minuten früher da gewesen wärst …«, sagt er anzüglich.

Ich verdrehe die Augen und stoße ein frustriertes Schnauben aus. Er küsst mich wieder, streift sanft meine Lippen mit seinen. »Ich hab dich gestern Nacht vermisst.«

»Ich dich auch.«

In den letzten beiden Monaten war ich sehr oft bei Alessandro, aber ich liebe auch mein Leben mit Jess und versuche meine Zeit irgendwie aufzuteilen. Gestern hatten wir unseren Mädchenabend, also nur wir beide. Ich war mit Jess im Filthy's, denn seit ich nicht mehr dort arbeite, vermisse ich die Bar, so abartig das auch klingt. Wir saßen an der Theke, haben unsere Drinks geschlürft und einfach gechillt. Und Jerry hat allen Ernstes meine Freundin angebaggert – ich bin fast vom Stuhl gefallen.

Alessandro geht in die Küche und ich folge ihm. Er schaufelt was Omelettartiges auf einen Teller und mein Blick fällt auf eine Hochzeitseinladung, die auf der Theke liegt, mit einem handschriftlichen Brief daneben.

Lieber Alessandro,

danke für Deine Nachricht. Ich habe mich sehr gefreut, von Dir zu hören, und danke, dass Du mir Deine Adresse gegeben hast. Ist wirklich schon ein ganzes Jahr vergangen, seit wir uns das letzte Mal gesehen haben? Unglaublich! Ich denke oft an unsere gemeinsame Zeit in Rom zurück. Und dann kommt es mir vor, als wäre es erst gestern gewesen.

Hoffentlich bringt Dir New York den Frieden, den Du verdienst. Wie schön, dass Du Hilary nach all den Jahren wiedergefunden hast! Ich habe jeden Tag gebetet, dass Du Deinen Weg in dieser Welt finden mögest, und ich freue mich sehr, dass Hilary Dich so glücklich macht. Sie ist bestimmt eine tolle Frau, und ich hoffe, dass ich sie eines Tages kennenlernen werde.

Trent und ich wollten mit dem Heiraten bis zum nächsten Jahr warten, aber ich habe gerade ein tolles Jobangebot bekommen: ein bezahltes Praktikum in einem Kindermuseum in England. Und da wir keine Lust haben, auf getrennten Kontinenten zu leben, und unsere Eltern uns nicht in Sünde leben lassen wollen, wird die

Hochzeit auf diesen Sommer vorverlegt, gleich nach meinem College-Abschluss. Alles Weitere findest Du in der beiliegenden Einladung. Ich würde mich sehr freuen, wenn ihr kommen könntet, Du und Hilary.
Hoffentlich geht es Deiner Familie gut, besonders Deiner Mutter. Grüße alle ganz herzlich von mir, wenn Du das nächste Mal mit ihnen sprichst. Bitte pass auf Dich auf und lass wieder von Dir hören. Ich vermisse Dich.
Alles Liebe,
Lexie.

»Sie vermisst dich«, sage ich und schaue auf. Alessandro hält meinem Blick stand.

»Ja, und ich vermisse sie auch.«

»Aber du liebst sie doch nicht mehr?«

Er geht die paar Schritte zum Tisch und stellt unsere Teller ab. »Lexie hat mir geholfen, zu einer Zeit, als ich noch nicht mal wusste, dass ich überhaupt Hilfe brauche. Sie war so lebendig, so begeisterungsfähig – sie hat mir gezeigt, dass ich nicht für das Priesteramt geeignet bin. Es war so eine Art Realitätscheck für mich.«

»Und wenn es anders gelaufen wäre …« Ich drehe die Einladung um. »Wenn sie nicht in diesen Trent verliebt gewesen wäre …«

»Der noch dazu ihr Stiefbruder war«, wirft Alessandro mit einem leicht ironischen Lächeln ein.

»Wow! Im Ernst?«

Er nickt.

»Okay … also wenn sie nicht in ihren Stiefbruder verliebt gewesen wäre, dann wärst du jetzt immer noch mit ihr zusammen, was?«

»Alles, was passiert ist, hat seinen Sinn. Und die Freundschaft mit Lexie hat mich letztlich hierhergeführt.« Er zieht mich in seine Arme und küsst mich, bis mir die Luft wegbleibt. »Zu dir.«

Ich werfe mich auf ihn und küsse ihn hart, aber Alessandro schiebt mich weg und drückt mich auf meinen Platz. »Wir sind spät dran.«

Misstrauisch starre ich auf das Essen. Es sieht toll aus und riecht köstlich, aber ich stochere vorsichtshalber ein bisschen darin herum, bevor ich den ersten Bissen nehme. Okay, keine Gummikakerlake. Ich blicke auf und Alessandro grinst mich an.

»Du lässt nach«, sage ich zu ihm.

Er zuckt die Schultern und nimmt einen Bissen.

»Ich weiß nicht, wie du es geschafft hast, dass ich mich auf so was einlasse«, jammere ich mit vollem Mund, aber das ist gelogen. Ich weiß genau, wie er mich rumgekriegt hat. Er hat mich damit überrumpelt, als ich noch voll in postkoitaler Glückseligkeit schwebte und keinen klaren Gedanken fassen konnte.

Der Mistkerl.

»Du tust es für unsere Kids, Hilary«, sagt er beschwichtigend. »Und du wirst sehen, es ist ein gutes Gefühl, ihnen den Mut zum Träumen zu geben.«

»Ach Quatsch – die werden mich hassen«, murre ich und übersehe die Hand, die er mir hinhält.

»Nein, im Gegenteil – sie werden dich lieben.« Er beugt sich vor und haucht mir einen Kuss auf den Mund. »So wie ich.«

Wir gehen beide zu der Therapeutin im Jugendzentrum, und ich habe auch Fortschritte gemacht und mehr Vertrauen zu mir selbst und anderen entwickelt, aber ich zucke immer noch zusammen, wenn Alessandro mir sagt, dass er mich liebt. Und ich schaffe es bis heute nicht, ihm das auch zu sagen. Ich habe immer noch Angst, dass Alessandro mich verlässt. Ich weiß, dass er irgendwann nach Korsika zurückmuss, zu seinen Großeltern. Das macht mir Angst, aber allmählich kann ich daran glauben, dass er zurückkommt. Und damit ist schon viel gewonnen.

Wir räumen den Frühstückstisch ab, dann zieht er mich zur Tür. Ich suche meine Jacke, bis mir einfällt, dass ich keine mitgenommen habe. Schade – ich mag es so gern, wenn er mir in den Mantel hilft.

Wir gehen auf die Straße hinaus und ich schließe die Augen und atme die frische Luft ein. Nur im Frühling riecht New York so gut. Es erfüllt mich mit Hoffnung, als würde alles neu beginnen, als könnten wir es diesmal schaffen.

Zwanzig Minuten später kommen wir aus der Subway und gehen zu Fuß zum Jugendzentrum. Karaoke, denke ich grimmig – so ein Schwachsinn. Wer will das schon? Teenies stehen auf Videospiele, in denen das Blut nur so spritzt. Die haben keine Lust, um eine Karaoke-Anlage herumzustehen und irgendwelche Songs mitzugrölen. Wir gehen in die Halle, wo ein paar Jugendliche Körbe auf dem Halfcourt schießen. Einer davon, ein etwa fünfzehnjähriger Latino, schaut auf und pfeift durch die Zähne.

»Padre! Da haben Sie aber was Geiles am Arm«, sagt er und fasst sich mit der Hand in den Schritt.

»Hüte deine Zunge, Christian«, warnt Alessandro ihn, legt seine Hand in meinen Nacken und führt mich vorbei.

»Ich hüte was ganz anderes«, sagt der Typ mit einem frechen Grinsen und starrt mir voll auf den Hintern.

Das Mädchen neben Christian nimmt ihm den Ball ab und will ihn in den Korb knallen, trifft aber daneben. Sie stößt ihn an und sagt etwas auf Spanisch, das nicht gerade stubenrein klingt.

Das Mädchen gefällt mir.

»Warum hat er dich Padre genannt?«, frage ich, sobald wir vorbei sind.

»Das ist der Spitzname, den die mir hier gegeben haben.« Er deutet auf die Jungs an den Muskelbänken. »Alex findet, dass mein Akzent spanisch klingt, deshalb hat er mich so genannt. Und jetzt sagen es alle.«

»Aber du bist doch kein Priester.«

»Ich arbeite für die Kirche.« Er zuckt die Schultern. »Für die Kids hier macht das keinen Unterschied.«

Wir gehen an den Muskelbänken vorbei und einer der Jungs, ein schwarzer mit massiven Tätowierungen am rechten Arm, knallt grinsend seine Faust gegen Alessandros. Es ist der Junge, mit dem Alessandro geboxt hat, als ich das letzte Mal hier war.

»Hallo, Alex«, sagt Alessandro.

»Alles gut, Padre«, antwortet er, aber seine Augen sind auf mich geheftet. Oder vielmehr auf meinen Busen.

»Wir sehen uns nachher im Ring, wenn ich Ms McIntyre versorgt habe.«

»Oh, das kann ich doch machen – ich versorge sie gerne«, murmelt Alex feixend.

Alessandro funkelt ihn an und scheucht mich vorbei.

»Heute sind Sie fällig, Padre«, ruft der Junge Alessandro nach. »Ich lege Sie flach.«

»Wohl kaum, wenn du weiter deine Füße nicht bewegst«, gibt Alessandro zurück, ohne sich umzudrehen.

Ich werfe einen Blick über die Schulter und sehe, dass Alex mir nachstarrt. »Strunzgeil, die Typen, was?«, murmle ich.

»Was willst du, Hilary? Selbst erwachsene Männer verlieren bei dir den Verstand«, flüstert er mir ins Ohr und lässt einen Finger an der Innenseite meines Oberarms heruntergleiten, sodass ich am ganzen Körper Gänsehaut bekomme. »Und erst recht natürlich hormongesteuerte Teenies.«

Er führt mich an dem kleinen Boxring vorbei, hinter dem eine Reihe von Sandsäcken hängen, und dann zu einer Glastür in einer Fensterwand an der Rückseite der Sporthalle. Er stößt die Tür auf und wir gehen durch einen kleinen Raum mit einem runden Tisch und mehreren Stühlen. Auf dem Tisch steht die Karaoke-Anlage.

»Das Ding ist mit der ganzen einschlägigen Musik aufgeladen«, erklärt er mir. »Das wurde mir jedenfalls vom Verleih garantiert. Alles von Rolling Stones bis Beyoncé und Broadway.« Bei dem Namen »Beyoncé« funkeln seine Augen und ich sehe an seinem Blick, dass er sich erinnert, obwohl ich das nie gedacht hätte.

»Ich sag dir doch«, murmle ich und blicke mich in dem leeren Raum um. »Das will kein Mensch.«

Er beugt sich zu mir herunter und ich denke schon, er will mich küssen, aber stattdessen sagt er: »Wir haben noch ein paar Minuten, Hilary. Ich verspreche dir, dass Interesse vorhanden ist.«

Ich bin hin- und hergerissen, hoffe fast, dass keiner kommt, was aber irgendwie auch schade wäre. Keine Ahnung, was ich den Kids hier beibringen soll, aber wenn tatsächlich welche aufkreuzen, die singen wollen, finde ich das cool.

Alessandro dreht sich um und geht und ich schaue durch die Glaswand zu, wie er in der Jungenumkleide verschwindet.

Ein drahtiger Latino-Junge kommt durch die Seitentür der Halle, den Kopf gesenkt, die Hände tief in den Taschen vergraben. Er schlurft auf mich zu und ich richte mich auf, wappne mich gegen hormongesteuerte Attacken, aber der Typ sieht eher schüchtern aus. Christian johlt vom Halfcourt herüber, macht sich über ihn lustig, und er zögert einen Augenblick in der Tür. Ich glaube, er würde am liebsten kehrtmachen, kommt aber dann doch herein. »Ist hier das Karaoke?«, fragt er, ohne mich anzusehen.

»Ja«, antworte ich. »Ich bin Hilary. Und wie heißt du?«

»Tony.« Er wirft mir einen Blick unter seinen langen dunklen Wimpern zu, dann entdeckt er die Anlage. »Was habt ihr drauf auf dem Ding?«

Ich zucke die Achseln. »Probier's doch einfach aus.«

Er schlendert an mir vorbei und checkt das Menü und im selben Moment kommen drei Mädchen durch die Sporthalle. »Ich kenne dich von ›American Idol‹«, sagt die kleine

Blonde zu mir, als sie hereinkommen, und schaut mich mit großen Augen an. Das runde, dunkelhaarige Mädchen neben ihr nickt.

Das größere Latina-Mädchen mustert mich skeptisch. »Padre sagt, dass du in einer Broadway-Show mitspielst.«

»Off-Broadway«, verbessere ich sie.

»In was?«, fragt sie weiter.

»Das Stück heißt ›Don't Look Back‹ und kommt in ein paar Wochen raus.«

»Und um was geht's da?«

»Um zwei Schwestern, die ein paar besch…« Verdammt, ich muss mich zusammenreißen und auf meine Sprache achten. »Also zwei Schwestern, die eine harte Zeit durchmachen, in der ein paar schlimme Dinge passieren …«

Der Blick des Mädchens wird skeptischer. »Und du bist eine von den Schwestern?«

»Ja, bin ich.« Ein Schauder durchläuft mich bei diesen Worten. Manchmal muss ich mich echt in den Arm kneifen, damit ich es glauben kann.

Die Arbeit im Theater ist nicht so, wie ich es mir vorgestellt hatte – also eigentlich kaum anders als bisher. Es war keine große Transformation, wie die Raupe, die sich in einen Schmetterling verwandelt oder so. Wahrscheinlich habe ich viel zu sehr an Brett hochgeschaut, weil ich so beeindruckt von seinen Broadway-Erfolgen war. Aber ich bin nicht anders als vorher. Ich bin ich … höchstens ein bisschen stärker.

Die drei Mädchen gehen zur Karaoke-Anlage und jetzt kommen auch noch zwei andere Jugendliche zur Tür herein, ein Junge und ein Mädchen. Sie gehen zu den anderen, die um die Anlage herumstehen, und ich schließe die Tür, damit sich niemand genieren muss. Ich werfe einen Blick in die Sporthalle hinaus und sehe Alessandro, der in einem sexy grauen T-Shirt und schwarzen Sportshorts aus der Jungenumkleide kommt, ein Handtuch über die Schultern geschlungen. Er hängt das Handtuch über die Seile des Boxrings und joggt einmal durch die ganze Halle, bevor er am Ring anhält und ein paar Dehnübungen macht.

»Benutzen wir auch das Mikro?«, fragt das blonde Mädchen hinter mir und reißt mich aus meinen Gedanken. Gedanken ist allerdings zu viel gesagt. Ich habe die ganze Zeit nur Alessandro angeschmachtet, und wenn ich mir vorstelle, dass dieser irre Typ mit dem sexy Body mir gehört … Mir!

Endlich drehe ich mich zu der Gruppe um, die mich erwartungsvoll anstarrt. »Ihr könnt das Mikro nehmen, wenn ihr wollt, aber der Raum hier ist so klein, dass wir es wahrscheinlich nicht brauchen.«

Die Kids suchen sich ihre Songs aus und die drei Mädchen, die zusammen gekommen sind, entscheiden sich für einen Taylor-Swift-Song, den ich schon mal gehört habe, aber nicht wirklich kenne. Eine von ihnen, das Latina-Mädchen, hat echtes Potenzial. Die anderen kreischen nur.

Ich werfe einen verstohlenen Blick auf Alessandro, der jetzt Boxhandschuhe anhat und auf die Sandsäcke eindrischt. Er hat sein Shirt ausgezogen und mir wird ganz heiß beim Anblick seiner knackigen Muskeln. Ich schaue wieder zu den Mädchen, die jetzt zu Ende gesungen haben, obwohl ich viel lieber aus dem Fenster starren und beobachten würde, wie Alessandro mit Alex in den Boxring steigt.

Jedes der drei Mädchen singt ein Solo, dann das andere Mädchen, das mit dem Jungen zusammen gekommen ist, ihrem Bruder, wie ich jetzt erfahre. Alle wählen das übliche Hip Hop-Zeug. Dann kommt der Bruder des Mädchens an die Reihe und er rappt etwas, das ich noch nie gehört habe. Und schließlich ist Tony dran. Die Musik setzt ein und die ersten Klavierakkorde von »Suddenly« aus dem Film »Les Misérables« dringen aus der Karaoke-Anlage. Im ersten Moment denke ich, dass er die falsche Taste gedrückt hat, aber dann fängt er an zu singen … Und mir fällt die Kinnlade bis fast auf den Tisch herunter. Seine Stimme ist voll und rein, überhaupt nicht so, wie ich es von diesem dünnen, schüchternen Sechzehnjährigen erwartet hätte. Ich lausche fassungslos und bekomme Gänsehaut am ganzen Körper.

Die anderen tuscheln und kichern miteinander und ich würde sie am liebsten anbrüllen, dass sie gefälligst die Klappe halten sollen, aber stattdessen hebe ich nur warnend die Hand. Das blonde Mädchen schaut zu mir her und bringt die anderen zum Schweigen. Tony beachtet die anderen zum Glück nicht. Er hält den Kopf leicht gesenkt und seine Augen sind geschlossen. Unbeirrt singt er sein Lied zu Ende, dann öffnet er die Augen wieder und geht still an seinen Platz zurück, als hätte er nicht gerade meine Welt aus den Angeln gehoben.

»Das war super, Tony«, sage ich zu ihm und Rapper Boy kichert wieder. Ich wende mich an die Gruppe. »Wie viele von euch sind in der Junior High?«

Die drei Taylor-Swift-Mädchen heben die Hände.

»Ausgezeichnet. Und in der Highschool?«

Jetzt heben die anderen ihre Hände, nur Tony zuckt die Schultern.

»Und seid ihr in irgendwelchen Musikgruppen oder Musik-AGs an euren Schulen?«

Ein paar gemurmelte Jas, das ist alles.

»Super. In den meisten Schulen gibt es zumindest einen Chor, oder auch Theaterkurse, also wenn ihr mal Musicals singen wollt, ist das eine gute Grundlage.« Ich schaue Tony voll in die Augen und sage: »Theatergruppen gibt es übrigens auch in der Kirchengemeinde, außerhalb der Schule.«

Tonys Augen leuchten einen Augenblick auf, aber dann senkt er schnell wieder den Blick.

»Wenn einer von euch vorhat, Berufsmusiker zu werden, gibt es viele Möglichkeiten«, fahre ich fort. »Ihr könnt zum Beispiel als Musiklehrer arbeiten, oder wenn ihr am Theater singen wollt, gibt es hier den Broadway, aber wir haben auch im ganzen Land Theatergemeinden, wenn ihr später mal woanders als in New York leben wollt. Es gibt immer einen Weg, wie ihr Musik machen könnt. Ihr könnt Songs komponieren oder ein Instrument lernen, ihr könnt bei ›Open Mic‹ auftreten oder in Gemeindegruppen oder Kirchen«, sage ich und deute zum Fenster hinaus auf die Sporthalle … obwohl das alles andere als eine Kirche ist.

»Oder ihr könnt …« Aber dann verstumme ich, denn mein Blick fällt wieder auf Alessandro, der mit Alex im Ring arbeitet. Sein Oberkörper ist mit einem dünnen, glänzenden Schweißfilm bedeckt, und ich schaue hingerissen auf das Muskelspiel unter seiner braunen Haut. Er ist einfach zum Anbeißen. »… oder ihr könnt in der U-Bahn singen«, füge ich idiotischerweise hinzu.

Unterdrücktes Kichern ist die Antwort. Ich reiße meine Augen von Alessandro los und stelle fest, dass die ganze Gruppe mich anstarrt. »Also … wer von euch hat vor, später mal was mit Musik zu machen?«

Alle vier Mädchen heben die Hände, während Rapper Boy frech grinsend seine Schwester anstößt und Tony auf seinem Stuhl herumzappelt. Er schaut mich an und ich nicke ihm kaum merklich zu.

»Will vielleicht jemand noch was singen?«, frage ich und die drei Mädchen springen von ihren Plätzen auf und stürzen zu der Anlage. Eine volle Stunde lang höre ich zu und gebe Ratschläge, soweit ich das kann, weil ich ja selber nie eine Gesangsausbildung gemacht habe. Außerdem bin ich ein bisschen abgelenkt – immer wieder schweifen meine Augen zu Alessandro ab, und plötzlich sehe ich, dass Marie am Boxring steht und zuschaut, und das gibt mir einen Stich ins Herz. Die Ballettmädchen in ihren Trikots und Strumpfhosen kommen auf den Halfcourt und schleppen die fahrbare Tanzstange von der Wand in die Mitte. Alessandro und Alex beenden ihr Training im Ring, und Alessandro zieht seinen Kopfschutz und seine Handschuhe aus, dann trocknet er sich mit dem Handtuch den ganzen

Schweiß ab, den ich so gerne auflecken würde. Er streift sein T-Shirt über, fährt sich mit der Hand durch die Haare und duckt sich unter den Seilen zu Marie durch. Marie geht auf die Zehenspitzen und er legt ihr die Hände auf die Hüften und küsst sie.

30.

Es ist nur ein Wangenküsschen, aber ich würde Marie am liebsten erwürgen. Sie reden ein paar Minuten, dann sagt Alessandro etwas und deutet auf das Fenster zu meinem Klassenraum. Sie drehen sich um und plötzlich merke ich, dass ich direkt dahinterstehe, meine Hände an die Scheibe gepresst, und hinausstarre wie ein Fisch im Aquarium.

Ich wirble herum, gerade noch rechtzeitig, bevor Rapper Boy seine Performance beendet, und atme tief durch. Chill mal, sage ich mir. Nur weil er mit Marie beim Essen war, muss noch lange nichts zwischen ihnen gewesen sein. Und plötzlich werde ich innerlich ganz ruhig – und merke, dass ich ihm vertraue. Ich vertraue Alessandro. Ich habe ihm damals vertraut und er hat mir das Herz gebrochen. Und obwohl ich im tiefsten Inneren wusste, dass es nicht seine

Schuld war, habe ich ihm nie verziehen. Erst jetzt kann ich ihm verzeihen.

»Super. Das war super«, sage ich zu Rapper Boy. Ich schlucke und schaue Tony an. »Und du? Willst du auch noch was singen?«

Er schüttelt den Kopf, ohne aufzublicken.

»Okay.« Meine Augen wandern über die Gruppe. »Also, danke, dass ihr gekommen seid. Ich hoffe, es hat euch Spaß gemacht.«

»Machst du das wieder mal?«, fragt das blonde Mädchen.

Ich zucke die Schultern. »Wenn Alessandro es organisiert.«

»Alessandro?«, fragt das Latina-Mädchen.

»Padre«, sage ich und schaue zu ihm hinaus. Inzwischen arbeitet er mit den Jungs an den Muskelbänken.

Die drei Mädchen schießen sofort zu ihm hinaus, während das Geschwisterpaar wortlos den Raum verlässt.

Dann schlurft Tony an mir vorbei. »Tony, warte mal«, sage ich zu ihm. »Hast du schon mal ›Les Misérables‹ gesehen?«

»Meine Oma hat die DVD«, sagt er, starrt auf den Boden und schiebt seine Hände in die Taschen.

»Und? Gefällt es dir?«

Er starrt weiter auf den Boden und nickt.

»Das war kein Spaß eben«, sage ich zu ihm. »Deine Stimme ist unglaublich. Nimmst du Gesangsunterricht?«

Er schüttelt den Kopf.

»Hast du schon mal Theater gespielt? In der Schule oder so?«

Wieder schüttelt er den Kopf.

»Das solltest du aber. Ich kann dir helfen, eine Theatergruppe zu finden, wenn du es mal ausprobieren möchtest.«

Endlich macht er den Mund auf. »Wie viel kostet das?«, fragt er.

»Kommt drauf an. In den meisten Gruppen ist die Teilnahme kostenlos, aber wenn zum Beispiel eine Kostümgebühr oder so was verlangt wird, kann dir sicher die Kirche helfen. Ich rede mit Padre.«

»Okay«, sagt er und ich bin auf einmal voller Zuversicht. Der Junge ist so schüchtern, dass er es auf der Bühne schwer haben wird. Aber vielleicht lernt er dadurch, aus seinem Schneckenhaus zu kommen und zu zeigen, was in ihm steckt.

Mit hängendem Kopf schlurft er durch die Seitentür hinaus, durch die er hereingekommen ist, und wieder johlt Christian seine ätzenden Kommentare von den Muskelbänken herüber.

Ich funkle ihn an und er grinst mir frech ins Gesicht, als ich an ihm vorbei zu Alessandro gehe.

»Du hast einen Fanclub«, sagt Alessandro mit einem Blick auf die drei Mädchen, die an der Tanzklasse vorbei über den Halfcourt gehen.

Ich verziehe mein Gesicht. »Wirklich? Ich hatte nicht den Eindruck, dass sie mich besonders mögen.«

Er lächelt. »Sie möchten, dass du wiederkommst.«

»Was weißt du über Tony?«, frage ich.

»Ich bin froh, dass er gekommen ist. Er ist ein guter Junge, aber er lebt bei seinen Großeltern. Sie tun ihr Bestes, nur haben sie leider nicht viel Geld.«

»Er hat eine tolle Stimme. Er muss unbedingt was damit machen. Ich will eine Theatergruppe von der Gemeinde oder der Kirche für ihn suchen.«

»Das ist eine gute Idee.« Einen Augenblick schaut er mich an, als wollte er mich küssen, und ich beuge mich ein bisschen vor. Aber dann schlingt er sich das Handtuch um den Hals. »Ich muss noch die Veranstaltungspläne für nächste Woche fertig machen, dann kann ich hier weg. Hast du heute Nachmittag frei?«

»Ja. Wir haben heute Abend probenfrei.« Ein wohliges Gefühl durchrieselt mich bei diesen Worten. Das Stück ist noch nicht rausgekommen, aber ich finde es toll, »wir« zu sagen. Ich und die restliche Besetzung. Unsere Regisseurin ist verdammt hart, aber auf eine gute Art. Sie erwartet vollen Einsatz. Nächste Woche fangen die Preview-Vorstellungen an und sie nimmt uns ziemlich ran, aber heute Abend haben wir frei.

Ich rücke näher an Alessandro heran und … mhmmm. Sein Schweißgeruch macht mich rattenscharf. Ich würde ihn am liebsten ablecken – überall.

»Hilary«, sagt er warnend.

Ich reiße die Augen auf – ich hatte sie geschlossen, ohne es zu merken – und sehe, dass ich praktisch an seiner Brust klebe. Ich atme tief seinen Geruch ein, dann weiche ich zurück. »Und? Warum fragst du? Wolltest du was mit mir machen?« Oh ja, bitte – und ich weiß auch schon, was! »Heute Nachmittag?«

»Ich will dir was zeigen«, sagt er mit einem vielsagenden Lächeln.

»Wann?« Jetzt. Sag bitte, jetzt sofort.

»Sobald ich mich frisch gemacht habe«, sagt er und zieht an seinem verschwitzten T-Shirt. Wenn er wüsste, wie ich gerne ich daran nuckeln würde.

»Okay, ich warte hier auf dich«, sage ich, und nach einem kurzen Blick auf die Jungs um uns herum beuge ich mich vor und flüstere ihm ins Ohr: »Es sei denn, du brauchst Hilfe unter der Dusche.«

»Klingt verlockend«, erwidert er grinsend, »aber da sind wahrscheinlich minderjährige Jungs drin.« Seine Hand gleitet an meiner Hüfte herunter und seine Finger streifen verstohlen meine Brüste, bevor er sich umdreht und weggeht. »Aber aufgeschoben ist nicht aufgehoben, okay?«, ruft er mir über die Schulter zu. Und sein sexy Unterton macht mich noch viel heißer.

Eine Stunde später warten wir auf die Roosevelt-Island-Seilbahn.

»Sind wir jetzt schon bei den Wiederholungen?«, frage ich. »Wir können doch noch nicht alles abgehakt haben?« In letzter Zeit mussten unsere Donnerstage wegen meiner Proben ausfallen, aber bis dahin haben wir die David-Letterman-Show im Ed Sullivan Theater angeschaut, die High Line abgewandert, Trapezstunden auf Pier 40 genommen (was wir schon an dem Tag gemacht hätten, als ich Alessandro idiotischerweise gesagt habe, dass wir uns nicht mehr treffen können) und sind in diversen Parks herumspaziert, die wir beide noch nicht kannten. Und ja, wir waren auch auf dem Empire State Building.

Vielleicht wäre die Freiheitsstatue eine gute Idee für seinen Geburtstag morgen? Mir fällt jedenfalls nichts anderes ein, was wir noch nicht gemacht haben. Obwohl es mir irgendwie lahm vorkommt.

Alessandro lächelt. »Letztes Mal haben wir da was verpasst.«

Wir finden Plätze ganz hinten im Wagen und ich knabbere an seinem Hals, während wir über der Stadt aufsteigen. »Ich wollte dich eigentlich ganz für mich allein haben«, wispere ich. »Es macht mich total heiß, wenn ich dich boxen sehe.«

Ein sexy Lächeln huscht über seine Lippen und mein Bauch fängt sofort wieder zu kribbeln an. Aber er sagt kein Wort.

Er nimmt mich an der Hand und wir trotten im Pulk die Hauptstraße hinauf.

»Das ist eine schöne Gegend«, sagt er.

Ich schaue mich um, betrachte die Häuser und Apartmentgebäude mit dem ganzen Grün darum herum. »Ja, stimmt. Und ruhig.«

Er geht auf eines der Gebäude zu. »Friedlich, ja«, sagt er und kramt etwas aus seiner Tasche.

»Wo willst du hin?«, frage ich, starre misstrauisch auf das Haus und dann auf den Schlüssel, den er hervorzaubert.

»Da rein«, sagt er mit einem Lächeln. Er steckt den Schlüssel ins Schloss und hält mir die Tür auf.

Ich gehe hinein. »Hey, was soll das?«, frage ich einigermaßen verwirrt. »Was machen wir hier?«

Er drückt auf den Liftknopf, nimmt mich in seine Arme und küsst mich. Und das ist alles. Mehr verrät er nicht. Der Aufzug kommt herunter, wir gehen hinein und er drückt auf den neunten Stock. Dort führt er mich ans Ende des Flurs und steckt den Schlüssel in die Tür. Nummer 904.

Die Tür geht auf und vor uns liegt ein heller, offener Raum mit einem flauschigen weißen Teppichboden. Links davon geht eine Küche ab, aber vor uns breitet sich ganz Manhattan aus. Es muss eine Eckwohnung sein, denn zwei ganze Wände des Hauptraums sind verglast. Die eine Glaswand geht auf den East River und die Upper East Side, die andere nach Süden, mit Blick auf die Seilbahn und die Queensboro Bridge.

»Wow ...« Mir bleibt echt die Spucke weg. Ich reiße meine Augen von der atemberaubenden Aussicht los und blinzle Alessandro an. »Wem gehört die Wohnung?«

Er schaut mir tief in die Augen, als wollte er meine Reaktion abschätzen. »Mir.«

Ich brauche eine Sekunde, um diese Auskunft zu verdauen. »Oh mein Gott.«

Er greift nach meiner Hand und zieht mich sanft zur Tür hinein. Ich gehe tiefer in den Raum und blicke mich um. »Das ist der Hammer. Wie kannst du dir so was leisten? Die Mieten sind hier bestimmt unerschwinglich.«

»Ich habe sie gekauft. Die Opfer von 9/11 wurden großzügig entschädigt. Und ich habe das Geld jetzt in dieses kleine Apartment in New York investiert.«

Mir zieht es den Boden unter den Füßen weg. »Holy Shit. Bist du so reich?« Ich wusste, dass sein Apartment im West Village nicht gerade günstig gewesen sein kann, aber das hier … »Warum hast du mir das nie gesagt?«

Er winkt mit der Hand ab. »Was gibt es da schon zu sagen? Ich habe erst von dem Geld erfahren, als meine Mutter mir alle ihre Konten überschrieben hat, bevor ich nach New York zurückgegangen bin. Ich wollte es meinen Großeltern in Korsika geben, aber sie wollten nichts davon wissen. Ich investiere es, bis meine Mutter es irgendwann selber braucht.«

Ich schaue durch die Balkontür hinaus, die auf die Upper East Side geht. Die Sonne versinkt gerade am Horizont und der Himmel schimmert blutrot, golden und grau. »Das ist unglaublich.«

Alassandro tritt hinter mich und schlingt seinen Arm um meine Hüften. »Nein, du bist unglaublich.«

Ich drehe mich in seinen Armen um und mir wird ganz schwindlig unter seinem Blick. Er sieht irgendwie gefährlich aus, wenn er Sex will, wie ein hungriger Wolf.

Blitzschnell nagelt er mich mit seinem harten Körper an der Glaswand fest. Und er scheint wirklich am Verhungern zu sein, so wie er mich küsst – als wollte er mich mit Haut und Haaren verschlingen. Sein Mund bewegt sich gierig auf meinem, seine Zähne knabbern an meinen Lippen und seine Zunge wirbelt in meinem Mund herum.

Ich werde fast ohnmächtig vor Lust. Das ist ein anderer Alessandro. Ein verwegenerer. Und er gefällt mir. Sehr sogar.

Seine Finger gleiten an meinem Nacken herunter und knöpfen mein Kleid auf. Er streift es mir von den Schultern und lässt es auf den Boden gleiten. Dann lässt er mich so stehen, vor den Augen von ganz Manhattan, mit nichts als einem weißen Spitzen-String und High Heels am Körper.

Aber der String hält auch nicht lange vor.

Ich stehe voll in Flammen, als er langsam mit seinen Fingerspitzen an meinem Körper herunterstreicht, über meinen Hals, meine Schultern, meine Brüste, dann an meinem Hintern hinunter und unter das Gummiband meines Strings. Er lässt seine Finger tiefer gleiten, aber nicht so tief, wie ich es gern hätte. Irgendwann halte ich es nicht mehr aus. Ich packe ihn am Handgelenk und stoße seine Hand zwischen meine Beine. Er lacht, gibt mir aber, was ich will, streichelt meine empfindlichste Stelle auf dem Weg nach unten. Seine Finger dringen tiefer in mich ein und sind ganz glitschig, als sie wieder herauskommen. Er reibt meine Klitoris, ich schnappe nach Luft und mein ganzer Körper verfällt in Krämpfe. Seine Hand gleitet zwischen meinen Beinen ein und aus, dann führt er sie an seinen Mund und leckt seine langen Finger ab.

»Ich möchte dich auffressen – bei lebendigem Leib«, stöhnt er.

Und plötzlich bekomme ich keine Luft mehr.

Er zerrt mir vollends den String herunter, zieht mich auf den Teppich und im nächsten Moment presst er seinen Mund auf meinen, saugt, leckt, bohrt seine Zunge in mich hinein. Ich kralle meine Hände in sein Haar und keuche im

Rhythmus seiner Zunge, die mich fast wahnsinnig vor Geilheit macht.

»Gott«, keuche ich und ich spüre, dass ich gleich komme. Aber ich kämpfe dagegen an. Ich will mehr davon. Will, dass es nie aufhört.

Aber ich kann das Tier in mir nicht mehr bändigen, es reißt sich aus meinem Körper los und ich komme, winde mich schreiend in seinen Armen.

Er gleitet an meinem Körper hinauf, während ich nach Luft ringe, grast mich buchstäblich mit Lippen und Zähnen ab, beißt und leckt jeden Millimeter von mir. Seine Zunge bohrt sich in meinen Bauchnabel und er leckt sich bis zu meinen Brüsten hinauf, wo er zu saugen anfängt, sodass ich leise aufstöhne. Es war kein Witz, dass er mich bei lebendigem Leib auffressen will. Schließlich kommt er zu meinem Mund, küsst mich, tief und lange, und ich schmecke mich selber auf seinen Lippen, was mich schon wieder total erregt.

Sex mit Alessandro war immer toll, aber seit er aus Korsika zurück ist, sprengt er alle Grenzen. Was zwischen uns beiden passiert, wenn wir zusammen sind, lässt sich nicht in Worte fassen. Die Erde reicht nicht aus für das, was wir machen, und Alessandro entführt mich zu den Sternen, rockt meine Welt, während wir durchs All zischen.

Ich glaube, das ist so, weil ich ihn liebe. Jetzt muss ich nur noch dieses letzte Fitzelchen Angst loslassen und es ihm sagen.

Ich bin klatschnass und rundum befriedigt, aber sobald sein Kuss tiefer wird, spüre ich, dass ich mehr will. Meine

Hand streift zu seinem Jeansknopf hinunter und ich ziehe seinen Reißverschluss auf, während er ein Kondom aus der Tasche zieht. Er kniet sich neben mich, streift es über, dann zieht er mich auf seinen Schoß. Ich hebe meine Hüften an, lasse mich langsam auf ihn hinuntersinken und stöhne, als er in mich eindringt. Ich spüre ihn so tief in mir, dass wir wirklich wie zu einem einzigen Wesen verschmelzen. Ich fummle an seinen Hemdknöpfen herum, reiße das Hemd auf, damit ich seinen Wahnsinns-Body vor mir habe. Ich will das Muskelspiel unter seiner Haut sehen, während er sich unter mir bewegt.

Mit Lippen und Zunge flattert er über die Schmetterlinge an meinem Schlüsselbein, knetet mit einer Hand meine Brüste und mit der anderen packt er meine Hüfte, um mich an seinem Schwanz auf- und abgleiten zu lassen.

Wie macht er das? Wie kann ein einziger Mann das alles auf einmal wuppen?

Sein Mund findet meinen und er stößt tiefer in mich hinein, reibt meinen Nippel zwischen Finger und Daumen und treibt mich mühelos die Klippe hinauf, von der ich gerade erst abgestürzt bin.

Es ist wie Wetterleuchten unter meiner Haut. Ein Overdrive der Sinne. Mein Verstand setzt aus und ich bin nur noch reines Gefühl. Alles ist so intensiv, als wäre ich elektrifiziert – voll aufgeladen und kurz vor der Explosion.

Schreiend bäume ich mich auf, einmal, zweimal, dreimal, komme wie noch nie in meinem Leben. Er zieht mich an sich und hält mich fest und diesmal kommen wir gemeinsam.

Es ist wie im Himmel.

Als ich mich wieder rühren kann, muss ich mich in den Arm kneifen, damit ich glauben kann, dass es wahr ist. Weil ich mir in meinen kühnsten Träumen nicht hätte vorstellen können, dass es jemals so sein würde.

31.

Stunden später wache ich auf, immer noch auf dem Boden, und ich spüre, dass ich ganz wund bin. Köstlich wund. Aber im nächsten Moment wird mir bewusst, dass ich allein bin. Ich setze mich auf und blicke mich nach Alessandro um. Er steht auf dem Balkon, nur in Jeans, die Ellbogen auf das Geländer gestützt, und ist ganz versunken in die Lichter der Stadt unter ihm.

Ich ziehe schnell mein Kleid an, schiebe die Glastür auf und die kühle Luft lässt mich frösteln. »Hey. Was machst du denn da draußen?«

Er dreht sich zu mir um. »Nachdenken.«

»Und worüber?«

Er zieht mich in seine Arme und küsst mich. »Die Vergangenheit, die Zukunft und alles dazwischen.« Er nimmt meine Hand, führt mich durchs Wohnzimmer in ein Schlafzimmer, in dem ein Queen-Size-Bett mit vier Kissen unter einer weißen Decke steht – das einzige Möbelstück in diesem Raum. Über dem Kopfende hängt der gerahmte Salomé-Druck, den ich ihm geschenkt habe.

»Was? Es gibt hier ein Bett?«, murmle ich.

»Du hast mich abgelenkt, bevor ich es dir zeigen konnte.« Er küsst mich von hinten im Nacken und seine Finger streichen an meinem Rücken hinauf, lösen den Verschluss an meinem Kleid, das er mir abstreift. Es fällt zu meinen Füßen auf den Boden. Er küsst die empfindliche Stelle hinter meinem Ohr, dann tritt er zurück und zieht seine Jeans aus. Er knipst das Licht aus und führt mich zum Bett und dann kriechen wir unter die kühlen Laken, die so weich sind, dass sie eine wahnsinnige Fadenzahl haben müssen. Ich schmiege mich an Alessandro und mir fällt ein, dass es über einen Monat her ist, seit wir das letzte Mal über Lorenzo oder die Wohngruppe oder sonst etwas aus der Vergangenheit gesprochen haben. Ich kann mich kaum noch erinnern, wann er zum letzten Mal diesen gehetzten Blick in den Augen hatte. Seine Schuldgefühle sind verschwunden und er scheint endlich frei zu sein.

Ich lächle an seiner Brust.

Er muss es spüren, weil er mich auf die Haare küsst. »Was freut dich denn so?«, fragt er.

»Hättest du dir damals vorstellen können, dass wir eines Tages so glücklich miteinander sind?«

Er umfasst meine Wange und hebt mein Gesicht zu seinen schönen Augen hoch, die tief in meine blicken. »Jeden Tag. Ich hab's mir tagtäglich vorgestellt.«

Ich küsse ihn und lege alles hinein, was ich habe, weil ich nicht weiß, wie ich ihm sonst zeigen soll, wie tief seine Worte mich berühren. Und als er sich auf mich wälzt, gebe ich ihm alles – meinen Körper, mein Herz und meine Seele.

»Ich liebe dich«, flüstere ich ihm ins Ohr.

Ich kann mich nicht erinnern, wann ich eingeschlafen bin, aber ich wache in Alessandros Bett auf. Das Zimmer ist hell, als ich die Augen öffne, und genauso hell leuchten Alessandros Augen zu mir herunter. Er sitzt im Bett, an das Kopfende gelehnt, in einem Knäuel von Laken. Er hat die Immobilienzeitschrift, die ich vorher auf der Küchentheke gesehen habe, als Unterlage auf seinen angezogenen Knien liegen und schreibt etwas.

»Hey«, krächze ich. »Herzlichen Glückwunsch zum Geburtstag.«

»Guten Morgen«, sagt er und stupst mich mit der Fingerspitze gegen die Nase.

Ich ziehe mich hoch, um ihn zu küssen. Es sollte nur ein kurzes Küsschen werden, wegen morgendlichem Mundgeruch und so, aber er umfasst meinen Nacken mit seiner Hand, presst meine Lippen an seine und küsst mich tief.

Endlich löst er sich von mir, seine Augen auf meine geheftet. »Ich will jeden Morgen so aufwachen – mit deinem Gesicht neben mir«, sagt er.

Ich streife mit meinen Lippen über sein Gesicht und schaue auf die Zeitschrift auf seinem Knie hinunter. »Ach du liebe Güte«, hauche ich, weil ich jetzt sehe, dass er gar nichts schreibt, wie ich zuerst dachte. Er zeichnet etwas auf die Rückseite eines Prospekts.

Mich.

Ich schlafe, einen Arm über meinen Kopf geschlungen, meine Finger in meine wilde Afromähne gekrallt und das Laken über meinen Brüsten verknäuelt. Nur ein dunkler Nippel lugt hervor. Und ich bin schön auf eine Weise, wie ich es nie im wirklichen Leben sein könnte. Ich sehe beinahe engelhaft aus.

Er dreht das Blatt herum, damit ich die Zeichnung sehen kann. »Du bist meine Muse.«

»Ist das schön«, sage ich und fahre mit einem Finger an meiner nackten Schulter und den winzigen Schmetterlingen entlang.

»Längst nicht so schön wie die wahre Hilary.«

Meine Augen huschen zu ihm hinüber. »So sehe ich nicht aus.«

Er schüttelt den Kopf. »Nein, das stimmt. Mir fehlt einfach das Talent, um deine wahre Schönheit einzufangen.«

Ich krümme mich vor Verlegenheit. Ich habe ein interessantes Gesicht, aber schön war ich nie.

Seine Finger streicheln meine Wange und ich schaue zu ihm hoch. »Und du *bist* schön, Hilary«, sagt er. Hat er meine Gedanken gelesen? »Das schönste Geschöpf, das ich je gesehen habe.« Er beugt sich über mich und küsst meinen Mundwinkel. Dann streift er mit seinen Lippen von meiner Wange zum Ohr hinauf. »Ich möchte, dass du hier mit mir lebst.«

Mir steht der Verstand still. Wahrscheinlich habe ich mich verhört.

»Bitte«, sagt er, weil ich nicht antworte, rückt ein Stück von mir ab und zeichnet meine Augenbrauen mit dem Finger nach. »Ich denke den ganzen Tag an dich und nachts träume ich von dir. Ich will dich Tag und Nacht bei mir haben. Ich will dich ganz.«

»Aber das hier …« Ich schwenke meinen Arm in Richtung Fenster. »Das kann ich mir nicht leisten.«

Er legt seine Zeichnung weg und rutscht tiefer ins Bett, zieht mich mit sich. Dann stützt er sich auf einem Ellbogen über mir auf. »Aber ich, und ich will hier mit dir leben, weil ich dich liebe. Und wenn Henri alt genug ist, um die Wahrheit zu erfahren, möchte ich ihm sagen können, dass wir ihn lieben, so wie wir einander lieben. Er soll das Gefühl haben, dass wir eine einzige große Familie sind und dass er sich niemals zwischen uns und Mallory entscheiden muss … oder zwischen dir und mir. Und wenn du es auch willst, irgendwann, soll er noch mehr Geschwister bekommen.«

Das Herz klopft mir bis zum Hals. Er will nicht nur, dass wir zusammenziehen. Er will viel, viel mehr.

»Aber du weißt schon, dass ich meinen potthässlichen Couchtisch mitbringe, ja?« Mehr kriege ich nicht heraus.

Er lacht, dann beugt er sich herunter und drückt einen Kuss auf meinen Mundwinkel. »Ich gelobe dir, dass ich deinen Couchtisch in Ehren halten werde, in guten wie in schlechten Zeiten, bis dass der Tod uns scheidet.«

Oh mein Gott. Ich stütze mich auf und schaue stirnrunzelnd auf ihn hinunter. »Hast du gerade meinen Couchtisch geheiratet, oder was?«

Er schaut mich an, beißt sich auf die Lippe. »Was meinst du? Würde er Ja sagen, wenn ich ihn fragen würde, dein Couchtisch?«

Ich brauche eine Sekunde, bis ich begriffen habe, was er mir sagen will. »Hey, soll das vielleicht ein Heiratsantrag sein?«, sage ich mit klopfendem Herzen.

Er nickt langsam, aber jetzt sind seine Augen tiefernst.

»Ich denke, darüber müsste er erst mal nachdenken«, sage ich vorsichtig.

Er nimmt einen Arm hinter seinen Kopf und legt sich auf das Kissen zurück. »Vielleicht findet er, dass es noch zu früh ist?«

Ich wälze mich auf den Bauch und lege meinen Kopf auf seine Brust. Sein Herzschlag ist langsam und ruhig und ich spüre, wie auch meiner langsamer wird und sich seinem Rhythmus anpasst. Das war immer so. Schon in unserer Zeit in der Wohngruppe. Es ist, als besitze er den Schlüssel zu meiner Seele. »Also ein paar Dinge musst du wissen, wenn es mit meinem Couchtisch funktionieren soll.«

»Zum Beispiel?«, fragt er und fährt mit seinen Fingern durch meine wilden Locken.

»Mein Couchtisch hat lange Zeit in Angst gelebt. Er hat dicke Schutzwälle um sich herum aufgebaut.«

»Das verstehe ich«, sagt er und streichelt weiter mein Haar.

»Also wenn du mit meinem Couchtisch zusammen sein willst, musst du wissen, dass noch eine Menge Schutt herumliegt, auch wenn die Mauern eingerissen sind, und es wird vielleicht eine Weile dauern, bis das alles weggeräumt ist.«

Er rutscht tiefer herunter und dreht sich auf die Seite, sodass wir Auge in Auge liegen. »Ich verspreche dir, dass ich geduldig mit dem Couchtisch sein werde.«

»Und du musst immer ehrlich zu ihm sein, weil er einen eingebauten Lügendetektor hat und sich nichts vormachen lässt.«

Er küsst meine Wange, hauchzart wie ein Schmetterlingsflügel. »Ich gelobe, dass ich immer vollkommen ehrlich zu deinem Couchtisch sein werde.«

»Mein Couchtisch mag es nicht, wenn man ihm vorschreibt, was er tun und lassen soll – also glaub ja nicht, du könntest den Boss spielen oder so.«

Er küsst meine Nase und mein Herz flattert wie ein aufgescheuchter Vogel. »Es würde mir im Traum nicht einfallen, deinem Couchtisch vorzuschreiben, was er zu tun hat.«

Ich fahre mit meinem Finger von dem Grübchen in seinem Kinn über seinen Adamsapfel zu seiner Brust hinunter und verharre über seinem Bauchnabel. Was das Körperliche anging, hatte ich nie Probleme mit Männern, aber ich war bis jetzt nie fähig, mich emotional zu öffnen. Ich hielt es für Schwäche, Gefühle zu zeigen. Und im Nachhinein betrachtet, war das genau mein Problem. Ich hatte Angst, andere nahe genug an mich heranzulassen, um herauszufinden, wer ich wirklich war. Ich dachte immer, dass es aus wäre, sobald der Betreffende merken würde, wie verschüchtert und unsicher und kaputt ich in Wahrheit war. Aber

Alessandro kennt mich, vielleicht besser als ich mich selbst, und er hält mich nicht für schwach. Er sieht mich als starke Frau, und so fühle ich mich dann auch. »Okay, mein Couchtisch hat es sich überlegt.«

Er zieht eine Augenbraue hoch. »Und?«

»Er meint, er könnte hier vielleicht glücklich werden.«

Mit leuchtenden Augen drückt er mich in die Kissen und wälzt sich auf mich. »Ich werde alles tun, was in meiner Macht steht, um deinen Couchtisch glücklich zu machen – bis ans Ende unserer Tage.«

Ich schlinge meine Beine um ihn und lasse meine Fingerspitzen über seinen Rücken gleiten, spüre die Gänsehaut, die sich unter meinen Fingern bildet. »Ich weiß, wie du mich glücklich machen kannst – und zwar jetzt sofort.«

Sein Kuss ist langsam und sicher und ich spüre, dass ich endlich angekommen bin. Ein Zuhause gefunden habe. Er stöhnt leise an meiner Brust und ich ziehe ihn enger an mich. Dann dringt er in mich ein, ganz tief, und mein Körper fängt an zu singen.

»Okay, wie es aussieht, kriegst du *mich* zum Geburtstag«, flüstere ich und bewege mich unter ihm.

Er lächelt, küsst mich, und dann schießen wir wieder zu den Sternen auf und ich stelle mir einen Schmetterlingsschwarm vor, der an einer riesigen dreistöckigen Hochzeitstorte hinaufflattert, bis zu den beiden Gummikakerlaken auf der Spitze oben.